EIS
WASSER
STEINWÜSTE/ KARST
WALD
SUMPF/ MARSCH
GEBIRGE
??
UNERFORSCHT
HÜGEL/ WÜSTE
DIE EISIGEN ACHTLINGE
BLOMP
KOZ
WURSTOGART
GOLF VON SIMULTAN
LOCH VON AH
HOTTUM
LOCH D'MARK
SABATT
FORST VON KROST
SENFT
KOLLOS
LINNO
N
W
S
PILZFELDER
TRAMPH
TUNKUSKA
GOLGATH
FLUX
AMBIGUA
RAXAN

Jens Schumacher

AMBIGUA

Der Sternstein von Mogonthûr

Für Sabine

verlegt durch EGMONT Verlagsgesellschaften mbH,
Gertrudenstraße 30-36, 50667 Köln

Titelbild und Landkarte: Steffen Winkler
Umschlaggestaltung: Jutta Hohl-Wolf
Lektorat: Burkhard Heiland
Herstellung/Satz: Fibo Lichtsatz GmbH, Kirchheim
Druck/Bindung: CPI - Ebner & Spiegel, Ulm
ISBN 978-3-505-12475-4

Mehr Infos zum Autor unter: www.jensschumacher.eu

08 09 / 8 7 6 5 4 3 2 1

»Wie schön das wäre, wenn wir in das
Spiegelhaus hinüber könnten!
Sicherlich gibt es dort ach! so herrliche Dinge zu sehen!
Tun wir doch so, als ob aus dem Glas
ein weicher Schleier geworden wäre, dass man
hindurchsteigen könnte. Aber es wird ja
tatsächlich zu einer Art Nebel!
Da kann man ja mit Leichtigkeit durch-«

(Lewis Carroll, *Alice hinter den Spiegeln*)

Teil 1

Pforte 471

Prolog

Die Zelle maß exakt acht mal acht Schritte. Der Magier wusste es auswendig, trotz der stockfinsteren Dunkelheit, die ihn umgab. Wieder und wieder war er an den Wänden seines Gefängnisses entlanggeschritten, auch heute schon, Dutzende, ja Hunderte von Malen, versunken in verzweifeltes Grübeln.

Acht Schritte an der nördlichen Mauer entlang, acht an der östlichen. Vier Schritte an der südlichen Mauer bis zur Tür, einem massivem Monstrum aus armdickem, versteinertem Holz, und vier weitere bis zur Ecke. Dann wieder acht Schritte an der westlichen Wand entlang, und ein weiterer unnützer Kreis schloss sich.

Hoffnungslos.

Stöhnend drehte sich der Magier auf seinem feuchten, schimmligen Strohlager hin und her. Längst gab es keine Position mehr, in der ihm seine geschundenen Glieder keine Schmerzen bereitet hätten.

Vielleicht war die undurchdringliche Finsternis in gewisser Weise aber auch ein Segen. Im Dunkel blieb ihm zumindest der Anblick der unzähligen Narben erspart, die seinen Körper überzogen wie das unregelmäßige Muster eines Flickenteppichs. Seit er sich in diesem lichtlosen Kerker befand, verging kaum ein Tag, an dem ihn seine Peiniger nicht aus der Zelle zerrten, stockdunkle, faulig stinkende Korridore entlang, in ein niedriges, von phosphoreszierenden Moosen dämmrig beleuchtetes Gewölbe. Dort nahm das Grauen seinen Lauf: grässliche Prozeduren, unaussprechliche

Torturen, in denen glühende Drähte, spitze Zangen und tröpfelnde Säuren eine wichtige Rolle spielten. Und hatte die abartige Folter erst begonnen, schien es, als würde sie bis in alle Ewigkeit fortdauern …

Stumm fuhr der Zauberer mit der Hand über seinen rechten Unterarm, der mit rauem Schorf bedeckt war. Wenn er nur etwas unternehmen könnte! Doch selbst in weniger geschwächtem Zustand wäre es ihm nicht möglich gewesen, seinem Gefängnis zu entfliehen oder die albtraumhaften Kreaturen zu überwinden, die ihn gefangen hielten. Denn auch wenn seine magischen Fähigkeiten beträchtlich waren, sein Geist über Jahrhunderte geschult in der Anwendung mächtiger Bannsprüche, Flüche und Formeln – hier nützte all das nicht das Geringste. Hier, in der ewigen Finsternis, in die er sich durch eine boshafte Laune des Schicksals sogar einst freiwillig begeben hatte.

Seine Gedanken wurden jäh unterbrochen, als jenseits der Zellentür trippelnde Schritte ertönten, wie von Hunderten winziger Beine auf feuchtem Stein. Es war wieder so weit, seine Peiniger nahten.

Und mit ihnen der Schmerz.

Kapitel 1
Später Besuch

»Conrad! Conraaaad! Mach auf, ich bin's!«
Energisch trommelte Fabian mit den Fäusten gegen das grün gestrichene Holz der Tür. Er stand auf der obersten von drei Stufen, die zum Eingang eines kleinen Ladengeschäfts emporführten. Das windschiefe Fachwerkhaus mit der Nummer 77 lag versteckt am hinteren Ende der Sektorstraße, einer kopfsteingepflasterten Gasse im ältesten Viertel der Stadt. Über der Tür hing ein kleines, von Wind und Wetter gezeichnetes Schild. In altmodisch verschnörkelter Schrift stand dort eingeritzt:

Kunstschreinerei Conrad C. Cellert
Reparaturen, Verschönerungen, Sonderanfertigungen
Alles ist machbar – fragen kostet nichts!

»Cooonraaad!« Fabian ließ seinem Ruf einen erneuten Trommelwirbel folgen. Nichts geschah. Als er die Arme senkte, drang ein leises Stöhnen über seine Lippen – jeder Muskel in seinem Körper tat weh! Das lag nicht daran, dass er sich bei seinem raschen Lauf in die Sektorstraße so verausgabt hätte. Er kam vielmehr auf direktem Weg von der Schulsporthalle, wo er kaum zwei Stunden zuvor noch als

Kapitän der schuleigenen Basketballmannschaft um die Teilnahme an den Bezirksmeisterschaften im Sommer gekämpft hatte – erfolgreich. Das Team der Schule aus dem Nachbarort, gegen das sie angetreten waren, war zwar kein wirklich harter Gegner gewesen, aber wie nach jedem Match fühlte sich Fabian jetzt wie durch den Wolf gedreht.

Die Riemen der schweren Sporttasche über seiner Schulter begannen, schmerzhaft in sein Fleisch zu schneiden. Er verzog genervt das Gesicht.

Wieso war die Tür verschlossen? Und warum machte Conrad nicht auf?

Seit dem frühen Morgen schon hatte Fabian sich darauf gefreut, den Tag im Anschluss an das Match bei einer Tasse Tee in der heimeligen Atmosphäre der Schreinerei ausklingen zu lassen, gemeinsam mit seinem besten Freund. Und nun stand er vor verschlossener Tür! Bei der Aussicht, unverrichteter Dinge ins Heim zurückzukehren und den ganzen Abend allein in seinem winzigen Dachzimmer sitzen zu müssen, ließ er die Schultern hängen.

Fabian Volta lebte, so lange er denken konnte, im Regenbogenhaus, einem Wohnheim für elternlose Kinder. Aus behördlichen Unterlagen wusste er, dass er etwa zwei Jahre alt gewesen war, als seine Eltern spurlos verschwanden. Das war jetzt elf Jahre her. Vor sechs Jahren waren Evelyn und Mark Volta vor dem Gesetz für tot erklärt worden. Das einzige, was Fabian von ihnen kannte, war ein vergilbtes Foto, das er irgendwann einmal in der Vermisstenakte der Polizei gesehen hatte; Erinnerungen an die Zeit mit seinen Eltern hatte er keine. Ebenso wenig an Nora van Houten – so hatte die Nachbarin der Voltas geheißen, die damals hin und wieder auf den kleinen Fabian achtgegeben hatte. Am Tag, bevor seine Eltern sich scheinbar in Luft auflösten, hatte Evelyn Volta ihren Sohn mitsamt etwas Geld und ein paar Gläschen Babynahrung bei der alten Dame vorbeigebracht. Sie erklärte, ihr Mann und sie müssten kurzfristig verreisen und würden den Jungen bald wieder abholen.

Aus dem »bald« wurde ein Monat, dann ein weiterer. Als im dritten schließlich das Verpflegungsgeld zur Neige ging, wandte sich Nora van Houten an die Behörden. Eine groß angelegte Suche begann, doch Evelyn und Mark Volta schienen buchstäblich vom Erdboden verschluckt worden zu sein: Niemand hatte die beiden gesehen, niemand wusste, wohin sie gegangen waren. Als sich abzeichnete, dass sie verschwunden bleiben würden, versteigerte man ihren kleinen Schmuckladen in der Altstadt, um mit dem Erlös Fabians weitere Unterbringung zu finanzieren. Da nirgends lebende Verwandte der Voltas aufzuspüren waren, wurde er dort untergebracht, wo er seither lebte, in einem Heim für elternlose Kinder.

Glücklicherweise hatte das Regenbogenhaus rein gar nichts mit den schrecklichen Waisenhäusern früherer Zeiten gemein. Es handelte sich um ein helles, modernes Gebäude in einem ruhigen Außenbezirk der Stadt, und auch wenn Fabians Dachzimmer für seinen Geschmack etwas mickrig war, hatte er sich über die Jahre doch ganz passabel eingelebt. Außer ihm gab es rund zwanzig weitere Kinder, die wie er im Heim lebten, lernten, aßen und schliefen. Die meisten waren jünger als er, und mit einem Großteil verstand er sich gut. Auch die drei Erzieherinnen des Hauses waren ganz in Ordnung; lediglich mit der uralten Miss Waylandt geriet er ab und zu aneinander, da sie der festen Überzeugung war, ein Junge, der sein Haar länger als bis zum Hemdkragen trug und vorzugsweise in zerrissenen Jeans herumlief, so wie Fabian es tat, *müsse* einfach psychisch gestört sein. Er bemühte sich redlich, sie eines Besseren zu belehren, hatte damit in den vergangenen Jahren aber noch keinen nennenswerten Erfolg gehabt.

»Cooonraaad!« Fabian zog seine Sporttasche von der Schulter und ließ sie neben sich auf die Stufen plumpsen. Er schwitzte, obwohl es für einen Abend im März eher kühl war. Die Sonne war schon seit einer Weile hinter den Giebeln der alten Häuser verschwunden, und das unebene Katzenkopfpflaster der Sektorstraße lag in grauem Zwielicht.

Er begann von Neuem, an die Tür zu klopfen. Hinter den altmodischen gelben Butzenglasscheiben der Schreinerei brannte Licht, was bedeutete, dass Conrad zu Hause sein musste; der Schreiner verließ aus Angst vor einem Hausbrand nie das Geschäft, ohne vorher sämtliche Lampen auszuschalten und anschließend noch mindestens drei schlurfende Kontrollrunden durch alle Zimmer zu machen. Nur ... warum öffnete er dann nicht? Das hatte es noch nie gegeben.

Fabian dachte scharf nach. In den gut dreieinhalb Jahren, die sie sich jetzt kannten, war Conrad tatsächlich immer daheim gewesen, wenn er ihn besuchen kam. Und passierte das einmal spät abends, nach Ladenschluss, hatte der Schreiner die Werkstatt jederzeit bereitwillig für ihn aufgeschlossen.

Bei der Erinnerung an die unzähligen Male, die Conrads rundes Gesicht im Türspalt aufgetaucht war, zog ein Lächeln über Fabians Gesicht. Unwillkürlich erinnerte er sich an den Tag, als er das Geschäft des fröhlichen alten Herrn zum ersten Mal besucht hatte.

An einem ganz normalen Freitagnachmittag war es gewesen, als Fabian nichts ahnend das Büro von Orville Swelter betreten hatte. Swelter war der Leiter des Regenbogenhauses, ein gutmütiger Mann mittleren Alters mit einem bleistiftdünnen Oberlippenbärtchen, und er war für zwei Besonderheiten bekannt. Die erste war seine ausgeprägte Vorliebe für antike Möbel: Swelter war regelrecht vernarrt in historische Schränke, Kommoden, Vitrinen und Truhen. Je verschnörkelter die Beschläge, je kunstvoller die Schnitzereien, desto besser. Kam man in sein Büro, fühlte man sich in eine längst vergangene, düstere Epoche zurückversetzt; Fabian musste beim Anblick der dunkel gemaserten Möbel immer an alte Gruselfilme denken, die alte Miss Waylandt nannte Swelters Büro schlicht ein »verdammtes Museum«.

Zu Orville Swelters größten Schätzen zählte ein hölzerner, drehbarer Schreibtischstuhl, der angeblich über dreihundert Jahre alt war. Laut Swelter hatte das Möbel seinem Vorgänger, Mister Donofrio, gehört, und davor dessen Vorgänger, Mister Mergenthwirker, der das Heim gegründet hatte. Es war ein elegantes Möbel aus geschwungenem, poliertem Mahagoni, mit einer ledergepolsterten Sitzfläche, die vom Alter und unzähligen Hosenböden spiegelglatt gewetzt war.

Als Fabian an jenem denkwürdigen Freitagnachmittag hörte, dass Swelter ihn zu sehen wünschte, vermutete er, dass es um einen der üblichen Botengänge ging. Die älteren Kinder wurden häufig gebeten, Besorgungen für die Heimleitung zu erledigen, was Fabian immer gern übernahm. Er mochte es, unbekannte Teile der Stadt zu erkunden, andere Menschen zu treffen und sich für ein paar Stunden außerhalb der engen, ordentlichen Welt des Heims zu bewegen. Kaum hatte Fabian jedoch an diesem Tag die Bürotür geöffnet und seinen Blick durch Swelters altertümliches Arbeitszimmer schweifen lassen, als ihm klar wurde, dass etwas anders war als sonst.

Normalerweise begrüßte Orville Swelter seine Besucher sitzend, auf seinem Lieblingsstuhl hinter einem ausladenden Biedermeier-Schreibtisch. Heute dagegen stand der Heimleiter, genauer gesagt: Er lehnte unsicher an einem zierlichen Rokoko-Sekretär und presste sich stöhnend einen feuchten Lappen gegen die Stirn. In der Mitte des Zimmers lag ein unordentlicher Haufen geborstener Holzstreben und -leisten, zwischen denen hie und da glatt gewetztes Leder hervorlugte.

»Ah, mein junger Freund«, begrüßte ihn Swelter, eilte schnaufend an ihm vorbei und schloss sorgfältig die Tür des Arbeitszimmers. Dann hob er mit gepeinigter Miene den Lappen von der Stirn und entblößte eine beachtliche Beule. »Mir ... äh, ist da gewissermaßen ein kleines Malheur passiert, und ich wollte dich um einen Gefallen bitten.«

Wie das »kleine Malheur« aussah, dämmerte Fabian rasch. Es hing mit der zweiten Besonderheit zusammen, die Orville Swelter auszeichnete. Denn Swelter war nicht nur ein Liebhaber alter Möbelstücke – er war außerdem über Gebühr fett. Wenn man alle Menschen in normale, dicke und sehr dicke Personen einteilte, war Swelter mindestens so schwer wie *drei* »sehr dicke« Menschen. Seine Kleidung, so hielt sich unter den Heimkindern das Gerücht, ließ er bei einem ganz speziellen Schneider am Ostende der Stadt maßanfertigen; angeblich verbrauchte dieser für einen einzigen von Swelters Anzügen so viel Stoff, dass man eine ganze Familie damit einkleiden könnte.

An diesem Tag nun war geschehen, was über kurz oder lang irgendwann hatte geschehen *müssen* – und Swelters Hinterteil hatte mit dem historischen Heimleiterthron ganze Arbeit geleistet! In Fabians Augen gab es für das Möbel nur noch einen Verwendungszweck: als Feuerholz im Kamin.

»Heiliges Erbspüree«, murmelte er und trat neben den Trümmerhaufen.

Orville Swelter schien die Sache überaus peinlich zu sein. Mit hochrotem Kopf stieg er über die traurigen Überreste hinweg und drückte Fabian einen Zettel in die Hand. Darauf stand eine Adresse, wohin der Stuhl zum Zwecke der Reparatur gebracht werden sollte.

Fabian starrte fragend auf das Papier. »Warum lassen Sie das Ding nicht einfach von Mister Bronstein wieder zusammenleimen?«, wollte er wissen.

Samuel Bronstein versah an drei Tagen pro Woche im Heim die Aufgabe des Hausmeisters. Er war ein kleiner, bärtiger Mann mit breiten Schultern, der laut und viel redete, am liebsten über sich selbst. Davon abgesehen war er ein Sinnbild der Zuverlässigkeit: Er wechselte Glühbirnen, entsorgte Abfall und richtete alles, was unter den Händen und Füßen von zwanzig Kindern im Lauf der Zeit seinen Geist aufgab – und das war nicht gerade wenig.

Orville Swelters hängebackiges Gesicht schien schlagartig noch mehrere Grade röter zu werden. »Nein, nein, junger Freund. Nicht Bronstein. Ich ... dieses kostbare Einzelstück bedarf der Hände eines *Fachmanns!*«

Fabian unterdrückte ein Grinsen. Hausmeister Bronstein war der geschickteste Handwerker, den er je gesehen hatte. Er hätte eine in tausend Scherben zersprungene chinesische Ming-Vase wieder zusammenflicken können, ohne dass jemand bemerkt hätte, dass sie je kaputt war. Doch er nickte diplomatisch. Wenn Mister Swelter nicht wollte, dass jemand im Haus von seinem »Malheur« erfuhr, dann war das seine Sache. Erneut las er die Adresse auf dem Zettel:

Conrad C. Cellert, Sektorstraße 77.

Noch Jahre später zauberte die Erinnerung an jenen Tag, als Orville Swelters zentnerschweres Hinterteil den Schreibtischstuhl zermalmt hatte, ein dankbares Lächeln auf Fabians Gesicht. Wäre der Heimleiter rank und schlank gewesen, Fabian hätte womöglich nie die Bekanntschaft jenes Mannes gemacht, der wenig später sein bester Freund werden sollte.

»COOONRAAAD! Verflixt noch mal, ich seh doch, dass du da bist! Nun mach schon auf!«

Kopfschüttelnd stieg Fabian rückwärts die Stufen hinunter. Was war los? Warum öffnete Conrad nicht? Ob er einen Unfall gehabt hatte? Immerhin war er nicht mehr der Jüngste.

Fabian spürte, wie sich bei dem Gedanken ein Kloß in seiner Kehle bildete. Zwar gab es in der altertümlichen Werkstatt keine Maschinen, an denen man sich verletzen konnte. Aber angenommen, Conrad war gestürzt und hatte sich dabei unglücklich den Kopf angeschlagen? Oder er war bei einer Schnitzarbeit abgerutscht, hatte sich verletzt, viel Blut verloren und war jetzt zu schwach, um ...

»Wahrscheinlich hört er mich einfach nicht«, murmelte Fabian, um sich selbst zu beruhigen. »Er wird im Hinterhaus sein, Tee kochen oder so ...« Er verstummte. Die Hintertür – das war die Eingebung!

Hastig warf er sich die Sporttasche wieder über die Schulter und eilte nach links, wo ein schmaler Zwischenraum die Schreinerei vom nächsten Haus in der Straße trennte. Dieses Gässchen zwischen den Gebäuden war nur etwas über einen Meter breit und führte nirgendwohin. Es endete nach fünfzehn oder zwanzig Metern an einer feuchten Backsteinmauer. Kurz vor dieser Mauer jedoch befand sich rechter Hand eine schmale Tür: die Hintertür des Hauses Nummer 77.

In der Mündung zur Sackgasse hatten die Anwohner der Sektorstraße wie üblich ihre Mülltonnen zusammengeschoben. Ein süßlicher Fäulnisgeruch stieg von ihnen auf. Fabian ignorierte den Gestank und versuchte, sich einen Weg hindurchzubahnen, ohne mit allzu vielen in Berührung zu kommen.

Damals, vor dreieinhalb Jahren, bei seinem ersten Besuch, hatte er die Schreinerei ganz normal durch die Vordertür betreten: Orville Swelters Zettel in der einen, einen Sack mit den Bruchstücken seines geliebten Stuhls in der anderen Hand, hatte er die grüne Tür aufgedrückt und war, begleitet vom hellen Bimmeln eines Messingglökkchens, in eine andere Welt eingetreten.

Die Werkstatt von Kunstschreiner Conrad Cellert war eng, verwinkelt und konnte selbst mit viel gutem Willen kaum anders als chaotisch genannt werden. An den Wänden und so ziemlich jeder anderen freien Stelle lehnten Schranktüren, Schubladen, Stuhlbeine, Zierleisten, Bilderrahmen, Tischplatten, Regalbretter und tausend andere hölzerne Werkstücke mehr. Manche wiesen offensichtliche Schäden auf, andere waren teilweise restauriert, manche fertig geschliffen und lackiert. Der modernste Einrichtungsgegenstand war eine monströse Werkbank, die die ganze rechte Seite des Raums einnahm. Kreuz und quer darauf lagen Feilen, Bohrer, Sägen, Stecheisen, Hohlbeitel und Hobel, allesamt vom Alter gezeichnet, mit dunkel verfärbten Holzgriffen.

In der Werkstatt herrschte wohlige Wärme. Sie entströmte einem uralten gusseisernen Ofen in einer Ecke, auf dem eine bauchige Teekanne fröhlich vor sich hindampfte. Als Fabian sich weiter umsah, entdeckte er am gegenüberliegenden Ende des Raums einen bemerkenswerten Blickfang: An der Rückwand der Werkstatt waren vom Boden bis zur Decke hölzerne Fensterrahmen angebracht! Und es waren nicht einfach irgendwelche Allerweltsfensterrahmen: Jeder einzelne schien aus einem anderen wunderschönen Holz gefertigt. Es gab hoch- und querformatige, solche mit einem, zwei oder sogar drei Flügeln, und nahezu alle wiesen prächtige Verzierungen auf.

Fasziniert betrachtete Fabian den ungewöhnlichen Wandschmuck, als plötzlich irgendwo aus dem Hintergrund eine tiefe Stimme ertönte: »Ich sehe, du bewunderst meine Sammlung? Nun, Fensterrahmen sind gewissermaßen meine Leidenschaft. Ich sammle sie seit vielen Jahren, und manchmal, wenn ich Zeit habe, baue ich mir selber einen.«

An einem kleinen Arbeitstisch, halb versteckt von einigen hoch aufragenden Schrankteilen, saß ein kräftiger, älterer Mann mit silbrig glänzendem Haar und einer winzigen Drahtgestellbrille. Vornübergebeugt, die Brille weit auf die Nasenspitze geschoben, bearbeitete er mit konzentriertem Gesichtsausdruck ein dreieckiges Stück Holz, das zu einem altmodischen Küchenschrank zu gehören schien, dessen Türen seitlich neben ihm lehnten.

»Einen kleinen Augenblick noch, mein Junge. Dann bin ich bei dir.«

Fabian trat näher und schaute dem Mann zu. In einer Hand hielt er einen spitzen Schaber, der so mühelos durch das Holz zu fahren schien wie ein Messer durch weiche Butter. Dünne Spiralen lösten sich aus der Oberfläche und purzelten auf den sägemehlbedeckten Boden. Innerhalb weniger Minuten entstand ein bildschönes Muster aus blumenförmigen Ornamenten.

Schließlich ließ der Mann sein Werkzeug sinken und drehte sich zufrieden lächelnd zu Fabian um. »Was kann ich für dich tun, mein Junge?«

Fabian musste kurz überlegen, bevor er sich erinnerte, weshalb er eigentlich hier war. Dann reichte er Conrad Cellert den Sack. Während der Schreiner die Überbleibsel von Orville Swelters Lieblingsmöbel vor sich auf dem Boden ausbreitete, erzählte Fabian ihm von dem jahrhundertealten, traditionsreichen Heimleiterstuhl und seinem jüngsten Schicksal. Als er fertig war, bemerkte er ein amüsiertes Grinsen auf Conrad Cellerts rundem Gesicht.

»Mehrere Hundert Jahre alt, sagst du?« Er hob eines der Holzstücke auf und schaute es schmunzelnd an. »Da muss wohl irgendwann mal jemand gehörig geflunkert haben. Dieses Sitzmöbel ist – oder besser: *war* – ein billiger Nachbau aus China, mein Junge. Es ist ganz gewiss nicht alt, und das ›Mahagoni‹ ist kein Mahagoni, sondern furnierter Pressspan. Wäre es echt, hätte es deinen Mister Swelter mühelos ausgehalten.«

»Äh, na ja ... Mister Swelter ist recht *schwer*«, gab Fabian zögernd zu bedenken.

»Ein Stuhl aus echtem Mahagoni hält ein ausgewachsenes Nilpferd aus«, behauptete der Schreiner voller Überzeugung.

Fabian wollte sich nicht auf eine Diskussion einlassen, wer mehr auf die Waage brächte, ein Nilpferd oder der Leiter des Regenbogenhauses. Stattdessen erkundigte er sich, ob Conrad Cellert den Stuhl wieder zusammenflicken konnte.

»Machbar ist alles, mein Junge«, zitierte Conrad sein Firmenschild und legte das Bruchstück zurück auf den Haufen. »Aber das Ausgangsmaterial ist minderwertig, beinahe jedes Bauteil beschädigt. Eine Reparatur wäre bestimmt nicht billig. Die meisten tragenden Teile müsste ich neu, aus vernünftigem Holz anfertigen.« Er blickte Fabian durch seine kleinen runden Brillengläser an. »Es käme den Besitzer des Möbels fraglos günstiger, wenn er sich in irgendeinem Billig-Möbelladen einfach einen neuen ›antiken‹ Stuhl kaufen würde.«

Fabian überlegte kurz, dann schüttelte er den Kopf. »Ich glaube, Mister Swelter würde lieber in dem Glauben bleiben, es handele sich um eine echte, wertvolle Antiquität. Auch wenn es ihn ein bisschen mehr kostet.«

Sein Gegenüber blinzelte belustigt. »Wenn das so ist ... Wie heißt du eigentlich, mein Junge?«

»Fabian.«

»Du hast völlig recht, Fabian.« Der Schreiner blickte versonnen zur Wand mit den vielen Fensterrahmen hinüber. »Manchmal lebt es sich mit einer Illusion sorgloser als mit der Realität.« Ruckartig drehte er sich um, raffte die Trümmerstücke vom Boden auf und trug sie zu der großen Werkbank hinüber. »Wir wollen sehen, was ich für den Patienten tun kann!«

Conrad Cellert benötigte drei Tage. Dann befand sich der »antike« Stuhl wieder in seinem Urzustand. Zumindest beinahe – wie er Fabian hinter vorgehaltener Hand anvertraute, hatte Conrad zusätzlich einige unsichtbare Stahlstreben in Beine und Sitzfläche eingezogen. Nun, verkündete er, hielte das Möbel sogar einen afrikanischen Elefantenbullen aus. Fabian brachte den Stuhl zurück ins Heim, und wie er erwartet hatte, zahlte Orville Swelter mit Freudentränen die beileibe nicht niedrige Rechnung.

Von diesem Tag an teilten Fabian und Conrad Cellert ein Geheimnis. Es war nur ein kleines, unwichtiges Geheimnis – wen scherte es schon, ob Orville Swelter seinen dicken Hintern auf echtes Mahagoni oder falschen Pressspan senkte? Trotzdem verband es sie, machte sie auf eine gewisse Weise zu Komplizen. Und da sie sich auch sonst gut verstanden, wurde Fabian bald ein regelmäßiger Gast in der Sektorstraße.

Er konnte dem Schreiner stundenlang zusehen, wenn er mit seinen simplen Werkzeugen schier unglaubliche Dinge aus Holz entstehen ließ. Zusätzlich versüßt wurden seine Aufenthalte von dem Tee, der rund um die Uhr auf dem kleinen Eisenofen vor sich hindampfte. Fabian hatte bis dahin nie viel für Tee übrig gehabt (der Kamillenaufguss, der im Regenbogenhaus zu den Mahlzeiten ausgeschenkt wurde, ließ ihn würgen, wenn er nur daran dachte), doch als er aus Höflichkeit von Conrads Früchtetee kostete, war es um ihn geschehen: Jeder Schluck des duftenden, dunkelroten Gebräus schien nach einer anderen, exotischen Obstsorte zu schmecken, keine Tasse glich der anderen. Conrad weigerte sich beharrlich, ihm zu verraten, um was für eine Sorte es sich handelte; er gab lediglich zu, dass er regelmäßig größere Mengen davon aus dem Ausland bezog. Irgendwann hörte Fabian auf zu fragen. Hauptsache, er durfte sich nachschenken, sooft er wollte. Einzige Bedingung war, dass er für sich und Conrad vorher eine von etwa hundert Teetassen spülte, die sich schätzungsweise seit der Zeit der Dinosaurier mit eingetrockneten Rändern in der winzigen Küche der Schreinerei stapelten.

Aber noch etwas anderes machte jeden seiner Besuche zu einem Erlebnis. Wie sich nämlich herausstellte, war Conrad ein leidenschaftlicher Geschichtenerzähler. Je konzentrierter er arbeitete, desto fantastischer waren die Abenteuer, die scheinbar ganz ohne sein bewusstes Zutun aus ihm hervorsprudelten. Am liebsten erzählte er von einer märchenhaften Welt, die er sich ausgedacht hatte, einem verzauberten Reich, in dem seltsame Wesen hausten und so ziemlich alles anders war als auf der guten, alten Erde. »Dort drüben«, wie Conrad immer sagte, gab es heldenhafte Helden, monströse Monster, prächtige Prachtschlösser und nicht zuletzt einen uralten, schrecklichen Bösewicht, der Frieden und Fortbestand des idyllischen Reichs bedrohte – also kurz gesagt alles, was man für einen Abend spannender Unterhaltung brauchte. Stunde um Stunde zauberte er Figuren, Orte und Geschöpfe aus dem Hut, und mehr als einmal verpasste Fabian über einer dieser Erzählungen die Schließstunde im Heim und handelte sich Ärger mit Miss Waylandt ein.

Doch es war ihm egal. Wenn er Conrad am Ende des Tages half, die Werkstatt auszufegen, fühlte er sich jedes Mal erfrischt, irgendwie *lebendiger* als vorher. Conrads Geschichten waren wie Urlaub von der Wirklichkeit, sie ließen den eigenen, langweiligen Alltag vergessen.

Ein blechernes Scheppern riss Fabian zurück in die Gegenwart. Aus Unachtsamkeit hatte er eine der Mülltonnen umgestoßen, die den Zugang zu dem schmalen Zwischenraum zwischen den Häusern verwehrten. Er richtete sie wieder auf, wobei er sich erneut bemühte, den durchdringenden Müllgestank zu ignorieren, und ging weiter.

In der Sackgasse war es bedeutend dunkler als auf der Straße, wo altmodische Straßenlaternen und ab und an die Scheinwerfer eines vorbeifahrenden Autos für Helligkeit sorgten. Schritt für Schritt tastete sich Fabian vorwärts, die Arme ausgestreckt.

Plötzlich ertönte irgendwo vor ihm ein durchdringendes Quietschen. Dann leuchtete auf der rechten Seite des Gässchens ein helles Rechteck auf, etwa ein Dutzend Schritte vor ihm – die Hintertür der Schreinerei!

Fabian blieb stehen. Eigentlich konnte es nur Conrad sein, der den Müll rausbrachte oder so. Eine instinktive Eingebung riet ihm dennoch, keinen Laut von sich zu geben. Die Ahnung von etwas Fremdartigem, Unbekanntem hing mit einem Mal in der Luft, und Fabian verspürte das dringende Bedürfnis, sich umzudrehen und zur Straße zurückzukehren. Doch er zwang sich, zu bleiben, wo er war, drückte sich eng gegen die Mauer des Nachbarhauses und spähte mit zusammengekniffenen Augen in die Finsternis.

Die Türöffnung verdunkelte sich, und eine Gestalt trat nach draußen. Es war eindeutig nicht Conrad, dafür war sie viel zu groß.

Groß? Himmel, wer immer da ins Freie trat, musste ein wahrer *Berg* von einem Mann sein – für einen Augenblick schien es, als würde der Türrahmen fast vollständig ausgefüllt!

Wieder überkam Fabian das unbestimmte Gefühl, dass er nicht hier sein sollte, dass direkt vor ihm etwas geschah, das nicht für seine Augen bestimmt war. Doch wiederum siegte seine Neugier, und er blieb, wo er war.

Der riesenhafte Schemen tauchte in die Dunkelheit der Gasse ein. Neben seiner Größe war noch etwas anderes sonderbar, nämlich die Art, wie er sich bewegte. Irgendwie schien er mehr zu *gleiten* als einzelne Schritte zu machen ...

Es quietschte ein zweites Mal, und die Tür wurde wieder geschlossen – so rasch, als sollte niemand mitbekommen, dass gerade jemand die Schreinerei verlassen hatte.

Verwirrt rieb sich Fabian die Augen. In dem kurzen Moment, bevor die Tür ins Schloss gefallen war, hatte er ein *Glänzen* wahrgenommen, den Widerschein von Licht auf etwas Feuchtem, Flüssigem – und zwar genau dort, wo der Fremde in der finsteren Gasse stehen musste.

Er biss sich auf die Unterlippe. Was hatte das zu bedeuten? Hatten ihm seine Augen einen Streich gespielt?

Und dann fiel ihm plötzlich etwas auf: Wer immer da aus der Tür getreten war, er befand sich am Ende einer Sackgasse. Wollte er sie verlassen, hatte er keine andere Möglichkeit, als direkt an Fabian vorbeizugehen!

Eine Gänsehaut rann über seinen Rücken. Hastig machte er ein paar Schritte rückwärts. Der faulige Duft der Abfalltonnen stieg ihm in die Nase. Bevor er es sich versah, hatte er sich hinter dem nächstbesten Behälter zusammengekauert.

Eine Minute verstrich. Eine weitere.

Nichts geschah.

Was machte der Typ bloß? Stand er im Finstern und starrte Löcher in die Luft? Er konnte doch nirgendwohin!

Fabian wartete noch eine Minute.

Und dann, ohne Vorwarnung, überkam ihn Schwindel. Alles um ihn herum begann sich zu drehen, wurde trübe, so als zöge eine Nebelbank durch ein Ohr in seinen Kopf hinein und durch das andere wieder hinaus. Schwankend klammerte sich Fabian an der Mülltonne vor ihm fest.

Nach wenigen Augenblicken war es vorbei. Der Nebel in seinem Kopf lichtete sich, der Schwindel verflog, und Fabian atmete mehrmals tief durch. Dieser Gestank! Bestimmt waren es die Abfalldünste, die ihm beinahe die Besinnung geraubt hatten. Rasch stand er auf und blickte erneut die schmale Gasse entlang.

Seine Augen hatten sich mittlerweile an die Dunkelheit angepasst. Er erkannte die Wände der beiden Häuser, das dunkle Rechteck von Conrads geschlossener Hintertür auf der rechten Seite, die hohe Mauer am Ende der Gasse.

Was er dagegen *nicht* sah, war der Fremde, der eben die Schreinerei verlassen hatte.

Wie war das möglich? Konnte dieser Riesenklops von einem Mann sich während seines kurzen Schwindelanfalls an ihm vorbeigeschlichen haben?

Ganz langsam, Schritt für Schritt, schlich Fabian auf die Hintertür zu, bis er direkt davor stand. Kaum drei Meter weiter erhob sich die feuchte Backsteinwand, gut fünf Meter hoch und ohne Vorsprünge, an denen man hätte hochklettern können.

Außer ihm war niemand hier.

War der Besucher zurück in die Schreinerei gegangen? Aber dann hätte man das Quietschen der Scharniere hören müssen!

Fabian hob die Hand und klopfte dreimal laut gegen die Tür.

Sekunden später ertönten drinnen schlurfende Schritte, ein Schlüssel wurde im Schloss gedreht. Die Tür schwang auf, und in einem Rechteck aus warmem, gelbem Licht erschien die gedrungene Gestalt Conrads, einen fragenden Ausdruck auf dem Gesicht.

»Was ist denn noch? Hast du es dir doch anders über-« Da erst bemerkte er, wer vor ihm stand. Er kniff die Augen hinter seinen winzigen Brillengläsern zusammen. »*Fabian*? Ich, also ... so eine Überraschung! Wo kommst du denn her?«

»Ich hab's vorne probiert, aber es war zu«, erklärte Fabian, dem in seiner Verwirrung nichts Besseres einfiel. »Ich hab geklopft und gerufen, aber du hast mich nicht gehört.« Er zögerte, unterdrückte den Drang, sich sofort nach dem rätselhaften Fremden zu erkundigen. »Ich ... hab mir Sorgen um dich gemacht!«

»Ich hatte Besuch«, erklärte Conrad knapp und trat beiseite, um Fabian einzulassen. Bevor er die Tür wieder schloss, warf er unauffällig einen Blick hinaus in die leere Gasse.

»Besuch? Wer ... äh, hat dich denn besucht?«, erkundigte sich Fabian betont unbeteiligt, während er hinter Conrad durch den schmalen Flur in Richtung Werkstatt marschierte. »Ein Kunde?«

»Besuch eben. Niemand, den du kennst!«

Fabian kannte seinen Freund gut genug, um zu wissen, dass er keine weiteren Informationen erhalten würde. Conrad, normalerweise ein Ausbund an Gesprächigkeit, wirkte verschlossen wie eine Auster. Aber warum? Fürchtete er, dass Fabian etwas gesehen hatte, das er nicht hatte sehen sollen?

In der Werkstatt war es wie immer bullig warm. Fabian hatte kaum seine Sporttasche zu Boden fallen lassen, da saß Conrad bereits an der Werkbank. Wortlos hobelte er an einem Tischbein herum, als gäbe es nichts Wichtigeres auf der Welt.

Fabian beobachtete ihn mit gerunzelter Stirn. Normalerweise erkundigte sich Conrad immer als Erstes, wie sein Tag gewesen war, bot ihm eine Tasse Tee und einen Platz an. Nicht heute.

Ratlos trat er an den Ofen und hob prüfend die Teekanne. Sie war leer. Offenbar hatte Conrad bereits seinem Besucher Tee angeboten.

»Ich mach mal neuen«, erklärte Fabian und schwenkte die Kanne. Conrad antwortete mit einem unverständlichen Brummen.

Fabian ging durch den Flur in die Küche. Er setzte den Wasserkessel auf, füllte ein silbernes Tee-Ei mit Conrads einzigartiger Früchtemischung und zog zwei Tassen aus dem Gebirge schmutzigen Geschirrs, um sie zu spülen. Dabei fiel sein Blick auf ein vergilbtes Foto, das über der Spüle an der Wand hing. Unvermittelt kam ihm die einzige Gelegenheit ins Gedächtnis, bei der er Conrad ähnlich wortkarg erlebt hatte wie heute.

Das Foto, das in einem hübsch verzierten Eschenholzrahmen steckte, zeigte den Schreiner in Gesellschaft zweier alter, bärtiger Männer auf den Zinnen eines hohen Turms. Sowohl Conrad als auch die beiden Fremden trugen bunte Roben, die entfernt an Morgenmäntel erinnerten. Auf den Köpfen der Bärtigen saßen dicke Turbane. Alle drei lachten, und an der Art, wie sie einander die Arme auf die Schultern legten, konnte man erkennen, dass sie gute Freunde waren. Hinter ihnen, jenseits der Brüstung, war eine hügelige Landschaft mit Wiesen und Wäldern zu erkennen. Die Aufnahme schien schon sehr alt zu sein, denn alles darauf wirkte merkwürdig verfärbt – der Himmel beispielsweise sah richtiggehend rot aus.

Vor über drei Jahren war Fabian dieses Bild zum ersten Mal aufgefallen. Arglos hatte er sich bei Conrad erkundigt, woher die Aufnahme stamme und wer die eigenartig gekleideten Männer seien. Ihm gefiel die Vorstellung, dass sein Freund fremde Länder besucht haben könnte. Vielleicht hatte er eine Weltreise unternommen, und sein köstlicher Tee stammte aus einer der exotischen Gegenden, die er dabei besucht hatte?

Doch Fabians Hoffnung auf einen interessanten Reisebericht wurde enttäuscht. Auf das Bild angesprochen, murmelte Conrad nur etwas, das klang wie: »Lange her … Urlaub, weit weg von hier«. Dabei vermied er es auffallend, Fabian in die Augen zu sehen, und in der folgenden Stunde war nichts mehr aus ihm herauszubekommen. Fabian hatte das Foto seither noch öfter betrachtet, aber wohlweislich nie mehr die Sprache darauf gebracht.

Conrads Reserviertheit heute erinnerte ihn frappierend an die damalige Situation, sein Verhalten schien ähnlich rätselhaft. Hatte Conrad ein Geheimnis, über das er nicht sprechen wollte? Stammte das Foto aus einer Zeit, an die er keine guten Erinnerungen hegte? Hatte der heutige Besuch vielleicht ebenfalls damit zu tun?

Der Kessel begann zu pfeifen. Fabian goss sprudelndes Wasser in die Kanne und warf das Tee-Ei hinterher. Kanne und Tassen in Händen, kehrte er in die Werkstatt zurück. Er beschloss, falls es Dinge in Conrads Leben gab, über die der Schreiner nicht reden wollte, war das in Ordnung. Es stand ihm nicht zu, sich in Dinge einzumischen, die ihn nichts angingen. Er würde die Ereignisse des heutigen Abends nicht mehr erwähnen – nicht einmal das merkwürdige feuchte Glänzen, das er im Dunkel gesehen zu haben glaubte. Wahrscheinlich hatten ihm ohnehin nur seine Augen einen Streich gespielt.

Fabian goss beide Tassen voll und stellte eine neben Conrad auf die Werkbank. Mit der anderen ließ er sich auf seinem Lieblingsplatz nieder, einem plüschgepolsterten Lehnstuhl mit geschnitzten Vogelklauen als Armlehnen; Conrad hatte ihn vor Jahren für einen Kunden restauriert, der ihn anschließend nie abgeholt hatte. Er hoffte, dass Conrad nicht vorhatte, die folgende Stunde in dumpfem Schweigen zu verbringen, so wie damals, als er nach dem Foto gefragt hatte.

Eine Weile schien es, als würde genau das eintreten: Conrad arbeitete stumm und konzentriert an seinem Tischbein, so als hätte er seinen Besucher völlig vergessen. Irgendwann stieg ihm jedoch der fruchtige Duft in die Nase, der von der Teetasse neben ihm aufstieg. Ohne den Blick zu heben, nahm er einen Schluck. Sofort sah Fabian, wie sich seine Gesichtszüge aufhellten.

Noch immer schwieg Conrad. Aber als er zum zweiten Mal trank, schien sich auch seine Körperhaltung merklich zu entspannen. Schließlich leerte er die Tasse mit einem genüsslichen Seufzen, warf Fabian einen dankbaren Blick zu – und schien mit einem Mal wieder ganz der Conrad zu sein, den Fabian kannte.

»Wie war dein Tag?«, erkundigte er sich prompt, ohne auf ihren kurzen Wortwechsel an der Hintertür einzugehen. »Hattest du nicht ein Match heute? Wie ist es gelaufen? Gewonnen, wie immer?«

»48 zu 16«, bestätigte Fabian zaghaft. Er traute dem Frieden noch nicht ganz.

»Klingt nicht gerade, als würdest du dich sonderlich freuen?«

»Doch, doch, klar!« Kein Zweifel, Conrad war wieder der Alte – und das bedeutete, dass er in Fabian lesen konnte wie in einem aufgeschlagenen Buch! Er wusste nur zu gut, dass ein gewonnenes Basketballmatch Fabian längst nicht mehr zu Begeisterungsstürmen hinriss; seit er die Mannschaft leitete, hatte sie kein einziges Spiel mehr verloren.

»Nun, mein Junge, sogar Erfolg kann langweilig werden, sobald man sich nicht mehr dafür anstrengen muss«, sagte Conrad ruhig und widmete sich wieder seiner Arbeit. »Und irgendwann beginnt man, sich nach größeren Herausforderungen zu sehnen ...«

»Größeren Herausforderungen als Klassenarbeiten und Basketballspiele?« Unwillkürlich gingen Fabian die unzähligen Nächte durch den Sinn, in denen er schlaflos in seinem Bett unter der Dachschräge gelegen und in seiner Fantasie die Welt vor den Machenschaften schrecklicher Bösewichter gerettet hatte. Er nickte, zögernd zunächst, dann schmunzelnd, als ihm dämmerte, worauf sein Freund hinauswollte.

Und er lag richtig.

»Lass mich raten«, fuhr Conrad fort. »Ein Abenteuer wäre jetzt genau das Richtige? Spannend, dramatisch, nervenaufreibend? Nun, du hast Glück. Ich glaube, da lässt sich etwas machen ...« Er hob das Tischbein und zielte wie mit einem Säbel auf Fabians Brust. »Wie wäre es mit einer abenteuerlichen kleinen *Geschichte*, um der Langeweile des Alltags für eine Weile zu entfliehen?«

Ein erleichtertes Grinsen breitete sich auf Fabians Gesicht aus. Er würde also doch in den Genuss einer Story kommen, wie er es den ganzen Tag über gehofft hatte. Voller Vorfreude lehnte er sich in seinem Stuhl zurück, die Teetasse mit beiden Händen umschlossen. Es gab einfach nichts Besseres als eine von Conrads Erzählungen, um sich nach einem langen Tag zu entspannen!

Der Schreiner legte seinen Hobel beiseite und kramte aus dem Haufen auf der Werkbank ein altes Schnitzwerkzeug hervor. Er klemmte sich das Tischbein zwischen die von einer ledernen Arbeitsschürze bedeckten Knie und peilte es sekundenlang mit zusammengekniffenen Augen an. Dann setzte er den ersten Stich und begann mit volltönender Stimme zu erzählen.

»Fernab unserer Erde, durch Raum und Zeit unvorstellbar weit von uns getrennt und doch näher, als mancher denken mag, liegt eine Welt jenseits unserer Vorstellungskraft. Eine fremdartige, wunderbare Welt voller fremdartiger, wunderbarer Bewohner ...«

Das war der klassische Einstieg, so begann jede von Conrads grandiosen Storys. Fabian schloss die Augen und lauschte der warmen Stimme, die ihn Satz für Satz weiter davontrug in ein Reich fern der Realität. Minuten später hatte er seine Umgebung, das Basketballmatch vom Nachmittag und sogar den Zwischenfall in der dunklen Sackgasse völlig vergessen.

Kapitel 2
Ein Schreiner verschwindet

Die nächsten Wochen verliefen stressig. Wie immer, wenn sich Ferien am Horizont abzeichneten, schienen es die Lehrer darauf anzulegen, noch rasch so viele Klassenarbeiten zu schreiben wie möglich. Für Fabian bedeutete das, dass er seine Freizeit büffelnd in seinem engen, von der Frühlingssonne aufgeheizten Dachzimmer zubrachte, umgeben von einem mehrlagigen Teppich aus aufgeschlagenen Schulbüchern und -heften. Nicht selten hockte er bis spät in den Abend am Schreibtisch und lernte, schwitzte und fluchte. Fabian war alles andere als ein Streber, aber wenn er etwas in Angriff nahm, dann wollte er es richtig machen; sich aus Faulheit weniger anzustrengen und dafür von vorneherein zu wissen, dass das Ergebnis nur eine mäßige Note sein konnte, war nichts für ihn.

Über all der Lernerei blieb für andere Dinge wenig Raum. Wenn er es außer zur Schule einmal hinaus schaffte, dann nur, um am Basketballtraining teilzunehmen oder eine rasche Besorgung für die Heimleitung zu erledigen. Die Schreinerei in der Sektorstraße konnte er in dieser Zeit kein einziges Mal besuchen, so sehr ihm Conrads entspannende Gegenwart auch fehlte.

Doch irgendwann war es geschafft. Als am letzten Schultag das Schrillen der Klingel den Beginn der Osterferien einläutete, war Fabian unter den Ersten, die aus dem großen, grauen Gebäude in die strahlende Aprilsonne hinausströmten. Während es viele seiner Mitschüler plötzlich gar nicht mehr eilig zu haben schienen, nach Hause zu kommen, müßig herumstanden und Verabredungen für die freien Wochen trafen, stürmte Fabian ohne Zögern zum Fahrradschuppen, machte sein Rad los und schwang sich in den Sattel. Nach der viel zu langen Zwangspause hatte er es eilig, einen ganz bestimmten Ort aufzusuchen ...

Eine Viertelstunde später erwartete ihn an der Tür des Hauses mit der Nummer 77 allerdings eine unangenehme Überraschung: Die Schreinerei war geschlossen.

»Conrad? *Conraaaad!*« Automatisch musste Fabian an seinen letzten Besuch vor knapp drei Wochen denken, als er ebenfalls wie ein Irrer gegen die Tür gehämmert hatte. Schlief Conrad etwa noch? Unmöglich, es ging auf Mittag zu! Und die Werkstatt hielt er gewöhnlich durchgängig geöffnet.

Als auch nach mehreren Minuten Trommelgewitter keine Reaktion erfolgte, lief Fabian zur Hintertür hinüber. Bei Tag, im strahlenden Sonnenlicht, war von der unheimlichen Atmosphäre von neulich nichts mehr zu spüren; nichts erinnerte an die seltsame Szene, die Fabian noch vor Kurzem hier beobachtet hatte.

Doch auch auf sein Klopfen und Rufen an der Hintertür tat sich dieses Mal nicht das Geringste.

Enttäuscht kehrte Fabian zur Straße zurück. Was war nun schon wieder los? Wo steckte Conrad? War er auf dem Markt einkaufen?

Fabian stellte sich vor die Treppen, die zur grünen Eingangstür emporführten, und bildete mit den Händen einen Trichter vor dem Mund.

»CONRAAAAAAD!«

»*Himmeldonnerwetter noch mal!* Hat man hier nie seine Ruhe? Was ist denn das schon wieder für ein Radau?«

Fabian hob überrascht den Kopf und sah, dass im ersten Stock des Nachbarhauses mit der Nummer 75 ein Fenster aufgerissen worden war. Eine alte Frau mit dickem grauem Haardutt starrte zornig zu ihm hinunter.

»Erst die halbe Nacht dieses Getöse, und jetzt so ein Geschrei! Diese Gegend geht immer mehr vor die Hunde!«, keifte sie.

»Entschuldigen Sie! Ich wollte niemanden stören. Können Sie mir zufällig sagen, wo Schreinermeister Cellert steckt?«

»Den Tischler suchst du?« Die Frau verzog unwillig ihr Gesicht, das blass und verquollen wirkte, so als hätte sie in der letzten Nacht nicht genug Schlaf bekommen. »Da musst du ins Krankenhaus fahren, Jungchen!«

»Ins Krankenhaus?« Ein eisiger Schauer rieselte Fabians Rücken hinunter. Rasch trat er unter das Fenster. »Was ist passiert? Bitte, Sie müssen mir erzählen, was …«

»Passiert?« Die Frau schüttelte so heftig ihren Kopf, dass ihre hochgesteckten Haarmassen bedrohlich ins Wanken gerieten. »Was *passiert* ist? Die halbe Nacht hab ich senkrecht im Bett gestanden, *das* ist passiert! Und alles nur, weil es mit diesem Viertel hier immer mehr bergab geht! Eine Schande ist das …«

»Bitte«, versuchte es Fabian noch einmal. »Könnten Sie mir nicht kurz erklären, was geschehen ist?«

Die Frau starrte ihn wütend an, dann stieß sie einen müden Seufzer aus. »Von mir aus. Aber die Betonung liegt auf ›kurz‹, verstanden? Ich hab einiges an Schönheitsschlaf nachzuholen.« Sie betastete ihr teigiges Gesicht, während sie fortfuhr: »Es muss gegen Mitternacht gewesen sein. Ich lag schon im Bett, als auf einmal dieser gellende Schrei ertönte …«

»Ein Schrei?«

Die Frau nickte. »Kam von nebenan, aus der Tischlerei, ganz hoch und panisch, wie von einem Kind. Als Nächstes kam jemand mit einem Höllentempo aus der Sackgasse herausgerannt.« Die Frau deutete in Richtung des Gässchens, in dem Conrads Hintertür lag, und gähnte ausgiebig.

Nervös trat Fabian von einem Bein aufs andere. »Bitte, weiter! Wer hat geschrien?«

»Wie? Nun, natürlich hatte die ganze Straße den Tumult mitbekommen. Minuten später tauchte der alte Perlinsky von gegenüber mit einer Taschenlampe auf, um nach dem Rechten zu sehen. Er fand die Hintertür der Tischlerei offen, das Schloss war zerschrammt, als ob jemand versucht hätte, es aufzubrechen. Tja, und auf der Türschwelle lag der Tischler.«

»Conrad?« Fabian spürte, wie sich sein Magen zusammenkrampfte. »Wieso lag er am Boden?«

»Weil man meistens liegt, wenn man bewusstlos ist«, entgegnete die Frau verständnislos. »Perlinsky rief die Polizei – und von diesem Moment an war an Schlaf nicht mehr zu denken!« Ihre Gesichtszüge verzogen sich ungehalten. »Kaum eine Viertelstunde später war hier die Nacht zum Tag geworden, überall Autoscheinwerfer, Blaulichter, Rennerei, Türenschlagen, aufgeregtes Gebrüll, Funksprüche und so weiter. Und noch Stunden, nachdem der Notarzt den Tischler abtransportiert hatte, klingelten Polizisten die Nachbarschaft aus den Betten, wollten wissen, ob jemand etwas gesehen hätte. Es muss drei Uhr in der Früh gewesen sein, als endlich wieder Ruhe einkehrte.«

»Aber was *ist* denn nun passiert? Hat die Polizei nichts gesagt?«

»Gesagt? Klar haben die was gesagt, eine ganze Menge haben sie gesagt! Ein junger Schutzmann war darunter, der wollte gar nicht mehr gehen, nachdem ich ihm aufgemacht hatte … konnte gar nicht aufhören zu quasseln, der Kerl. Und das mitten in der Nacht, wo rechtschaffene Leute schlafen wollen!«

»Und?«

»Was und? Ach so ... Die Beamten sagten, dass wohl jemand versucht hätte, da unten einzubrechen.«

»Einzubrechen? In die Schreinerei?« Fabian schüttelte ungläubig den Kopf. »Aber bei Conrad gibt es doch nichts zu holen!«

»Keine Ahnung, was man als Tischler verdient«, entgegnete die Frau desinteressiert. »Jedenfalls nimmt die Polizei an, dass der alte Cellert von den Einbruchsgeräuschen aufgewacht ist, aufstand und nachsehen ging. Tja, und da hat er den Einbrecher wohl auf frischer Tat ertappt. Muss sich gehörig erschrocken haben, der Alte. Sein Schrei hätte Tote aufwecken können, Jungchen! Ohnmächtig ist er geworden. Aber glücklicherweise scheint sich auch der Einbrecher gehörig erschrocken zu haben. Sonst hätte er kaum unverrichteter Dinge die Flucht ergriffen – in einer Höllenlautstärke!«

Fabian kratzte sich am Kopf. »Versteh ich nicht. Wie kann man denn *laut* weglaufen?«

»Na, dieses Getrampel! Hart und knöchern!«, bellte die Frau aufgebracht. »Seine Schritte haben geklappert wie die Hufe eines Brauereigauls. Sogar die alte Miss Brecniak im vierten Stock hat es mitbekommen, und die hört normalerweise nicht mal das Hupen der Autos, wenn sie blindlings über die Straße zockelt.« Sie schüttelte den Kopf. »Dieser Blödmann muss *Steppschuhe* angehabt haben oder so! Dabei sollte man doch meinen, wenn einer irgendwo einsteigen will, würde er sich bemühen, möglichst leise aufzutreten. Oder etwa nicht?«

Fabian nickte verwirrt und dankte der Frau für die Auskünfte. »Und der Notarzt hat Conrad mit ins Krankenhaus genommen? Zur Kontrolle, nehme ich an?«

Die Frau massierte sich die schlaffen Augenlider und machte Anstalten, sich ins Innere ihres Hauses zurückzuziehen. »Zur Kontrolle? Nein, Jungchen. Ich fürchte, bei einem Herzanfall muss ein bisschen mehr gemacht werden als bloß kontrollieren.« Und mit einem letzten Gähner schloss sie das Fenster hinter sich.

In Fabians Magen rumpelte es, als hätte er eine Wagenladung Backsteine verschluckt, trotzdem trat er so fest er konnte in die Pedale. Seine Gedanken rasten, während seine schweißnassen Hände das Fahrrad wie von selbst auf direktem Weg zum städtischen Krankenhaus lenkten.

Herzanfall! Allein das Wort klang böse und gefährlich. Conrads Herz war nicht mehr das kräftigste, das wusste Fabian. Mehr als einmal hatte der Schreiner in den letzten Jahren über Stiche in der Brust geklagt. Auch beim Arzt war er deswegen schon gewesen; seitdem nahm er regelmäßig irgendwelche Medikamente.

Wie es aussah, hatten die in der vergangenen Nacht jedoch nicht viel genutzt.

Das Krankenhaus war ein moderner, kantiger Bau, der hauptsächlich aus Glas und Metall bestand. Fabian fand ihn scheußlich, aber er mochte generell keine Krankenhäuser. Seit ihm mit acht Jahren die Mandeln entfernt worden waren, hasste er den Geruch nach Desinfektionsmitteln, das kalte, künstliche Licht und das gespenstische Echo der Schritte, wenn Krankenschwestern durch die weiten Flure marschierten.

Aber all das interessierte ihn jetzt nicht. Er schleuderte sein Rad in einen Fahrradständer vor dem Eingang und eilte durch die gläserne Drehtür ins Innere. Am Empfang erkundigte er sich atemlos, wo er Conrad Cellert finden könne. Die weißgekleidete Frau hinter dem Tresen tippte den Namen in ihren Computer, dann nannte sie ein

Stockwerk und eine Zimmernummer. Nach einem weiteren Blick auf ihren Monitor fügte sie hinzu, dass der Patient in einem Einzelzimmer liege und momentan striktes Besuchsverbot bestehe, weil sein Gesundheitszustand zu schlecht sei.

Fabian ignorierte das würgende Gefühl in seiner Kehle, bedankte sich artig und schlurfte in Richtung Ausgang. Kaum war er aus dem Sichtfeld der Empfangsdame heraus, schlug er einen Bogen und stieg am anderen Ende der Eingangshalle in einen Aufzug. So leicht ließ er sich nicht abwimmeln!

Im sechsten Stock roch es durchdringender nach Desinfektionsmitteln. Während Fabian eilig den breiten Hauptflur entlangschritt, musste er an all die Menschen denken, die hinter den Türen in ihren Betten lagen und um ihr Leben bangten oder auf komplizierte Operationen warteten. Er fragte sich, ob es in Krankenhäusern möglicherweise deshalb immer so nach Putzlösung stank, damit man ihre Angst nicht riechen konnte?

Ungeduldig las er die Nummern von den Schildern neben den Türen ab. Endlich tauchte die richtige vor ihm auf, und er griff nach der Klinke. Im selben Augenblick jedoch wurde die Tür von innen geöffnet, und eine junge, blonde Krankenschwester trat hinaus.

Fabian war schon zu nah, um so zu tun, als wollte er in ein anderes Zimmer. Die Schwester, die in einer Hand ein Tablett mit einem leeren Kunststoffbecher hielt, sah ihn überrascht an. Sie war etwa Mitte zwanzig, auf einem Schild an ihrer Brust stand *V. Mena*.

»Na, du? Wohin willst du denn? Doch nicht etwa hier rein?« Sie deutete mit dem Daumen auf die Tür hinter ihrem Rücken. Als Fabian zaghaft nickte, nahm ihr Gesicht einen ernsten Ausdruck an. »Das ist leider nicht möglich. Der Patient ist nicht in der Verfassung, Besuch zu empfangen.«

Fabian spürte, wie ihm das Herz in die Hose rutschte. »Ich ... wie geht es ihm? Wird er wieder gesund werden? Bitte, könnte ich ihn nur ganz kurz sehen, ich ...«

Die Schwester legte ihm beruhigend eine Hand auf die Schulter. »Bist du mit Mister Cellert verwandt?«

»Äh ...« Fabian überlegte blitzschnell. Soweit er wusste, hatte Conrad keine lebenden Verwandten in der näheren Umgebung. Die Wahrscheinlichkeit, auf einen echten Angehörigen zu treffen, war folglich gleich null. »Er ist mein Onkel«, sagte er krächzend.

Fabian log nicht gern, und wie jedes Mal, wenn er es trotzdem tat, fühlte er sich unwohl dabei. Ein Hitzeschwall schoss in sein Gesicht, und ihm war, als müsste es röter leuchten als jede Ampel. Die Schwester würde seinen Bluff in Sekundenschnelle durchschauen.

Aber entweder war Schwester Mena farbenblind, oder Fabian hatte die Leuchtwirkung seines Gesichts überschätzt. Sie nickte, ohne seine Worte infrage zu stellen. »Deinem Onkel geht es nicht gut«, erklärte sie.

»Was hat er?«

»Du weißt ja sicher, dass er seit Längerem ein Herzleiden hat, eine krankhafte Veränderung der Herzkranzgefäße. In der vergangenen Nacht scheint er sich über irgendetwas sehr aufgeregt zu haben. Dabei kam es zu einer plötzlichen Verengung der Gefäße, woraufhin der Herzmuskel nicht mehr ausreichend durchblutet wurde. Man nennt das einen Herzanfall.«

Fabian starrte die Schwester wortlos an.

»Unglücklicherweise hat er dabei das Bewusstsein verloren. Er ist gestürzt und hat sich den Kopf aufgeschlagen«, fuhr sie fort. »Eine mittelschwere Gehirnerschütterung. Er war für viele Stunden bewusstlos. Erst vorhin ist er wieder aufgewacht.«

»Wird Con- ... ich meine: Wird mein Onkel wieder gesund werden?«

Schwester Mena zögerte einen winzigen Moment zu lange.

»Ob sein Herz dauerhaft Schaden genommen hat, kann man noch nicht sagen«, sagte sie dann ausweichend. »Die Ärzte wollen noch eine Reihe von Untersuchungen durchführen. Deswegen muss dein Onkel auch bis auf Weiteres hierbleiben. Er benötigt absolute Ruhe, verstehst du?«

Fabian nickte langsam. Er fühlte sich, als stünde er auf dem schwankenden Deck eines Schiffs. Trotzdem unternahm er einen letzten Versuch: »Dürfte ich vielleicht trotzdem rasch hineinschauen? Nur ganz kurz? Ich bin sicher, das würde ihn freuen. Er ... ich bin sein einziger lebender Verwandter, wissen Sie?« Nun, da er schon mal angefangen hatte zu schwindeln, konnte er auch weitermachen, fand Fabian. Er sah der Schwester direkt ins Gesicht und riss die Augen auf. Er hatte gelernt, dass dieser Trick oft hilfreich war, wenn man bei Erwachsenen etwas erreichen wollte.

Und er hatte Glück.

Schwester Mena sah ihn einen Moment lang traurig an. Dann nickte sie und legte die Hand auf die Türklinke. »Aber wirklich nur ganz kurz! Wenn jemand mitbekommt, dass ich dich reingelassen habe, bekomme ich einen Riesenärger.«

»Keine Sorge«, murmelte Fabian. »Nur eben seine Hand drücken.« Und damit schob er sich an der Schwester vorbei, schlüpfte durch die Tür und zog sie hinter sich ins Schloss.

Conrads Krankenzimmer war klein und erstaunlich düster. Vor den Fenstern hingen dicke Vorhänge, die nur einen schwachen Lichtschimmer durchließen. Die restliche Helligkeit drang aus den Anzeigen mehrerer medizinischer Geräte, die in einem Rollschrank neben dem Bett standen. Es piepste und summte, und auf einem Flachbildmonitor blinkten farbige Zahlen und Diagramme.

Auf Zehenspitzen schlich Fabian näher. Inmitten einer Hügellandschaft aus weißem Bettzeug lag, verloren und unscheinbar – Conrad. Das Kopfende des Betts war hochgeklappt, und wären seine Augen offen gewesen, hätte er Fabian direkt angesehen. Doch sie waren geschlossen.

Wie bei einem Toten.

Beklommen ging Fabian auf das Bett zu. Die obere Hälfte von Conrads Kopf war dick bandagiert. Sein Gesicht hob sich kaum von den weißen Binden ab, es schien aus farblosem Wachs zu bestehen. Seine Brille fehlte. Ohne das Drahtgestell mit den kleinen, runden Gläsern wirkte er verwundbar und merkwürdig nackt.

Damals, als sie sich kennengelernt hatten, hatte Conrad am Kinn ein kleines weißes Ziegenbärtchen getragen. Fabian hatte ihn darauf hingewiesen, dass das eher etwas für jüngere Leute sei, Schauspieler oder Rockmusiker. Conrad hatte den Bart daraufhin abgenommen.

Als er jetzt in das glatte, bleiche Gesicht blickte, tat es Fabian leid, dass er seinen Freund damals kritisiert hatte.

Dicht neben dem Bett blieb er stehen. Conrads Arme ruhten bewegungslos auf dem Laken. In seiner linken Hand steckte eine Nadel, ein durchsichtiger Schlauch verband sie mit einer Flasche, die kopfüber an einer Art Kleiderständer hing. Eine farblose Flüssigkeit tropfte heraus und in den Schlauch. An Conrads freiliegendem Oberkörper war ein Gewirr aus Drähten befestigt, das zu den piepsenden, summenden Maschinen hinüberführte. Die Haut seiner Brust war so weiß, als sei sie mit Mehl bestäubt worden.

Vorsichtig streckte Fabian eine Hand aus. Im selben Moment, als er Conrads Finger berührte, öffnete dieser die Augen. Sekundenlang starrte er verwirrt um sich, schien nicht zu wissen, wo er sich befand. Als er Fabian erkannte, seufzte er leise. Er öffnete den Mund, um etwas zu sagen, brachte aber kaum mehr als ein Keuchen hervor.

»Pssst, nicht reden.« Fabian zog sich einen Stuhl heran und nahm neben dem Bett Platz. »Du brauchst Ruhe, sagt die Schwester. Damit du bald wieder auf die Beine kommst.«

Conrad schluckte mehrmals trocken. Er deutete zu einem Wasserglas auf dem Nachttisch, und Fabian reichte es ihm. Als Conrad es zum Mund führte, zitterten seine Hände so stark, dass mehr herausschwappte als in seiner Kehle landete. Danach schien es ihm jedoch etwas besser zu gehen.

»Gut, dass du da bist«, flüsterte er rau.

»Ist doch logisch.« Fabian versuchte, aufmunternd zu lächeln. Er hoffte, dass sein Freund nicht merken würde, wie sehr ihn sein Zustand erschreckte.

»Gut – und *wichtig*«, fuhr Conrad fort. »Wichtiger, als du ahnst.«

Fabian runzelte die Stirn. Wovon redete Conrad da? Seine Augen wirkten irgendwie glasig. Wahrscheinlich stand er unter dem Einfluss starker Medikamente.

Fabian nahm Conrads Hand in seine und schüttelte sanft den Kopf. »Was machst du bloß für Sachen, wenn ich mal nicht da bin? Sich einem Einbrecher entgegenstellen – wer kommt denn auf so eine blöde Idee?« Er grinste schief. »Im Ernst, du bist schließlich keine achtzehn mehr. Warum hast du dich nicht ruhig verhalten und die Polizei gerufen, als dieser Einbrecher ...«

»War ... kein ... Einbrecher!« Conrad schüttelte ruckartig den Kopf.

»Kein Einbrecher? Aber deine Nachbarin hat mir erzählt, dass jemand versucht hätte, durch die Hintertür ins Haus einzudringen.«

Conrad nickte kaum merklich. Das Gespräch strengte ihn an, Schweißperlen glitzerten auf seiner Stirn. Er räusperte sich umständlich. »Ich wollte gerade zu Bett gehen«, begann er etwas lauter,

»da hörte ich, wie etwas an der Hintertür schabte und kratzte. Ich dachte, es sei ein streunender Hund, und ging nachsehen. Als ich mich der Tür näherte, konnte ich erkennen, wie jemand versuchte, von außen den Knauf zu drehen ...«

Das Piepsen der Maschinen beschleunigte sich. Fabian nahm an, dass sie Conrads Herztätigkeit hörbar machten.

»Ganz ruhig«, flüsterte er. »Es ist vorbei, kein Grund mehr, sich aufzuregen.«

»Nichts ist vorbei!« Conrad schob sich hektisch in eine sitzende Position hoch. »Im Gegenteil, es fängt gerade erst an! Deswegen ist es so wichtig, dass du hier bist, mein Junge.« In seinen aufgerissenen Augen war eine Furcht zu erkennen, die an Panik grenzte. Fabian wurde allmählich mulmig zumute.

»Ich versteh nur Bahnhof«, stammelte er. »*Was* fängt an? Wieso wollte ein Einbrecher in die Schreinerei ...«

»Es *war* kein Einbrecher, Fabian!«, wiederholte Conrad krächzend. Das Piepsen im Hintergrund klang schrill und bedrohlich. »Ich weiß nicht, wie ich es dir erklären soll, aber ... es war ja nicht einmal *ein menschliches Wesen*!«

Besorgt zog Fabian seine Hand zurück »Soll ich die Schwester rufen, Conrad? Sie kann dir etwas geben, das dir ...« Er machte Anstalten, sich zu erheben. Doch Conrads Hand schoss nach vorne und umklammerte überraschend fest seinen Unterarm.

»Ich bin vielleicht ein bisschen neben der Spur, aber immer noch Herr meiner Sinne!« Er bedeutete Fabian, sich wieder zu setzen. »Die Sache ist ernst, und ich weiß nicht genau, wie ich beginnen soll.« Er zögerte, holte pfeifend Luft. »Ich habe dir oft Geschichten erzählt, mein Junge. Und du hast immer gerne zugehört, nicht wahr?«

Fabian nickte beklommen.

»Gut. Denn heute muss ich dir noch einmal eine Geschichte erzählen – wenngleich diese nie dazu bestimmt war, weitergegeben zu werden. Das musste ich einst versprechen. Es ist eine eigenartige, unglaubliche Geschichte, und wie es aussieht, wird dies meine letzte Gelegenheit sein, sie zu erzählen. Du musst also gut ...«

»Was für ein Quatsch!«, fuhr Fabian auf. »Du wirst wieder gesund werden! Und wenn du erst zurück in der Schreinerei bist, kannst du noch Hunderte von Geschichten ...«

»Die Ärzte sagen, dass ich die nächsten Wochen möglicherweise nicht überlebe!«

Der Satz traf Fabian wie ein Schlag. Für einen Moment hoffte er verzweifelt, er hätte sich verhört. »Das kann nicht ...« Plötzlich verstand er den traurigen Blick, mit dem ihn die Schwester auf dem Flur angesehen hatte. »Die Diagnose muss falsch sein!« Er verstummte mit bebenden Lippen.

Nun war es Conrad, der Fabians kraftlose Hand in seine nahm. »Mein Herz ist alt und schon lange nicht mehr in Topform, Fabian. Laut den Ärzten ist vergangene Nacht etwas darin kaputtgegangen, und ich habe keinen Grund, an ihren Worten zu zweifeln.« Er hob die linke Hand an die Brust und verzog gequält das Gesicht. »Die Schmerzen waren schlimmer als alles, was ich je erlebt habe ... als hätte jemand mein Herz in einen Schraubstock eingespannt und unbarmherzig immer weiter zugedreht. Ich bekam keine Luft mehr, alles um mich herum verschwamm. Und dann ging das Licht aus.«

»Aber du *darfst* nicht ...«

»Es besteht eine kleine Restchance, dass die alte Pumpe noch mal die Kurve kriegt«, erklärte Conrad ruhig. »Sie ist verschwindend gering, aber immerhin!« Er lächelte schwach, dann versteinerte sein Gesicht. Eine nervöse Unruhe flackerte in seinem Blick. »Du musst jetzt gut zuhören, Fabian. Am Ende werde ich dich um einen Gefallen bitten. Es handelt sich möglicherweise um die wichtigste Aufgabe, die je einem Jungen wie dir aufgetragen worden ist!«

Fabian verstand kein Wort, aber er schwieg. Conrad ließ seine Hand los, angelte nach seiner Brille auf dem Nachttisch und setzte sie auf. Trotz seiner Blässe ähnelte er nun wieder etwas mehr dem Conrad, den Fabian kannte. Er nahm noch einen Schluck Wasser, schien kurz auf das Piepsen der Maschine im Hintergrund zu lauschen. Es klang nach wie vor schrill, aber nicht mehr bedrohlich.

Dann holte er tief Luft und begann zu erzählen.

Kapitel 3
Conrad erzählt

Alles nahm seinen Anfang vor annähernd dreißig Jahren. Es war einer dieser ekelhaften kalten Novemberabende, an denen der Wind wie ein wütendes Tier ums Haus schleicht, an den Läden rüttelt und pfeift und heult aus Wut darüber, dass er nicht ins Haus kann. Hagelkörner prasselten gegen die Fenster wie Gewehrkugeln. Niemand, der nicht unbedingt musste, ging freiwillig vor die Tür.

Ich hatte mir eine große Kanne Tee gekocht und es mir mit einem Werkstück an der Werkbank bequem gemacht. Aber gerade als ich mich auf meinem Schemel niedergelassen hatte und den Hohlbeitel ansetzte, flog plötzlich ohne Vorwarnung die Tür auf. Ein Schwall eiskalter Luft fauchte herein, gefolgt von wirbelnden grauen Nebelfingern.

Verwundert sah ich auf. Ich war der festen Überzeugung gewesen, längst abgesperrt zu haben. Widerwillig erhob ich mich, um die Tür wieder zu schließen.

Doch rasch stellte ich fest, dass zusammen mit der Kälte noch etwas anderes hereingekommen war: Mitten im Laden stand ein spargeldünner Mann, weißhaarig, in einem braunen Anzug mit passendem Zylinder. Unter dem Arm trug er etwas Großes, Flaches, das in Ölpapier eingewickelt war.

»Scheußliches Wetter, das Sie da mitbringen«, begrüßte ich den verspäteten Kunden, ging zur Tür und schloss sie hinter ihm.

»Mitnichten«, entgegnete der Fremde mit einer Stimme, die krächzte wie ein altes Türscharnier. Er war gut zwei Köpfe größer als ich, den altmodischen Zylinder nicht mitgerechnet, und sein ausgemergeltes Gesicht war erschreckend blass. »Das Wetter ist ideal! Niemand hat mich kommen sehen, und niemand wird bemerken, wenn ich diesen Laden wieder verlasse.«

Etwas an der Art, wie der Mann sprach, war eigenartig. Er hatte einen Akzent, den ich noch nie gehört hatte, und auch seine Worte ergaben für mich keinen Sinn: Wieso sollte niemand mitbekommen, dass er meine Schreinerei besuchte?

Bevor ich etwas erwidern konnte, trat der hagere Mensch auf mich zu und fixierte mich mit starrem Blick. »Sind Sie Conrad Cellert, Kunstschreiner und Experte für die Restaurierung alter Kunstwerke aus Holz?«

»Zumindest steht das Erstere draußen über der Tür«, entgegnete ich vorsichtig. Der Mann war mir nicht geheuer. »Möchten Sie etwas repariert haben? Einen Bilderrahmen vielleicht?« Ich deutete auf das flache Paket unter seinem Arm.

Der Fremde hustete rasselnd, trat an die Werkbank und fegte mit einer ungeduldigen Bewegung meine Schnitzwerkzeuge beiseite. Wortlos legte er sein Mitbringsel auf die freie Fläche, schlug das Ölpapier zurück und legte einen flachen schwarzen Koffer frei, etwa achtzig mal hundert Zentimeter groß. Mit spitzen Fingern klappte er den Deckel auf.

Ich trat neben ihn – und machte große Augen!

Im Innern des Koffers lag ein Fensterrahmen. Er bestand aus einem dunklen, fast schwarzen Holz, dessen verschlungene Maserung an keine Sorte erinnerte, die mir je begegnet war. Das Stück ruhte in einem Bett aus weichem Schaumstoff, das exakt seiner Form angepasst war. Der Grund dafür lag auf der Hand: Die Streben der beiden glaslosen Fensterflügel waren bis auf den letzten Quadratzentimeter mit aufwendigem Schnitzwerk verziert.

Ich hatte zu diesem Zeitpunkt schon viele Schnitzarbeiten gesehen, aber der Detailreichtum dieser Arbeit verschlug mir den Atem: Da wanden krakenähnliche Geschöpfe hauchfein gedrechselte Tentakel um das Holz, Fledermäuse schlugen mit papierdünnen Schwingen, raupenartige Kreaturen krabbelten auf unzähligen zahnstocherdünnen Beinchen. Es gab Blumen, in deren Kelche winzige Gesichter geritzt waren, bleistiftdünne Schlangen, zerbrechliche Sterne und tausend andere Dinge mehr.

Mindestens ebenso außergewöhnlich war der fragile, silberne Riegel, der beide Fensterflügel in der Mitte zusammenhielt. Wollte man sie öffnen, musste man einen winzigen Haken lösen und nach oben klappen.

»Sehen Sie her«, krächzte der hagere Mann. Er hustete erneut, beugte sich herunter und deutete mit einem spinnenartigen Finger auf mehrere Stellen des Fensterrahmens. Jetzt erst nahm ich die dünne, matte Schicht wahr, die auf den bezeichneten Teilen lag – Schimmel!

»Dieses kostbare Stück wurde längere Zeit in feuchter Umgebung gelagert«, erklärte der Fremde überflüssigerweise. »Dabei hat die Oberfläche Schaden genommen. Darüber hinaus«, er deutete auf drei der winzigen, geschnitzten Figürchen, »gingen hier, hier und hier als Folge unsachgemäßen Gebrauchs Verzierungen zu Bruch.«

Ich kniff die Augen zusammen und erkannte ein plumpes sechsbeiniges Geschöpf mit drei Hörnern auf dem Kopf, von denen eines abgebrochen war; eine menschliche Gestalt mit langer Rüsselnase, der ein Arm fehlte; eine schlangenartige Kreatur, deren Schwanzspitze gesplittert war.

Der Mann richtete sich auf und blickte von oben auf mich herab. Seine Augen waren von einem trüben Grau, genau wie der Nebel, aus dem er gekommen war.

»Trauen Sie sich zu, dieses Stück instand zu setzen?«

Ich zögerte. Die Moderschicht zu entfernen schien mir das geringste Problem zu sein. Die Schnitzereien zu reparieren wäre dagegen eine Heidenarbeit. Sie waren derart fein, dass ich auf Anhieb nicht einmal wusste, welches Werkzeug ich zu ihrer Wiederherstellung verwenden könnte. Möglicherweise würde ich eigens welches anfertigen müssen.

Und obwohl – oder gerade weil – die Aufgabe so schwierig schien, verspürte ich plötzlich einen unwiderstehlichen Drang, mich der Herausforderung zu stellen.

»Machbar ist alles«, zitierte ich mein Firmenmotto. »Die Frage ist: Können Sie sich das leisten?«

Der Fremde starrte mich wortlos an. Seine spinnengleiche Hand fuhr in eine Innentasche seines Anzugs und kehrte mit einem Papierbündel zurück, das er vor mir auf die Werkbank klatschte. Es war so dick wie mein Handgelenk und bestand aus Geldscheinen – ausschließlich Hunderter!

»Noch einmal so viel bekommen Sie, wenn die Arbeiten zufriedenstellend ausgeführt sind«, erklärte er.

Ich nickte verdattert, starrte abwechselnd das Geld und den ungewöhnlichen Rahmen an. »Wir sind im Geschäft«, flüsterte ich heiser. »Geben Sie mir Ihren Namen, Anschrift und Telefonnummer, dann ...«

»Mein Name ist Yorgo, Iknatz Yorgo«, erklärte der Mann kühl. »Das muss genügen. Ich melde mich – sagen wir, in einer Woche?«

»Das wird verflixt knapp! Ich weiß nicht, ob ...«

»Zehn Tage. Keinen mehr!« Yorgo hustete bellend und machte Anstalten zu gehen. »Ach ja, da wäre noch etwas ...« Er beugte sich erneut zu mir herunter, bis sein blasses Gesicht ganz dicht vor meinem schwebte. Ein betäubender Mentholduft stieg mir in die Nase, wie von starkem Hustensaft.

»Das Fenster muss während der ganzen Zeit geschlossen bleiben! Verstehen Sie mich?« Er wies auf das Schloss mit dem silbernen Riegel. »Sie werden diese Verriegelung während Ihrer Arbeit nicht öffnen. Zu keinem Zeitpunkt! Habe ich mich klar ausgedrückt?«

Irgendetwas am Ton des Mannes ließ es mir angeraten erscheinen, keine weiteren Fragen zu stellen.

»Klar! Klarer geht's nicht. Das Fenster bleibt geschlossen, kein Problem!« Ich nickte wild.

Wortlos drehte sich Iknatz Yorgo um und stelzte zur Tür. Einen Augenblick später war er verschwunden, und nur das Geldbündel und der Koffer mit dem Fensterrahmen kündeten davon, dass er tatsächlich da gewesen war.

In den folgenden Tagen schloss ich die Schreinerei, um mich ganz dem außergewöhnlichen Auftrag zu widmen. Zunächst rückte ich dem Schimmel zuleibe. Es war eine langwierige und anstrengende Aufgabe, die weiße Schicht mit Reinigungsmittel und extrem feinem Schleifpapier aus den Vertiefungen zwischen all den Figürchen zu entfernen. In den Stunden, die ich schwitzend über den Rahmen gebeugt zubrachte, fand ich ausgiebig Gelegenheit, ihn genauer zu untersuchen.

Unter den Hunderten von Gestalten im Holz waren keine zwei, die sich glichen. Ein paar menschliche gab es, in der Mehrzahl aber stellten die Geschöpfe absonderliche Mischwesen dar, die der Fantasie eines verrückten Märchenonkels entsprungen zu sein schienen. Jede Kleinigkeit war mit nahezu übermenschlicher Kunstfertigkeit ausgearbeitet. Wer immer diesen Rahmen gefertigt hatte, er musste Jahre damit verbracht haben!

So beschwerlich die Arbeit war, ich kam doch gut voran. Nach drei Tagen waren alle befallenen Stellen vom Moder befreit, und ich machte mich an die Restaurierung der beschädigten Figuren. Auch hier konnte ich rasch Erfolge verbuchen: Ich fand eine afrikanische Holzart, deren Farbe sich mit einer dunklen Lasur perfekt dem restlichen Rahmen anpassen ließ. Aus diesem Holz schnitzte ich unter Verwendung eines Vergrößerungsglases ein neues Horn für das sechsbeinige Tier, anschließend einen zweiten Arm für den rüsselgesichtigen Mann. Alles lief bestens.

Am Nachmittag des siebten Tages stieß ich auf ein Problem.

Am Schwanz eines Wesens, das ich für eine Art Seeschlange mit über-

groß dargestellter Nase hielt, war ein fingerlanger Holzspan abgesplittert. Das Schlangentier ringelte sich allerdings um den Mittelpfosten des Rahmens, was zur Folge hatte, dass die Schadstelle teilweise unter der Kante des linken Fensterflügels lag. Um korrekt Maß nehmen und das neu geschnitzte Teil einpassen zu können, musste ich ihn öffnen.

Ich war so in meine Arbeit vertieft, dass ich ohne zu überlegen nach dem silbernen Riegel griff, der das Fenster geschlossen hielt. Das Häkchen schnappte nach oben, und ich wollte den Flügel gerade hochklappen, da hallte plötzlich die krächzende Stimme Iknatz Yorgos in meinem Kopf wider:

Das Fenster muss während der ganzen Zeit geschlossen bleiben!

Ich zuckte zurück. Das hatte ich völlig vergessen!

Mit gerunzelter Stirn betrachtete ich die Beschädigung von allen Seiten, ohne jedoch zu einem anderen Schluss zu kommen: Wenn ich die Reparatur ausführen sollte, musste ich den Fensterflügel aufklappen.

Sie werden diese Verriegelung während Ihrer Arbeit nicht öffnen. Zu keinem Zeitpunkt!

Welchen Grund mochte der seltsame Mann gehabt haben, eine derart unsinnige Anweisung zu hinterlassen? Fürchtete er etwa, ich könnte sein Fenster beschädigen? Dann hätte er es mir doch wohl kaum hiergelassen ...

Kopfschüttelnd fasste ich einen Entschluss: Der Kunde konnte nicht beides haben. Entweder das Fenster blieb geschlossen – und beschädigt –, oder ich reparierte es. Und dazu musste ich es öffnen!

Was war denn schon dabei? Yorgo würde es schließlich gar nicht mitbekommen. Bis er den Rahmen abholte, läge er längst wieder verriegelt in seinem Koffer. Achselzuckend ergriff ich die Mittelstrebe des linken Flügels, klappte ihn hoch und drehte mich zur Seite, um mein Maßband zu suchen.

Ich hatte es eben gefunden, als ich aus dem Augenwinkel bemerkte, dass irgendetwas anders war als zuvor. Neugierig wandte ich mich wieder dem Rahmen zu – und schnappte entgeistert nach Luft.

In der Werkbank unter dem Rahmen schien sich ein bodenloses Loch aufgetan zu haben! Ungehindert schweifte mein Blick durch die Öffnung – und in weite Ferne! Vor mir lag eine sanft gewellte Hügellandschaft, bedeckt von kniehohem Gras, das in einer unmerklichen Brise wogte wie die Wellen eines grünen Meeres. Darüber spannte sich ein tiefroter Himmel, über den eigenartig geformte, gelbliche Wolken dahinzogen. Eine frühlingshafte Brise wehte mir ins Gesicht, trug einen Duft nach Waldkräutern, Beeren und feuchter Erde mit sich ...

Mit einem heiseren Schrei knallte ich das Fenster zu und taumelte rückwärts von der Werkbank fort. Mein Schemel geriet mir zwischen die Beine, ich stolperte, schlug hin und prallte hart mit dem Kopf auf den Boden.

Taumelnd kam ich wieder auf die Beine. Der Rahmen lag da wie zuvor, harmlos und unscheinbar. Durch die geschlossenen Rechtecke der glaslosen Flügel war nichts zu erkennen außer dem alten, zerkratzten Holz der Werkbank.

Zögernd reimte ich mir zusammen, was geschehen sein musste: Ich hatte tagelang hart gearbeitet und war als Folge an der Werkbank eingenickt. Über einem besonders lebhaften Traum war ich vom Stuhl gefallen und hatte mir den Kopf angeschlagen. Das war alles. Zögernd stellte ich den Schemel an seinen Platz zurück, setzte mich, rückte meine Brille gerade und öffnete das Fenster erneut.

Diesmal schrie ich nicht, obwohl ich den Eindruck hatte, das Herz müsste mir stehen bleiben.

Wieder schien es, als würde sich unter dem Rahmen ein bodenloses Loch auftun, wieder sah ich eine fremdartige Landschaft mit einem karmesinrot gefärbten Firmament! Und was das Verrückteste war: Obwohl ich doch senkrecht nach unten schaute, lag alles, was ich sah, waagerecht vor mir, als würde ich aus einem realen Fenster im Erdgeschoss eines Hauses blicken! Am Horizont war das gelb-braune Schachbrettmuster von Feldern *zu erkennen, etwas zurückgesetzt zur Linken ein schattiges Wäldchen, dessen Baumkronen im Wind schwankten. Geradeaus, in einer Talsenke, befand sich eine altertümliche Stadt mit rauchenden Kaminen und unzähligen spitzen Dächern und Türmchen. Ich konnte Vögel zwitschern hören, irgendwo in der Ferne krähte ein Hahn.*

War ich verrückt geworden? Hatte mein Kopf bei dem Sturz mehr abbekommen, als ich gedacht hatte?

Mit bebenden Fingern klappte ich den Fensterflügel wieder zu – und sah wie auf Knopfdruck nur noch das alte, zerkratzte Holz der Werkbank darunter. Ich hob ihn an – die fremdartige Landschaft erschien!

Ich schluckte. Allmählich begann ich zu ahnen, wieso Mister Yorgo so erpicht darauf gewesen war, dass ich sein Fenster geschlossen hielt. Fassungslos starrte ich die unerklärliche Öffnung an.

Und dann, ganz langsam, streckte ich eine Hand aus und schob sie durch den Fensterrahmen.

Es kribbelte, als meine Finger die Stelle passierten, an der sie eigentlich auf die harte Arbeitsplatte hätten treffen müssen. Das war alles. Die Luft jenseits des Fensterrahmens fühlte sich angenehm warm an – ein absurder Gegensatz zu dem eisigen Novemberwetter draußen vor meiner Tür.

Vorsichtig bewegte ich den Arm hin und her. Gleichzeitig senkte ich den Kopf und warf einen Blick unter die Werkbank.

Nichts. Mein Arm, der oben in der Werkbank verschwand, kam darunter nicht wieder zum Vorschein!

Ich zog die Hand zurück und öffnete grübelnd auch den zweiten Fensterflügel. Für all das gab es nur zwei mögliche Erklärungen: Entweder war ich komplett durchgedreht – oder hier waren Mächte am Werk, von deren Existenz kein Mensch auf der Erde auch nur die geringste Ahnung hatte!

Es gab nur einen Weg, das herauszufinden.

Vorsichtig kletterte ich auf die Werkbank. Falls ich verrückt war, dach-

te ich bei mir, war nichts von alldem real. Das Fenster und die Landschaft auf der anderen Seite existierten nur in meinem Kopf, und das Schlimmste, was mir passieren konnte, war, dass ich mich demnächst in der gepolsterten Zelle einer Irrenanstalt wiederfand.

Falls ich dagegen nicht verrückt war …

Ich platzierte mein Hinterteil auf der Arbeitsplatte und ließ die Beine durch den Rahmen baumeln. Meine Waden kribbelten, als wuselten unzählige Fliegen über meine Haut. Ich verlagerte mein Gewicht, rutschte vorwärts – und ließ mich durch die Öffnung gleiten!

Für einen kurzen Moment hatte ich das Gefühl, mit dem Gesicht gegen einen dicken Vorhang gelaufen zu sein. Undurchdringliche Schwärze umhüllte mich, aber es war eine Schwärze voller Farben: Überall glitzerten bunte Wirbel und Schlieren, wie man sie sieht, wenn man gegen die geschlossenen Augenlider drückt. Das Kribbeln erfasste meinen ganzen Körper, und ein eigenartiger, süßlicher Geruch stieg mir in die Nase, ein bisschen wie Zimt. Mir wurde schwindelig. Ich kniff die Augen zusammen und begann schon, meine waghalsige Neugier zu verfluchen – da spürte ich plötzlich weiches Gras unter meinen Fingern!

Zitternd schlug ich die Augen auf.

Von der Schreinerei war nichts mehr zu sehen. Stattdessen hockte ich in kniehohem Grün, direkt vor einer alten Steinkate, vielleicht drei mal drei Meter groß. In der mir zugewandten Wand befand sich ein Fenster, dessen Flügel sperrangelweit offen standen.

Der dunkle, kunstvoll verzierte Rahmen war ein exaktes Ebenbild des Exemplars, das Iknatz Yorgo in meine Werkstatt gebracht hatte!

Neugierig erhob ich mich. Als mein Blick durch das Fenster fiel, erstarrte ich. Instinktiv hatte ich angenommen, auf der anderen Seite müsste jetzt meine Schreinerei zu sehen sein. Doch hinter der Öffnung lag lediglich das schattige Innere der Steinhütte, gefüllt mit altmodischen landwirt-

schaftlichen Geräten. Ich erkannte einen Pflug, ein paar große Holzeimer, Schaufeln und Äxte.

Ängstlich klappte ich die Fensterflügel zu, in denen jetzt sonderbarerweise dicke Butzenglasscheiben steckten, und öffnete sie wieder.

Nichts!

Unschlüssig, was ich nun tun sollte, starrte ich in den blutroten Himmel hinauf. Ich war also tatsächlich hinübergegangen! Blieb die Frage – wohin?

Und, viel wichtiger: Wie kam ich wieder zurück nach Hause?

Die warmen Strahlen der blutroten Sonne auf meiner Haut übten eine beruhigende Wirkung aus. Da ich ohnehin nichts anderes tun konnte, beschloss ich, mich ein wenig umzusehen. Nicht weit von der Kate entfernt verlief ein breiter, gekiester Pfad, der in sanften Kurven hinab zu der Stadt führte, die ich durch das Fenster bereits gesehen hatte. Vielleicht gab es dort Menschen, die mir helfen konnten?

Der Weg war von Bäumen und wildem Buschwerk gesäumt. Hufabdrücke und Rillen im Kies verrieten, dass er regelmäßig von irgendwelchen Fahrzeugen genutzt wurde. Aber nirgends war eine Menschenseele zu sehen.

Als ich näher kam, fiel mir ein Büschel extrem bunter Blumen ins Auge, die am Rand des Pfads blühten. Es waren eigentümliche Gewächse, die an Tulpen erinnerten, deren hühnereigroße Kelche allerdings in neongrellem Rot, Blau und Gelb leuchteten. Ich bückte mich und schnupperte an einem. Die Pflanze roch nach nichts. Dafür glaubte ich plötzlich, ein leises, kicherndes Geräusch zu vernehmen.

Ich sah mich um, sah aber niemanden. Als ich meinen Blick wieder den Blumen zuwenden wollte, waren sie verschwunden!

Verwirrt sah ich mich um – und entdeckte dieselbe Ansammlung grellbunter Tulpengewächse hinter mir, am Fuß eines knorrigen Baums! Die Kelche der Blumen schwankten heftig hin und her, obwohl momentan nicht das kleinste Lüftchen ging.

Ich trat näher, ging in die Hocke und stupste eine der Pflanzen mit dem Zeigefinger an. Wieder ertönte ein Kichern. Dann begann der ganze Blumenbusch erneut zu vibrieren und zu wanken – und kroch auf mich zu!

Erst jetzt bemerkte ich meinen Irrtum: Was ich für Blumenstängel mit bunten Kelchen gehalten hatte, waren Dutzende insektenartige Fühler! Sie sprossen aus dem Rücken eines grünen, wurmartigen Wesens, das etwa so groß wie eine Golftasche war. Auf meine Berührung hin hob das Tier jetzt sein vorderes Ende, an dem ein runder Kopf mit winzigen Äuglein saß. Es sah mich fragend an, öffnete einen entenartigen Schnabel und sagte:

»Bwaaglulek–bulek?«

Vor Schreck sprang ich auf – und krachte mit dem Kopf schwungvoll gegen einen Ast des Baums, der über mir aufragte. Sterne explodierten vor meinen Augen. Irgendwo sagte jemand »Bwuugl-ölek?«, dann senkte sich tiefe Dunkelheit über mich, und ich wusste nichts mehr.

Als ich wieder zu mir kam, fühlte ich mich, als hätte jemand auf meiner Schädeldecke ein ausgiebiges Paukenkonzert zum Besten gegeben. Ein Blick zum roten Himmel zeigte mir, dass die Sonne ein gutes Stück weitergewandert war – ich musste mehrere Stunden lang bewusstlos gewesen sein.

Vorsichtig drehte ich den Kopf. Ich war allein. Das sonderbare Geschöpf mit den Blumen auf dem Rücken war fort. Ich rieb mir den Schädel, wo neben der Beule von meinem Sturz in der Werkstatt jetzt ein zweites dickes Ei heranwuchs, und rappelte mich hoch.

Obwohl mir nach wie vor keine Gefahr drohte, übermannte mich ein schreckliches Gefühl der Fremdheit, und ich wünschte mich zurück in meine gemütliche Schreinerei. Aus einem Instinkt heraus eilte ich über die Wiese zurück zu der kleinen Steinkate.

Deren einziges Fenster stand noch immer offen. Ohne Hoffnung trat ich davor – und glaubte, meinen Augen nicht zu trauen: Was ich durch das Fenster sah, war nicht länger das schattige Innere der Hütte! Dort, wo vorhin noch Rechen und Spaten in Reih und Glied gestanden hatten, verbreitete nun eine elektrische Lampe gleichmäßiges Licht.

Mein Herz machte einen Sprung, als ich sie wiedererkannte: Es war die Deckenleuchte meiner Werkstatt! Lediglich die Perspektive schien sonderbar: Ich blickte von unten gegen die Lichtquelle, als läge ich auf dem Boden ... oder auf der Werkbank. Natürlich! Ich schaute von der anderen Seite *durch Mister Yorgos Fensterrahmen, der flach auf der Arbeitsfläche lag. Ohne mir weitere Gedanken über ein Phänomen zu machen, das ich ohnehin nicht verstand, kletterte ich kurzerhand durch das Fenster.*

Erneut wurde es dunkel um mich. Das Kribbeln kehrte zurück, und wiederum bemerkte ich einen Geruch, als hielte mir jemand ein Backblech mit frischen Zimtsternen unter die Nase. Wie beim ersten Mal dauerte alles nur Sekundenbruchteile, und als ich die Augen blinzelnd wieder öffnete, hockte ich neben dem Fensterrahmen auf meiner Werkbank.

Um meine überreizten Nerven zu beruhigen, goss ich mir sofort eine große Tasse Tee ein. Überraschenderweise schmeckte er wie frisch aufgebrüht. Ein Blick auf die große Wanduhr bestätigte meinen Verdacht, dass seit meiner Klettertour durch das Fenster kaum fünf Minuten vergangen waren – dabei hatte ich auf der anderen Seite etliche Stunden ohne Bewusstsein zugebracht.

Sobald ich wieder einigermaßen klar denken konnte, begab ich mich zaghaft daran, die Reparatur des Rahmens zu vollenden – und machte eine überraschende Entdeckung: Egal, ob die Fensterflügel offen oder geschlossen waren, auf der anderen Seite war nun zu keinem Zeitpunkt etwas anderes zu sehen als die Oberfläche der Werkbank!

Noch am gleichen Abend, draußen hatte inzwischen ein heftiger Schneesturm eingesetzt, war ich fertig – drei Tage vor dem Ende der ausgemachten

Frist. Zufrieden legte ich den Rahmen zurück in seinen Koffer. Ich klappte den Kasten gerade zu, als hinter meinem Rücken mit einem Krachen die Tür aufflog. Eingehüllt in einen Wirbel aus Schneeflocken stürmte die hagere Gestalt Iknatz Yorgos in die Schreinerei.

Sein langes, blasses Gesicht war verzerrt vor Wut.

»Wie können Sie es wagen, sich über meine Anweisungen hinwegzusetzen?«, keifte er.

In meiner Überraschung verstand ich zunächst gar nicht, worauf er hinauswollte. Ich machte eine abwehrende Geste in Richtung des Koffers. »Ich ... die Reparatur ist abgeschlossen«, stammelte ich.

»Sie haben das Fenster geöffnet!«, *schrie Yorgo mit sich überschlagender Stimme. »Und damit nicht genug – Sie haben sogar die Frechheit besessen, nach drüben zu gehen!« Ein rasselndes Husten erschütterte seinen spindeldürren Körper, und er taumelte gegen die Werkbank. Rasch schob ich ihm einen Schemel hin.*

Dann schloss ich die Tür. Als ich zur Werkbank zurückkam, hatte Yorgos Hustenanfall nachgelassen. Ohne ihn zu fragen, goss ich ihm eine Tasse Tee ein, die er wortlos entgegennahm.

»Sie hätten es nicht öffnen dürfen«, erklärte er nach einigen Schlucken leise. Er atmete pfeifend, und sein Gesicht schien noch blasser zu sein als bei seinem ersten Besuch. »Ich habe Ihnen vertraut ... ich Narr!«

»Jetzt machen Sie mal halblang«, erwiderte ich mit einem Anflug von Ärger. »Wenn Sie mir den Auftrag erteilen, etwas instand zu setzen, dann tue ich das! In diesem Fall musste ich den Rahmen öffnen, sonst wäre eine Reparatur unmöglich gewesen.«

»Es hätte nicht geschehen dürfen«, murmelte Yorgo vor sich hin, als würde er mich gar nicht hören. »Nach all den Jahren ...« Er nahm den Zylinder ab und fuhr sich mit einer zittrigen Hand durch das dünne weiße Haar. Erneut begann er keuchend zu husten, wobei sein dürrer Leib bebte wie ein welkes Blatt.

»Woher wissen Sie eigentlich, dass ich den Rahmen geöffnet habe?«, wollte ich wissen. »Und was ist das für ein Ort auf der anderen Seite? Wo liegt er? Was sind das für Kreaturen, die dort leben?« Als mir klar wurde, wie viele Fragen mein Erlebnis vom Nachmittag aufgeworfen hatte, begann es regelrecht aus mir hervorzusprudeln. »Wieso funktioniert das Fenster manchmal wie ein Portal, und in der nächsten Minute ist es nur noch ein ganz gewöhnlicher Fensterrahmen? Wie ist es möglich, dass …«

Yorgo hob wortlos die Hand, und ich verstummte. Eine ganze Weile starrte er mich mit seinen trüben, grauen Augen an, während hinter seiner gefurchten Stirn etwas vorzugehen schien.

»Hat es Ihnen gefallen?«, fragte er dann unvermittelt.

»Was?«

»Was Sie gesehen haben. Drüben. Fanden Sie es interessant? Exotisch? Aufregend?«

Ich war mir nicht sicher, ob ich ihn richtig verstanden hatte. »Ich hatte nicht allzu viel Gelegenheit, die Reize der Landschaft zu genießen«, erwiderte ich zögernd. »Ich war zu sehr damit beschäftigt, von einem Strauß lebendiger Blumen zu Tode erschreckt zu werden, mir eine Riesenbeule in den Schädel zu hauen, ohnmächtig zu sein und ganz nebenbei eine Riesenangst zu haben, ob ich meine Werkstatt je wiedersehen würde.«

»Das tut mir leid«, gab Yorgo zurück. »Ich hatte kurz gehofft … aber nein, vergessen Sie es.« Er zog ein Stofftaschentuch aus seinem Anzug und presste es sich vor den Mund, bevor er erneut bellend loshustete.

Ich zog einen zweiten Schemel unter der Werkbank hervor und nahm ihm gegenüber Platz. »Mister Yorgo! Nach allem, was ich heute erlebt habe, kann ich, glaube ich, eine Erklärung verlangen.« Ich beugte mich vor und legte ihm eine Hand auf den Arm, der sich hart und knochig anfühlte. »Wo war ich?«

Er seufzte leise. »Da Sie das Geheimnis des Fensters jetzt ohnehin ken-

nen, gibt es keinen Grund mehr, es Ihnen vorzuenthalten.« Er sah mich betrübt an. »Sie waren in einer Welt, die sich Ambigua nennt.«

»Ambigua? Nie gehört.«

»Sie können nicht von Ambigua gehört haben, da dieser Ort nach den strengen Naturgesetzen Ihrer Welt nicht existiert.«

»Nicht existiert? Aber ich war doch dort!«

Ein schwaches Lächeln huschte über Yorgos Gesicht, das erschreckend knochig wirkte, wie ein Totenschädel. »Wohl, Sie waren dort.« Er holte rasselnd Luft. »Die Welt Ambigua liegt unvorstellbar weit von dieser hier entfernt – und doch so nah, dass Sie nur die Hand ausstrecken müssen, um hinüberzureichen. Vorausgesetzt, Sie nutzen eine aktive Pforte.«

Ich verstand kein Wort, und offenbar war mir das überdeutlich anzusehen.

»Ambigua existiert neben der Welt der Menschen«, erklärte Yorgo ernst. Er sprach zögernd, wie jemand, der sich gegen seinen Willen gezwungen sieht, ein intimes Geheimnis preiszugeben. »Parallel dazu, wenn Sie so wollen. Beide Sphären sind getrennt durch zeitliche und räumliche Barrieren, deren Vorhandensein und Funktionsweisen der irdischen Wissenschaft unbekannt sind. Und bestimmte transdimensionale Pforten – von denen Sie heute gegen meine ausdrückliche Anweisung eine geöffnet haben – führen durch diese Barrieren hindurch, auf die andere Seite.«

Um zu überspielen, dass ich immer noch nichts begriff, nahm ich unsere Tassen, ging zum Ofen und füllte sie auf.

»Das Gegenstück zu der Pforte, die ich Ihnen überlassen habe und die in den alten Aufzeichnungen als Nummer 471 vermerkt ist, befindet sich in der Wand einer Steinkate vor den Toren der Stadt Pantrami«, fuhr Yorgo fort. »Dieses Gegenstück ist stationär, wie die Mehrzahl aller 777 Pforten; das heißt, es befindet sich unverrückbar an ein und demselben Ort. Mobile Pforten wie die, die Sie repariert haben, sind dagegen sehr selten. Sie

verlangen ständigen Schutz, damit ihr Geheimnis nicht von Unberufenen entdeckt wird …« Er seufzte wieder. Ich ahnte, dass er mit »Unberufene« Leute wie mich meinte.

»Der Fensterrahmen, den Sie zur Reparatur gebracht haben, ist also eine … eine ›mobile Pforte‹?« Ich kratzte mich am Kopf. »Und wenn man hindurchsteigt, landet man immer vor dieser steinernen Kate?«

Yorgo nickte. »Jawohl. Ganz egal, ob Sie und die mobile Pforte 471 sich gerade in New York, Tokio oder Moskau befinden – die Transition befördert Sie stets vor die Tore Pantramis.«

»Die Transition? Aha. Und diese Stadt …«

Ein neuer Hustenanfall Yorgos schnitt mir das Wort ab, und er zückte rasch sein Taschentuch. Als er es von den Lippen fortnahm, glaubte ich, etwas Rotes auf dem Stoff zu sehen – Blut? Seine Stirn war mittlerweile von einem dünnen Schweißfilm bedeckt.

»Hören Sie, Mister Cellert«, sagte er plötzlich und sah mich geradeheraus an. »Wie Sie unschwer hören und sehen, geht es mir nicht gerade blendend. Um ehrlich zu sein, geben mir die Ärzte nicht mehr allzu lange. Und genau aus diesem Grund war es mir wichtig, dass die Pforte schnellstmöglich restauriert wird. So wichtig, dass ich sie entgegen dem Schwur, den ich einst leistete, aus der Hand gab! Ich wollte sicherstellen, dass mein Nachfolger sie im selben tadellosen Zustand übernehmen kann wie ich vor über vierzig Jahren.«

Ich sah ihn an, schwieg.

»Ja, Sie hören richtig. Ich suche einen Nachfolger, der über die mobile Pforte mit der Nummer 471 wacht, sie versteckt und hütet, wie ich es getan habe. Leider sind vertrauenswurdige Menschen rar geworden in diesen Zeiten …« Er musterte mich erneut mit seinen seltsam durchdringenden, grauen Augen. »Ich will offen zu Ihnen sein, Mister Cellert: Es war kein bloßer Zufall, dass ich mit meinem Ansinnen ausgerechnet zu Ihnen gekommen bin! Nachdem mir klar war, dass der Fensterrahmen einer Reparatur be-

darf, machte ich mehrere Kunsthandwerker ausfindig, die für den Auftrag infrage kamen. Ich nahm jeden davon in den folgenden Monaten sehr genau unter die Lupe, sein Auftreten, seine Geschäftspraktiken, ich versuchte zu ergründen, ob es sich um ehrliche Menschen handelte oder nicht ...«

»Sie haben mich bespitzelt?«, stieß ich ungläubig hervor.

»Nicht Sie allein, wie gesagt.« Yorgo machte eine abwinkende Handbewegung. »Sie dürfen es als Kompliment auffassen, dass ich mich letztlich entschloss, die Pforte mit der Nummer 471 ausgerechnet in Ihre Hände zu geben.« Er betrachtete betrübt das Taschentuch in seiner Hand. »Leider scheint es, als würde das Schicksal mir nicht genug Zeit lassen, um eine ähnlich ausufernde Suche nach einem vertrauenswürdigen Nachfolger durchzuführen.« Er sah auf, schien mich von oben bis unten zu mustern, bevor er weitersprach: »Könnten Sie sich unter Umständen vorstellen, diese Aufgabe zu übernehmen, Mister Cellert?«

»Ich?« *Ich verschluckte mich an meinem Tee, und es dauerte eine ganze Weile, bis ich wieder Luft bekam. »Wieso ausgerechnet ich? Sie scheinen zu vergessen, dass ich in Ihren Augen das genaue Gegenteil einer vertrauenswürdigen Person bin – immerhin habe ich Ihre Anweisung missachtet.«*

»Aus Pflichtbewusstsein!« Yorgo wies mit einem dürren Zeigefinger auf meine Nasenspitze. »Ich habe in den vergangenen Jahrzehnten viele Menschen getroffen, Mister Cellert. Sehr viele Menschen. Ich erkenne einen ehrlichen Mann, wenn ich einen sehe. Sie konnten nicht wissen, welcher Grund hinter meiner Anweisung stand, und Sie missachteten sie, um unserer Abmachung nachzukommen.« Er hustete in sein Tuch. »Mit jedem Menschen, den ich einweihe, steigt die Gefahr, dass das Geheimnis der Pforte in falsche Hände fällt. In dem Wissen um die Existenz Ambiguas und der Fähigkeit, nach Belieben hinüberzuwechseln, liegt eine große Macht. Nur ein ehrlicher, zufriedener Mann könnte ein solches Objekt sicher verwahren.« Er lächelte. »Ein Mann, wie Sie es sind!«

Ich konnte nicht anders, als mich geschmeichelt zu fühlen.

»Was müsste ich denn tun – nur mal angenommen, dass ich ...«

»Oh, kaum etwas!« Schlagartig schien das Leben in Yorgos ausgemergelten Körper zurückzukehren. Er sprang auf und trat zur Werkbank, wo der Koffer ruhte. »Sie würden lediglich den Fensterrahmen verwahren, an einem Ort, wo ihn niemand findet. Ich selbst lagerte ihn in einem alten Kellerraum zwischen allerlei Gerümpel. Niemand vermutete ihn dort, aber es war dennoch nicht das klügste Versteck, wie ich zugeben muss. Sie haben selbst gesehen, wie der Rahmen nach ein paar Jahren in dem feuchten Kellerloch aussah.«

Ich nickte zögernd. »Verwahren, okay. Und weiter?«

»Das wäre schon alles. Als Gegenleistung dürften Sie die Pforte nach eigenem Gutdünken benutzen.«

»Sie meinen ...«

»Die Region, in der sich das Gegenstück zu Nummer 471 befindet, ist durchaus beschaulich«, erklärte Yorgo, der mit stelzenden Schritten begann, Kreise durch die Werkstatt zu ziehen. »Pantrami ist bequem zu Fuß zu erreichen, es gibt zahlreiche Sehenswürdigkeiten ...«

»Sie klingen gerade so, als könnte man Urlaub in dieser ... dieser anderen Welt machen!«

Yorgo stieß einen kläffenden Laut aus. Es dauerte einen Moment, bis ich begriff, dass er lachte.

»Das könnten Sie tatsächlich, nach Lust und Laune und sehr ausgiebig, wenn Sie wollten: Durch das unterschiedliche Strömungsverhalten der Zeitradiale entspricht eine Stunde Ambigua-Zeit nur ein paar Minuten in der hiesigen Welt.« Yorgo sah mir tief in die Augen, sein Blick war voller Hoffnung.

Ich musste an die idyllische Hügellandschaft denken, den endlosen roten Himmel, ich erinnerte mich an das aberwitzige Blumentier, sah die rauchenden Kamine der altertümlichen Stadt vor meinem geistigen Auge.

Und ich spürte, wie in meinem Innersten eine unwiderstehliche Neugier erwachte – eine Neugier auf Dinge, die kein Mensch vor mir gesehen hatte. Welche Geheimnisse mochte die Welt hinter der Pforte bereithalten?

Bedächtig leerte ich meine Tasse. Dann sagte ich so geschäftsmäßig, wie ich konnte: »Ich bin interessiert, Mister Yorgo. Wie wäre es mit ein wenig mehr Informationen?«

Yorgo berichtete mir bis spät in die Nacht von der Welt hinter der magischen Pforte, er erzählte mir von Völkern, Kreaturen und Ereignissen, die sich auszudenken die Fantasie des besten Märchenerzählers überfordert hätte. Unter anderen Umständen hätten mich Yorgos Worte an seinem Geisteszustand zweifeln lassen, doch nach allem, was ich an diesem Nachmittag erlebt hatte, gab es keinen Grund, an ihnen zu zweifeln.

Früh am darauffolgenden Tag erschien er erneut. Er brachte mir ein dickes, in Leder gebundenes Buch mit Seiten aus brüchigem Pergament, die bis an den Rand mit krakeliger schwarzer Schrift gefüllt waren. Wie er sagte, handelte es sich um eine Chronik der Welt Ambigua, verfasst von einem uralten Gelehrten namens Agib Nagi-Saklar. Das Werk werde mir alle Fragen beantworten, die ich in Zukunft möglicherweise hätte.

Er blieb noch auf eine letzte Tasse Tee. Zum Abschied schüttelte er mir glücklich die Hände, als sei eine zentnerschwere Last von seiner Seele genommen.

Ich sah Iknatz Yorgo niemals wieder. Gerne hätte ich geglaubt, dass er, seiner jahrzehntelangen Aufgabe entledigt, an einem ruhigen Ort seinen Lebensabend verbrachte. Wahrscheinlicher ist jedoch, dass er kurz nach unserem letzten Zusammentreffen seiner schweren Krankheit erlag.

Schon damals ahnte ich vage, dass mir Yorgo die magische Pforte nicht allein überlassen hatte, damit ich »Urlaub« auf der anderen Seite machen konnte. Mir schwante, dass etwas Bedeutsames hinter der »Macht« stecken musste, die in der Möglichkeit des Hinüberwechselns lag, etwas, dass es not-

wendig machte, die magischen Pforten zu behüten und zu verstecken. Ich hoffte, dass mir die seltsame Chronik in dieser Beziehung Aufklärung bringen würde.

Zunächst musste ich mir allerdings Gedanken über ein ganz anderes Problem machen: Es galt, einen Ort zu finden, wo die Pforte Nummer 471 sicher aufgehoben wäre. Der alte Wandtresor, in dem ich meine Tageseinnahmen verwahrte, war viel zu klein und kam daher nicht infrage. Als ich suchend den Blick durch meine Werkstatt schweifen ließ, entdeckte ich mehrere Fensterrahmen, die an verschiedenen Stellen herumstanden; einige sollten im Kundenauftrag repariert werden, andere hatte ich selbst gezimmert, um der Schreinerei endlich ein paar neue Fenster zu spendieren.

Mir kam eine Idee …

Von einem Freund, der einen internationalen Kunsthandel betrieb, ließ ich mir in den folgenden Tagen mehrere ausgefallene Fensterrahmen aus verschiedenen Teilen der Welt besorgen; in meiner Freizeit baute und schnitzte ich selber welche. Als ich genügend Exemplare beisammen hatte, hängte ich sie alle gut sichtbar an die hintere Wand der Werkstatt, die Pforte 471 mitten dazwischen. Die magische Pforte war eines der kleineren Exemplare, sie wurde neben den viel protzigeren Modellen, die ich erworben hatte, nahezu unsichtbar – genau wie ich geplant hatte. Es erfüllte mich mit Stolz, dass ich eine Möglichkeit gefunden hatte, den mir anvertrauten Schatz ganz offen und dennoch vor jeder Entdeckung sicher aufzubewahren.

In den folgenden Jahren erweiterte ich die Sammlung beständig. Heute hängen an meiner Wand über dreißig exotische Stücke. Und nach wie vor befindet sich die magische Pforte darunter, in der zweiten Reihe von unten, dritte Position von rechts. Nie ist sie dort jemandem aufgefallen, und Schimmel setzte sie auch nie wieder an.

Natürlich ließ ich es mir nicht nehmen, sie in der Folgezeit auch wieder zu benutzen. Unregelmäßig zunächst, für kurze Abstecher. Als ich begann, mich sicherer zu fühlen, blieb ich länger drüben, manchmal über Tage und Wochen. Es würde zu weit führen, all das aufzuzählen, was ich erlebte, daher nur soviel: Ich sah Absonderliches und Unvorstellbares, machte unglaubliche Bekanntschaften und lernte unzählige Dinge über Ambigua und die Wechselbeziehungen zwischen drüben und hier.

In Pantrami lernte ich bald einen ambiguanischen Gelehrten kennen, der dem Rat der Weisen angehörte. Wir verstanden uns gut und wurden rasch Freunde. Er half mir, die Gepflogenheiten seiner Heimat besser zu verstehen. Außerdem achtete er darauf, ob ich meiner Verpflichtung als Hüter der magischen Pforte gewissenhaft nachkam. Wie ich nämlich erfuhr, oblag der Schutz aller irdischen Pforten, mobiler wie stationärer, niemand anderem als dem Rat der Weisen von Pantrami; diese Gelehrten waren es gewesen, die einst Iknatz Yorgo ausgewählt und mit seiner Aufgabe betraut hatten.

Wie sich herausstellte, war der Rat mit mir als Yorgos Nachfolger durchaus zufrieden. Ich wachte aufmerksam über »meine« Pforte, ohne je jemandem davon zu erzählen. So stieg ich mit den Jahren in den Rang einer verlässlichen Vertrauensperson auf – so verlässlich, dass der Rat eines Tages mit einer Bitte von großer Wichtigkeit an mich herantrat.

Die Weisen empfingen mich in einem geheimen Saal tief unter der Erde, wo sie mir eine eigenartige Geschichte erzählten. Es ging um ein magisches Artefakt, das für eine gewisse Zeit fern von Ambigua versteckt werden sollte. Jahrhunderte zuvor hatte es eine wichtige Rolle dabei gespielt, die Welt hinter den Pforten vor einer unvorstellbaren Bedrohung zu schützen.

Bei dem zauberkräftigen Gegenstand handelte es sich um ein fünfzackiges Amulett aus einem violetten Edelgestein namens Urzidium, das »Sternstein von Mogonthûr« genannt wurde. Mit seiner Hilfe hatte der mächtigste Magier Ambiguas einst einen Bannspruch gewirkt, der den Angriff einer uralten, unaussprechlichen bösen Wesenheit abwehrte und für viele weitere Jahrhunderte verhinderte. Leider war die Wirkung dieses frie-

denspendenden Zaubers nicht von immerwährender Dauer: Nach 777 Jahren musste er erneut gesprochen werden, vom selben Magier und wiederum mithilfe des Sternsteins.

Der Rat fürchtete nun, dass die bösen Mächte, deren Pläne seinerzeit durchkreuzt worden waren, vom näher rückenden Ende des Zaubers erfahren und versuchen könnten, seine Auffrischung zu verhindern, indem sie den Sternstein raubten und vernichteten. Aus diesem Grund sollte er verborgen werden, weit weg, bis das Ende der Frist erreicht wäre.

Man fragte mich, ob ich bereit sei, das Artefakt an mich zu nehmen und für knapp elf Erdenjahre bei mir aufzubewahren. Wenngleich ich damals noch nicht alle Einzelheiten verstand, ahnte ich, dass das Anliegen des Rats von großer Wichtigkeit sein musste. Also sagte ich zu. Man übergab mir das Schmuckstück, und ich deponierte es kurzerhand im Wandtresor der Schreinerei.

Wochen und Monate zogen ins Land. Nichts deutete darauf hin, dass sich irgendjemand für das Versteck des Steins interessierte, geschweige denn ahnte, dass er sich in meinem Besitz befand.

Jahre vergingen. Mit der Zeit vergaß ich den Stein in meinem Tresor – bis vor knapp drei Wochen!

Da nämlich besuchte mich unerwartet mein gelehrter Freund aus Pantrami – auf der Erde, was in all den Jahren unserer Bekanntschaft nur höchst selten vorgekommen war. Er machte mich darauf aufmerksam, dass der Zeitpunkt nahte, an dem das Amulett nach Ambigua zurückkehren müsse. Ich bot ihm an, es der Einfachheit halber doch gleich mitzunehmen, doch er lehnte ab; er fürchtete, Späher der dunklen Mächte könnten seine Transition zur Erde verfolgt haben und ihm bei seiner Rückkehr auflauern. Es sei sicherer, wenn ich irgendwann während der kommenden Wochen unangekündigt die Pforte durchschritte und den Stein in Pantrami ablieferte. Ich dachte mir nichts dabei und stimmte zu.

Was ich zu diesem Zeitpunkt noch nicht ahnte, war, dass sich längst finstere Wesen an die Fersen meines Freundes geheftet und seine Spur bis in die Sektorstraße verfolgt hatten. Es ist ein kleines Wunder, dass sie sich noch bis zur vergangenen Nacht Zeit ließen, bevor sie in Aktion traten.

Ich weiß nicht, wie es einem Handlanger des Bösen gelingen konnte, von Ambigua zur Erde hinüberzuwechseln; eigentlich sollten alle aktiven Pforten vor dem Zugriff solcher Kreaturen geschützt sein. Dennoch ist es ihnen irgendwie geglückt.

Gestern gegen Mitternacht vernahm ich verdächtige Geräusche an der Hintertür der Schreinerei. Ich schnappte mir einen Besenstiel, um den Marder, Hund, oder was immer es sein mochte, zu verjagen.

Durch den dunklen Flur schlich ich nach hinten und öffnete, ohne ein Geräusch zu verursachen, den Riegel. Dann riss ich die Tür mit einem Ruck auf, wobei ich gleichzeitig die Flurbeleuchtung einschaltete.

Was ich draußen erblickte, war kein Marder. Und kein Hund.

Es war auch kein vermummter Einbrecher, wenngleich ich in dieser Sekunde viel darum gegeben hätte, wenn es einer gewesen wäre. Tatsächlich ähnelte es nichts, was ich je gesehen hatte – jedenfalls nicht in dieser Größe!

Mit einem lauten Zischen wich die Kreatur vor mir zurück. Armlange Fühler zitterten auf ihrem gepanzerten Schädel, knöcherne Kieferzangen klickten überrascht in der kalten Nachtluft. Das aufflackernde Licht der Flurbeleuchtung brach sich hundertfach in faustgroßen, schillernden Facettenaugen.

Vor mir in der Sackgasse stand ein mannsgroßes, schwarz glänzendes Insekt!

Kapitel 4
Ein unerwarteter Fund

Ein schrilles Piepsen ließ Fabian zusammenfahren. Es dauerte einige Augenblicke, bis er sich erinnerte, wo er war. Langsam, als erwache er aus einem tiefen Traum, nahm er die Einzelheiten des halbdunklen Krankenzimmers um sich herum wahr, die zugezogenen Vorhänge, das Bett und die medizinischen Geräte, deren Anzeigen während des letzten Teils von Conrads Erzählung zornig zu flackern begonnen hatten. Einer der Apparate stieß ein hektisches, unregelmäßiges Ticken aus. Fabian ahnte, dass das Geräusch nichts Gutes verhieß.

»Fabian!« Conrads Stimme, die in den letzten Minuten immer leiser und krächzender geworden war, war kaum noch zu verstehen. Zitternd hob er eine Hand vom Bettlaken. Sein Gesicht war schweißnass und so blass, dass es beinahe durchsichtig wirkte.

»R-Ruhig«, flüsterte Fabian. Ein dicker Kloß saß in seinem Hals. »Beruhig dich. Du hast dich zu sehr angestrengt. Es ist alles ...« *Alles in Ordnung* wollte er sagen, aber er brachte die Worte nicht über die Lippen.

Conrad schüttelte matt den Kopf und deutete zum Nachttisch neben sich. Als Fabian die oberste Schublade öffnete, griff Conrad mit zitternder Hand hinein und hielt Fabian anschließend einen kleinen, glänzenden Gegenstand hin.

Es waren zwei Sicherheitsschlüssel an einem kleinen Metallring. Ein grünes Plastikschildchen baumelte daran, auf dem in krakeliger Handschrift das Wort *Hintertür* geschrieben stand.

»Ich bitte dich inständig«, hauchte Conrad. »Ich flehe dich an – geh für mich in die Schreinerei, so bald wie möglich. Ich selbst kann es nicht mehr, aber es ist wichtig ... so wichtig!« Er räusperte sich mühsam. »Wirst du das tun?«

Automatisch nickte Fabian. Trotz des nervenzerreißenden Piepsens und Tickens bildete er sich ein, auf dem Flur jenseits der Tür hektische Schritte zu hören. Wahrscheinlich wurden Conrads Messwerte von draußen überwacht und hatten eine Schwester auf den Plan gerufen. Das roch nach Ärger.

»In die Schreinerei, kein Problem«, wiederholte Fabian. »Und wozu?«

»Der Wandtresor, ganz hinten, über der Kasse. Öffne ihn ... mit dem zweiten Schlüssel.« So langsam, als wöge er Tonnen, hob Conrad den Schlüsselring. »Im Tresor ... Kette mit Amulett aus violettem Edelstein. Nimm es ... und bring es nach drüben ... *nach Ambigua!*« Er hustete trocken. Seine freie Hand reckte sich dem Nachttisch entgegen, versuchte, das Wasserglas zu greifen. Doch ein plötzlicher Krampf fuhr durch seinen Körper, und er fegte das Glas über den Rand, wo es krachend auf dem Boden zerschellte.

Vor der Zimmertür stieß jemand einen erregten Ruf aus.

»Der Sternstein von Mogonthûr ... er muss zurück nach Ambigua, Fabian! Der Rat der Weisen ... weiß, was zu tun ist. Zweite Reihe von unten, dritter Rahmen von rechts ... benutze die magische Pforte und bring ... den Sternstein ...«

Im selben Moment, als Fabian sich vorbeugte und den Schlüsselring aus Conrads kraftlosen Fingern nahm, wurde hinter ihm die Tür des Krankenzimmers aufgerissen. An der Decke flammten grelle Neonröhren auf, und ein großer, schlanker Arzt mit einem braunen Vollbart rauschte herein, dicht gefolgt von zwei Schwestern, eine von ihnen Schwester Mena.

»Was ist hier los? Wie kommt der Junge hier rein?«, bellte der Arzt, während er zu den wie wild durcheinanderpiepsenden Geräten hinübereilte. »Ich hatte ausdrücklich gesagt, *keine Besucher!*« Er las einige Werte von den Digitalanzeigen ab, und sein bärtiges Gesicht verfinsterte sich. »Rasch, rufen Sie Doktor Gruber!«

Die zweite Schwester rannte mit wehendem Kittel aus dem Zimmer.

Fabian, der vom Stuhl aufgesprungen war, stand wie angewurzelt da, unfähig zu reagieren. Der Arzt machte sich mit fliegenden Fingern an den Kabeln zu schaffen, die an Conrads Brust befestigt waren. »MISTER CELLERT!«, brüllte er. »MISTER CELLERT, KÖNNEN SIE MICH HÖREN?« Er wedelte mit einer Hand vor Conrads Gesicht hin und her. Doch die Augen des Schreiners waren starr auf einen ganz bestimmten Punkt gerichtet.

Auf Fabian!

In Conrads blassem Gesicht rangen Verzweiflung und Hoffnung miteinander. »Der Sternstein«, hauchte er. »Bring ihn ...«

»Der Bengel ist ja *immer noch* hier!«, schnappte der Arzt. »Verdammt noch mal, Schwester Mena – sorgen Sie endlich dafür, dass er verschwindet. Wir brauchen Platz zum Arbeiten!« Er schwenkte hektisch die Arme, als wollte er einen Mückenschwarm auseinandertreiben. »Wenn ich dahinterkomme, wer den Burschen hier reingelassen hat, gibt es ein Donnerwetter!«

Mit vorwurfsvollem Blick schob Schwester Mena Fabian auf die Tür zu. Er erhaschte einen letzten Blick auf Conrad, der, halb verdeckt durch den Arzt, noch immer in seine Richtung starrte. Seine rissigen Lippen formten lautlos ein einzelnes Wort.

Bitte!

Dann schloss sich die Tür hinter ihm, und Fabian stand allein auf dem kahlen Flur.

Auf dem Heimweg musste Fabian sein Rad schieben. Seine Beine waren zu schwach, um in die Pedale zu treten. In seinem Kopf wirbelten die Gedanken durcheinander wie Sandkörner in einer Windhose.

Würde Conrad wieder gesund werden? Was, wenn er tatsächlich nur noch wenige Wochen zu leben hatte? Wenn er nicht einmal den heutigen Tag überstand? Fabian dachte an die Hände seines Freundes. Wie kalt und kraftlos sie sich angefühlt hatten – wie leere Handschuhe! Was, wenn diese Hände nie wieder auf ihre ganz eigene Art Holz bearbeiten würden?

Fabian schüttelte den Kopf. Er wollte nicht daran denken. Stattdessen rief er sich die absonderliche Geschichte in Erinnerung, die Conrad ihm erzählt hatte. Doch das machte es nicht besser.

Ein Fensterrahmen, der Zugang zu einer fernen Welt ermöglichte. Ein magisches Amulett im Wandtresor. Ein Rieseninsekt, das versuchte, in die Schreinerei einzubrechen ... All das klang verdächtig nach den absurden Fantasiegeschichten, die Conrad an langen Abenden in der Schreinerei so gerne zum Besten gegeben hatte.

Mit einem Unterschied: Diesmal schien Conrad zu glauben, dass diese Dinge tatsächlich real waren!

Ich flehe dich an – geh für mich in die Schreinerei, so bald wie möglich!

Es bestand kein Zweifel: Conrad war überzeugt davon, dass sein Bericht über magische Pforten, fremde Welten und Zauberamulette der Wahrheit entsprach! Dafür gab es zwei mögliche Erklärungen, und keine davon gefiel Fabian: Entweder stand Conrad unter dem

Einfluss starker Medikamente, die seinen Verstand verwirrten und die Grenze zwischen Fantasie und Realität in seinem Kopf verschwimmen ließen. Oder – Fabian musste schlucken bei dem Gedanken – Conrads Gehirn hatte bei seinem Herzanfall und dem darauffolgenden Sturz erheblich mehr abbekommen, als er vermutet hatte.

Es ist wichtig … so wichtig!

Fabians Hände umkrampften die Griffe des Fahrradlenkers, bis seine Knöchel weiß hervortraten. Zu der Angst, Conrad zu verlieren, kam die grässliche Vorstellung, dass sein bester Freund die letzten Tage seines Lebens in der Wahnvorstellung zubringen könnte, irgendwelche Rieseninsekten seien hinter ihm her. Fabian spürte, wie ihm Tränen in die Augen stiegen.

Als eine halbe Stunde später der eckige, gelb gestrichene Umriss des Regenbogenhauses vor ihm auftauchte, war sein einziger Wunsch, sich in sein Zimmer zu verkriechen und niemanden mehr sehen zu müssen.

Doch daraus wurde nichts. Schon von Weitem erinnerten ihn laute Musik und der Duft nach Grillkohle daran, dass heute ein besonderer Tag war: Wie jedes Jahr veranstaltete die Leitung des Regenbogenhauses zum Beginn der Osterferien ein Frühlingsfest für die Heimkinder und deren Freunde.

Im Garten hinter dem Haus herrschte bereits reges Treiben. Überall auf der weitläufigen Wiese waren Biergarnituren aufgestellt worden, bunte Girlanden baumelten zwischen den Obstbäumen, und die Erzieherinnen hatten riesige Schüsseln mit Kartoffelsalat zubereitet. Auf einem aberwitzigen, selbst konstruierten Schwenkgrill brutzelte Hausmeister Bronstein Steaks und fettige Würste.

Fabian ahnte, dass er zumindest der Eröffnung des Fests beiwohnen musste, wenn er kein lästiges Verhör durch die alte Miss

Waylandt heraufbeschwören wollte. Wortlos schlich er an Kindern und Betreuern vorbei, ließ sich auf eine der hinteren Bänke fallen und versank in düstere Grübelei.

Wie sich herausstellte, war er genau rechtzeitig gekommen; wenige Minuten später ging es los. Wie jedes Jahr eröffnete Orville Swelter das Fest mit einer Rede, die - auch wie jedes Jahr - ebenso ausführlich wie sterbenslangweilig war. Da der Heimleiter nicht gerne stand, hatte er seinen geliebten Schreibtischstuhl ins Freie gerollt und auf einer behelfsmäßigen Bühne aus alten Orangenkisten platziert. Von diesem wackligen Thron aus ließ er wortreich das zurückliegende Jahr im Heim Revue passieren, begrüßte Neuzugänge in der Gemeinschaft, erinnerte an solche, die ausgezogen waren, und so weiter.

Nach einer Viertelstunde begannen die ersten Kinder, unruhig auf ihren Bänken herumzurutschen. Kein Wunder: Die verlockenden Düfte, die vom Grill herüberwehten, hätten selbst den spannendsten Vortrag zur Tortur gemacht. Endlich hatte Swelter ein Einsehen und beendete seine Ansprache mit dem traditionellen Schlusssatz: »Und nun, meine jungen Freunde - lasst uns futtern!«

Wie auf Kommando sprang die Menge auf und hastete in Richtung Grill, angeführt von Orville Swelter, der, wenn es ums Essen ging, von einer geradezu unheimlichen Leichtfüßigkeit sein konnte. Würste flogen auf Pappteller, Gebirge aus Kartoffelsalat wurden auf- und umgeschichtet, Limonade gluckerte in dünne Plastikbecher. Im Handumdrehen war der Garten erfüllt von Schmatzen, Lachen und dem emsigen Klappern von Kunststoffbesteck.

Fabian beteiligte sich nicht. Bewegungslos hockte er auf seiner Bank und hing seinen Gedanken nach. Wenn jemand herüberkam, ihn ansprach oder und ihm etwas zu essen anbot, sah er nur mit leerem Blick auf und schüttelte wortlos den Kopf.

Wie ernst Conrad seine verrückte Erzählung gewesen war! Wieviel Verzweiflung in seinem letzten Blick gelegen hatte! Fabian verspürte einen schmerzhaften Stich in der Brust, als er daran zurückdachte.

Bitte!

Mit einem mulmigen Gefühl erinnerte er sich an das Versprechen, das er spontan gegeben hatte. Unwillkürlich kroch seine Hand in die Hosentasche und fand Conrads Schlüssel. Sollte er tatsächlich in die Sektorstraße gehen und seinem Freund zuliebe nach irgendwelchen Hirngespinsten suchen?

Was sollte er antworten, wenn ihn jemand sah und fragte, was er dort zu suchen habe? *Ich bin hier, um den Sternstein von Mogonthûr zurück nach Ambigua zu bringen?* Oh, Mann!

Aber schließlich hatte er Conrad sein Wort gegeben. Der Gedanke, seinem Freund eine Bitte abzuschlagen – möglicherweise die letzte, die er ja an ihn gerichtet hätte – ließ Fabian frösteln. Umringt von fröhlichen Menschen, in Gedanken meilenweit entfernt, grübelte er eine ganze Weile still vor sich hin.

Und dann hatte er eine Idee.

Er *würde* in die Sektorstraße gehen. Nicht, um nach irgendwelchen magischen Fenstern oder verzauberten Amuletten zu suchen, sondern um ein paar nützliche Habseligkeiten für seinen Freund zusammenzusuchen. Conrad war in aller Eile vom Notarzt ins Krankenhaus gebracht worden; gewiss hatte sich niemand die Mühe gemacht, ein paar persönliche Dinge für ihn zusammenzupacken, die er dort brauchen würde.

Ein Grinsen schlich sich auf Fabians Züge. Das war gut! Er konnte sein Versprechen einlösen, die Schreinerei aufzusuchen (und wenn es ihn überkam, sogar im Vorbeigehen einen Blick in den dämlichen Tresor werfen), und gleichzeitig hatte er am nächsten Tag eine prima Ausrede, Conrad erneut im Krankenhaus zu besuchen – einen Jungen, der seinem Onkel Pantoffeln und Zahnbürste brachte, konnten die Schwestern schließlich schlecht abweisen!

Ein dumpfes Knurren ließ Fabian hochschrecken. Überrascht stellte er fest, dass es sein eigener Magen war – seit dem Frühstück hatte er nichts mehr gegessen! Er erhob sich, schnappte sich einen Pappteller und eilte zu Hausmeister Bronstein und seinem Monstergrill hinüber.

Als Fabian sich zwei Stunden später auf den Weg machte, war das Fest noch in vollem Gange. Bunte Lampions erhellten die Nacht, nach wie vor dröhnte Musik, und irgendwo im Hintergrund unterhielt Samuel Bronstein einige Unerschrockene mit Geschichten aus seiner lange zurückliegenden Zeit bei der Fremdenlegion, die ihn in die Wüste Gobi, das Himalaja-Massiv und den afrikanischen Busch geführt hatte – angeblich jedenfalls. Niemand bemerkte Fabian, als er auf die Straße hinausschlich.

Hell und beinahe voll stand der Mond am Himmel, als er wenig später die Sektorstraße erreichte. Er umrundete die zusammengeschobenen Mülltonnen und betrat zielstrebig die kleine Sackgasse neben der Schreinerei.

Während er an die Hintertür herantrat und die Schlüssel aus der Tasche kramte, erkannte er im kalten Mondlicht, dass das Messing rund um Schloss und Knauf von unzähligen tiefen Kratzern zerfurcht war. Allem Anschein nach war der nächtliche Einbrecher nicht gerade zimperlich vorgegangen.

Glücklicherweise war das Schloss noch funktionstüchtig. Zwei Schlüsseldrehungen später schwang die Tür auf, und Fabian betrat den Flur. Nach dem hellen Mondlicht draußen in der Gasse mussten sich seine Augen zunächst an die Dunkelheit im Innern gewöhnen.

Kurz überlegte er, das Licht einzuschalten, verwarf die Idee jedoch wieder. Die Anwohner befanden sich nach dem Vorfall der letzten Nacht gewiss noch in Alarmbereitschaft. Wenn einer von ihnen Licht in der leerstehenden Schreinerei sah, wäre im Handumdrehen die Polizei hier, und Fabian hatte wenig Lust, den Beamten zu erklären, was er allein mitten in der Nacht hier zu suchen hatte.

Lautlos zog er die Tür hinter sich ins Schloss und tastete sich den Flur entlang, vorbei an der Küche und weiter in Richtung Werkstatt. Der große Raum lag zur Straße, und durch die dicken Butzenglasscheiben sickerte gelb gefärbtes Mondlicht ins Innere. Träge schälten sich die Umrisse von Werkbank, Schemeln und dem kleinen Eisenofen aus dem Zwielicht.

Wie in Zeitlupe schritt Fabian durch den Raum, atmete den Geruch von Holz, lauschte dem vertrauten Knirschen der Sägespäne unter seinen Füßen. Es fühlte sich eigenartig an, allein hier zu sein, irgendwie falsch, und für einen kurzen Moment kam sich Fabian vor wie ein unbefugter Eindringling. Rasch lenkte er seine Schritte in den hinteren Teil der Werkstatt, wo eine schmale Treppe in den ersten Stock hinaufführte, zu Conrads Wohnräumen.

Ein einsames Auto brauste draußen an der Schreinerei vorüber. Das Licht der Scheinwerfer wischte über die Wände der Werkstatt hinweg und erhellte ein Pult mit einer alten Registrierkasse darauf. In ihr sammelte Conrad seine Tageseinnahmen, bevor er sie am Abend in den Safe legte.

Als Fabian den dunklen Umriss der Tresortür in der Wand darüber erkannte, blieb er stehen. Überdeutlich spürte er den Schlüsselring in seiner Hand.

Der zweite Schlüssel öffnete den Safe, hatte Conrad gesagt.

»Ach, was soll's«, flüsterte Fabian – und erschrak, wie laut und fremd seine Stimme in der finsteren Werkstatt klang. Er tastete über das kühle Metall, bis er das Schloss fand und den Schlüssel hineingleiten ließ.

Als die Riegel der Tür aufschnappten, vernahm er von irgendwo außerhalb des Hauses ein dumpfes Poltern.

Er hielt inne. Woher war das Geräusch gekommen? Von der Straße vor dem Haus oder eher aus der Sackgasse?

Fabian stellte fest, dass er einen lausigen Einbrecher abgeben würde: Kaum klapperte irgendwo ein Fensterladen, schon spielten seine Nerven verrückt. Es wurde höchste Zeit, dass er nach Hause kam! Mit einer energischen Handbewegung drückte er die stählerne Klinke der Tresortür herunter und zog.

Später vermochte Fabian nicht mehr zu sagen, was er eigentlich im Innern des Stahlschranks zu finden erwartet hatte – ein bisschen Bargeld vielleicht, Papiere und Geschäftsunterlagen, nahezu unsichtbar in den schattigen Tiefen. Mit dem, was er stattdessen sah, hatte er jedenfalls definitiv nicht gerechnet.

Als die Tresortür lautlos beiseiteschwang, schwappte ein violetter Schimmer aus dem stählernen Hohlraum dahinter. Es war nur ein schwaches Glühen, dennoch musste Fabian nach dem matten Dämmerlicht der Werkstatt blinzeln. Sekunden darauf erblickte er im Zentrum des Lichtscheins ein rundes Samtkissen.

Darauf lag ein sternförmiges Schmuckstück aus einem durchsichtigen, violetten Material!

Überrascht kniff Fabian die Augen zusammen, um mehr erkennen zu können. Sein Herzschlag hallte überlaut in seinen Ohren wider. Irgendwo draußen, offenbar hinter dem Haus, polterte es erneut, lauter diesmal. Er achtete nicht darauf.

Das Objekt war etwa so groß wie sein Handteller, ein Stern mit fünf massiven Zacken, der in einer aufwendig verzierten Fassung aus Silber eingebettet lag. Er schien aus mattiertem farbigem Glas oder einer Art Kristall zu bestehen – mit dem Unterschied, dass Fabian noch nie einen Kristall gesehen hatte, der von innen heraus leuchtete! Das beständige Glühen war völlig anders als das Licht einer Glühbirne oder einer offenen Flamme, es schien auch keine Wärme abzustrahlen. Am ehesten erinnerte es an das diffuse Leuchten merkwürdiger Tiefseefische, die Fabian einmal im Fernsehen gesehen hatte.

Der Stein hing an einer Kette aus runden, silbernen Gliedern. Fabian ergriff sie mit spitzen Fingern und hob das Schmuckstück daran aus dem Tresor.

Sanft leckte das violette Leuchten über die Einrichtung der Werkstatt, als der Stein wie in Zeitlupe hin und her schwang. Fabian konnte erkennen, dass auf der Rückseite Schriftzeichen in die silberne Fassung eingeritzt waren, Symbole einer Sprache, die er noch nie zuvor gesehen hatte. Für endlose Sekunden starrte er das Amulett an wie das Pendel eines Hypnotiseurs, unfähig, einen klaren Gedanken zu fassen.

Es gab nur eine einzige logische Erklärung, wie dieses Ding in Conrads Tresor kam – und wieso es leuchtete! Fabian spürte seine Knie weich werden, als ihm klar wurde, was das bedeutete ...

Doch er kam nicht dazu, den Gedanken zu Ende zu denken.

Ein gewaltiger Donnerschlag erschütterte das Haus bis in seine Grundmauern, gefolgt von einem Übelkeit erregenden, berstenden Geräusch. Fabian hörte Holzsplitter auf den Boden prasseln, nicht weit entfernt.

Die Hintertür!, schoss es ihm durch den Kopf. Instinktiv huschte er ein paar Schritte zurück und warf einen Blick in den Flur.

Von der Tür, durch die er wenige Minuten zuvor die Schreinerei betreten hatte, war nichts mehr übrig! Wie Zähne in einem Raubtiermaul ragten Reste des gesplitterten Türrahmens aus dem Mauerwerk. Jenseits der Öffnung konnte Fabian die mondbeschienene Sackgasse erkennen – und den dunklen Umriss von etwas, das sich gerade mit brachialer Gewalt Zutritt verschafft hatte.

Zuerst dachte Fabian, auf der Schwelle stünde ein sehr großer, sehr hagerer Mann. Dann erkannte er, wie sich das Licht des Mondes auf schwarzen Panzerplatten brach. Faustgroße, kugelförmige Facettenaugen glänzten im Halbdunkel.

Starr vor Entsetzen beobachtete er, wie aus den Seiten der Silhouette zwei Arme mit je drei Gelenken und einer säbelartigen Klaue am Ende hervorklappten. *Wie bei einer Gottesanbeterin*, dachte er fassungslos – als der Kopf des Geschöpfs unvermittelt in seine Richtung zuckte und ein hohes, zwitscherndes Geräusch ausstieß.

Es hatte ihn gesehen!

Sechs dünne, gepanzerte Beine begannen, ihren klickenden Rhythmus auf den Kachelboden zu hämmern, als sich das Monstrum mit übermenschlicher Gewandtheit in Bewegung setzte.

Dieser Typ muss Steppschuhe getragen haben, hallte eine weibliche Stimme durch Fabians Kopf. Plötzlich wusste er, wessen Schritte Conrads Nachbarin eine Nacht zuvor gehört hatte!

Keuchend warf er die Verbindungstür zum Flur zu und drehte den Schlüssel im Schloss – keine Sekunde zu früh!

Im gleichen Augenblick krachte das Insektenwesen von der anderen Seite gegen das Holz. Ein verwirrtes Kreischen ertönte, dann begann die Kreatur, mit ihren säbelartigen Vorderläufen auf die Tür einzuprügeln. Fabian ließ den Sternstein in die Tasche seiner Trainingsjacke gleiten und wirbelte herum.

Er saß in der Falle!

Die Fenster zur Straße waren vergittert, die Vordertür zur Sektorstraße fest verschlossen. Und zwischen ihm und dem Hinterausgang lauerte eine Bestie, die es nach menschlichem Ermessen überhaupt nicht geben durfte – und deren Schläge jetzt das Haus zum Erbeben brachten!

Wamm!

Wamm!

Wamm!

Fabians Herz hämmerte, Schweißperlen traten auf seine Stirn. Ihm blieb nur ein Ausweg: Er musste hinauf in den ersten Stock und versuchen, dort durch ein Fenster ins Freie zu klettern.

Stolpernd eilte er auf die rückwärtige Wand der Werkstatt zu, wobei er ein kurzes Stoßgebet zum Himmel sandte, dass der Bestie nicht einfiel, die Flurtür einfach einzurennen, wie sie es allem Anschein nach mit dem Hintereingang gemacht hatte.

Wamm!

Als würden seine Beine ohne sein bewusstes Zutun handeln, stoppte er plötzlich. Er sah hoch und stellte fest, dass er direkt vor der Wand mit Conrads Fensterrahmensammlung stand. Er wollte schon weiterhetzen, als sich mit einem Mal die Härchen in seinem Nacken aufrichteten.

Conrad hatte gesagt, im Tresor der Werkstatt liege ein magisches Amulett – genau so war es gewesen.

Conrad hatte von einem Insektenmonster erzählt, das versucht habe, in die Werkstatt einzubrechen – und nun randalierte es hinter ihm im Flur.

Conrad hatte gesagt, einer der Fensterrahmen sei gar kein normaler Fensterrahmen ...

WAMMM!

In einer Wolke von Holzsplittern erschien eine armlange Klaue auf der Innenseite der Tür. Wenige Schläge noch, dann wäre nichts mehr übrig, was das Monstrum von Fabian trennte!

Er zögerte eine weitere Sekunde.

Zweite Reihe von unten, dritter Rahmen von rechts, rief Conrads Stimme hinter Fabians Stirn.

KNIRRRSCH!

Handtellergroße Bruchstücke platzten aus der Türfüllung, eine zweite Säbelklaue schob sich durch das Holz. Schrilles Geheul erhob sich auf der anderen Seite der Tür.

Die Bestie triumphierte!

Fabian trat vor die Wand und zählte ab: eins, zwei von unten, eins, zwei, drei von rechts ... da war er! Trotz des Zwielichts erkannte Fabian, dass der Rahmen exakt so aussah, wie Conrad ihn beschrieben hatte: kunstvoll, fremdartig, mit unzähligen winzigen Verzierungen. Und in der Mitte, zwischen den beiden Fensterflügeln, blitzte ein silberner Riegel im Mondlicht.

KRRRRRACHHH!

Fabian hörte, wie etwas zu Boden fiel, vermutlich der Rest der Tür. Er drehte sich nicht um. Mit bebenden Fingern löste er den winzigen Haken und klappte ihn hoch. Dann packte er die Flügel des Fensterrahmens und riss sie auseinander.

Grelles Licht flutete in den Raum – Tageslicht?

Fabian blinzelte, geblendet von der plötzlichen Helligkeit. Hinter sich vernahm er knirschende Laute, als sich das Insektenwesen durch die Überbleibsel der Tür arbeitete, gefolgt von einem ärgerlichen Zwitschern.

Das Biest ahnte, was er vorhatte!

Noch immer konnte Fabian nicht erkennen, was genau auf der anderen Seite des Fensters lag, zu hell strahlte das Licht dahinter.

Erneut hämmerten Insektenbeine ein knöchernes Stakkato auf den Boden, kamen rasend schnell näher!

Fabian zögerte nicht mehr. Er holte Schwung und warf sich vorwärts, kopfüber der Wand entgegen, mit ausgestreckten Armen, als spränge er vom Beckenrand eines Schwimmbeckens.

Hinter ihm ertönte ein trillerndes Kreischen.

Instinktiv kniff Fabian die Augen zu, fürchtete halb, mit voller Wucht gegen das Mauerwerk zu krachen. Doch sein Sprung wurde länger und länger …

Ein kribbelndes Gefühl überzog seinen Körper, in seinem Kopf begann sich alles zu drehen. Seine Nase füllte sich mit einem süßlichen Duft, der irgendwie an Weihnachten erinnerte. *Zimt*, dachte er verwundert.

Dann schloss sich Dunkelheit um ihn.

Teil 2

Die Mission

Interludium

Wie viel Zeit mochte vergangen sein? Monate? Jahre? Der Magier konnte nicht mehr schätzen, wann er zuletzt das Licht der Sonne erblickt hatte. Wie sah Helligkeit eigentlich aus? Wie fühlte es sich an, Wind auf der Haut zu spüren? Wie schmeckte Wasser, wenn man es nicht aus den Ritzen zwischen fauligen Backsteinen lecken musste? Wie roch Luft, die nicht von Moder geschwängert war und in den Lungen krampfhaftes Husten hervorrief?

Wie fühlte es sich an, keine Schmerzen zu leiden?

Mit bebenden Fingern versuchte der Magier, die dicken Knoten in seinem Bart und seinem Haar zu zählen. Um die wuchernden Massen zu bändigen und zugleich einen Überblick über die verstrichene Zeit zu behalten, hatte er irgendwann begonnen, sie zu verknoten. Doch seine Hände waren zu zittrig, um alle Haarknäuel zu finden.

Wie lange würde er noch durchhalten?

Er fror ständig, und eine unbestimmte Ahnung sagte ihm, dass der Schimmel seines Strohlagers längst auf die schäbigen Fetzen übergegriffen hatte, die er am Leib trug. Wenn er seinen ausgemergelten Körper in der Dunkelheit abtastete, konnte er die Knochen unter der pergamentdünnen Haut fühlen. Nur einmal am Tag erhielt er eine Schüssel Brei zu essen. Er war dankbar, dass es zu finster war, um den Inhalt zu erkennen; der zähe Schleim schmeckte auch ohne das Wissen um seine Zusammensetzung ekelhaft genug.

Vage erinnerte sich der Magier, dass er einst immense Kräfte besessen hatte, Kräfte, die es ihm mit Leichtigkeit ermöglicht hätten, aus dem Nichts ein Festmahl entstehen zu lassen. Genau betrachtet besaß er diese Kräfte immer noch. Doch die Steinmassen, die sich über seinem Kopf in die Höhe türmten, verhinderten, dass er sie nutzte. Nicht einmal einen glühwürmchengroßen Leuchtball konnte er hier erschaffen!

Der Zauberer holte keuchend Luft und versuchte zum mindestens zehntausendsten Mal, sich einzureden, dass es nicht mehr lange dauern konnte, bis ihn jemand in den Tiefen dieses Kerkers fand und befreite. Er würde an die Oberfläche zurückkehren, wo Luft und Licht und Nahrung auf ihn warteten, und er würde wieder zaubern ...

Doch tief in den Schubladen seiner Erinnerung lauerte eine schreckliche Gewissheit: Damals, vor langer Zeit, als er mit einer lächerlich materiellen Absicht an diesen verfluchten Ort gekommen war, hatte er niemanden darüber informiert. Niemand wusste um das Ziel seines verhängnisvollen Ausflugs, von dem er bis heute nicht zurückgekehrt war.

Niemand würde kommen, ihn hier zu suchen.

Kapitel 5
Kein warmer Empfang

Heller Sonnenschein blendete Fabian, als er die Augen aufschlug. Sein Kopf brummte wie ein Hornissennest, und ihm war schwindelig, als sei er stundenlang ohne Pause Achterbahn gefahren. Er blinzelte und versuchte, sich zu orientieren.

Er lag auf einer Wiese aus kniehohem Gras, dicht bei einer alten Steinhütte. Als er sich aufsetzte, erkannte er nicht weit entfernt einen Pfad, mit Kies bestreut, der bergab auf eine mittelalterlich anmutende Stadt zuführte.

Der Himmel über seinem Kopf war kirschrot.

»Heiliges Erbspüree«, murmelte er. Nur allmählich dämmerte ihm, was all das bedeuten musste.

Conrads wirre Worte im Krankenhaus waren weder das Resultat von Medikamenten noch eine Spätfolge seines Sturzes gewesen. Er hatte von Anfang bis Ende die Wahrheit gesagt!

Fabian rieb sich die Augen, doch die Landschaft um ihn herum blieb unverändert. Unsicher betastete er das Gras, in dem er saß, den rauen Stein der Hütte hinter sich. Kein Zweifel, alles war real! Dennoch sträubte sich alles in ihm, als Tatsache zu akzeptieren, was er mit eigenen Augen sah.

Wie war das möglich?

Eine Gänsehaut rieselte über seinen Rücken, als ihm noch etwas anderes bewusst wurde: Wenn der Ort, an dem er sich befand, tatsächlich existierte – bedeutete das dann, dass die Geschichten, die Conrad ihm über die Jahre erzählt hatte, all diese unterhaltsamen, völlig unglaubwürdigen Märchen, möglicherweise nichts anderes als *Reiseberichte* gewesen waren?

Unvermittelt tauchte das seltsame Foto aus Conrads Küche vor seinem geistigen Auge auf. Er schluckte hart. Der Rotstich des Himmels rührte nicht vom Alter her, das Bild war hier aufgenommen worden – *in Ambigua!*

Eine milde Brise kühlte Fabians Stirn, die nach dem nervenaufreibenden Erlebnis in der Schreinerei noch schweißnass war. *Das Monstrum!,* schoss es ihm durch den Kopf. Was war aus dem gepanzerten Insekt geworden? War es ihm durch die Pforte gefolgt?

Hektisch sah er sich um. Doch seine Befürchtungen schienen unbegründet: Er war mutterseelenallein auf der Wiese.

Mit klopfendem Herzen erhob er sich und untersuchte die aus groben Steinquadern errichtete Hütte. Wie Conrad gesagt hatte, glich der Rahmen ihres einzigen Fensters bis auf seine Verglasung dem in der Schreinerei, und genau wie in Conrads Erzählung konnte man dahinter einen schattigen Verschlag voller Schaufeln, Fässer und Gerümpel erkennen – keine Werkstatt mit zertrümmerter Hintertür, kein rasendes, schwarzes Ungetüm.

Fabian fuhr mit der Hand in seine Trainingsjacke und ertastete dort mit einer gewissen Erleichterung einen zackigen, schweren Gegenstand – den Sternstein. Soweit war also alles in Ordnung.

Dennoch war ihm mulmig zumute. Er befand sich in einer fremden Welt, unvorstellbar weit von zu Hause entfernt, einer Welt, in der er sich nicht auskannte und wo, wenn man Conrads Worten glaubte, unvorstellbare Dinge geschehen konnten.

Ein falscher Schritt …

Fabian versuchte, ruhig zu bleiben und die Fakten zu sortieren: Genau wie Conrad bei seinem ersten Besuch schien ihm momentan der Rückweg durch das magische Fenster verwehrt – aus welchen Gründen auch immer. Abgesehen davon schien es ihm auch nicht sonderlich ratsam, in die Schreinerei zurückzukehren, solange dort ein riesiges Insekt Kleinholz aus der Inneneinrichtung machte …

Er versuchte, sich an das zu erinnern, was Conrad im Krankenhaus gesagt hatte: Das ominöse Amulett sollte zurück nach Ambigua. So weit, so gut. Diesen Teil konnte man als abgehakt betrachten. Und jetzt? Er konnte das Schmuckstück doch nicht einfach auf der Wiese liegen lassen.

Der Rat der Weisen wird wissen, was zu tun ist.

Fabian kratzte sich am Kopf. Der Rat der Weisen von Pantrami … Wenn er sich richtig erinnerte, war Pantrami die Stadt, die vor ihm in der Talsenke lag. Er musste also dort hinunter und den ominösen Rat ausfindig machen. Wenn er den Gelehrten den Sternstein aushändigte, würden sie als Gegenleistung vielleicht dafür sorgen, dass er irgendwie zurück zur Erde gelangte. Eine vage Hoffnung, aber es war die einzige, die er momentan hatte. Zögerlich schritt Fabian auf den Kiespfad zu.

Die Stadt Pantrami war, von oben betrachtet, nahezu kreisrund und erinnerte an einen gewaltigen Laib Käse oder ein mächtiges Wagenrad. Eine Stadtmauer umschloss ein Sammelsurium spitzgiebeliger Häuser, windschiefer Türmchen und bunt geschmückter Fahnenmasten. Weiter unten im Tal waren wuchtige Fuhrwerke zu erkennen, die auf der Kiespiste zur Stadt rollten oder sie verließen. Sie wurden von plumpen Tieren gezogen, die von Weitem an große Ochsen erinnerten. Als Fabian jedoch ihre Beine zählte und auf sechs kam, ahnte er, dass es kaum gewöhnliche Ochsen sein konnten.

Plötzlich fiel ihm auf, dass Conrad nie erwähnt hatte, welche Sprache man hier überhaupt sprach. Was, wenn es eine war, die es auf der Erde nicht gab? Wenn Conrad Jahre benötigt hatte, sie zu lernen, und bloß vergessen hatte, das zu erwähnen? Wie sollte sich Fabian zum Rat der Weisen durchfragen oder sich auch nur verständlich machen?

Er hatte den Kiesweg beinahe erreicht, als er aus dem Augenwinkel eine Gestalt wahrnahm, die sich aus dem Schatten eines schattigen Waldstücks zu seiner Linken löste. Es handelte sich um einen großen Mann, dessen lange Glieder in einem schwarzen Frack steckten. Er schien es eilig zu haben, huschte mit geschmeidigen Schritten über das wogende Gras auf den Pfad zu, wobei er konzentriert etwas begutachtete, das er in den Händen vor sich hertrug.

Fabian beschloss, die Gelegenheit zu nutzen und die Frage der Landessprache hier und jetzt zu klären. Er änderte seine Richtung und marschierte auf den Mann zu. Als er bis auf wenige Schritte heran war, hob er grüßend die Hand und sagte: »Guten Tag!«

Der Schwarzgekleidete war so in seine Betrachtung vertieft, dass er Fabian gar nicht kommen gesehen hatte. Er zuckte zusammen, riss den Kopf in die Höhe, und ließ mit einer blitzschnellen Bewegung den Inhalt seiner Hände in den Taschen seines Fracks verschwinden. Sein Haar war schwarz und zurückgeklatscht, unnatürlich große Ohren standen seitlich von seinem Schädel ab. Um seinen halb geöffneten Mund, der den Blick auf gelbe, spitze Zähne erlaubte, lag ein verkrampfter, irgendwie unsympathischer Zug. Fabian fragte sich plötzlich, ob es eine kluge Entscheidung gewesen war, den Fremden anzusprechen.

Die Augen des Schwarzgekleideten verengten sich zu schmalen Schlitzen, als er Fabian erblickte. Mit leiser, zischender Stimme sagte er: »Was willst du, Bursche?«

Fabian konnte ihn mühelos verstehen! Und wie es aussah, hatte der Mann ihn ebenfalls verstanden. Ein Problem weniger.

»Ich, also …« Fabians Gedanken überschlugen sich. Wo sollte er anfangen? Unsicher deutete er zu der steinernen Kate hinüber. »Na ja, da war dieses Geschöpf, in der Schreinerei, als ich gerade den Sternstein gefunden hatte, es kam hinter mir her, und da bin ich durch die magische Pforte, und dann war ich plötzlich hier, ich meine, dort drüben, vor der Hütte, und als Nächstes dachte ich, wenn, also … äh …« Fabian merkte, dass er unzusammenhängendes Zeug redete, und verstummte.

Der Fremde folgte seinem Arm und blickte zu der Kate hinüber, wobei er die hohe Stirn in Falten legte. Dann musterte er Fabian mit neuem Interesse, betrachtete aufmerksam seine Turnschuhe, die abgewetzten, durchlöcherten Jeans und die knallrote Trainingsjacke. Seine pechschwarzen Augen strahlten eine Kälte aus, die Fabian trotz der frühlingshaften Sonne frösteln ließ.

»Du stammst nicht von hier«, stellte der Mann fest.

»Ich komme von der Erde«, bestätigte Fabian. »Mein Name ist Fabian Volta.«

»Aus der Welt hinter den Pforten, so, so«, murmelte der Mann, ohne Anstalten zu machen, sich ebenfalls vorzustellen. »Und was führt dich in diese Gegend, Fabian Volta?«

Fabian holte tief Luft. Dann begann er erneut zu erzählen, diesmal von Anfang an und in ganzen Sätzen. Er berichtete von Conrad und der magischen Pforte, vom ersten Auftauchen des Insektenmonsters, vom Herzanfall seines Freundes und dem Besuch im Krankenhaus. Anschließend ging er zu seinem nächtlichen Besuch in der Schreinerei über, beschrieb das zweite Auftauchen der Kreatur und seine Flucht durch das magische Fenster.

Ihm war ein wenig unwohl dabei, einen Fremden mit seinen

Problemen zu behelligen, aber was sollte er machen? Er kannte hier schließlich niemanden und brauchte Hilfe.

Der Mann in Schwarz hörte mit ausdrucksloser Miene zu, wobei er alle paar Sekunden den Kopf drehte und einen nervösen Blick in Richtung des Wäldchens warf, aus dem er gekommen war. Erst als Fabian zu dem Punkt gelangte, wo er den Tresor geöffnet und den Sternstein an sich genommen hatte, veränderte sich das Verhalten des Mannes: Auf einmal hing er wie gebannt an Fabians Lippen, schien jedes seiner Worte aufzusaugen, während seine dunklen Augen ihn aufmerksam abtasteten.

»Du willst sagen«, hob er an, nachdem Fabian zum Ende gekommen war, »dass du dieses, äh ... Schmuckstück *jetzt gerade* bei dir trägst?« Seine Stimme zitterte kaum merklich, während er seine höckerige Nase reckte und konzentriert zu schnüffeln begann. »Den ... den legendären Sternstein von Mogonthûr?«

»So ist es.« Fabian klopfte mit der Hand auf die Tasche seiner Trainingsjacke. »Wieso?«

Urplötzlich setzte der Mann ein breites Lächeln auf und streckte Fabian die Hand hin. »Verzeih meine Unhöflichkeit, Fabian Volta«, sagte er auffallend heiter. »Ich bin Fromkin Carabulis, ein angesehener Bürger der Stadt Pantrami, und ich freue mich, dich als erster Einheimischer in unserer schönen Welt willkommen heißen zu dürfen!«

Zögernd ergriff Fabian die Hand, die, wie er jetzt erst bemerkte, in einem Handschuh aus extrem weichem, schwarzem Leder steckte. Er schüttelte sie, doch irgendetwas am Griff des Mannes war sonderbar. Als er losließ und genauer hinschaute, stellte er überrascht fest, dass der Mann, der sich Fromkin Carabulis nannte, an jeder Hand sieben Finger besaß!

»Du bestaunst meine kleine anatomische Besonderheit?« Der

Mann ließ seine Finger in erstaunlichem Tempo über die Tasten eines unsichtbaren Klaviers wirbeln. »Sei versichert: In Ambigua wirst du einer Menge Dinge begegnen, die dir eigentümlich und absonderlich vorkommen.«

»Das dachte ich mir schon«, erwiderte Fabian. »Haben denn alle Menschen hier sieben Finger?«

»Keineswegs!« Fromkin Carabulis lächelte und griff in seinen Frack. »Es handelt sich um eine erbliche Besonderheit, die ganz allein der Familie Carabulis eigen ist. Schon mein Urgroßvater, Arfass Carabulis, hatte sieben Finger.« Emsig durchwühlte er die Innentaschen seiner Jacke. »Aber ich beklage mich nicht darüber, ganz im Gegenteil: In meiner Branche kommen mir ein paar zusätzliche Finger durchaus zupass. Ich habe, äh ... viel mit Geld zu tun, weißt du?«

»Sie arbeiten auf einer Bank?«

»Gewissermaßen. Manchmal.« Noch immer kramte der Mann in seinen Taschen, von denen es erstaunlich viele zu geben schien.

Da drang plötzlich aus dem nahen Wald ein gedämpfter Ruf herüber. Fabian hatte den Eindruck, dass es sich um eine weibliche Stimme handelte. Er drehte den Kopf und warf einen Blick in die entsprechende Richtung, konnte jedoch nichts erkennen außer grünen, im Wind wogenden Baumkronen.

Als er sich wieder Fromkin Carabulis zuwandte, stand der hagere Mann auf einmal ganz dicht vor ihm. In einer Hand hielt er eine Blume mit einem faustgroßen, fahlweißen Blütenkelch. Die Pflanze sah vertrocknet und brüchig aus, weiße Staubwölkchen rieselten davon zu Boden.

»Die ambiguanische Etikette gebietet, jeden Besucher mit einer feierlichen Gabe in unseren Gefilden zu empfangen«, erklärte Carabulis salbungsvoll und hob die Blume unauffällig vor Fabians Gesicht. »Der getrocknete Kelch der Mondrose verströmt einen so unbeschreiblichen Wohlgeruch, dass er auf allen Kontinenten Ambiguas als Kostbarkeit gehandelt wird – eine um so kostbarere Kostbarkeit, da jeder Kelch nur eine begrenzte Menge Blütenstaub enthält, etwa so viel, um ein Dutzend Nasen mit seinem Duft zu füllen. Danach ist er leergeschnüffelt und wertlos.« Er hielt die Blüte direkt unter Fabians Nasenspitze. »*Zufällig* trage ich eine fast volle Mondrose bei mir. Gestatte mir, ihren beglückenden Duft mit dir zu teilen, auf dass du deine Ankunft in dieser Welt auf ewig als besonderes Ereignis im Gedächtnis behältst!«

»Ich, äh ...« Instinktiv wich Fabian ein paar Zentimeter zurück. Das Verhalten des Mannes gefiel ihm nicht. Außerdem sah das verschrumpelte Gewächs nicht gerade so aus, als verbreite es tatsächlich den wunderbarsten aller Düfte. »Das ist sehr nett von Ihnen, aber ich denke, ich sollte vielleicht besser ...«

»Du willst mich doch nicht etwa *beleidigen*, indem du meine großzügige Geste ausschlägst?«, fuhr Fromkin Carabulis auf. »Ein Liebhaber würde fünfzig Silberlinge und mehr für einen einzigen Zug an der Mondrose hinblättern!« Er verzog pikiert das Gesicht. »Es ist hier Brauch, Fremde mit einem Gastgeschenk zu empfangen! Willst du unsere Gepflogenheiten mit Füßen treten?«

Das wollte Fabian nicht. Dennoch überlegte er angestrengt, wie er aus dieser Situation herauskommen konnte, ohne an dem unappetitlichen Ding zu riechen und den Mann zu verärgern.

Da ergriffen plötzlich sieben starke Finger seinen Hinterkopf und drückten ihn nach vorne! Fabians Nase versank in den knisternden Blütenblättern, aus denen weißer Pollenstaub stob. Verzweifelt hielt er die Luft an.

»*Wirst du wohl einatmen, du Wurm?*«, zischte die Stimme Fromkin Carabulis' dicht neben seinem Ohr. Sie war jetzt ohne jede Freundlichkeit, auch die gespielte Empörung von eben war verschwunden. Vielmehr glaubte Fabian, eine bedrohliche, animalische Gier darin zu erahnen.

Er strampelte wild, doch mit seinen langen Armen hielt der Mann ihn mühelos so weit von seinem Körper weg, dass Fabians Tritte ihm nicht gefährlich werden konnten. Noch immer wurde seine Nase unnachgiebig in das staubige Etwas gedrückt.

Allmählich ging Fabian die Luft aus.

»Zier dich nicht, du Balg«, flüsterte Fromkin Carabulis. »Ein kleiner Schnaufer, und alles ist vorbei!«

Ein letztes Mal keilte Fabian aus, erwischte aber wiederum nichts als leere Luft. Das Stechen in seinen Lungen wurde übermächtig, seine Abwehr erlahmte. Gegen seinen Willen machte er einen japsenden Atemzug.

Der Blütenstaub roch nicht übel, süßlich und vielleicht ein bisschen stechend. Trotzdem bezweifelte Fabian, dass das ausreichte, um die Blume zu einer Kostbarkeit zu machen. Erneut schnappte er nach Luft, saugte ungewollt mehr von dem feinen Staub in seine Lungen.

Auf einmal hatte er den Eindruck, als beginne der Boden unter seinen Füßen zu schwanken. Sein Blickfeld verschwamm, wurde unscharf und schlierig. In seinem Kopf drehte sich alles, wie vor einem Jahr, als Hausmeister Bronstein ihn auf dem Frühlingsfest des Regenbogenhauses überredet hatte, von seinem selbstgebrannten Birnenschnaps zu kosten.

Er bildete sich ein, ein hämisches Kichern zu vernehmen, doch es klang gedämpft wie durch viele Lagen dicker Watte. Fabian atmete wieder ein, roch den süßen, penetranten Duft der Mondrose – und zum zweiten Mal innerhalb einer halben Stunde senkte sich undurchdringliche Finsternis über ihn.

Diesmal allerdings hielt sie wesentlich länger an.

Kapitel 6
Die Trull-Patrouille

Als er wieder zu sich kam, lag Fabian flach auf dem Boden. Er spürte Gras unter sich, in der Ferne hörte er Vögel zwitschern. Allem Anschein nach befand er sich also noch immer auf der Wiese oberhalb der Stadt Pantrami. Doch was war geschehen? Wo war Fromkin Carabulis? Und was war das für eine verdammte Blume gewesen?

Vorsichtig öffnete er die Augen – und schloss sie sofort wieder.

Dicht über ihm schwebte ein riesiges, affenartiges Gesicht!

Stumm zählte er bis zehn. Bestimmt war er noch gar nicht richtig wach, litt unter den Nachwirkungen des seltsamen Blütenstaubs, der ihm die Besinnung geraubt hatte. Zögernd öffnete er ein Auge erneut.

Abermals fuhr er zusammen: Die Fratze über ihm hatte Verstärkung bekommen: Jetzt waren es schon fünf, eine so hässlich wie die andere, und alle starrten von oben auf ihn herab!

In diesem Moment brüllte jemand in ohrenbetäubender Lautstärke: »HAUPTMANN ILF! SEHT, WAS WIR GEFUNDEN HABEN!« Starke Pranken packten Fabian unter den Achseln und rissen ihn in die Höhe. Unsicher kam er auf die Füße und warf einen Blick in die Runde.

Um ihn herum standen fünf massige Gestalten, die sich ähnelten wie ein Ei dem anderen. Sie erinnerten an Orang-Utans, die man am ganzen Körper blank rasiert hatte, und steckten in gelb-blauen Uniformen mit protzigen goldenen Knöpfen und riesigen Schulterquasten. Jeder von ihnen war so groß wie ein ausgewachsener Basketballspieler und mindestens dreimal so breit.

Während die Kreaturen Fabians verblüfften Blick aus kleinen Knopfaugen ausdruckslos erwiderten, näherte sich mit strammen Schritten eine sechste Gestalt. Auch sie war uniformiert, trug aber zusätzlich einen hohen Hut mit Federbusch.

»TRULL-KORPS NUMMER 19 – STILLGESTANDEN!«, brüllte der Neuankömmling so laut, dass Fabian zusammenzuckte. Seine fünf Bewacher nahmen schlagartig Haltung an und salutierten energisch.

Die Hände auf dem Rücken verschränkt, kam der Hauptmann näher, wobei er Fabian von oben bis unten musterte.

»WAS HABEN WIR DENN DA?«, schmetterte er. Offenbar brüllte er aus Prinzip, um seine Autorität innerhalb der Truppe zu unterstreichen. Er wandte sich an den nächststehenden Koloss. »GEFREITER ULF? LAGEBERICHT!«

»Ich bin Gefreiter Olf, Hauptmann«, erwiderte der Angesprochene bescheiden. Dann salutierte er hastig und erklärte: »Von der Straße aus sahen wir jemanden auf der Wiese liegen. Wir fanden dieses Subjekt, schlafend. Verdächtige Kleidung, verdächtiger Geruch nach Sie-wissen-schon-was ...«

Die ohnehin kleinen Augen des Hauptmanns wurden zu winzigen Schlitzen, und er trat einen Schritt auf Fabian zu. Seine affenartigen Nüstern blähten sich, als er prüfend die Luft einsog. »TATSÄCHLICH«, donnerte er. »VERDÄCHTIGE AUSDÜNSTUNG! HÖCHST VERDÄCHTIG SOGAR!« Er streckte eine Hand in Richtung des Soldaten aus, der links von ihm stramm stand. »GEFREITER ALF? DEN DETEKTOR, ABER HURTIG!«

Der Gefreite, dessen Gesichtsausdruck deutlich zu entnehmen war, dass er nicht Alf hieß, nestelte seine Uniformjacke auf und zog ein sonderbares Gerät hervor. Es sah aus wie ein unterarmlanges, gewundenes Hörrohr aus schwarzem, hornartigem Material. Die dünne Seite endete in zwei dicht nebeneinander liegenden Röhrchen.

Verwirrt beobachtete Fabian, wie Hauptmann Ilf das Gerät packte und sich die Röhren nicht sonderlich geschickt in die Nasenlöcher rammte. Dann schob er seinen riesigen Kopf an Fabian heran, der vergeblich zurückzuweichen versuchte. Doch zwei Soldaten hielten links und rechts unnachgiebig seine Arme umklammert.

Der Trichter des Rohrs kam näher, noch näher ... und dann begann der Hauptmann zu *schnüffeln*. Auf und ab schwenkte er das seltsame Gerät, an Fabians ganzem Körper entlang, wobei er angestrengt Luft durch die Nase einsaugte.

Als Fabian schon dachte, das absonderliche Schauspiel würde gar kein Ende mehr nehmen, zog der Trull das Riechrohr aus seiner Nase und ließ es sinken. Beiläufig wischte er einen dicken grünen Popel am Ärmel seiner Uniformjacke ab und donnerte: »KEIN ZWEIFEL: DIESES SUBJEKT IST KONTAMINIERT. ES HAT MAGIE ANGEWENDET, UND DAS VOR MAXIMAL ZWEI STUNDEN!«

»Ich habe *was?*« Fabian, der vor Angst bisher kein Wort hervorgebracht hatte, fand seine Sprache wieder. »Was geht denn hier vor sich? Was soll dieses Gerede über Magie? Was *wollen* Sie eigentlich von mir?«

»GEFREITER ULF?«, schnarrte der Hauptmann mit gelangweilter Miene und warf achtlos einem dem Umstehenden das Rohr entgegen. »KLÄREN SIE DIESES SUBJEKT ÜBER SEINE RECHTE AUF!«

Ein Soldat trat neben Fabian und legte ihm eine schwere Hand auf die Schulter. »Du wirst der illegalen Magieanwendung beschuldigt, Junge. Hauptmann Ilf vom neunzehnten Trull-Korps hat mit dem Schwaldur'schen Detektor eine Verstrahlung mit magischer Energie bei dir festgestellt. Alles, was du ab jetzt sagst, kann und wird vor dem MEAM gegen dich verwendet werden.«

Magie? Verstrahlung? MEAM? In Fabians Kopf drehte sich alles. Für seinen Geschmack passierten in letzter Zeit eindeutig zu viele Dinge zu schnell hintereinander. »Aber ich komme von der Erde«, brachte er halbherzig hervor. »Ich hab keine Ahnung, was Sie ...«

»PAH!«, schnauzte der Hauptmann. »DER TRICK IST ÄLTER ALS MEINE SOCKEN, BURSCHE! GLAUBST DU ETWA, ICH KÖNNTE DEN GERUCH EINER HARMLOSEN TRANSITION NICHT VOM GESTANK ECHTER, *ILLEGALER* MAGIE UNTERSCHEIDEN?«

»Gib lieber zu, dass du gezaubert hast, Junge«, flüsterte der Gefreite Ulf von der Seite. »Wenn du schwindelst, reitest du dich nur noch tiefer rein.«

Plötzlich fiel Fabian etwas ein. »Das Amulett!«, rief er und zappelte aufgeregt in der Umklammerung der Soldaten umher. »Conrad hat gesagt, es wäre ein mächtiges magisches Artefakt!« Er bekam einen Arm frei und begann, in seinen Taschen zu wühlen. »Vielleicht haben Sie ja das gerochen?«

»VORSICHT! DAS SUBJEKT UNTERNIMMT EINEN FLUCHTVERSUCH!«, brüllte der Hauptmann mit sich überschlagender Stimme. Sofort schossen von allen Seiten dicke Arme heran, und eine Sekunde darauf konnte Fabian keinen Finger mehr rühren.

»Wenn du eine Waffe hast, machst du alles nur noch schlimmer, Junge«, belehrte ihn Ulf betrübt.

»Ich wollte doch nur ... sehen Sie in meiner Jacke nach! In der rechten Außentasche befindet sich ein magisches Amulett. Es könnte für diese ... diese Ausdünstungen verantwortlich sein, die Sie gerochen haben!«

»SO? EIN MAGISCHES AMULETT BESITZEN WIR ALSO?« Der Hauptmann stieß ein verächtliches Schnauben aus. Obwohl offensichtlich war, dass er Fabian kein Wort glaubte, nickte er einem seiner Männer zu. »GEFREITER BIRK? DURCHSUCHEN, DEN WICHT!«

»Ich bin Gefreiter Bork, Hauptmann.«

»MIR EGAL! LOS, MANN!«

Grob durchwühlte der Gefreite sämtliche Taschen von Fabians Kleidung. Als er fertig war, hielt er seinem Vorgesetzten seine Beute hin.

»Das ist alles, Hauptmann!«, erklärte Bork und salutierte.

Auf der riesigen Handfläche des Wesens lagen Fabians Taschenmesser, ein zerknülltes Papiertaschentuch und der Schlüssel zu seinem Zimmer im Regenbogenhaus.

Kein violettes Amulett in Form eines Sterns.

»NA ALSO, GENAU WIE ICH ...«

»Aber es *muss* da sein«, keuchte Fabian, dem allmählich flau im Magen wurde. »Ich hatte es eingesteckt, zu meiner Geldbörse ...«

»Geld-bör-se?«, wiederholte Bork verständnislos und hob erneut die Hand mit Fabians Besitztümern. Es war auch kein Geldbeutel darunter.

»Was zum Elch ...?«

Ich habe viel mit Geld zu tun, weißt du?

Schlagartig wurde Fabian klar, wie diese Worte Fromkin Carabulis' gemeint gewesen waren und warum er ihn mit dem Duft der getrockneten Blume betäubt hatte: Der Mann mit den vierzehn Fingern war ein gemeiner Dieb! Als Fabian mühsam den Kopf drehte und an seinem linken Arm hinunter zu der Stelle am Handgelenk blickte, wo sich normalerweise seine Taucheruhr befand – ein Geschenk der Heimleitung zu seinem zwölften Geburtstag –, überraschte es ihn, nicht festzustellen, dass auch sie verschwunden war.

»Ich bin ausgeraubt worden«, stammelte er. »Der Sternstein, man hat ihn mir gestohlen ...« Noch während er sprach, wurde ihm klar, wie dünn sich die Geschichte anhören musste. Er verstummte.

»Was soll jetzt mit ihm geschehen, Hauptmann?«, erkundigte sich der Gefreite Bork und stopfte Fabians Habseligkeiten in seine Jackentasche zurück.

»JA, LERNT IHR DENN GAR NICHTS MEHR IN DER GRUNDAUSBILDUNG?«, bellte Hauptmann Ilf ungehalten. »WIR HABEN HIER EIN VERDÄCHTIGES SUBJEKT MIT DEUTLICHEN ANZEICHEN FÜR KÜRZLICHE MAGIENUTZUNG. BEWUSSTE FALSCHAUSSAGE IN VERBINDUNG MIT VERSUCHTER FLUCHT. WAS SCHREIBT VERORDNUNG 112, PARAGRAPH 5, ABSATZ B, FÜR DIESEN FALL VOR?«

»Äöhh ...« Borks Mund klappte auf, tiefe Runzeln gruben sich in seine ohnehin faltige Orang-Utan-Fratze. »Untersuchung mit dem Schwaldur'schen Detektor?«, vermutete er vorsichtig.

Es klatschte, als Hauptmann Ilfs flache Hand mit Schwung direkt in Borks Gesicht fuhr. »IDIOT! DAS IST DOCH LÄNGST PASSIERT!« Er nahm seinen pompösen Hut vom Kopf und wischte sich in einer verzweifelt wirkenden Geste über die Stirn. »BIN ICH DENN HIER VON VERSAGERN UMGEBEN? NATÜRLICH NEHMEN WIR DIESEN BURSCHEN FEST UND BRINGEN IHN INS MINISTERIUM! NA LOS! KEINE MÜDIGKEIT VORSCHÜTZEN.« Er wandte sich an einen Trull zu seiner Rechten. »GEFREITER OLF ...«

»Ulf, Hauptmann. Ich bin Gefreiter ...«

»SCHNAUZE, MANN! LEGEN SIE DIESEM SUBJEKT EINEN XENOPHOR AN, UND DANN NICHTS WIE WEG HIER!«

Pflichtschuldig langte der Gefreite namens Ulf in einen Stoffsack, den er am Gürtel trug. Er holte etwas daraus hervor, das aussah wie ein kopfgroßer Klumpen Kaugummi, auf dem ein Elefant tagelang mit Begeisterung herumgekaut hatte. Es war von grün-grauer Farbe, weich und zäh. Zwischen den Fingern des Soldaten schien es träge hin und her zu fließen.

Bevor Fabian sich versah, wurden seine Arme nach vorne gebogen und die Handgelenke über Kreuz gelegt. Ulf trat hinzu, zog die unsägliche Masse schwungvoll in die Länge und schlang sie in Form einer Acht um seine Knöchel.

Fabian zuckte zusammen, als er spürte, dass das Zeug warm war – *körperwarm!* Es schien von innen heraus zu pulsieren.

Noch mehr erschrak er allerdings, als sich das Gebilde plötzlich ohne weiteres Zutun des Gefreiten strammzog! Im selben Moment ertönte eine hohe, quäkende Stimme, die ziemlich genau aus der Gegend um seine Handgelenke zu kommen schien.

»Füße auch?«, fragte die Stimme.

»Er muss noch laufen können«, erwiderte der Gefreite Ulf.

Ein schlürfendes Geräusch entstand, und Fabian beobachtete entsetzt, wie die Kaugummimasse einen schlangenartigen Auswuchs bildete, der senkrecht nach unten floss und sich um seine Fußgelenke ringelte. Im nächsten Augenblick waren auch seine Beine aneinandergefesselt, wenngleich lose genug, dass er noch kleine Schritte machen konnte.

»Was ... was *ist* das?«, stammelte Fabian, zitternd vor Ekel.

Niemand hielt es für nötig, seine Frage zu beantworten. Die Trulle nahmen ihn in die Mitte und drängten ihn ungestüm in Richtung des Kiespfads. Fabian stolperte los, den Blick noch immer auf die unbeschreibliche Masse gerichtet.

Da öffnete die Masse plötzlich drei strahlend blaue Augen und erwiderte seinen Blick!

»Oi, oi, oi«, ertönte die sonderbare Stimme von Neuem. »*So* blöde hat mich aber schon lange keiner mehr angeglotzt!« Das Ding kicherte. »Jetzt sag bloß, du hast noch nie eine lebende Fessel gesehen?«

Kapitel 7
Pantrami

Der Weg nach Pantrami war weiter, als es von der Anhöhe aus den Anschein gehabt hatte. Nach einer Viertelstunde schien die Stadtmauer kaum näher gerückt zu sein. Dafür trafen Fabian und seine Wächter auf der Kiespiste nun immer häufiger auf Karren, die mit Heuballen, Obst oder Gemüse beladen waren. Die meisten rollten in Richtung Stadt, andere, angefüllt mit Holz, Leder oder Teppichen, fuhren in die entgegengesetzte Richtung. Als Fabian zum ersten Mal eines der Zugtiere aus der Nähe sah, erschrak er: Groß und zottig wie Yaks, verfügten diese Geschöpfe über sechs säulenartige Beine mit dicken Hufen. Auf einem langen Hals saß ein breiter Kopf, der entfernt an ein Nashorn erinnerte und aus dessen Stirn drei armlange, gebogene Hörner hervorragten.

»Heiliges Erbspüree«, murmelte er. »Wo bin ich hier bloß gelandet?«

»Das kann ich dir beantworten«, erscholl augenblicklich die Stimme des grün-grauen Klumpens um seine Handgelenke. »Du befindest dich auf der Geschäftsstraße nach Pantrami, Hauptstadt des Landes Salamira, Knotenpunkt nahezu aller wichtigen wirtschaftlichen und politischen Geschäfte auf dem Kontinent Marganthua – und ganz nebenbei der schönste Ort von ganz Ambigua!«

Zum mindestens hundertsten Mal starrte Fabian das dreiäugige Wesen an, dessen Existenz allem Hohn zu sprechen schien, was er je über Zoologie gelernt hatte. Seit sie unterwegs waren, hatte die fremdartige Lebensform ohne Unterlass vor sich hingeplappert, ohne dass Fabian ihren Worten bisher jedoch etwas Aufschlussreiches hätte entnehmen können.

»Sag mal«, hob Fabian zögernd an. »Was genau bist du eigentlich?«

»Was für eine saublöde Frage«, fand das Wesen. »Ich bin ein Xenophor – die intelligenteste Lebensform Ambiguas! Um genau zu sein, ein Xenophor dritter Ordnung, zwölfte Dynastie. Mein Name ist Xolpph.« Es sprach das Wort so aus, dass es wie »Ksolpf« klang.

»Du heißt wie das Ploppen beim Öffnen einer Sektflasche«, stellte Fabian fest.

»Danke für das Kompliment – was auch immer eine ›Sektflasche‹ ist!« Das Augentrio im Zentrum der Masse fixierte Fabians Gesicht. »Und wie ist dein werter Name, wenn man fragen darf?«

»Fabian.«

»Fabian. Wie schön. Willkommen in Ambigua, Fabian! Und bald auch willkommen im Kerker des MEAM, den du schon in Kürze besser kennen wirst, als dir lieb ist!«

»MEAM?« Fabian runzelte die Stirn. »Was soll das sein?«

»Das *Ministerium zur Erkennung und Abwehr von Magie*«, sagte Xolpph übertrieben langsam, als versuche er, einem begriffsstutzigen Kind das Abc beizubringen.

Fabian wiederholte den Begriff halblaut. »Und was soll ich da?«

Xolpph seufzte. »Na was wohl? Das sechste Trull-Korps hat dich mit dem Schwaldur'schen Detektor untersucht und festgestellt, dass du illegal gezaubert hast. Seit dem Edikt von 3261 ist die Anwendung von Magie auf allen drei Kontinenten strengstens untersagt, wie du dich fraglos erinnern wirst, und ...«

»Wie soll ich mich daran erinnern?«, unterbrach ihn Fabian gereizt. »Ich bin nicht von hier!«

»Oh, ja. Stimmt. Die Welt hinter den Pforten.« Die blauen Augen richteten sich auf Fabians rote Trainingsjacke. »Andernfalls würdest du wohl auch kaum so rumlaufen.« Ohne seine Worte zu erklären, plapperte der Xenophor weiter: »Auf jeden Fall wirst du bestraft werden, weil du das Gesetz gebrochen hast. Keine Ahnung, was genau mit dir passiert. Ich bin zwar eines der klügsten Wesen, denen du hierzulande begegnen wirst, aber Politik gehört nicht unbedingt zu meinen Spezialgebieten.« Er zögerte kurz. »Ich nehme an, du landest im Kerker. Oder du wirst verwurstet.«

»Verwurstet?«

»Klar. Wird oft gemacht. Hört man zumindest.«

Unter albernem Gekicher begann der Xenophor, Wurstrezepte herunterzurattern, eines nach dem anderen, komplett mit Zutaten, Kochzeit und Serviervorschlägen. Eine innere Stimme riet Fabian, besser nicht jedem Wort des geschwätzigen Klumpens Elefantenkaugummi uneingeschränkt Glauben zu schenken. Er warf einen vorsichtigen Blick nach rechts und links, wo nach wie vor die sechs affenartigen, blau-gelb uniformierten Gestalten einherstapften, massiv und stumm wie Eichenbäume.

»Was sind das für Typen?«, unterbrach er die sprechende Fessel in ihrem Monolog.

»Das? Das sind Trulle, mein Lieber.« Der Xenophor senkte die Stimme ein wenig, damit die riesigen Soldaten ihn nicht verstehen konnten. »Eine der eher unerfreulichen Daseinsformen dieser Region: loyal, unbestechlich, rücksichtslos und brutal – ideal geeignet als Soldaten und Türsteher. Leider intellektuell etwas minderbemittelt, was die Zusammenarbeit mit ihnen im Dienste des MEAM zuweilen etwas anstrengend macht.«

»Die Zusammenarbeit? Als was arbeitest du denn?«

Sofort spürte Fabian, wie sich die grün-grauen Gummiwürste um seine Handgelenke straffer zusammenzogen. »Saublöde Frage! Ich achte darauf, dass kriminelle Subjekte wie du sich nicht verdünnisieren«, erklärte Xolpph mit unverhohlenem Stolz.

»Ich *bin* kein kriminelles Subjekt! Und zaubern könnte ich schon gleich gar nicht, selbst wenn ich's wollte!«

»Komisch. Das kriege ich in meinem Job dauernd zu hören«, gab Xolpph gelangweilt zurück. »Aber der Schwaldur'sche Detektor täuscht sich nie.«

Fabian schüttelte den Kopf. »Dann hat der komische Detektor eben die magische Energie des Sternsteins von Mogonthûr gerochen, die noch in meinen Kleidern hing! Was weiß denn ich?«

»Die magische Energie von was?« Xolpph klang plötzlich mehr als nur interessiert, seine Stimme nahm einen ungläubigen Klang an.

Da die Situation ohnehin nicht mehr schlimmer werden konnte, schilderte Fabian der lebenden Fessel in wenigen Sätzen, wie er in den Besitz des magischen Amuletts gelangt war und es gleich darauf wieder verloren hatte.

Als er fertig war, geschah etwas Erstaunliches: Der Xenophor schwieg.

Und zwar für eine ganze Weile.

»Äh ... Xolpph?«, flüsterte Fabian. »Bist du eingeschlafen?«

Es dauerte weitere endlose Sekunden, bevor der Xenophor antwortete.

»Oi, oi. Nur mal angenommen, du sagst die Wahrheit ...«

»Wieso sollte ich lügen?«

»Also, mal angenommen, deine Geschichte stimmt. Angenommen, der ... der Sternstein von Mogonthûr wäre tatsächlich mit dir von der Erde herübergekommen und anschließend *geraubt* worden – ausgerechnet jetzt, ein paar Wochen vor dem großen Datum ...« Ein Geräusch ertönte, wie wenn jemand hart schluckte.

»Was wäre dann?«

»Wie gesagt, Politik ist nicht mein Spezialgebiet«, wiederholte Xolpph zögernd. »Aber ich glaube, das wäre sehr, sehr schlecht!«

Wenig später wurde die Kiesstraße von einem großen, halbrunden Tor verschluckt, das sich wie ein Maul in der mächtigen Stadtmauer Pantramis auftat. Dahinter tat sich ein Gewirr von Straßen und Gässchen auf, ebenfalls kaum mehr als kiesbestreute Wege, die sich scheinbar ziellos zwischen den dicht stehenden Häusern hindurchwanden. Viele Gebäude waren so alt, dass die höheren Stockwerke sich nach vorne neigten und die schmalen Durchgänge überschatteten wie Tunneldächer.

In den Straßen herrschte rege Betriebsamkeit. Alles war voller Menschen, Fabian hörte Kinder schreien, Hunde kläfften, und irgendwo in der Ferne schlugen die Glocken einer Kirche. Ein exotisches Geruchsgemisch drang in seine Nase. Er registrierte den Duft fremdartiger Gewürze und unbekannter Speisen, die Ausdünstungen der zottigen gehörnten Zugtiere, und einen unverkennbaren Gestank, der ihn an eine verstopfte Toilette erinnerte.

Während er sich noch fragte, woher der unangenehme Geruch wohl kam, brüllte plötzlich eine krächzende Frauenstimme aus einem Fenster irgendwo zu seiner Linken »Achtung!«, dann ergoss sich ein brauner, stinkender Schwall aus einem Fenster im zweiten Stock und klatschte wenige Meter weiter auf die Straße. Die beiden Trulle, die vorneweg marschierten, wichen wie in Zeitlupe aus – zu langsam! Einen Sekundenbruchteil später war ihre blau-gelbe Uniform besudelt mit etwas, wovon Fabian keinen Zweifel hatte, um was es sich handelte.

»Pfui Teufel«, stieß er zwischen zusammengebissenen Zähnen hervor. »Habt ihr denn keine Toiletten in Ambigua?«

»Keine Ahnung, was du meinst, aber so geht es am Südtor eben zu«, verkündete Xolpph an seinen Handgelenken. »Nicht gerade die feinste Gegend von Pantrami. Aber auch längst nicht die schlechteste! Wenn ich hier mehr zu sagen hätte, wären wir durchs Westtor reingekommen. Da gibt es herrschaftliche Villen, Parks, Blumenrabatten ... aber Trulle haben für Fragen der Ästhetik eben nichts übrig.«

Wären seine affenartigen Bewacher nicht gewesen, Fabian hätte sich fast einbilden können, er sei rückwärts durch die Zeit gereist. Die meisten Menschen, die er sah, trugen einfache Kutten, Umhänge aus groben Stoffen oder schlichte Lederkleidung. Modernere Fahrzeuge als Handwagen oder die grobschlächtigen Karren mit den gehörnten Zugtieren gab es nicht.

Trotz des allgegenwärtigen Gedränges kam der Trull-Trupp erstaunlich zügig voran. Wo die massigen Soldaten in ihren auffälligen Uniformen auftauchten, machten die Leute augenblicklich Platz. Warum, das wurde Fabian klar, als ein älterer Mann, der ein störrisches Maultier hinter sich herzog, nicht schnell genug beiseitetrat: Ohne Umschweife zogen die beiden vordersten Trulle dicke, L-förmige Holzknüppel aus ihren Gürteln. Wortlos, mit maschinengleicher Präzision, begannen sie auf den Wehrlosen einzudreschen, bis er sich mit letzter Kraft aus dem Weg geschleppt hatte.

Während die Trulle Fabian von Neuem vorwärtsstießen, blickte er sich besorgt nach dem Alten um. Er schien nicht ernstlich verletzt zu sein, kam schon wieder auf die Füße. Trotzdem war Fabian entsetzt von der Brutalität der Trulle, am meisten von der naiven Freude, die er während des kurzen Zwischenfalls in ihren grobschlächtigen Gesichtern bemerkt hatte. Er sprach ein stilles Dankgebet, dass er bei seiner Gefangennahme nicht versucht hatte, sich zur Wehr zu setzen.

Bald verbreiterte sich die Straße unter ihren Füßen, und der Kies wich unebenem Kopfsteinpflaster. Nach wie vor war höllisch viel los, aber nun blieb wenigstens ein bisschen Luft zum Atmen.

Sie schienen sich allmählich dem Stadtzentrum zu nähern. Die Häuser wurden größer, manche erinnerten an Tempelbauten, hatten säulengestützte Balkons oder kleine Türmchen auf dem Dach. Auch die Menschen wirkten nun wohlhabender, trugen Togen und Kapuzenmäntel aus bunt gefärbten, feinen Stoffen. Fabian sah sogar ein paar Fußgänger in Hemd, Hosen und Schuhen, die eindeutig nach irdischer Mode geschnitten waren.

Plötzlich bemerkte er ein Mädchen, das offenbar schon seit einer ganzen Weile neben ihnen herlief und ihn fasziniert betrachtete. Es war vielleicht einen halben Kopf größer als er, trug Hosen aus dunklem Leder und eine lange, beigefarbene Baumwollbluse, die um die Hüften mit einem Stück Seil zusammengebunden war. Doch es war nicht ihre Kleidung, die Fabian entgeistert die Augen aufreißen ließ. Der Unterschied zu sämtlichen Mädchen, die er je gesehen hatte, baumelte ihr mitten im Gesicht.

Denn sie hatte einen Rüssel!

Verdutzt starrte er das Mädchen an, das seinen Blick unverhohlen erwiderte. Wahrhaftig – anstelle einer Nase zierte ein kurzer, beweglicher Rüssel das jugendliche Gesicht, etwa so groß wie eine schlanke Zucchini. Er schien sehr beweglich und war von einem gesunden Rosa, ebenso wie ihre restliche Haut. Die Augen, die unter einem gerade geschnittenen Pony hervorlugten, waren groß, rund und von strahlendem Grün.

»Bist du ein Nekro?«, fragte das Mädchen unvermittelt.

»Bitte *was?*«

»Ein Nekro.« Es deutete mit dem Rüssel auf Fabians Gesicht. »Stark, ich hab noch nie einen echten gesehen!«

»Mit dem Gefangenen zu sprechen, ist verboten!«, schnarrte plötzlich die Stimme des Gefreiten Ulf, der ein paar Schritte vor Fabian lief.

»Ich hab zwar keine Ahnung, was ein Nekro ist, aber ich glaube kaum, dass ich einer bin«, flüsterte Fabian eingeschüchtert zurück. Doch seine Vorsicht war unbegründet: Gefreiter Ulf – oder vielleicht war es auch Gefreiter Olf, wer wusste das schon? – hatte seine Aufmerksamkeit längst wieder der Straße zugewandt. Offenbar wollte er sich keine Gelegenheit entgehen lassen, unachtsamen Fußgängern ein paar auf die Nase zu geben.

»Aber die Trulle haben dich doch einkassiert«, erwiderte das Mädchen verwundert. »Und deine Kleidung ...« Sie deutete mit weit aufgerissenen Augen auf Fabians rote Trainingsjacke.

»Was habt ihr eigentlich dauernd mit meinen Klamotten?«, wollte Fabian wissen. »So anders als ihr bin ich doch gar nicht angezogen!«

Doch das Mädchen ging nicht auf seine Frage ein. Mit unvermindertem Interesse hüpfte es neben Fabians Wächtern her, ohne ihn dabei aus den Augen zu lassen. Fabian blickte sich um und stellte fest, dass in dieser Gegend erstaunlich viele Passanten so aussahen wie das sonderbare Mädchen. Beinahe jeder zweite hatte ein hellrosa Gesicht und einen mehr oder weniger ausgeprägten Rüssel.

»Wie heißt du?«, wollte das Mädchen wissen.

»Mit dem Gefangenen zu sprechen, ist verboten!«, keifte der Gefreite Birk. Möglicherweise war es auch der Gefreite Bork.

»Fabian. Und du?«

»Myrtel«, sagte das Mädchen mit dem Rüssel. »Und du bist ganz sicher, dass du kein Nekro bist?« Ihre Stimme klang ein wenig enttäuscht.

Fabian atmete zweimal tief durch. »Nein. Aber wo wir gerade dabei sind – *was* bist du eigentlich?«

»Ich bin eine Fant!«, erwiderte das Mädchen stolz und reckte seinen Rüssel in die Luft.

»Ein Fant? Was ist das denn?«

»*Eine* Fant, du Döskopp!«, fauchte Myrtel wütend. Im Handumdrehen färbte sich ihr Gesicht dunkelrosa. »Bei Bossut! Seh ich vielleicht aus wie ein Kerl?«

»Oi, oi. Saublöd gelaufen«, kommentierte eine quäkende Stimme aus der Gegend um Fabians Handgelenke. »Voll ins Fettnäpfchen!« Ein amüsiertes Kichern folgte.

»Schau an: ein Xenophor«, bemerkte Myrtel kühl und blickte die lebende Fessel mit gerümpftem Rüssel an. »Wievielter Ordnung?«

»Eöh ... dritter«, antwortete Xolpph überraschend leise.

»Na, herzliches Beileid«, sagte Myrtel, an Fabian gewandt, und warf mit einer energischen Kopfbewegung ihr Haar zurück, wobei ihr Rüssel heftig hin- und herschwang.

»Hey! Keine Beleidigungen bitte«, beschwerte sich Xolpph halbherzig.

»Wie meinst du das?«, erkundigte sich Fabian bei dem Mädchen.

Myrtel sah ihn halb belustigt, halb mitleidig an. »Du hast ja echt von nichts eine Ahnung, kann das sein?«

»Verflixt noch mal, natürlich!«, gab Fabian wütend zurück. »Ich komme von der Erde – oder aus der Welt hinter den Pforten, mir egal. Und ich bin gerade mal vor ein paar Stunden hier angekommen!«

Seine patzige Reaktion schien dem Mädchen zu gefallen. Sie grinste und deutete mit einem Finger, der ebenfalls rosa und ein wenig kürzer und stummeliger war als der eines Menschen, auf Fabians Hand- und Fußfesseln. »Xenophore nehmen eine Zwischenstufe zwischen Lebewesen und unbelebten Objekten ein«, erklärte sie. Irgendwo vor ihnen zischte erneut jemand: *»Mit dem Gefangenen zu sprechen, ist verboten!«*, aber niemand kümmerte sich mehr darum.

»Xenophore erster Ordnung können die Gestalt kleiner Tiere oder mechanischer Gegenstände annehmen, auch von komplizierten Maschinen«, erläuterte Myrtel.

»Ich glaube nicht, dass das den Jungen interessiert«, quäkte Xolpph hoffnungsvoll von unten.

»Xenophore zweiter Ordnung können sich in simple, unbewegliche Objekte verwandeln: Waffen, Schmuck oder Küchengeräte«, fuhr Myrtel unbeeindruckt fort.

»Ich bitte dich, Mädchen, das interessiert doch keinen!«, rief Xolpph fiepsig.

»Xenophore dritter Ordnung dagegen«, schloss die Fant, »beherrschen außer ihrer Urform – einem kopfgroßen Klumpen mit drei Augen – lediglich eine einzige Alternativgestalt, meistens die eines hässlichen, denkbar nutzlosen Gegenstands.«

»Oi! Das war gemein«, schmollte Xolpph. »Es kann schließlich nicht jeder aussehen wie Prinzessin Arlynia vom Volk der Honigfrelfen. Und von wegen ›nutzlos‹ – ich erfülle eine nützliche Aufgabe innerhalb der Gesellschaft! *Pffth!*«

»Er hat mir erzählt, Xenophore wären die intelligentesten Wesen von ganz Ambigua«, erinnerte sich Fabian.

Myrtel prustete verächtlich mit dem Rüssel. »Die *geschwätzigsten* vielleicht. Ein Xenophor tut den lieben langen Tag nichts anderes, als Unsinn zu erzählen. Diese Wesen haben von nichts eine Ahnung, aber zu allem eine Meinung.«

Plötzlich hielt Myrtel inne und runzelte die Stirn, als sei ihr eine Idee gekommen. Dann wandte sie sich an Xolpph: »Sag mal, du Alleswisser, wieso haben die Trulle Fabian denn nun hochgenommen? Wenn es einer wissen müsste, dann doch wohl du, oder?«

»Du hast mich beleidigt! Warum sollte ich dir diese hoch interessante Geschichte auf die Nase binden?« Xolpph schwieg – für etwa zweieinhalb Sekunden. Dann rief er: »Okay, überredet!«, und holte tief Luft.

Bevor er loslegen konnte, ertönte jedoch ein Stück voraus plötzlich das mauerbrechende Organ von Hauptmann Ilf:

»SECHSTES TRULL-KORPS MELDET SICH ZURÜCK UND ERSUCHT UM ERLAUBNIS, EINEN GEFANGENEN EINZUBRINGEN UND ZUM ZWECKE DER VERURTEILUNG DEM MINISTER VORZUFÜHREN!«

Ohne dass Fabian es bemerkt hatte, hatten sie einen weitläufigen Platz erreicht und vor einem mehrstöckigen, hellblau gestrichenen Gebäude Halt gemacht. Es schien einen ganzen Straßenzug einzunehmen und wurde von einem gewaltigen, zwiebelförmigen Dach mit dunklen Schindeln gekrönt, das aussah wie ein riesiger Hut – oder ein Hundehaufen. Auf einem protzigen Schild über dem Eingangsportal stand in goldenen Lettern zu lesen: ***M**inisterium für **E**rkennung und **A**bwehr von **M**agie*. Breite Stufen führten zu einem Tor hinauf, das von zwei gigantischen Trullen versperrt wurde. Sie trugen silberne Rüstungen und hielten mächtige Hellebarden in Händen, deren Schäfte sich vor dem Portal überkreuzten.

»Erlaubnis erteilt!«, blaffte der rechte und hob seine Waffe.

»Sechstes Trull-Korps, haaaaabt Acht! Vorwärts Marsch!«, donnerte der linke und hob ebenfalls seine Hellebarde. Die Soldaten um Fabian setzten sich in Bewegung.

Während er die Treppen hinaufstolperte, nahm er aus dem Augenwinkel wahr, dass Myrtel versuchte, sich unauffällig mitsamt den Trullen durch das Tor zu quetschen. Doch einer der Wächter erspähte sie und streckte eine pfannengroße Hand aus, gegen die sie mit ausgestrecktem Rüssel prallte. Augenblicklich färbte sich ihr Gesicht wieder dunkelrosa.

»Was fällt dir ein, du ungehobelter Klotz? Wirst du mich wohl durchlassen?«

»Kein Zutritt für Zivilisten!«, blökte der Wachtrull, ohne sie auch nur eines Blickes zu würdigen.

»Hat sich was mit Zivilist, du Esel! Ich will rein!« Wütend stampfte sie mit dem Fuß auf.

Fabian und das Trull-Korps hatten das Tor bereits passiert. Hinter ihnen überkreuzten die Wächter wieder ihre baumlangen Hellebarden.

»Bei Bossut! Lasst mich durch, oder es wird euch schlecht bekommen!«, hörte er Myrtel draußen weiterzetern. Doch ihre Stimme blieb rasch hinter ihnen zurück.

Kapitel 8
Beim Minister

Nachdem Hauptmann Ilf einige Worte mit einem Pförtner gewechselt hatte, der hinter dem Tor in einer verglasten Wandnische hockte, schubsten die Trulle Fabian endlose Korridore entlang, Treppen hinauf und wieder hinunter. Das MEAM-Gebäude war noch größer, als es von außen gewirkt hatte, und überall im Innern sah es gleich aus: nackte Flure, gesäumt von unzähligen Türen, in der Luft ein Geruch nach Bohnerwachs und alten Akten. Wären die Wände nicht ebenso hellblau gewesen wie die Fassade, Fabian wäre sich vorgekommen wie in einer riesigen Behörde auf der Erde. Ab und zu öffnete sich eine Tür, und eine Fant mit hochgesteckter Frisur und stapelweise Papier in Händen kam heraus, trippelte einige Türen weiter und verschwand wieder. Bis auf die harten Tritte der Trullstiefel auf dem Boden war es geisterhaft still. Sogar der Xenophor um Fabians Handgelenke schwieg respektvoll.

Schließlich erreichten sie eine Tür, die sich durch nichts von hunderten anderer zu unterscheiden schien. Hauptmann Ilf hob eine Faust und klopfte bemerkenswert zurückhaltend an. Als eine weibliche Stimme ihn aufforderte, einzutreten, drückte er die Klinke, schob Fabian durch die Türöffnung und folgte ihm dann. Die Soldaten blieben auf dem Flur zurück.

Sie betraten ein kleines Vorzimmer, in dem eine dicke Fant in einem hochgeschlossenen grauen Kostüm hinter einem Schreibtisch hockte. Sie hatte weißes Haar, und die Tönung ihrer rosafarbenen Haut spielte ein wenig ins Fliederfarbene. In einer Hand hielt sie eine schwarze, unterarmlange Schlange, die sich träge hin und her wand.

»HAUPTMANN ILF, ZU IHREN DIENSTEN!«, schmetterte der Hauptmann, wobei er sich Mühe zu geben schien, ein wenig leiser zu brüllen als sonst. Es gelang ihm nicht wirklich. »ICH BRINGE DEN JUNGEN, DEN WIR VOR DER STADT AUFGEGRIFFEN HABEN UND DER DER UNERLAUBTEN MAGIENUTZUNG ANGE-«

»Der Empfang hat schon Bescheid gegeben«, unterbrach ihn die Sekretärin, deutete in Richtung eines Rohrs, das neben ihrem Schreibtisch aus der Wand ragte, und hob die Schlange in ihrer Hand. Fabian erkannte, dass einzelne Schuppen des Reptils nicht schwarz waren wie der Rest, sondern weiß verfärbt. Sie waren so angeordnet, dass mehrere Zeilen mit kleinen Buchstaben zustande kamen, wie bei einem Digitaldisplay.

»Minister Pimf nimmt sich sofort Zeit für ihn«, fuhr die Fant fort. »Sie können gehen, Hauptmann.«

Ilf salutierte zackig, machte auf dem Absatz kehrt und verließ polternd den Raum. Die Frau legte die Schlange beiseite, die keine Anstalten machte, fortzukriechen, und deutete auf eine Tür hinter sich. »Rein mit dir«, sagte sie unfreundlich. »Und lass dir nicht einfallen, eine magische Schweinerei zu probieren!« Sie hob mahnend einen rosa Zeigefinger. »Die Wände hier sind mit massivem Granit abgeschirmt – keine noch so mächtige Formel wirkt hier!«

»Können vor lachen«, murmelte Fabian und schlurfte zur Tür. Wortlos lockerte der Xenophor seine Position um Fabians Handgelenke, so dass er sie öffnen konnte. Dahinter lag ein geräumiges Büro mit dunklen, holzgetäfelten Wänden und dicken Teppichen. Gerahmte Dokumente und Urkunden hingen an den Wänden, und in einer Ecke stand ein Sockel mit einem pelzigen, knabengroßen Tier darauf, von dem Fabian erst beim zweiten Hinsehen erkannte, dass es ausgestopft war. Es erinnerte an einen Hasen, mit dem Unterschied, dass sein dichtes, dunkelblaues Fell ein verschlungenes türkisfarbenes Zebramuster aufwies. Außerdem hatte es Schwimmhäute zwischen den Zehen seiner riesigen Hinterpfoten.

»Ich sehe, Er bewundert unseren präparierten Gaggla?«, ertönte eine leicht lispelnde Stimme hinter ihm. Fabian drehte sich um.

Das entgegengesetzte Ende des Raums wurde von einem riesigen Schreibtisch aus schwarzem, poliertem Onyx beherrscht. Dahinter, in einem hochlehnigen Ohrensessel, hockte der Leiter des Ministeriums.

»Ich habe ihn selbst erlegt, vor zehn Jahren. Meine Frau und ich machten damals eine Flusskreuzfahrt den Oxno hinauf. Eines Tages, beim Landgang, brach diese Bestie aus dem Unterholz und ging auf uns los!«

Wie seine Sekretärin war auch der Minister ein Fant, allerdings der älteste und fetteste, den Fabian bisher gesehen hatte. Er war kahl, hängebackig und hatte einen dunklen, fast violetten Teint, der auf hartnäckige Verdauungsprobleme hindeutete. Aus der Brusttasche seiner Anzugjacke baumelte eine fingerdicke, goldene Uhrkette.

»Grässliche Geschöpfe, diese Gagglas«, seufzte der Minister. »Gemein und hinterhältig, blutrünstig und wild ...«

Das ausgestopfte Tier sah eigentlich ganz harmlos aus, ein bisschen wie eine Mischung aus einem Osterhasen und einem Teddy, fand Fabian. An einem seiner puscheligen Ohren baumelte etwas, das entfernt wie ein Preisschild aussah. Achselzuckend wandte er sich ab und trat vor den Schreibtisch.

Der Minister klemmte sich ein dickes Monokel vor das rechte Auge und musterte Fabian mit einer ins Riesenhafte vergrößerten Pupille von oben bis unten. Dann senkte er den Blick und las den Text auf der Haut einer schwarzen Schlange, die vor ihm auf dem Tisch lag. Aus der Wand hinter seinem Rücken ragte ebenfalls ein Rohr der merkwürdigen ministerialen Hauspost.

Als er aufblickte, war sein Gesicht ernst. »Er ist der Junge, den die Patrouille aufgegriffen hat, so, so. *Eindeutige Kontamination* heißt es hier. Er hat also gezaubert?«

Fabian begriff, dass der letzte Satz als Frage gemeint war, und schüttelte den Kopf. »Nicht mal im Ansatz. Kann ich nämlich überhaupt nicht. Ich bin von der Erde.«

Das riesige Auge hinter dem Monokel starrte ihn abschätzig an. Dann nickte der Minister. »Aus der Welt hinter den Pforten. Wenngleich wir nur selten Besuch von dort erhalten, habe ich mir das natürlich sogleich gedacht. Nur ein sehr unbedarfter Fremder von weither würde es wagen, in *solcher* Kleidung ...«

»Was ist denn bloß mit meinen Kleidern?«, fuhr Fabian auf. Er deutete auf das Emblem seiner Trainingsjacke. »Ich weiß ja nicht, was Jungs in meinem Alter hier tragen, aber bei uns zu Hause ist die Marke total angesagt!«

»Angesagt. Ja, natürlich.« Der Minister nahm das Monokel ab und seufzte. »Ich fürchte, das hier wird etwas länger dauern. WALLENSTEYN!«

Auf Pimfs Gebrüll öffnete sich eine Schwingtür hinter dem Schreibtisch, und ein kleiner, gebückter Fant in altmodischer Dienerlivree erschien. Sein Rüssel war kurz und verschrumpelt, was den Eindruck hervorrief, als würde er ständig über irgendetwas die Nase rümpfen.

»Minister?«

»Earl Blue, Wallensteyn. Ganze Kanne, aber hurtig!«

»Sehr wohl, Minister.«

Nachdem der Diener verschwunden war, wandte sich Pimf wieder Fabian zu. »Zurück zum Thema. Er hat also gezaubert. Was hat Er zu seiner Verteidigung vorzubringen?«

»Ich habe Ihnen doch schon gesagt, dass ich nicht zaubern kann«, wiederholte Fabian genervt. »Und überhaupt – wenn das hier manche Leute können, wieso ist es dann verboten?«

»Die Gabe der Magie ist nur wenigen Lebewesen gegeben«, erklärte Minister Pimf gallig. Ihm war deutlich anzusehen, dass er das Gespräch als Zeitverschwendung erachtete. »Man kann sie nicht erwerben. Von zehntausend Ambiguanern wird maximal einer als Nekro, also als potenzieller Magie-Anwender, geboren; die übrigen 9999 werden niemals in der Lage sein, Magie zu wirken.« Er ließ seine Hand auf die Tischplatte klatschen. »Und genau deswegen wurde die Anwendung *jeglicher* Magie vor 324 Jahren gesetzlich verboten. MEAM-Vertretungen in allen Ländern wachen seither über die Einhaltung dieses Gesetzes.«

»Ich fürchte, wenn das die Begründung war, hab ich sie nicht verstanden.«

Minister Pimf seufzte erneut. Bevor er etwas erwidern konnte, bewegte sich die Schwingtür, und der Diener erschien mit einem Tablett, auf dem eine silberne Kanne, eine einzelne vornehme Porzellantasse sowie eine Etagere mit Gebäck standen. Mit einer eckigen Verbeugung stellte er alles vor Pimf auf den Schreibtisch und füllte die Tasse mit einer dampfenden, dunkelblauen Flüssigkeit.

»Ihr Earl Blue, Minister.«

»Endlich! Danke, Wallensteyn.«

Fabian, der schon die ganze Zeit darauf wartete, dass man ihm einen Platz anbot, nutzte die Gelegenheit und setzte sich kurzerhand auf einen Besucherstuhl vor dem Schreibtisch. Er beobachtete, wie Pimf mit vornehm abgespreiztem kleinen Finger die Teetasse zum Mund führte. Als ihm klar wurde, dass der Minister seine Frage längst vergessen hatte, wiederholte er sie. »Warum ist Zaubern denn nun verboten?«

Pimf hielt verärgert inne. »Aus Gründen der Gleichheit, Junge! Damit sich der magieunfähige Teil der Bevölkerung nicht benachteiligt fühlt.« Er stellte die Tasse wieder ab, reckte die Brust vor und breitete pathetisch die Arme aus. »Stell dir vor, du gebietest über tausend Soldaten. Gibst du einem köstlichen Spinat als Marschverpflegung, werden sich die übrigen, die nur Schokolade und Kuchen bekommen, beschweren. Und ist die Unzufriedenheit erst mal drin im System, wirst du sie so schnell nicht wieder los!«

Fabian hasste Spinat und konnte sich nicht vorstellen, dass irgendjemand das eklige Gemüse Schokolade und Kuchen vorziehen würde. Aber er ahnte trotzdem, was der Minister sagen wollte.

»Aus diesem Grunde«, fuhr Pimf stolz fort, hob die Tasse von Neuem und klappte seinen Rüssel in die Höhe, um freie Bahn zum Mund zu haben, »wurde im Jahre 3261 nach Töc ein Edikt erlassen, das ...«

»Wer ist denn Töc?«

PFFFFFFFFFFRRRRRRT!

In letzter Sekunde gelang es Fabian, den Arm hochreißen, als ein Schwall dunkelblauen Tees aus dem Rüssel des Ministers schoss und sich als feiner Sprühnebel über dem Schreibtisch verteilte – und über Fabian, der es plötzlich bereute, sich ungefragt davor niedergelassen zu haben.

»Wallensteyn!«, keuchte Pimf und wischte sich mit einem Taschentuch aus der Brusttasche seines Anzugs Teetropfen von der Rüsselspitze. »Will er mich *umbringen*? Dieser Tee ist *kochend heiß!*«

Wie ein Kastenteufel schoss der Diener aus der Schwingtür hervor und eilte zum Schreibtisch. Er nahm den Deckel der Teekanne ab, senkte seinen schrumpeligen Rüssel hinein und begann, konzentriert zu pusten. Ohne ihn weiter zu beachten, wandte sich Pimf wieder Fabian zu.

»Genug geplaudert«, verkündete er. »Er leugnet also nach wie vor, Magie angewendet zu haben. Tatsache ist aber, dass unsere Beamten eine Kontamination mit magischer Energie festgestellt haben. Auch wenn Er nicht bereit ist, zu verraten, was Er gezaubert hat und warum, wird dieses Vergehen gemäß unseren Statuten streng bestraft werden!«

»Erzähl ihm vom Sternstein«, nuschelte plötzlich eine Stimme in Fabians Schoß. Es war Xolpph, der ihm unauffällig mit zwei seiner drei Augen zuzwinkerte.

»Hören Sie«, gehorchte Fabian zögernd. »Ich brauche nichts zu leugnen, was ich nicht getan habe. Aber ich habe eine Theorie, wieso ich nach Magie ... äh, gerochen haben könnte.«

»Ah? Eine Theorie?« Desinteressiert hob Minister Pimf seine Tasse, in die Wallensteyn etwas von dem abgekühlten Tee gegossen hatte. »Da bin ich aber gespannt!«

»Ich denke, der Detektor könnte die Gegenwart des Sternsteins von Mogonthûr registriert haben, der sich, kurz bevor Ihre Leute auftauchten, in meiner Tasche befand.«

PFFFFFFFFFRRRRRRT!

Diesmal war Fabian vorgewarnt: Er duckte sich, wodurch ein Großteil der Bescherung über seinen Kopf hinwegschoss, ohne ihn zu treffen.

»Immer noch zu heiß, Minister?«, erkundigte sich Wallensteyn mit unbewegtem Gesicht.

Aber offensichtlich war es diesmal nicht die Temperatur des

Tees, die den Minister zum Prusten gebracht hatte. Mit einer herrischen Geste scheuchte er den Diener aus dem Zimmer.

»Er lügt!«, rief er dann, einen dicken Zeigefinger auf Fabian gerichtet. »Er *muss* lügen! Der Sternstein von Mogonthûr – der Rat der Weisen hat ihn vor Jahren an einen sicheren Ort verbracht. Meister Amoebius selbst hat das seinerzeit veranlasst!«

»Er wurde auf der Erde versteckt, ja«, schaltete sich Fabian wieder ein und berichtete in knappen Sätzen, wie er in den Besitz des Steins gekommen war, von seiner ungeplanten Transition nach Ambigua und wie ihm das Amulett wenig später abgenommen worden war.

Als er geendet hatte, war von der vormals überheblichen Art des Ministers nichts mehr zu merken. Sein Blick schweifte rastlos durchs Zimmer, während seine Finger nervös mit dem Monokel spielten. »Er *muss* lügen«, wiederholte er immer wieder. »Ein dreckiger kleiner Nekro, der mit einer Lügengeschichte versucht, seine Haut zu retten! Der Sternstein kann nicht gestohlen sein – nicht jetzt, unmittelbar vor dem …« Plötzlich ging ein Ruck durch seinen massigen Körper, und er fixierte Fabian durchdringend. »Schwört Er bei Bossut, dass der Dieb exakt so ausgesehen hat, wie Er sagt? Schwarzes Haar, schwarze Augen, schwarze Kleidung – vierzehn Finger?«

»Ich weiß zwar nicht, wer Bossut ist, aber: ja. Genau so sah er aus.«

Mit einer fahrigen Bewegung kramte Minister Pimf sich durch verschiedene Unterlagen auf seinem Schreibtisch, bis er eine zweite schwarze Schlange zutage förderte. Die zu Buchstaben angeordneten Schuppen auf ihrer Haut waren nicht mehr weiß, sondern hatten eine blassgraue Färbung angenommen.

»So ein Unglück«, lispelte Pimf. »Es passt alles zusammen! Hier steht's: *Um die Mittagszeit Überfall auf eine Gruppe weiblicher Fanten, die im Wald südlich der Stadt auf Trüffelsuche waren ... Raub von Schmuck und Bargeld ... Verwendung einer Mondrose, um die Opfer kurzfristig bewusstlos zu machen.«* Pimfs Augen weiteten sich vor Schreck, als er zu Ende las. *»Zwei der Opfer identifizierten den Täter als ein wegen zahlreicher Einbruchdiebstähle, Gewaltdelikte und Betrügereien gesuchtes Individuum namens Fromkin Carabulis.«*

»Genau! So nannte er sich! Diesem Typ bin ich über den Weg gelaufen. Glauben Sie mir jetzt, dass ich die Wahrheit sage?«

»Man muss etwas unternehmen«, murmelte Pimf tonlos, ohne Fabian zu beachten. Er wirkte aufgelöst. »Ja, das muss man. Vielleicht lügt der Junge ... wahrscheinlich lügt er. Aber falls er nicht lügt, und der Sternstein abhanden gekommen ist ... *man muss etwas unternehmen!«* Plötzlich kam ihm eine Idee, und er schnipste erleichtert mit den Fingern. »Meister Amoebius wird wissen, was zu tun ist«, rief er voller Hoffnung. »Ha! Meister Amoebius weiß *immer*, was zu tun ist. VIOLA!«

Die Tür des Vorzimmers öffnete sich, und die ältliche Fant mit dem weißen Haar streckte den Kopf herein. »Sie haben gerufen?«

»Viola, sind Ilf und seine Männer noch da?«

»Schon wieder gegangen, tut mir leid.«

»Verflixt!« Der Minister überlegte kurz. Dann schoss sein Zeigefinger vor und deutete auf Xolpph. »Xenophor! Kennt Er den Weg in Meister Amoebius' Studierzimmer?«

»Ich? Klaro!«, behauptete die Fessel im Brustton der Überzeugung. »Tausendmal dort gewesen.«

»Hervorragend!« Pimf atmete auf und lehnte sich zufrieden in seinen ministerialen Sessel zurück. »Dann führe Er diesen Jungen sofort hinunter – aber dass Er mir keinen Schritt vom kürzesten Weg abweicht, verstanden? Der Bursche steht nach wie vor unter behördlichem Arrest, bis beschlossen ist, was mit ihm zu geschehen hat!«

»Klaro«, sagte Xolpph.

Fabian spürte, wie sich die Wülste um seine Fußgelenke enger zogen. Dann zerrte die Fessel einen seiner Füße vorwärts. Er konnte nicht anders, als dem Zug zu folgen und von seinem Stuhl aufzustehen.

»Hey!«

»Sträub dich nicht, sonst dauert es Jahre, bis wir im Untergeschoss ankommen«, flüsterte Xolpph ihm zu. »Außerdem sieht es professioneller aus, wenn du mitmachst!«

Widerwillig ließ Fabian zu, dass der Xenophor seine Schritte an der Sekretärin vorbei ins Vorzimmer lenkte.

Als er durch die Tür auf den Flur hinaustrat, hörte er hinter sich ein lautes *PFFFFFFFFFFRRRRRRT*, gefolgt von der wütenden Stimme Minister Pimfs: »*Wallensteyn!* Dieser Tee ist eiskalt! Mach Er frischen, sofort!«

Kapitel 9
Meister Amoebius

Fabian ließ sich von Xolpph einen Korridor entlangführen, dann eine Treppe hinunter, einen neuen Flur entlang und wieder eine Treppe nach unten. Der Weg schien kein Ende zu nehmen, und bald befanden sie sich mindestens zehn Stockwerke tief unter der Erde. Längst begegneten ihnen keine Bediensteten mehr, und je tiefer sie kamen, desto verwahrloster schienen die Flure zu werden. Die Wände waren nicht länger hellblau verputzt, stattdessen konnte man nacktes, graues Mauerwerk erkennen. Blakende Fackeln steckten in rostigen Wandhalterungen und verbreiteten unstetes Licht.

Irgendwann fiel Fabian auf, dass das abwechselnde Ziehen und Drücken um seine Fußgelenke, mit dem Xolpph seine Schritte lenkte, bei Weitem nicht mehr so zielstrebig wirkte wie zu Beginn ihres Marsches. Als sie ein halbdunkles Treppenhaus erreichten und Fabian eine steinerne Säule mit einem auffällig gezackten Riss bemerkte, an der sie bereits zweimal vorbeigekommen waren, dämmerte ihm, wieso.

»Sag mal, bist du *sicher*, dass du den Weg kennst?«, erkundigte er sich.

»Äh, klaro«, erwiderte Xolpph leise.

»Du warst schon tausendmal dort?«

»Na ja ...« Der Xenophor zögerte. »Vielleicht nicht *ganz* tausendmal.«

»Sondern?«

»Also ... ich hab mal mit jemandem gesprochen, der jemanden kannte, der schon mal dort war. In dem Korridor, der vor der Treppe mündet, die ins Stockwerk mit Meister Amoebius' Studierzimmer führt, meine ich.«

»Oh, Mann!« Fabian wollte sich mit der Hand vor die Stirn schlagen, doch es ging nicht; seine Handgelenke waren nach wie vor von Xolpphs grün-grauer Körpermasse gefesselt. Seufzend stolperte er weiter.

Eine Viertelstunde später befanden sie sich nochmals fünf Stockwerke tiefer. Doch wenigstens bewegte Xolpph Fabians Füße mittlerweile wieder mit größerer Bestimmtheit; er schien sich irgendwo orientiert zu haben, wenngleich Fabian nicht ganz klar war, wie er das in der eintönigen Umgebung angestellt hatte. Zügig schritt er einen schnurgeraden, sanft abwärtsführenden Gang entlang. Fackeln gab es nur noch alle dreißig Schritte, die Abschnitte dazwischen lagen in düsteres Zwielicht getaucht.

»Was hat es eigentlich auf sich mit diesem ominösen Meister Amoebius?«, erkundigte sich Fabian. Seine Stimme hallte dumpf den Tunnel entlang. »Euer Minister scheint ja große Stücke auf ihn zu halten ...«

»Was für eine saublöde Frage«, erwiderte die Fessel. »*Jeder* kennt Meister Amoebius. Er ist der Erste Vorsitzende des Rats der Weisen und einer der größten Gelehrten von Pantrami, ach, was sag ich: von ganz Ambigua! Eine lebende Legende. Über dreihundert Jahre lang hat er an der hiesigen Universität unterrichtet. Hatte in mehr

Fächern Lehrstühle inne, als du Finger an beiden Händen hast!«

»Schon gut, geschenkt«, murmelte Fabian, dem dämmerte, dass er besser nicht gefragt hätte.

»Amoebius unterrichtete Ankylosophie, Parfaitismus und Frenesitologie«, begann Xolpph sofort aufzuzählen. »Trigonometereosophie, Sackzidenzienkunde und natürlich Brontonomie, selbstredend!«

»Selbstredend«, wiederholte Fabian matt. Er hatte von keinem der Fächer je gehört.

»In Brachytomologie und Juduluduru-Krampas hielt er nur gelegentlich Vorlesungen«, fuhr der Xenophor beflissen fort. »Nebenbei hat er einige der wichtigsten Sachbücher verfasst, die die ambiguanische Literatur kennt. Da wären zum Beispiel ›Angewandter Physikanalysmatorikologonismus bei abnehmendem Mond‹ oder ›Flukkenlos brandieren als integrierter Bestandteil der Gesellschaft‹ – ein beliebtes Einstiegswerk für Laien. Viele Male nachgedruckt seine Sammlungen philosophischer Reiseberichte: ›10.001 Sonnenuntergänge in der Wüste Shmook‹. Oder etwas Melancholisches: ›9.000 kurze Meilen, oder: Gedanken auf dem Pilgermarsch von Ka-Ka nach Spack‹. Nicht zu vergessen ›Jahre der Besinnung – 400 Jahreszeitenwechsel auf der Stadtmauer von Wurstogart‹ oder aber …«

Fabian versuchte verzweifelt, das Gefasel des Xenophors auszublenden. Er fragte sich, was er verbrochen hatte, um durch eine magische Pforte geschleudert, von einem vierzehnfingrigen Bandit ausgeraubt, von Trullen arretiert, von einem elefantengesichtigen Minister verhört und zum krönenden Abschluss von einer geschwätzigen lebenden Fessel um den Verstand gebracht zu werden? Er kam nicht darauf, aber was immer es war – es musste etwas sehr, sehr Schlimmes gewesen sein.

»… Amoebius als eines der intelligentesten Geschöpfe von ganz Ambigua gilt«, kam Xolpph irgendwann zum Ende. »Ach ja, und er ist ein Qualler.«

Fabian horchte auf. »Ein Qualler? Was soll das heißen?«

»Eöh, nichts. Na ja, gewissermaßen doch … du wirst ja sehen. Wir sind übrigens da!«

Fabian sah auf. Tatsächlich hatten sie das Ende des Flurs erreicht. Geradeaus ragte ein mächtiges, zweiflügeliges Tor mit reich verzierten Eisenbändern und -scharnieren in die Höhe.

»Das Studierzimmer von Meister Amoebius«, erklärte Xolpph mit unverhohlenem Stolz. »Ich gebe zu, es hätte möglicherweise einen etwas kürzeren Weg gegeben …«

»Möglicherweise?«

»Ja. Aber ich bin sicher, du wirst Minister Pimf gegenüber nichts von unserem kleinen Umweg erwähnen. Oder?«

»Natürlich nicht«, seufzte Fabian.

»Prima«, freute sich der Xenophor. »Und nun rein mit dir!«

Fabian drückte die Klinke hinunter, und mit einem schrillen Quietschlaut gab einer der Türflügel nach. Zaghaft machte er ein paar Schritte vorwärts und betrat einen der sonderbarsten Räume, die er je gesehen hatte.

Der Grundriss des weitläufigen Saals schien ungefähr der Form einer Birne zu entsprechen. Aufgrund des schummrigen Lichts, das wenige auf hohen Ständern montierte Öllampen verbreiteten, ließ sich aber weder sein exaktes Aussehen noch seine tatsächliche Größe erkennen.

Ein großer Teil der geschwungenen Wände war mit Bücherregalen verkleidet, allerdings nicht solchen, wie man sie in einer normalen Schulbibliothek zu sehen bekam. *Diese* Regale waren gewaltig! Nicht genug, dass sie in unzähligen Etagen bis unter die gewölbte

Hallendecke hinaufreichten – auch die Bücher selbst schienen monströs groß, oder besser: außergewöhnlich dick zu sein.

Auf den ersten Blick sahen die uralten Wälzer beinahe normal aus – wenn man davon absah, dass der schmalste etwa den Umfang des Telefonbuchs von New York City hatte. Die meisten Einbände bestanden aus abgegriffenem, speckig glänzendem Leder, ab und zu war einer aus brüchigem Leinenstoff darunter.

Das Bemerkenswerte aber war, dass sämtliche Buchrücken schmaler zu sein schienen als an der gegenüberliegenden Seite, wo man sie aufschlug.

Vorsichtig zog Fabian ein Buch heraus und erkannte den Grund für diese Besonderheit: Jede einzelne Seite schien mit einer Art durchsichtiger, hauchdünner Haut überzogen, wodurch die Seiten am Beschnitt weiter auseinanderklafften als am Rücken.

»Nun mach schon«, drängelte Xolpph. Er interessierte sich allem Anschein nach nicht sonderlich für Literatur. »Wir dürfen Meister Amoebius nicht warten lassen!«

Fabian unterdrückte einen spitzen Kommentar, der sich um den Verursacher ihrer bisherigen Verspätung drehte, und schob das Buch zurück ins Regal. Vorbei an einem Ständer mit einer fast erloschenen Öllampe trat er in die Mitte des imposanten Raumes. Dort erkannte er, in flackernden Halbschatten getaucht, dessen zweite Eigenheit:

Die Stirnseite des Saals, der Eingangstür gegenüber gelegen, bestand vollständig aus einer gewölbten, tiefschwarzen Schiefertafel. Sie reichte bis zur Decke hinauf, und ein kompliziertes System aus Leitern und hölzernen Stegen ermöglichte es, bis ganz nach oben zu gelangen und auf die dunkle Fläche zu schreiben. Jeder freie Zentimeter wurde von endlosen Reihen mathematischer Formeln eingenommen. Fabian war in Mathe immer ganz gut gewesen, aber diese

Ansammlung von Symbolen, Tausenden und Abertausenden von Bruchzahlen, Vor- und Nachkommaziffern, hochgestellten Potenzen und eingeklammerten Zwischenrechnungen verursachte ihm Schwindel. Wie ein gigantischer Staat betrunkener Ameisen schienen Zahlen kreuz und quer über den Schiefer zu wuseln – nebeneinander, untereinander, um Ecken herum und, wenn kein Platz mehr war, sogar in mehreren Kreideschichten *übereinander*. Fabian konnte sich nicht vorstellen, dass irgendein lebendes Wesen diesem Chaos den geringsten Sinn entlocken könnte.

In diesem Augenblick ertönte aus den Schatten am Fuß der Tafel ein Geräusch. Es klang, als ließe jemand ein großes Stück Schwarzwälder Kirschtorte zu Boden fallen.

»Was war das?« Fabians Blick schweifte unruhig hin und her. Aber nirgends sah er etwas anderes als Bücher, Formeln, mehr Bücher und noch mehr Formeln. Langsam wich er mit dem Rücken gegen eines der Regale zurück.

»H-Hallo? Ist da jemand?«, rief er mit zittriger Stimme.

Irgendwo in den dunklen Tiefen am anderen Ende des Saals machte etwas »Glorrrbschsch«. Es klang viel näher als beim ersten Mal!

Hilfesuchend sah Fabian zu Xolpph hinunter, der unbeweglich und – erstaunlicherweise – wortlos um seine Handgelenke lag; man konnte den Eindruck gewinnen, dass die Fessel eingeschlafen war.

»Hallo?«, rief Fabian erneut. Plötzlich kamen ihm Bedenken: Hatte Xolpph ihn tatsächlich zur richtigen Tür gebracht? Was, wenn er statt im Studierzimmer eines Gelehrten in der Höhle eines wahnsinnigen Rechengenies gelandet war, eines monströsen Geschöpfs, das ausschließlich in mathematischen Formeln dachte und ihm zur Begrüßung die Gedärme herausreißen würde, um sie in Form trigonometrischer Sinuskurven auf dem Boden auszulegen?

Doch bevor Fabian die Flucht ergreifen konnte, geschahen zwei Dinge gleichzeitig: Eine tiefe, volltönende Stimme sagte: *Hab keine Angst.*

Im selben Moment schob sich etwas Großes, Glänzendes ins Licht der flackernden Öllampen.

Am ehesten ließ sich das, was wie eine überdimensionale Nacktschnecke in sein Sichtfeld glitt, als mannshoher Haufen grünlichen Schleims bezeichnen. Seine gesamte Oberfläche befand sich in fließender Bewegung, hie und da stülpten sich fingerartige Ärmchen aus, um gleich darauf wieder zurückzufließen. Fabian konnte Luftblasen erkennen, die träge im halb transparenten Innern der Masse trudelten. Sprachlos sah er zu, wie das Geschöpf sich ihm bis auf wenige Meter näherte. Da erkannte er, was ihn an dem abwegigen Anblick am meisten verstörte:

Ganz oben auf dem Schleimberg saß ein schwarzer, viereckiger Doktorhut mit einer baumelnden Quaste daran!

»Glllorrrrglll«, machte der Haufen. Es klang nicht unfreundlich.

»W-Wie meinen?«, erkundigte sich Fabian unsicher.

Willkommen, junger Freund, hob die tiefe, volltönende Stimme von eben wieder an. *Ich bin Meister Amoebius, und ich freue mich, dass du den Weg zu mir gefunden hast. Denn der Anlass für deine Anwesenheit in Ambigua ist von großer Wichtigkeit, wie die Vorzeichen künden.*

Verwirrt sah Fabian sich um. Die Stimme war nicht aus der Richtung des unbeschreiblichen Schleimklumpens gekommen, aber auch von nirgendwo sonst aus dem Raum. Vielmehr hatte er sie so klar und deutlich vernommen, als ertönte sie *direkt in seinem Kopf!*

Der Haufen machte ein Geräusch, das wie »Schlmpfglllmpf« klang, und stülpte so etwas wie einen Arm aus, um ihn sofort wieder verschwinden zu lassen. Die Stimme in Fabians Kopf seufzte. *Ich gehe recht in der Annahme, dass dir niemand gesagt hat, was es mit uns Quallern auf sich hat?*

Fabian nickte bestätigend.

Nun, eigentlich ist es ganz einfach. Der Haufen fuhr einen etwas längeren Tentakelarm aus und bedeutete Fabian, ihm zu folgen, während er sich blubbernd in Bewegung setzte. *Da Qualler über keinerlei Sprachorgane verfügen, verständigen wir uns telepathisch, das heißt, allein mit der Kraft unserer Gedanken. Das hat den Vorteil, dass wir uns mit Wesen aus jeder noch so entlegenen Region unterhalten können. Für uns gibt es keine Sprachbarrieren – Gedanken versteht schließlich jeder!*

Mit neuem Interesse betrachtete Fabian den grünen Berg. Er musste zugeben, dass Telepathie eine praktische Sache war, besonders, wenn man weder Mund noch Stimmbänder besaß.

»Schlompp«, machte der Körper von Meister Amoebius und entzündete mit drei rasch ausgestülpten Ärmchen einige zusätzliche Öllampen. In ihrem Licht erkannte Fabian am Fuß der Riesentafel einen halbrunden Wanderker. Ein großer Schreibtisch mit abgerundeten Kanten füllte ihn fast zur Gänze aus. Die Arbeitsplatte war bedeckt mit ordentlich sortierten Stapeln von Büchern, Pergamentrollen und gefalteten Papieren. Alle waren mit denselben hauchfeinen Häutchen überzogen, die Fabian schon um die Seiten der Bücher bemerkt hatte. Jetzt, da er dem Herrn dieser Bibliothek persönlich gegenüberstand, verstand Fabian, was es mit der seltsamen Vorkehrung auf sich hatte: Die Schutzhüllen waren notwendig, damit der Qualler all die Bücher und Pergamente mit seinen glitschigen Extremitäten berühren konnte, ohne sie zu beschädigen!

Du hast völlig recht, Fabian Volta, bestätigte die Gedankenstimme hinter seiner Stirn. Fabian zuckte zusammen, als ihm klar wurde, dass jemand, der Worte in sein Bewusstsein zu projizieren vermochte, auch seine eigenen Gedanken lesen konnte – und natürlich wusste, wie er hieß!

Die Schutzhüllen aus den hauchdünnen Flügeln der Mantrix-Libelle sorgen dafür, dass ich meine Bibliothek ohne Probleme nutzen kann, erklärte Meister Amoebius. *Bedauerlicherweise ist in ganz Ambigua noch kein schleimfester Beschreibstoff erfunden worden ...*

Mit einem feuchten Schmatzen ließ er sich in einem riesigen Lehnstuhl hinter dem Schreibtisch nieder und wies mit einem Tentakel einladend auf einen Stuhl, der ihm gegenüber stand. Zögernd nahm Fabian Platz.

Man hat mich über dein Kommen informiert, hob Meister Amoebius in seinem Kopf an. *Und über alles, was damit in Zusammenhang steht. Ich nehme an, die Erlebnisse der letzten Stunden müssen recht verwirrend auf dich gewirkt haben.*

»›Recht verwirrend‹ ist gut«, erwiderte Fabian. »Ich komme mir vor wie in einem aberwitzigen Traum.« Zur Bestätigung hob er seine Hände, um deren Gelenke nach wie vor die lebende Fessel lag.

Meister Amoebius stieß im Innern seines Kopfes ein amüsiertes Grunzen aus. *Ich sehe, dass Conrad seiner Schweigeverpflichtung nachgekommen ist und dir in all den Jahren nichts Konkretes über unsere Welt verraten hat?*

»Conrad? Conrad *Cellert?* Sie meinen ... Sie kennen Conrad?« Fabians Kinnlade klappte nach unten.

Oh, sehr gut sogar! Wir sind Freunde seit vielen Jahren.

Plötzlich fiel bei Fabian der Groschen: der ambiguanische Gelehrte, von dem Conrad erzählt hatte, der Weise, der ihm einst den Sternstein zur Aufbewahrung anvertraut hatte – das musste Meister Amoebius gewesen sein! Und dies wiederum bedeutete ...

In Gedanken kopierte Fabian die massige, feucht glitzernde Gestalt des Quallers in die Szene hinein, die er drei Wochen zuvor in der finsteren Sackgasse hinter der Schreinerei beobachtet hatte.

Er entsprach exakt dem riesigen Umriss, der aus Conrads Hintertür geglitten war!

Ach ja, natürlich, bestätigte Meister Amoebius, und Fabian hatte das Gefühl, als kichere der Qualler hinter seiner Stirn leise. *Das war ich.* Ein dünner Tentakel fuhr über die Tischplatte und wies auf Fabians Kopf. *Ich wusste doch gleich, dass ich die Wellenlänge deiner Gedanken schon vorher einmal irgendwo empfangen hatte!* Er lehnte sich zurück und schien Fabian aus den augenlosen Tiefen seines Leibs anzublicken. *Ich hoffe, du verzeihst mir den kleinen Schwindelbann, den ich über dich werfen musste, um unerkannt aus der Gasse zu entwischen? Ich konnte damals schließlich nicht ahnen, dass wir uns noch einmal begegnen würden.*

Mit gerunzelter Stirn rief sich Fabian ins Gedächtnis, was Conrad ihm über den Gelehrten erzählt hatte. »Sie haben Conrad besucht, um ihm mitzuteilen, dass die Frist, für die der Sternstein versteckt gehalten werden sollte, bald ablaufen würde?«

Völlig richtig. Der Qualler stieß in Fabians Kopf ein trauriges Seufzen aus. *Hätte ich geahnt, dass man auch im Lande Shurakk mitgerechnet hatte, wann der Große Siegelzauber seine Wirkung verlieren würde, wäre ich wachsamer gewesen. So jedoch führte ich die Schergen Maledikts des Finsteren auf direktem Wege zum Versteck des Steins. Ich Narr! Hätte ich das Amulett doch am selben Abend mitgenommen!*

»Maledikt der Finstere?«, wiederholte Fabian ratlos. »Im Lande Shurakk? Großer Siegelzauber? Ich fürchte, ich verstehe kein Wort!«

Wie solltest du auch, Fabian Volta?, erwiderte Meister Amoebius milde. *Abgesehen von seinen »Märchengeschichten« hielt Conrad sich offenbar treu an sein Schweigegelübde. Wie die Dinge sich allerdings entwickelt haben, ist es unumgänglich, dass du etwas mehr erfährst …*

Kapitel 10
Der Sternstein von Mogonthûr

Seit dem Anbeginn der Zeit existieren die Erde und Ambigua nebeneinander, begann Meister Amoebius salbungsvoll. *Durch Raum und Zeit unvorstellbar weit voneinander getrennt – und doch näher beieinander, als mancher denken mag.*

Sofort fiel Fabian die Ähnlichkeit dieser Formulierung mit jener auf, die stets Conrads Erzählungen eingeleitet hatte. Aber er schwieg und lauschte konzentriert.

Beide Welten sind verbunden durch eine Anzahl magischer Pforten, stationärer wie mobiler. Einst gab es 777 von ihnen, verteilt über sämtliche Regionen Ambiguas. Jede war mit exakt einem Gegenstück auf der Erde verbunden, und alle waren frei zugänglich. Meister Amoebius hielt kurz inne. Als er fortfuhr, schienen seine Gedankenworte in Fabians Kopf getrübt von Trauer. Oder war es Furcht?

Unglücklicherweise lag ein gutes Dutzend dieser Pforten im Lande Shurakk, einer Region im südlichsten Zipfel des Kontinents Marganthua. Shurakk ist eine unwirtliche Einöde aus Kieswüsten, Vulkanen und Lavaströmen. Nichts kann dort gedeihen. Dennoch wählte niemand Geringeres als Maledikt der Finstere Shurakk zu seiner Heimat. Er ließ sich dort nieder, und von da an …

»Verzeihung, aber wer ist Maledikt der Finstere?«

Du brauchst dich nicht zu entschuldigen, Fabian von der Erde, erwiderte Meister Amoebius sanft. Dann schwieg er lange, so als müsse er überlegen, wo er anfangen sollte. *An der Aufgabe, Maledikt den Finsteren zu beschreiben, sind schon viele gescheitert*, begann er schließlich. *Selbst der große Chronist Agib Nagi-Saklar vermochte es nur unzureichend. Maledikt ist vieles ... und nichts davon ist gut!* Erneut hielt der Gelehrte inne, grübelte.

Einst war Malediktus, wie er zunächst hieß, ein mächtiger Kriegsherr. Er bekleidete den Rang des obersten Heermeisters im eisigen Yrk, hoch im Norden. Dort befehligte er eine gewaltige Armee, mit welcher er ein ums andere Mal die Feinde des Landes niederrang. Doch dann, im Jahre 2333 nach Töc, kam das Große Friedensgelöbnis, und plötzlich gab es für den Heermeister und seine Männer nichts mehr zu bekämpfen. Malediktus wurde seines Postens enthoben, die Streitmacht aufgelöst. Auf einen Schlag verlor sein Dasein Sinn und Inhalt – und das erfüllte Malediktus mit Hass! Einem so gewaltigen, alles verzehrenden Hass, dass er sich in den Kopf setzte, all jene zu versklaven, die sein Leben zerstört hatten. Er zog sich ans entlegenste Ende Marganthuas zurück und wurde für Hunderte von Jahren nicht mehr gesehen.

»Für Hunderte von Jahren?«, wiederholte Fabian ungläubig.

Die Lebensspanne ambiguanischer Geschöpfe, seien es Menschen oder Fanten, unterscheidet sich nicht sehr von der eines Erdenmenschen. Maledikt jedoch war ein Nekro. Magie-Anwender wie er können mühelos tausend Jahre und älter werden. In Maledikts Fall wird sogar vermutet, dass er im Zuge seiner verbotenen Forschungen einen Weg zu annähernder Unsterblichkeit gefunden hat. Wie dem auch sei, als Maledikt wieder von sich hören ließ, hatte er durch unaussprechliche Experimente zu einer Macht gefunden, über die vor ihm noch nie ein Magier in Ambigua verfügt hatte. Er hatte zahlreiche monströse Kreaturen geschaffen, darunter eine Krabbe, groß wie ein Haus. Er taufte dieses Geschöpf Sempukkur und be-

hielt es, Gerüchten zufolge, stets in seiner Nähe, wie einen Schoßhund. Neben diesen Schöpfungen jedoch hatte er auch anderes Gelichter um sich geschart – wilde Trulle, Insektoren und Quantrulae ohne Zahl waren seinem Ruf gefolgt und aus den finstersten Winkeln dieser Welt nach Shurakk geströmt, dazu andere Kreaturen, über die man besser nicht spricht. Maledikt formte aus ihnen ein gewaltiges Heer. Im Jahre 2777 schließlich erfolgte der gefürchtete Großangriff: Maledikts Horden ergossen sich über die Freien Staaten Ambiguas und versuchten, sie zu überrennen – jedoch ohne Erfolg, den Göttern sei es gedankt!

»Ohne Erfolg?« Fabian hob gespannt die Brauen.

Maledikt hatte seinen Feldzug lange vorbereitet – so lange, dass es den Freien Staaten möglich war, sich gegen seinen Angriff zu wappnen. Die Fantenbrüder Ozrak und Tekstil, Söhne des damaligen Königs von Samelsur, hatten ein schlagkräftiges Heer aufgestellt und erwarteten Maledikts Horden unmittelbar vor den Grenzen Shurakks, in der Ebene von Stagnat. Eine fürchterliche Schlacht entbrannte, die viele Tage und Nächte tobte. Die Verluste auf beiden Seiten waren unbeschreiblich. Allein Sempukkur, Maledikts schreckliches, scherenbewehrtes Schoßtier, tötete über tausend Mann! Letztlich obsiegten die Heere der Freien Staaten aufgrund ihrer besseren strategischen Kenntnisse.

Doch Maledikt hatte seinen Geschöpfen durch Zauberei jegliche Angst genommen – sie kämpften auch dann noch weiter, als sie längst hoffnungslos in der Unterzahl und von allen Seiten eingekesselt waren. Es wurde das größte Blutbad in der Geschichte Ambiguas.

In Fabians Kopf zogen unvermittelt Bilder eines fürchterlichen Schlachtfelds auf: Er sah schwarzen, öligen Rauch, der über eine Steppe voll lebloser Körper zog, Scharen von Verletzten und Verstümmelten, die auf der blutgetränkten Erde zuckten und wimmerten. Es dauerte einen Moment, bis er begriff, dass ihm Meister Amoebius auf telepathischem Weg einige bildhafte Eindrücke übermittelte, damit er sich die Auswirkungen der Schlacht vorstellen konnte. Was er sah, war so erschütternd, dass er mehrmals heftig schlucken musste.

Maledikts Heer wurde aufgerieben bis zur letzten Kreatur. Er selbst konnte auf dem Rücken seiner Riesenkrabbe um Haaresbreite fliehen und zog sich nach Corborion zurück, seine Festung auf einem uneinnehmbaren Hochplateau im Herzen Shurakks. Dort, im Schutz schroffer Berge und glühender Lavaseen, sann er auf Rache.

Meister Amoebius fuhr ein dünnes Ärmchen aus und wischte sich über das, was möglicherweise seine Stirn war.

Wenige Jahrzehnte später unternahm er einen erneuten Versuch, die Herrschaft an sich zu reißen, diesmal allerdings nicht mehr in Form eines militärischen Angriffs. Jetzt wollte er mit kleinen, schlagkräftigen Einheiten in die Zentren der Freien Staaten vorstoßen und ihre Oberhäupter durch Attentate ausschalten. Wären die Völker erst führerlos, so sein Plan, hätte er leichtes Spiel mit ihnen. Der Qualler lehnte sich in seinen Lehnstuhl zurück und legte zwei lange Tentakel seitlich auf die Armlehnen. *Um seine Handlanger unbemerkt in alle ambiguanischen Länder zu entsenden, wollte sich Maledikt das System der magischen Pforten zunutze machen.*

»Wie denn das?« Fabian runzelte die Stirn. »Landet man nicht auf der Erde, wenn man hier eine magische Pforte betritt? Was hätte Maledikt davon gehabt?«

Eine ganze Menge: Als belesener Nekro kannte Maledikt die exakten Positionen sämtlicher magischer Pforten auf der Erde. Wie ihre ambiguanischen Gegenstücke sind sie wild verteilt, an Orten, wo sie kaum jemand erwarten würde. So befindet sich eine in der Kabine einer Damentoilette im Innern der Freiheitsstatue von New York, eine andere in einem öffentlichen Mietkühlschrank eines Campingplatzes an der französischen Atlantikküste, und so weiter.

»Na und? Ich verstehe immer noch nicht, wie ...«

Maledikt kannte ebenfalls die Positionen der Gegenstücke all dieser Pforten in Ambigua. Sein Plan sah vor, Gefolgsleute durch die im Lande Shurakk gelegenen Pforten zur Erde zu schicken; dort sollten sie ausschwärmen und ganz bestimmte andere Tore aufsuchen – jene, deren Gegenstücke sich exakt in den Regierungszentren in den Freien Staaten befanden!

»Die Erde als Hintertür, um an alle wichtigen Punkte in Ambigua zu gelangen!«, entfuhr es Fabian.

Glücklicherweise gelang es dem Rat der Weisen, dem auch ich damals bereits angehörte, einen Spion nach Shurakk einzuschleusen. Ein unscheinbarer, aber tapferer Bursche namens Pandoras erschlich sich Maledikts Vertrauen und versorgte uns regelmäßig mit Informationen aus Corborion. Als wir auf diese Weise Kunde von Maledikts Plan erhielten, entschlossen wir uns zu einem folgenreichen Schritt: Wir beauftragten den mächtigsten Nekro aller Freien Staaten, Vagdrusal den Gütigen, einen Bannspruch über einen Großteil aller magischen Pforten zu legen. 666 von ihnen sollten dauerhaft versiegelt werden – darunter alle, die sich im Lande Shurakk und damit in Maledikts Reichweite befanden!

»Der Große Siegelzauber«, vermutete Fabian.

So ist es. Vagdrusal begab sich zur Klippe von Mogonthûr, einer hohen Felsnadel an der Westküste Megatheriens, wo sich alle geografischen und kosmischen Meridiane unserer Welt kreuzen. Bei sich trug er ein sternförmiges Amulett aus violettem Urzidium, das der Sage nach 5000 Jahre früher von einem weisen Nekro namens Telsek geformt worden war. Dieser Sternstein hat die Eigenschaft, die Kräfte magischer Beschwörungen zu bündeln und zu verstärken.

»Wie ein Vergrößerungsglas, das die Strahlen der Sonne bündelt?«

Ein treffender Vergleich, Fabian von der Erde! Der halbflüssige

Körper des Quallers machte eine nickende Bewegung. *Vagdrusal führte ein magisches Ritual durch, in dessen Verlauf er eine 777 Zeilen lange Formel über dem Sternstein sprach. Als er die letzte Silbe vollendet hatte, verdunkelte sich das Firmament, es donnerte und blitzte. Als die Helligkeit zurückkehrte, waren 666 Pforten hermetisch versiegelt – alle bis auf 111, die weit außerhalb des Zugriffs Maledikts und seiner Schergen lagen.*

»Heiliges Erbspüree«, flüsterte Fabian. »Da dürfte sich Maledikt ganz schön geärgert haben, oder?«

Als der dunkle Herrscher feststellte, dass sämtliche ihm zu Gebote stehenden Pforten ohne Funktion waren, tobte er. Tage und Nächte soll er durch die Gänge seines Schlosses gerast sein, wobei er alles in Stücke schlug, was ihm zwischen die Finger geriet, und jedes Wesen tötete, das das Pech hatte, ihm zu begegnen …

Meister Amoebius verstummte. Als er fortfuhr, war seine Stimme in Fabians Kopf deutlich leiser als zuvor. *Maledikt fand rasch heraus, dass es Pandoras gewesen war, der seine Absichten an seine Gegner verraten hatte. Er ließ ihn in sein alchimistisches Labor tief unter dem Schloss bringen. Dort belegte er ihn mit einem Unsterblichkeitszauber und warf ihn in einen Kessel mit brodelnder Säure. Der Legende nach treibt Pandoras' Leib bis heute in dieser alles verzehrenden Brühe, kreischend vor Schmerz und unfähig, der unvorstellbaren Qual durch den Tod zu entfliehen.*

Fabian schluckte. Er wollte etwas sagen, brachte aber kein Wort heraus.

Maledikt spürte, dass seine rasende Wut und die Scham über die erneute Niederlage ihm die Konzentrationsfähigkeit und innere Ruhe raubten, die er brauchte, um seine Vision von der Eroberung Ambiguas in die Tat umzusetzen. Daher begab er sich in das tiefste Verlies seines Schlosses, bettete sich in einen steinernen Sarkophag und versetzte sich in ein magisches Koma – ein Tiefschlaf, der bis heute andauert.

Meister Amoebius bildete drei Tentakel aus, nahm seinen Doktorhut ab und legte ihn vorsichtig vor sich auf den Tisch.

Wenn heute Stürme oder schwere Unwetter über Ambigua hinwegziehen, sagt man manchmal, Maledikt der Finstere träume einen seiner finsteren Träume oder wälze sich unruhig in seiner Gruft hin und her. Tatsache ist, dass man seither nie wieder von ihm gehört hat – von ihm oder von Volgera Ommm, seinem grausamen Statthalter, den er zurückließ, um über seine Festung und das Land Shurakk zu wachen.

»Aber der Siegelzauber hält nicht ewig ... nach 777 Jahren muss das Ritual aufgefrischt werden, stimmt's?« Mit der Erinnerung an Conrads Worte kehrte auch die Erinnerung an seinen Zusammenstoß mit dem Insektenmonster zurück, und eine Gänsehaut kroch über Fabians Rücken. »Diese Kreatur in der Schreinerei – war sie ein Geschöpf Maledikts?«

»Hmmbmlll«, machte Meister Amoebius in seinem Stuhl und nickte bestätigend. *Ich muss eingestehen, dass wir die Schergen des dunklen Herrschers unterschätzt haben. Volgera Ommm und seine Kreaturen müssen die Jahre bis zum Verstreichen des Siegelzaubers aufmerksam gezählt haben. Um zu verhindern, dass Vagdrusal der Gütige das Ritual rechtzeitig wiederholt, versuchten sie, das zu rauben, was dafür unabdingbar ist: das Amulett, das seit dem Großen Siegelzauber »Sternstein von Mogonthûr« genannt wird und das ich selbst vor vielen Jahren auf der Erde versteckte, um es just vor solchen Übergriffen zu schützen.*

Fabian war in Gedanken noch immer bei seiner Begegnung mit dem schwarz glänzenden Monstrum. »Was ich mich schon die ganze Zeit frage: Wieso ist mir das Biest eigentlich nicht gefolgt, als ich durch die Pforte gesprungen bin?«

Der Qualler stieß ein zufriedenes Glucksen aus. *Oh, ich bin mir sicher, der Insektor hat es versucht! Aber eine magische Pforte vermag im-*

mer nur eine Körpereinheit auf einmal zu transportieren. Danach benötigt sie eine Ruhephase von einer bis zu zwölf Stunden, je nachdem, wieviel Körpermasse bei der Transition versetzt wurde. Bis die Pforte wieder voll aufgeladen ist, ist sie nicht mehr als eine normale Tür, eine Klappe oder ein Fensterrahmen.

»*Deswegen* konnte Conrad bei seinem ersten Besuch in Ambigua erst Stunden später auf dem gleichen Weg zurück zur Erde reisen! Und ich konnte nach der Transition die Schreinerei auf der anderen Seite nicht mehr sehen!«

Du lernst schnell, Fabian Volta, lobte Meister Amoebius. *Aus diesem Grund war auch ich vor etwa drei Wochen Erdzeit gezwungen, Conrad anstatt durch das magische Fenster durch die Hintertür seiner Schreinerei wieder zu verlassen. Ich musste mir eine andere Pforte für meine Rückreise suchen, denn die Nummer 471 war zu diesem Zeitpunkt noch nicht wieder aufgeladen.*

Fabian legte die Hände an die Schläfen und versuchte, alles, was er gehört hatte, zu einem Gesamtbild zu ordnen. »Okay. Conrad sollte den Sternstein also vor Ablauf der Frist nach Ambigua zurückbringen, damit der Siegelzauber erneuert werden kann.«

In nicht einmal einem Monat, beim nächsten Neumond, jährt sich das Ritual von Mogonthûr zum siebenhundertsiebenundsiebzigsten Mal. Entweder wird der Zauber in dieser Nacht erneuert – vom selben Magier, am selben Ort, mit demselben magischen Hilfsmittel wie damals –, oder er verfliegt, als hätte es ihn nie gegeben.

»Dann öffnen sich die die 666 versiegelten Pforten wieder.« Fabian zuckte mit den Achseln. »Und wenn? Ich denke, Maledikt liegt in einem magischen Koma. Was macht es da, wenn die Pforten in seinem Land wieder ...«

Niemand weiß, wann er sich aus seinem Tiefschlaf erhebt, unterbrach ihn Meister Amoebius ruhig. *Fraglos hat er Anweisungen für ein*

Ritual hinterlassen, mit dem sein Statthalter ihn jederzeit erwecken kann, wenn bestimmte Umstände eintreten.

Fabian runzelte die Stirn. »Ich verstehe. Die Pforten wären wieder offen und Maledikt wach. Dann könnte er über den Umweg der Erde erneut einen Anschlag auf die Freien Staaten von Ambigua starten.«

Nicht nur auf sie.

Fabian sah den Qualler verständnislos an. In seiner Magengegend meldete sich ein mulmiges Gefühl. »Wie meinen Sie das?«

Es gibt eine Theorie unter den Ratsmitgliedern, die sich mit den langfristigen Plänen des dunklen Herrschers befasst. Die Mehrheit von uns vertritt die Ansicht, dass Maledikts Machthunger mit der Unterwerfung Ambiguas noch lange nicht gestillt sein würde.

»Versteh ich nicht.«

Sollte Maledikt irgendwann Ambigua beherrschen, gehörten ihm alle 777 magischen Pforten. Damit läge schlagartig die gesamte Erde in seinem Einflussbereich. Der Qualler seufzte und schien in seinem Stuhl zusammenzusinken wie ein Ballon, aus dem man Luft ablässt. *Wir sind sicher, dass er in diesem Fall eine neue Streitmacht aufstellen und die Erde in einem Großangriff überrennen würde.*

Fabian lachte unsicher. »Das ist doch Blödsinn! Ich meine, auf der Erde gibt es moderne Waffensysteme, Flugzeuge, Panzer. So ein paar schwertschwingende Trulle würden wir im Handumdrehen wegputzen!«

Der Qualler schien ihn traurig anzusehen.

Wir sprechen nicht bloß von ein paar Trullen, Fabian. Maledikts Heer im Jahre 2777 umfasste Millionen kampferprobter Krieger. Und was die irdische Technik angeht ... sie lahmzulegen, würde Maledikt allenfalls Minuten kosten. Mit einer einzigen globalen Zauberformel könnte er die Erde im Handumdrehen dessen berauben, was ihr Elektrizität nennt.

Kommunikation, Verkehr, die Verpflegung der Bevölkerung – alles würde schlagartig zusammenbrechen. Binnen Wochen fiele eure Welt in die Steinzeit zurück. Und in dem dann einsetzenden Chaos wäre es Maledikts Horden ein Leichtes, Tod und Verderben in jedes Land der Erde zu tragen.

Diesmal benötigte es keine Gedankenprojektion des Quallers, damit Fabian sich die Schreckensvision bildlich vorstellen konnte. Ihm brach der kalte Schweiß aus. Mit großen Augen starrte er Meister Amoebius an, unfähig, einen Laut hervorzubringen.

Ich wollte dir keine Angst machen, Fabian. All das sind nur Theorien. Sie müssen nie eintreten, wenn es gelingt, den Großen Siegelzauber zu erneuern. Vergiss nicht: Dank dir haben Maledikts Handlanger den Sternstein nicht in die Hände bekommen.

»Dank mir? Na ja, so gesehen ... aber das Amulett ist doch weg!«

Ich weiß. Aber es befindet sich nicht in den Fängen Volgera Ommms! Wenngleich ich mir wahrlich einen besseren Aufenthaltsort vorstellen könnte als ausgerechnet das Säckel von Fromkin Carabulis ...

»Sie kennen diesen Typ?«

Das fragwürdige Vergnügen, Fromkins Bekanntschaft zu machen, hatten leider schon viele. Er wird landauf, landab für unzählige Vergehen gesucht. Den Gedankenworten des Quallers war seine Abneigung gegenüber dem vierzehnfingrigen Dieb deutlich anzuhören. *Er ist ein Ganove, dem nichts zu schändlich ist. Weder vor Alten und Schwachen noch vor Frauen oder Kindern macht er Halt, solange er sich nur bereichern kann! Selbst die verrufene Diebesgilde von Pantrami – ein straff organisierter Pfuhl von ausgekochten, skrupellosen Kriminellen – verweigerte ihm die Aufnahme, als er einst um Mitgliedschaft anfragte.*

»Na klasse! Und ausgerechnet diesem Schwerverbrecher muss ich in meinen ersten Minuten über den Weg laufen«, stieß Fabian hervor.

Hätte ich von deinem Kommen gewusst, ich hätte dir ein sympathischeres Empfangskomitee geschickt. Der Qualler machte ein hüstelndes Geräusch und setzte seinen Doktorhut wieder auf. *Momentan dürfte sich der Stein noch in Fromkins Besitz befinden. Ich glaube nicht, dass er ihn bereits an einen Hehler weiterverkauft hat; zunächst wird er ausloten wollen, wie viel er dafür verlangen kann. Du musst wissen, in Unterweltkreisen werden für magische Schmuckstücke hohe Summen gezahlt. Diesbezüglich ist es in Ambigua wie bei euch auf der Erde: Sobald etwas verboten ist, wächst der Reiz, den es ausübt, umso stärker an.*

»Nach dieser Maledikt-Geschichte verstehe ich allmählich, wieso Zaubern hier verboten wurde«, sagte Fabian nachdenklich. »Aber weiß Fromkin denn nicht, dass der Sternstein benötigt wird, um den Siegelzauber zu erneuern?«

Meister Amoebius machte eine wütende Tentakelbewegung. *Natürlich weiß er es! Jede denkende Kreatur Ambiguas ist über das große Datum informiert. Aber Fromkin ist skrupellos – wenn er sich bereichern kann, indem er das Amulett verkauft, wird er es tun. In seinem selbstüberschätzten Wahn geht er gewiss davon aus, dass er seine diebische Existenz genauso gut unter der Herrschaft Maledikts weiterführen kann!* Der Gelehrte blubberte energisch. *Wir müssen also rasch handeln, bevor sich die Spur des Schmuckstücks in den Kanälen der pantramischen Unterwelt verliert. Wir müssen Fromkin ausfindig machen und ihm den Sternstein wieder abjagen – und zwar, ohne die Bevölkerung merken zu lassen, dass der Stein verschollen ist. Denn das würde eine Panik von kaum absehbaren Ausmaßen nach sich ziehen!* Ein Ruck ging durch seinen instabilen Körper, und Fabian hatte den Eindruck, als sehe ihm der Gelehrte direkt in die Augen. *Wirst du uns helfen, den Stein zurückzuholen und den Großen Siegelzauber zu erneuern, Fabian Volta?*

»*Ich?* Wieso ich?«, stammelte Fabian. »Was hab ich denn ... ich meine, ich kenne mich hier doch gar nicht aus. Wie soll ich da von irgendeinem Nutzen sein? Außerdem ... Conrad wollte nur, dass ich den Stein herbringe!«

Du hast völlig recht, bestätigte der Qualler sanft. *Dein Versprechen Conrad gegenüber ist mit dem Transfer des Amuletts nach Ambigua eingelöst. Dich bindet nichts. Wenn es deine Entscheidung ist, lasse ich dich sofort zur Pforte Nummer 471 bringen, und du kannst umgehend in deine Welt zurückkehren.*

Fabian fühlte, wie in seinem Innern ein Kampf entbrannte. Einerseits wünschte er sich nichts sehnlicher, als diese verrückte Gegend so schnell wie möglich zu verlassen und zur Erde zurückzukehren, an die Seite seines besten Freundes, der dort möglicherweise gerade im Sterben lag! Andererseits wusste er, dass er ohnehin nichts zur Verbesserung von Conrads Zustand beizutragen vermochte. Hier dagegen konnte er möglicherweise helfen, eine schreckliche Katastrophe zu verhindern – auch wenn er momentan noch keine Ahnung hatte, wie.

Er versuchte, sich vorzustellen, was Conrad an seiner Stelle täte. Ihm wurde klar, dass der Schreiner keine Sekunde zögern würde, der Bitte des Quallers nachzukommen. Mit beinahe schmerzhafter Intensität spürte Fabian, dass er es seinem Freund schuldig war, zu bleiben und alles daranzusetzen, Ambigua und die Erde zu retten. Er spürte einen Kloß in seinem Hals, als er sich daran erinnerte, dass er sich noch vor Kurzem nach spannenden Abenteuern gesehnt hatte, solchen, die jede Klassenarbeit und jedes Basketballspiel in den Schatten stellten. Nun – hier war seine Chance!

»Okay«, sagte er und ärgerte sich darüber, wie dünn und zittrig seine Stimme klang. »Wenn ich irgendwie helfen kann, mach ich's!«

Eine warme Welle der Sympathie floss durch sein Bewusstsein, und Fabian spürte, dass der Qualler, besäße er ein Gesicht, nun lächeln würde.

Du wirst es nicht glauben, aber ich habe gewusst, dass du bleiben würdest, sagte Meister Amoebius. *In dir steckt eine Menge mehr, als du ahnst, Fabian Volta.* Er lachte glibbernd. *Keine Angst, natürlich musst du dich dieser wichtigen Aufgabe nicht allein annehmen. Wir werden ein geheimes, schlagkräftiges Team zusammenstellen, welches …*

»Und das erste Mitglied habt ihr schon gefunden!«, gellte plötzlich eine quäkende Stimme aus Fabians Schoß. Überrascht stellte er fest, dass Xolpph, die lebende Fessel, die letzte halbe Stunde keineswegs schlafend zugebracht hatte. Vielmehr schien der Xenophor jedes Wort ihres Gedankenaustauschs aufmerksam verfolgt zu haben.

»*Ich* werde Fabian auf seiner gefährlichen Suche nach dem vierzehnfingrigen Langfinger begleiten, ihm mit meinem enormen Wissen und meiner nicht unerheblichen Intelligenz zur Seite stehen!« Xolpphs Stimme nahm einen versonnenen, schwelgerischen Tonfall an. »Wir werden eine abenteuerliche Zeit erleben, unaussprechlichen Gefahren trotzen, einander keine Sekunde von der Seite weichen …«

»Alles, nur das nicht«, keuchte Fabian. Er hatte gehofft, im Anschluss an sein Gespräch mit Meister Amoebius endlich von dem Xenophor befreit zu werden.

»Mann, was werde ich meinen Leuten erzählen können, wenn wir am Ende erfolgreich heimkehren«, faselte Xolpph ungerührt weiter.

Nun – eigentlich hatte ich an jemanden gedacht, der ein wenig größer und durchsetzungsfähiger ist als ein Xenophor dritter Ordnung, erwiderte Meister Amoebius mit hörbarem Schmunzeln. *Natürlich hatte ich noch keine Zeit, mir Gedanken über die genaue Zusammensetzung der Gruppe zu machen. Auf jeden Fall sollte jemand dabei sein, der sich exzellent in Pantrami auskennt …*

Ein leises Poltern ertönte von der Tür des Studierzimmers her. Fabian wandte den Kopf, konnte den Eingang im Halbdunkel jedoch nicht erkennen. Im nächsten Augenblick war es bereits wieder still.

Meister Amoebius schien nichts bemerkt zu haben. In nachdenklichem Ton fuhr er fort: *Eine zuverlässige Person, klug und einfallsreich, flink und ausdauernd, zugleich von ganz und gar unauffälligem Äußeren …*

»Genug der Anspielungen! Das trifft alles hundertprozentig auf mich zu«, behauptete Xolpph ohne einen Anflug von Zweifel. »Wann soll's losgehen?«

In diesem Moment polterte erneut etwas gegen die Eingangstür. Diesmal war Fabian sich sicher, dass er es sich nicht eingebildet hatte.

Auch Meister Amoebius war jetzt aufmerksam geworden. Unerwartet flink fuhr er einen grünen Tentakel aus und betätigte einen kleinen Hebel am Rand der Schreibtischplatte. Ein Quietschen ertönte, als beide Flügel der großen Eingangstür ruckartig aufschwangen.

Flackernder Fackelschein drang vom Korridor herein – und beleuchtete eine Gestalt, die offenbar schon eine ganze Zeit lang dicht vor der Tür gehockt hatte und jetzt unkontrolliert ins Zimmer stolperte. Die Person war etwas größer als Fabian und trug eine beigefarbene Bluse mit einem Seil als Gürtel. Ihr Gesicht schimmerte im Schein der Öllampen hellrosa, und als sie sich aufrichtete, schwang ihre Nase in unverkennbarer Weise von einer Seite zur anderen.

»Myrtel!«, rief Fabian überrascht. »Der Fant vom Südtor!«

»Es heißt *die* Fant, du Döskopp!«, zischte Myrtel. Leicht humpelnd kam sie heran und musterte Fabian mit abschätzigem Blick. »Dass ein einzelner Mensch derart begriffsstutzig sein kann!«

»Ich bin nicht begriffsstutzig!«, verteidigte sich Fabian. Bevor er etwas hinzufügen konnte, ertönte die Gedankenstimme von Meister Amoebius.

Sieh an – Myrtel! Und wie ich sehe, hattet ihr beide bereits das Vergnügen, euch kennenzulernen. Du hast doch nicht etwa gelauscht, mein Kind?

»*Ich* doch nicht!«, entgegnete die Fant und hob abwehrend die Hände. »Ich kam ganz zufällig den Flur entlang ...«

Du bist Fabian also nicht gefolgt?, wollte der Qualler amüsiert wissen. *Du hast dich nicht schnurstracks vor meiner Tür platziert, um unserem telepathischen Gedankenaustausch zu lauschen, nachdem du erfahren hast, dass Minister Pimf ihn zu mir geschickt hat?* Meister Amoebius deutete auf Myrtels leicht hinkenden Gang. *Und du hast auch keinen Krampf in der Wade bekommen und bist deswegen versehentlich gegen die Tür gestoßen?*

Myrtel nahm auf einer Kante des Onyxschreibtischs Platz, rollte schmollend ihren Rüssel ein und begann, sich das Bein zu massieren. »Ich habe Euch schon oft darauf hingewiesen, wie leicht sich Eure Gespräche mithören lassen, wenn man die Wellenlänge Eurer Gedanken kennt. Wenn mir meine Wade keinen Strich durch die Rechnung gemacht hätte, hättet Ihr beide mich nie bemerkt, oder?«

Vielleicht, gab Meister Amoebius zu. *Aber wie kommst du überhaupt ins Haus? Soweit ich mich erinnere, haben wir erst für übermorgen die nächste Privatstunde ausgemacht. Die Trullwächter ...*

»... waren kein Problem für mich«, entgegnete Myrtel überheblich. »Als ich Fabian beim Südtor traf, hab ich gleich gemerkt, dass es um eine große Sache geht – auch wenn ich nie geahnt hätte, dass er der Überbringer des legendären Sternsteins war.« Sie sah ihn abschätzig von oben bis unten an. »Na ja, in der Welt hinter den Pforten stand wohl gerade niemand mit mehr Grips zur Verfügung.«

»Hey!«, beschwerte sich Fabian, aber die Fant achtete nicht darauf.

»Die dämlichen Trulle am Vordereingang wollten mich tatsächlich nicht reinlassen«, fuhr sie fort. »Da bin ich zum Hintereingang und hab dem Wächter *das* hier unter die Nase gehalten.« Sie zog einen schmutzigen Kieselstein aus einem Lederbeutel an ihrem Gürtel. »Ich habe behauptet, dieses Ding sei vor wenigen Augenblicken vom Himmel gefallen, dass höchstwahrscheinlich eine Teufelei Maledikts dahinterstecke und ich damit sofort Meister Amoebius konsultieren müsse.« Sie ließ den Kiesel achtlos zu Boden fallen. »Der Trull war ein noch größerer Idiot als die anderen – falls das überhaupt möglich ist. Ich hatte ihn im Handumdrehen weich geklopft. Und hier bin ich!« Sie grinste stolz.

Meister Amoebius, der aufmerksam zugehört hatte, nickte und wandte sich an Fabian. *Myrtel ist eine sehr aufgeweckte Fant. Wie die meisten Mädchen ihres Alters ist sie chronisch neugierig. Sie besucht mich ab und an, um sich Bücher über Waffenkunde, Fallenstellen, Kampfkunst und andere wenig mädchenhafte Themen auszuleihen.*

»Mädchenhafte Themen – pfffh!« Myrtel verschränkte die Arme und ließ ihren Rüssel herausfordernd hin- und herschwingen. »Ich mache, was mir gefällt!«

Das tut sie, mit Verlaub, bestätigte der Qualler und gluckste saftig. *Myrtel hat es faustdick hinter den Ohren, musst du wissen. Sie ist in Pantrami groß geworden und kennt sich hier besser aus als mancher Erwachsene. Wenn in den verschlungenen Gassen dieser Stadt etwas vor sich geht, kann man davon ausgehen, dass Myrtel darüber Bescheid weiß …*

Unvermittelt hielt Meister Amoebius inne und musterte die Fant, deren rosiges Gesicht vor Stolz über das unerwartete Lob einen leichten Rotstich angenommen hatte. Er sah zu Fabian hinüber, dann blubberte sein Körper auf dem Lehnstuhl los, dass es sich fast wie ein erfreutes Lachen anhörte.

Manchmal kommt einem der Zufall zu Hilfe, wenn es um wichtige Entscheidungen geht, stellte er fest. *Soeben ist mir klar geworden, wer dich außer diesem vorlauten Xenophor noch begleiten wird, Fabian von der Erde!*

Kapitel 11
Gesucht: ein Plan

Als Fabian am folgenden Morgen die Augen aufschlug, wusste er zunächst nicht, wo er war. Es dauerte eine Weile, bis die Erinnerung an den vergangenen Abend zurückkehrte.

Im Anschluss an ihre Unterredung mit Meister Amoebius hatte Myrtel ihn und Xolpph in ein leer stehendes Haus in der Nähe des MEAM-Gebäudes gebracht – wie sie sagte, gehörte es »einem guten Bekannten«, der sich zur Zeit nicht in Pantrami befand. Fabian unterließ es geflissentlich, irgendwelche Fragen zu stellen. Er fühlte sich nach den zurückliegenden Ereignissen wie gerädert.

Kaum hatten sie das Haus durch die Hintertür betreten, ließ er sich dankbar auf ein altes, fadenscheiniges Rosshaarsofa fallen und schlief augenblicklich ein. Er wachte nur noch einmal kurz auf, als Myrtel von einem Ausflug auf den nahen Markt zurückkehrte, wo sie etwas zu essen besorgt hatte. Wahllos stopfte er sich einige Stücke Obst in den Mund, von denen er keines je zuvor gesehen hatte, dann rollte er sich erneut auf dem Sofa zusammen und schlummerte traumlos bis weit in den nächsten Vormittag hinein.

Nachdem er sich den Schlaf aus den Augen gerieben hatte, fand er Gelegenheit, sich etwas genauer umzusehen. Das Haus wurde offensichtlich seit Längerem nicht mehr bewohnt: Die meisten der altertümlichen Möbel waren beschädigt oder schon lange dem Appetit von Holzwürmern zum Opfer gefallen. Rattenköttel bedeckten die abgewetzten Bodendielen, Staub tanzte in den goldenen Sonnenstrahlen, die durch dreckverkrustete Fenster hereinfielen.

»Nicht gerade ein Palast, wie?«, begrüßte ihn eine quäkende Stimme. Fabian drehte sich um und entdeckte auf einer morschen Kommode am Ende des Sofas eine kopfgroße, grünlich-graue Kugel mit drei Augen und einem riesigen, grinsenden Mund. Es war Xolpph, der nach ihrem Abschied von Meister Amoebius seine Fesselform abgelegt hatte und sich seitdem so zeigte, wie er ursprünglich aussah. Bevor Fabian etwas erwidern konnte, polterte es, und Myrtel betrat durch die Hintertür das Zimmer, in jeder Hand einen dampfenden Steingutbecher, mit dem Rüssel etwas festhaltend, das wie ein Jutebeutel aussah.

»Frühstück!«, rief sie und hielt Fabian einen der Becher unter die Nase. »Hier. Damit kriegt der Tag Beine!« Mit dem zweiten Humpen hopste sie in die andere Ecke des Sofas, das unter dem zusätzlichen Gewicht empört aufquietschte. Staubwolken stoben in die Höhe.

»Ahh«, stöhnte sie und nahm einen tiefen Schluck. »Es geht nichts über einen Becher frisch gebrühten Colco am Morgen!«

Fabian schnupperte misstrauisch an der tiefschwarzen Flüssigkeit, die in seinem Becher schwappte. »Colco? Was soll das sein?«

Myrtel antwortete, ohne abzusetzen: »Meister Amoebius meinte mal, ihr hättet bei euch etwas Ähnliches. Es heißt Kaffee.«

»Oh.« Fabian roch erneut an der dunklen Brühe. Der Duft erinnerte tatsächlich an Kaffee. Vorsichtig nippte er daran. Das Gebräu war sehr heiß und schmeckte etwas bitter, aber nicht schlecht. Ein bisschen wie Kaffee, aber irgendwie auch ganz anders ...

»Colco wird aus der Gallenblase des Zitterwurmvogels gewonnen«, erläuterte Xolpph ungefragt. »Ich wundere mich übrigens, was aus *meinem* Becher geworden ist? Sagte ich vorhin nicht, dass ich auch einen will?«

Mit einem lauten *Splrrzzzz* spuckte Fabian die Flüssigkeit wieder aus. »Aus dem *was* von *was* wird er gemacht?«, keuchte er.

»Nun stell dich nicht so an«, tadelte Xolpph. »Der schöne Colco!«

»Der Zitterwurmvogel lebt in den südlichen Regionen Marganthuas«, erklärte Myrtel ungerührt. »Er sieht ein bisschen aus wie ein riesiger Regenwurm, außer dass er Flügel hat wie ein Vogel und auch einen vogelähnlichen Schnabel. Weil er kein Rückgrat hat, schlackert er beim Fliegen wild hin und her – darum heißt er Zitterwurmvogel.« Sie schlürfte zufrieden.

»Aus den getrockneten Gallenblasen der Tiere stellt man ein Pulver her, das mit einigen Geschmacksstoffen versetzt wird, unter anderem gerösteten Beeren vom Kottabaum«, fuhr Xolpph versonnen fort. »Die fertige Mischung wird in alle möglichen Länder exportiert.« Er räusperte sich wie ein Professor, der eine wissenschaftliche Ausführung beendet. »Colco zählt hier zu den wichtigsten Handelsgütern überhaupt.«

»Ah ja«, sagte Fabian.

»Wenn man sich erst mal an den Geschmack gewöhnt hat, ist es ein echtes Lebenselixier«, behauptete Myrtel und leerte ihren Becher. »Macht wach und erfrischt die Lebensgeister.«

»Magst du deinen Colco nicht?«, fragte Xolpph mit einem gierigen Blick auf Fabians fast vollen Humpen.

»Äh ... nein, danke. Kannst du haben.« Erleichtert stellte Fabian seinen Becher neben dem Xenophor auf die Kommode, der sofort einen Teil seines gummiartigen Körpers in eine Art rüsselähnlichen

Trinkhalm verwandelte und im Innern versenkte. Ein unappetitliches Schlorzen ertönte.

»Nächstes Mal hätte ich dann gern eine eigene Portion«, verlangte Xolpph zwischen zwei Schlucken. »Immerhin sind wir jetzt ein Team.«

»Oh ja ... hätte ich fast vergessen«, erwiderte Myrtel gallig und machte sich an dem Beutel zu schaffen, den sie mitgebracht hatte. Sie schüttelte ein Dutzend faustgroßer, runder Gebäckstücke heraus, von denen sie sogleich in eines hineinbiss. Anschließend hielt sie auch Fabian eins hin. »Gefüllte Ballen«, erklärte sie kauend.

»Und aus wessen Körperteilen bestehen die?«, erkundigte sich Fabian misstrauisch.

»Aus gar keinen«, behauptete Xolpph und zog sich aus dem geleerten Becher zurück. »Gesüßter Getreideteig mit einem Klacks Beerenmus in der Mitte.« Er hüpfte wie ein Fußball von der Kommode aufs Sofa und stülpte sein breites Maul über drei Kugeln gleichzeitig. »Ffehr wohlffmeckend!«, bekundete er mit vollem Mund.

Fabian probierte zaghaft. Der Ballen schmeckte gut, etwa wie ein irdischer Krapfen. Minutenlang saßen sie schweigend da und aßen.

Als alles vertilgt war, wischte sich Myrtel mit einer nicht sehr mädchenhaften Geste den Mund am Ärmel ab und rief: »Lagebesprechung! Wir sind schließlich nicht zum Spaß hier.« Sie warf einen Blick in die Runde, und ihrem Gesichtsausdruck war unschwer zu entnehmen, dass sie die Zusammenarbeit mit Xolpph und Fabian kaum als Vergnügen betrachtete. »Wir brauchen einen Plan, um den Sternstein zurückzubekommen.« Einen kurzen Augenblick später, so als hätte sie gar nicht erwartet, dass jemand einen Vorschlag machte, fuhr sie fort: »Glücklicherweise war ich vergangene Nacht nicht untätig und habe einige Bekannte aufgesucht, um herauszufinden ...«

»Stopp!« Fabian hob eine Hand.

Die Fant rümpfte pikiert den Rüssel. »Was ist?«

»Bevor du loslegst, hätte ich mal die eine oder andere Frage.« Fünf Augen richteten sich auf Fabian, der sich unwillkürlich auf dem staubigen Sofa geradesetzte. »Sehe ich es richtig, dass *wir drei* einen gemeingefährlichen Kriminellen suchen und ein Zauberamulett zurückholen sollen, das unvorstellbar wichtig für die Zukunft Ambiguas und der Erde ist?«

Xolpph und Myrtel nickten, ohne den Blick von ihm abzuwenden.

Fabian massierte sich die Nasenwurzel. »Aha. Klar. Also ...« Er wandte sich an Myrtel. »Wie alt bist du?«

»Unhöflich ist er auch noch!«, zischte die Fant. »Hast du noch nie gehört, dass man eine Dame so was nicht fragt?«

»Wenn ich eine Dame sehe, werd ich versuchen, daran zu denken«, parierte Fabian ungerührt. »Nun sag schon!«

»Ich weiß zwar nicht, was das zur Sache tut, aber ich bin siebenundzwanzig«, sagte Myrtel gelangweilt.

»*Was?* Du verulkst mich!«

»Sie meint Fantenjahre«, warf Xolpph ein.

»Laut Meister Amoebius entspricht das etwa vierzehn Menschenjahren«, fügte Myrtel knapp hinzu.

Fabian nickte. »Wie ich's mir dachte: Du bist ungefähr so alt wie ich.«

»Na und?«

»Falls du's noch nicht gemerkt haben solltest: Wir sind *Kinder!*« Er sah sie entgeistert an. »Wieso beauftragt Amoebius nicht Erwachsene mit einer so wichtigen Mission?«

Myrtel zuckte mit den Achseln. »Ich dachte, das hätte er dir erklärt? Er fürchtet, die Bevölkerung könnte Wind davon bekommen, dass etwas die bevorstehende Erneuerung des Siegelzaubers infrage stellt. Und er kann unmöglich öffentlich nach Helfern suchen, ohne denen die Sachlage offenzulegen! Wir drei dagegen wissen sowieso Bescheid ...«

»Saublöd, aber wahr«, bestätigte Xolpph nickend. »Wenn bekannt würde, dass der Sternstein so kurz vor dem großen Datum verschwunden ist, würden die Leute Amok laufen vor Angst! Massenpanik, Aufruhr, Plündereien ...«

»Ja, ja, schon gut. Ich hab's verstanden.« Fabian massierte sich die Nasenwurzel. »Aber es muss doch auch irgendwelche Behörden geben, an die man sich wenden kann. Habt ihr in Pantrami denn keine Polizei? Speziell ausgebildete Leute, Trulle oder Fanten, die Fromkin finden und festnehmen könnten?«

»Nun, es gibt die Ordnungsstreifen. Und die Nachtwachen«, sagte Myrtel vorsichtig.

»Aha! Und wieso fahnden *die* nicht nach Fromkin? Der Rat der Weisen scheint doch eine ganze Menge zu melden zu haben. Wieso gibt Meister Amoebius nicht einen Haftbefehl heraus?«

»Das, äh ... ist nicht so einfach«, begann Xolpph zögernd.

»Es ist richtig, dass der Rat alle wichtigen Entscheidungen trifft«, bestätigte Myrtel. »Aber für die Durchführung dieser Beschlüsse gibt es einen ganzen Haufen unterschiedlicher Ministerien, denen wiederum ein Heer von Beamten unterstellt ist.« Sie seufzte. »Bis zu seiner Umsetzung muss ein Gesuch von unzähligen Instanzen abgesegnet werden.«

Fabian runzelte die Stirn. »Das ist ja schlimmer als auf der Erde!«

»Irgendwann – viel später – passiert dann etwas. Oder nicht.«

»Du meinst ...«

»Sie meint«, sprang Xolpph ein, »wenn Meister Amoebius *heute* eine offizielle Fahndung nach Fromkin einleiten würde, vergingen vielleicht Monate, bis sich die ersten Trull-Trupps nach ihm auf die Suche machen würden!«

»Außerdem ließe sich eine groß angelegte Suchaktion nicht lange geheim halten. Der Einsatz einer kleinen, geheimen Spezialeinheit dagegen schon.«

»So wie wir eine sind!«, ergänzte Xolpph mit unverhohlenem Stolz.

»Uns bleiben nur etwas mehr als drei Wochen, bis der Große Siegelzauber seine Wirksamkeit verliert!«, fuhr Myrtel ernst fort. »Bis dahin muss der Stein gefunden und bei Vagdrusal dem Gütigen sein.«

»Und Amoebius kann auch keinen Notstandsbefehl ...«

»Damit ein Trull-Korps wie das von Hauptmann Ilf ausrückt, um einen der gerissensten Verbrecher des ganzen Landes zu verhaften?« Myrtel schnaubte höhnisch durch ihren Rüssel. »Wie hoch, glaubst du, wären die Chancen, dass sie Fromkin fassen?«

Fabian hob abwehrend die Hände. »Ich seh's ja ein. Aber wie sollen wir den Sternstein bloß zurückholen? Ich kann mir einfach nicht vorstellen, dass ausgerechnet wir drei ...«

Ein zufriedenes Grinsen machte sich unter Myrtels Rüssel breit, und sie verschränkte demonstrativ die Arme vor der Brust. »Genau das wollte ich gerade ausführen!«

»Ich bin ganz Ohr.« Fabian ging die überhebliche Art des Fantenmädchens allmählich auf die Nerven, aber er verkniff sich jeden weiteren Kommentar.

»Also!« Myrtel sprang vom Sofa auf und begann, mit auf dem Rücken gefalteten Händen im Kreis herumzumarschieren wie ein

General vor einer entscheidenden Schlacht. »Ich habe vergangene Nacht diverse Bekannte besucht und sie um Informationen zu Fromkin Carabulis gebeten. Wie kaum anders zu erwarten, kennt niemand seinen geheimen Wohnort. Man weiß nicht einmal, in welchem Achtel er sich am häufigsten aufhält.«

»Achtel?«, unterbrach sie Fabian. »Du meinst Viertel, oder?«

Myrtel schoss einen verärgerten Blick in seine Richtung. »Ich meine Achtel, du Döskopp!«

»Pantrami ist wie ein Kuchen in acht gleich große Segmente untereilte«, warf Xolpph ein. »Da gibt es das Hafenachtel, das Heilkundlerachtel, das Bildungsachtel, das Marktachtel, das Bettlerachtel ...«

»... und keiner weiß, in welchem davon Fromkin sein Versteck hat«, schnitt ihm Myrtel das Wort ab. »Aber es wäre ohnehin unsinnig, ihn auf seinem eigenen Terrain überrumpeln zu wollen. Jede Wette, dass er seine Bude mit allen möglichen Tricks ausgestattet hat, geheimen Fluchtwegen, Falltüren und solchem Zeug. Er gilt nicht umsonst als verschlagen und extrem vorsichtig.«

Fabian nickte. »Das unterschreibe ich. Obwohl er viel größer ist als ich und vermutlich bewaffnet war, hat er sich erst gar nicht auf eine körperliche Auseinandersetzung mit mir eingelassen. Stattdessen hat er mir so einen vertrockneten Kohlkopf unter die Nase gehalten und mich schlafen geschickt.«

Myrtel nickte. »Der Mondrosentrick. Sehr beliebt bei Mitgliedern der Diebesgilde, aber auch von Freischaffenden häufig angewendet. Der getrocknete Blütenstaub der Mondrose hat eine starke betäubende Wirkung, etwa wie ...«

»Chloroform«, nickte Fabian. »Hab ich gemerkt.«

»Um es kurz zu machen: Fromkin ist ein harter Brocken«, fuhr Myrtel fort, ärgerlich über die dauernden Unterbrechungen. »Meine nächtliche Erkundungstour war trotzdem nicht ganz umsonst. Ich habe nämlich herausgefunden, dass Fromkin einen Gehilfen hat, einen kleinen, unbedeutenden Beutelschneider namens Pfirpo. Er ist Fromkins Handlanger und Mädchen für alles, seinem Meister mit Haut und Haar ergeben – und nach allem, was ich gehört habe, bei Weitem nicht so ein gewitzter Hund wie sein Chef.« Sie hob triumphierend die Arme. »*Er* ist die Schwachstelle, über die wir versuchen werden, an Fromkin heranzukommen!«

»Super«, freute sich Xolpph. »Bestimmt hast du auch schon Pfirpos Adresse ermittelt, damit wir gleich loslegen können?«

Myrtels rosa Rüssel rollte sich zögerlich zusammen, und sie ließ die Arme wieder sinken. »Äh, noch nicht ganz. Aber ich erwarte jeden Augenblick weitere Informationen von einem zuverlässigen ...«

Ein donnerndes Pochen an der Tür ließ sie verstummen.

»Ha! Das wird er sein.« Myrtel sprang zur Hintertür, dicht gefolgt von Fabian, der interessiert über ihre Schulter peilte, als sie die Tür aufzog.

Als er sah, was davor stand, fuhr er erschrocken zurück.

Das Geschöpf auf der Türschwelle war größer und massiger als ein ausgewachsener Trull und über und über mit zottigem Fell bedeckt. Sein mächtiger Kopf mit der langgezogenen Schnauze trug unverkennbar bärenartige Züge, und aus seinem tonnenförmigen Rumpf ragten insgesamt acht Arme mit klauenbewehrten Tatzen hervor. Fabian glaubte, seinen Augen nicht zu trauen, als er sah, wie Myrtel lächelnd beiseitetrat und das Ungetüm ins Zimmer bat.

»Darf ich vorstellen?«, sagte sie heiter, während sie die Tür wieder schloss. »Mein Freund Drom. Drom, das ist Fabian von der Erde.«

Das Geschöpf namens Drom trat in die Mitte des Zimmers und fixierte Fabian mit zwei winzigen hellblauen Augen. Es stieß einen leisen, winselnden Laut aus und streckte eine seiner Tatzen nach vorne, so als wolle es ihm die Hand schütteln.

»Was zum Elch ...?«, stammelte Fabian, der instinktiv hinter dem Sofa in Deckung gegangen war.

»Drom ist ein Oktabär«, erklärte Myrtel und klopfte dem Riesen fröhlich auf den Rücken. »Er arbeitet im Hafenachtel als Packer. Wir haben uns vor ein paar Jahren kennengelernt. Drom war neu in Pantrami und hatte Probleme mit den Behörden. Ich hab ihm ein bisschen geholfen, und seitdem tut er mir hin und wieder einen Gefallen.«

Vorsichtig umrundete Fabian das Sofa und näherte sich dem Oktabär, der noch immer die Pranke ausstreckte. »Und dieses ... ich meine, Drom läuft einfach so draußen rum?«

Myrtel hob einen Arm und strich etwas Fell von Droms breitem Nacken beiseite. Darunter kam ein Lederhalsband zum Vorschein, an dem eine kleine, geprägte Plakette baumelte. »Klar. Er hat einen festen Job, und dieses Siegel belegt, dass sein Arbeitgeber Bärensteuer an die Stadt entrichtet. Warum sollte er also nicht frei herumlaufen?«

»Arbeitgeber ... Bärensteuer ... klar.« Sehr vorsichtig hielt Fabian dem Wesen eine Hand hin. Drom ergriff sie, schüttelte sie behutsam und stieß einen kehligen Laut aus.

»Drom freut sich, dich kennenzulernen«, sagte Myrtel und setzte sich.

»Du *verstehst* das?« Fabian sah sie ungläubig an.

»Wenn man sein ganzes Leben in einer Stadt zugebracht hat, in der es mehr unterschiedliche Völker gibt als du Finger und Zehen hast, eignet man sich die eine oder andere Fremdsprache an«, erwiderte Myrtel von oben herab. Sie klopfte einladend neben sich auf das verschlissene Polster, worauf Drom neben ihr Platz nahm.

»Oktabärisch verstehe ich besser als ich es spreche, aber dafür versteht Drom uns sehr gut, also haben wir keine Verständigungsprobleme.« Sie wandte sich an den Oktabär. »Also, wie sieht's aus? Konntest du in Erfahrung bringen, worum ich dich gebeten habe?«

Der Bär nickte und begann, in seiner knurrend-grollenden Sprache zu berichten. Fabian, der kein Wort verstand und auch kein großes Verlangen verspürte, sich neben Myrtel und den Riesen aufs Sofa zu quetschen, beschloss, sich in der Zwischenzeit im Haus umzusehen. Vielleicht fand er so etwas wie ein Bad und konnte nach den zurückliegenden Strapazen eine kalte Dusche nehmen oder etwas ähnliches.

Ein richtiges Bad fand er nicht, aber im Dachgeschoss entdeckte er einen Raum mit einem rostigen Waschzuber, in den es durch Löcher in der Decke hineingeregnet hatte. Er war bis zum Rand mit klarem, kaltem Wasser gefüllt. Ohne zu zögern tauchte Fabian den Kopf hinein. Die eisige Kälte ließ seine Haut prickeln, aber nach dem ersten Schock fühlte es sich unglaublich erfrischend an. Außerdem half es ihm, seine Gedanken ein wenig zu ordnen.

Als er wenig später ins Wohnzimmer zurückkam, war Drom verschwunden. Myrtel und Xolpph hockten vor dem Sofa auf dem Boden und betrachteten konzentriert einen riesigen Bogen Pergament, auf dem eine an ein Wagenrad erinnernde, runde Form abgebildet war. Im Näherkommen erkannte Fabian, dass es sich um einen Stadtplan handelte.

»Hat Drom den mitgebracht?«, erkundigte er sich und ging neben Myrtel in die Hocke.

»M-hmm«, machte sie, ohne aufzusehen.

»Außerdem hat er die Adresse von diesem Pfirpo rausgekriegt«, verkündete Xolpph begeistert. »Ein erster Schritt auf dem Weg zu Fromkin und dem Amulett!«

Myrtel tippte mit einem rosafarbenen Finger auf eine bestimmte Stelle des Plans. »Was noch viel wichtiger ist: Drom hat eine Information über die Gewohnheiten unseres Meisterdiebs mitgebracht, die uns unter Umständen von Nutzen sein könnte.«

»Echt?« Fabian musste zugeben, dass er sich in dem gefährlich aussehenden Bärenwesen möglicherweise getäuscht hatte.

»Gib acht: Pantrami liegt an einem Fluss, dem Moroni.« Myrtel deutete auf einen breiten, dunklen Streifen, der sich quer durch das Wagenrad schlängelte. »Am Hafen – *hier* – gibt es eine Anzahl öffentlicher Schließfächer. Sie befinden sich in einer Kaimauer am nördlichen Flussufer und liegen mehrere Meter unterhalb der Wasseroberfläche.« Myrtel begann, aufgeregt den Rüssel zu schwenken. »Arbeitskollegen von Drom haben zufällig beobachtet, dass eine gewisse schwarz gekleidete Gestalt mit abstehenden Ohren und auffällig vielen Fingern in unregelmäßigen Abständen dort auftaucht und sich bei der Schließfachverwaltung einen ledernen Tauchanzug mit Schlauch und Atemhelm leiht.«

»Fazit: Fromkin hat ein Fach gemietet!«, schloss Xolpph blitzgescheit. »Mit hoher Wahrscheinlichkeit lagert er dort sein Diebesgut, bis er es an einen Hehler weiterverschieben kann.«

Myrtel nickte heftig. »Es besteht die Chance, dass er auch den Sternstein dort aufbewahrt.«

»Na, super«, fand Fabian. »Dann also nichts wie hin und das Ding knacken!« Als ihm niemand beipflichtete, warf er einen fragenden Blick in die Runde. »Oder nicht?«

»Na ja«, sagte Xolpph gedehnt.

»So einfach geht das nicht«, erklärte Myrtel. »Die Fächer gelten als absolut einbruchsicher. Sie sind dreifach mit Bleiplatten gepanzert, und die Schlösser entsprechen den neuesten Radies'schen Standards.«

»Radies ist das Finanzzentrum von Marganthua«, fügte Xolpph hinzu, als er Fabians ratlosen Blick bemerkte. »Dort werden die sichersten Geldschränke von ganz Ambigua gebaut.«

»Selbst der beste Geldschrankknacker würde Stunden brauchen, eines davon aufzukriegen«, fuhr Myrtel kopfschüttelnd fort. »Vorausgesetzt, er hätte Kiemen, um unter Wasser zu atmen, und dazu ein halbes Dutzend bewaffneter Leibwächter, die ihm in der Zwischenzeit die Zwaie vom Leib halten.«

»Riesige fleischfressende Fische mit zwei Köpfen, die im Hafenbecken hausen«, warf Xolpph ein. »Sehr schnell, sehr blutrünstig, sehr tödlich. Saublöde Geschichte.«

»Aber wie kommen denn die Mieter der Fächer an ihre Besitztümer?«, wollte Fabian wissen. »Die können sich doch nicht jedes Mal von diesen Biestern anknabbern lassen!«

»In dem Schlüssel, den jeder Mieter erhält, ist ein fingerkuppengroßes Stück Magnetit eingelassen. Dieses Mineral, das in Bergwerken tief unter der Erde gewonnen wird, gibt eine Strahlung ab, die die Zwaie nicht ertragen können. Wer sich also legal – das heißt, mit einem Schlüssel – an einem Schließfach zu schaffen macht, hat von ihnen nichts zu befürchten.«

»Wir haben also nur eine Chance, an den Inhalt von Fromkins Warenlager zu kommen, wenn wir einen Schlüssel kriegen«, überlegte Fabian laut. »*Seinen* Schlüssel!«

Die Mundwinkel von Xolpphs breitem Maul sanken nach unten. »Völlig richtig. Nicht gerade aussichtsreich, wenn ihr mich fragt. Ich meine, selbst wenn wir wüssten, wo Fromkin haust – sollen wir den besten Dieb Pantramis beklauen?« Sein Körper zerfloss wie Wachs, bis er nur noch wenige Fingerbreit hoch war. »Ich sag's euch nicht gern, aber das wird nichts!«

»Wir brauchen möglicherweise gar nicht zu wissen, wo Fromkin sich versteckt«, murmelte Myrtel vor sich hin. »Nicht, wenn er den Schlüssel immer mit sich herumträgt, wie es die meisten Schließfachmieter tun. Dann müssten wir ihn nur dazu bringen, dass er *zu uns* kommt ...« Tiefe Falten erschienen auf ihrer rosigen Stirn. »Aber jemand müsste uns helfen, jemand, der auf Fromkin überhaupt nicht gut zu sprechen ist. Und wer hasst ihn am meisten?«

»Die Diebesgilde von Pantrami?«, schlug Xolpph vor und ließ seinen Körper in Kugelform zurückschnellen. »Denen klaut er doch am laufenden Band Geld und Juwelen vor der Nase weg!«

»Hmmm.« Myrtel dachte konzentriert nach, wobei sie geistesabwesend die Backen blähte. Fabian musste ein Grinsen unterdrücken – mit aufgeblasenen Wangen erinnerte ihr berüsseltes Gesicht auffallend an eine rosafarbene Teekanne.

Da fuhr plötzlich ein Ruck durch ihren Körper, und sie sprang abrupt vom Boden auf. »*Bei Bossut* – ich hab's!«, rief sie mit sich überschlagender Stimme. »Das ist die Lösung! Alles, was wir brauchen, sind ein Satz vornehmer Klamotten, ein Satz armseliger, zerrissener Lumpen und ein Zimmer in der teuersten Pension von Pantrami!«

»Oi, oi! Durchgedreht, die Kleine«, diagnostizierte Xolpph betrübt. »Zu viel Druck. Kann passieren. Meinem Onkel mütterlicherseits, einem Xenophor zweiter Ordnung mit Namen Xhorrhizo, ist das auch passiert. Er musste daraufhin zu einem Spezialheiler für ...«

»Würdest du uns unter Umständen verraten, was dir eingefallen ist?«, erkundigte sich Fabian mürrisch.

»Keine Zeit!« Mit hektischen Bewegungen rollte Myrtel den Stadtplan zusammen und stopfte ihn in die Gesäßtasche ihrer ledernen Hosen. »Wir haben einiges vorzubereiten. Kommt mit!« Sie stürmte los.

»Darf man fragen, wohin?«, wollte Xolpph wissen, während er

in seine Alternativform überwechselte und sich, anstatt Fabians Gelenke zu fesseln, wie ein Gürtel um dessen Hüfte schlang.

Myrtel war schon an der Hintertür. »Zu einem weiteren Freund von mir.«

»Einem Freund wie Drom?«, wollte Fabian wissen und hetzte hinter ihr her.

»Keine Angst«, erwiderte Myrtel lachend. »Drano ist ein Mensch wie du – und er führt den bestsortierten Kostümverleih von ganz Pantrami!«

Kapitel 12
Diebereien

Als sich Pfirpo Piski am späten Vormittag von seinem bescheidenen Lager erhob, herrschte unter seinem Fenster bereits ein Heidenlärm. Hunderte von Stimmen redeten durcheinander, Schreihälse priesen in ohrenbetäubender Lautstärke irgendwelche Waren an, Kinder kreischten, Esel schrien. *Bei Yog-Dorgon, warum habe ich nicht woanders ein Zimmer genommen?*, dachte Pfirpo und kam schwankend auf die Beine. *Was hat mich bloß geritten, ausgerechnet hierher zu ziehen?*

Natürlich wusste er nur zu gut, warum er ausgerechnet am größten Marktplatz Pantramis wohnte, im lautesten und hektischsten Achtel der Stadt: Als Handlanger eines Meisterdiebs verdiente Pfirpo nicht genug, um sich in einer besseren Gegend niederzulassen. Im Gegenteil, er musste froh sein, dass er sich überhaupt ein eigenes Zimmer leisten konnte und nicht wie viele seiner ehemaligen Kumpane in den Gemeinschaftsschlafsälen am Hafen übernachten musste. Seine Vermieterin, eine alte Dame mit einem falschen Gebiss aus Jade und einem riesigen, lockigen Hund, konnte einem zwar schlimmer im Nacken sitzen als ein Rudel Wölfe, wenn man mit dem Wohnzins mal im Rückstand war (was Pfirpo regelmäßig passierte); aber das war immer noch besser, als Abend für Abend mit dem Messer in der Hand seinen Schlafplatz, seine Besitztümer und – manchmal – sein Leben verteidigen zu müssen.

Seufzend zog Pfirpo die Vorhänge auseinander. Grelles Sonnenlicht flutete herein und beleuchtete seine spärlichen Besitztümer: zwei Holzkisten (seine Stühle), ein umgedrehtes Fass (der Tisch) und eine uralte Seemannstruhe, um Kleidung und persönliches Gut aufzubewahren. Das war alles, was Pfirpo besaß. *Ein paar Jahre noch, dann liegt dieses Elend hinter mir*, beruhigte er sich und betrachtete mit unverhohlener Gier den Marktplatz unter seinem Fenster. Endlose Kolonnen von Verkaufsständen und Buden reihten sich dort aneinander wie die Wände eines riesigen Labyrinths. Wohin man sah, gaben Leute mit vollen Händen Geld aus, sei es an Marktständen oder in Lokalen, Restaurants oder Geschäften rings um den Platz.

»Wartet nur«, flüsterte Pfirpo böse. »Irgendwann wird alles, was jetzt euer ist, *mir* gehören!« Wie immer munterte ihn die Aussicht auf bessere Zeiten ein wenig auf – jene fetten Jahre, wenn auch er ein so fabulöser Dieb wäre wie sein Meister, der große Fromkin Carabulis.

Pfirpo begann, sich aufbruchsfertig zu machen. Er war ein kleiner, drahtiger Mann mit einem dunklen, kurzgeschorenen Schädel, der an eine verwitterte Kanonenkugel erinnerte. Seine Haltung war geduckt, sein Gang watschelnd und seine Schneidezähne riesig, was ihn alles in allem nur mäßig intelligent wirken ließ. Lediglich seine Augen, winzige, glänzende Murmeln, verrieten etwas von der rattenhaften Schläue, die Pfirpo auszeichnete.

Seit zwei Jahren stand er jetzt in Fromkins Diensten. Zum ersten Mal aufeinandergetroffen waren sie, als beide unabhängig voneinander versucht hatten, in das Büro eines Goldschmieds namens Ranosch einzusteigen, der angeblich in seinem Geldschrank immense Reichtümer aufbewahrte.

Fromkin hatte den Einbruch mit seinem damaligen Handlanger, einem spargeldünnen Fant namens Horuss, minutiös vorbereitet: Die beiden hatten sämtliche Sicherungsmechanismen ausgekundschaftet und entweder deaktiviert oder umgangen; sie hatten passende Dietriche für jedes Schloss angefertigt, und den riesigen Bluthund des Goldschmieds hatte Fromkin mit einem mondrosenstaubpanierten Schnitzel ins Reich der Träume geschickt. Die gute Planung zahlte sich aus: Alles lief wie am Schnürchen – zumindest bis der Meisterdieb seine langen, gefühlvollen Finger auf das Zahlenschloss der Geldschranktür legte.

Denn in diesem Moment erschienen Pfirpo und sein Kumpel Ömper auf der Bildfläche.

Ömper war ein junger Trull, dessen Oberstübchen noch spärlicher bestückt war als bei seiner Rasse gemeinhin üblich. Pfirpo hatte ihn mit der Aussicht auf ein paar Speckwürste zum Mitmachen überredet, weil er keine Lust hatte, die Unmengen an Brecheisen, Sägen und Zangen selbst zu schleppen, die er sich auf gut Glück zusammengesucht hatte; im Gegensatz zu Fromkin hatte er sich nicht eine Sekunde lang auf den Einbruch vorbereitet.

So war es kein Wunder, dass er und Ömper beim Durchqueren der Hintertür prompt einen Stolperdraht auslösten, über den Fromkin und Horuss, wären sie durch diese Tür gekommen, fraglos elegant hinweggestiegen wären. Eine Sirene schrillte los, und wenige Augenblicke darauf ertönten auf der Straße vor dem Haus trampelnde Schritte – sieben bewaffnete Soldaten einer Nachtwachenstreife, die sich unglücklicherweise gerade ganz in der Nähe befunden hatte!

Fromkin und Horuss stürzten durch die Vordertür auf die Straße hinaus, und Fromkins krimineller Verstand erkannte augenblicklich, wie schlecht seine Fluchtchancen standen. Er reagierte prompt und skrupellos: Mit seinem Messer vollführte er einen raschen Streich in Richtung seines Handlangers, und einen Augenblick später brach Horuss mit gekappten Kniesehnen auf dem Pflaster zusammen. Sofort stürzten sich die Soldaten auf den schreienden Fant, es entstand ein mächtiger Tumult, den Fromkin geschickt zur Flucht nutzte.

Auch Pfirpo und Ömper, die das Geschehen von der Rückseite des Hauses verfolgt hatten, kamen ungeschoren davon, wenngleich der Trull ihm noch nach Wochen beharrlich wegen der versprochenen Würste in den Ohren liegen sollte. Als Pfirpo jedoch beobachtete, wie Fromkin aus dem Marktachtel floh, heftete er sich instinktiv an dessen Fersen. Er folgte ihm bis zu seiner Behausung im noblen Verwaltungsachtel. Lange schon hatte Pfirpo den Meisterdieb und seine Taten aus der Ferne bewundert, und da die Handlangerstelle an seiner Seite seit Neuestem unbesetzt war (ganz egal, auf welche abscheuliche Weise sie frei geworden war), klopfte er noch in derselben Nacht an Fromkins Tür und bettelte um den Job. Der Meisterdieb war nach dem (für ihn unerklärlicherweise) geplatzten Einbruch so durcheinander, dass er spontan einwilligte.

Seit jenem Tag schleppte Pfirpo für seinen Meister Einbruchswerkzeug, polierte Dietriche, er kochte Essen oder reinigte Fromkins Gemächer – alles nur, um irgendwann, am Ende seiner Lehrzeit, ebenfalls ein berühmt-berüchtigter Dieb zu werden. (In stillen Momenten ahnte er, dass sein Meister ihm, sollte er irgendwann dahinterkommen, wer für den geplatzten Einbruch bei Ranosch verantwortlich gewesen war, wesentlich mehr durchschneiden würde als bloß die Kniesehnen.)

Das Klirren von Gläsern und Humpen riss Pfirpo unsanft in die Gegenwart zurück. Missmutig entsann er sich, dass vor wenigen Tagen eine Colcoteria direkt unterhalb seines Zimmers eröffnet hatte.

Erbost streckte er den Kopf über die Fensterbrüstung und schaute nach unten.

Vor dem Haus stand ein knappes Dutzend grob gezimmerter Stehtische. Umschwirrt von Kellnern in gestärkten weißen Schürzen drängten sich dort Menschen und Fanten, tranken Met, Colco oder Milch, lachten und unterhielten sich.

Während seiner Arbeit im Dienste Fromkins hatte sich Pfirpo angewöhnt, beim Anblick größerer Menschenansammlungen immer sofort nach den lohnendsten Gelegenheiten für einen kleinen Taschendiebstahl zu fahnden. Zwar durfte er als Handlanger nicht selber stehlen, aber er gierte immer darauf, seinen Meister mit einer guten Empfehlung überraschen zu können. Mit abschätzendem Blick musterte er die Gäste.

Zwischen den überwiegend einfach gekleideten Angehörigen der unteren und mittleren Stände stachen ihm zwei sofort ins Auge: An einem Tisch nahe beim Haus standen ein Menschenjunge sowie eine etwa gleichaltrige Fant, beide in unverschämt teure, knallbunte Seide gekleidet. Sie trugen dicke Turbane und weit geschnittene Kaftane, die vermuten ließen, dass sie aus dem südlichen Samelsur oder von der Insel Golgath kamen, beides durchaus wohlhabende Regionen. Als wäre das noch nicht genug, waren beide auf geradezu obszöne Weise mit Schmuck behängt: Der Junge konnte vor lauter goldenen Ringen seine Finger kaum bewegen, während die Fant unzählige prunkvolle Armreife und einen brillantbesetzten Rüsselring trug; ihr Haar wurde von einem zerbrechlich wirkenden silbernen Diadem zurückgehalten, und an ihren Ohren baumelten fette Klunker. Beide hatten Humpen mit geschäumter Honigmilch vor sich und schienen sich merklich zu langweilen.

Kopfschüttelnd zog sich Pfirpo vom Fenster zurück. Wenn er bloß schon ein ausgebildeter Dieb wäre! Er würde sich diese beiden verwöhnten Bälger schnappen und sie ausnehmen wie Suppenhühner! *Nur ein paar Jahre noch*, rief er sich ins Gedächtnis und griff nach einem runden, polierten Stahlhelm, seinem Markenzeichen. Pünktlich zur Mittagszeit sollte er bei Fromkin erscheinen und ihn zu einigen wichtigen Terminen begleiten. Unter anderem hatte der Meister ein Treffen mit allen wichtigen Hehlern der Stadt einberufen, um den Marktwert eines »ganz besonderen Beutestücks« herauszufinden, wie er sagte. Um was es sich handelte, hatte er noch nicht verraten, aber Pfirpo war überzeugt, dass er es im Verlauf dieses Tages erfahren würde.

Er setzte seinen Helm auf und rückte ihn so zurecht, dass er ihm halb über die Augen reichte. Pfirpo fand, das verlieh seinem Aussehen etwas Verwegenes. Als er eben in Richtung Zimmertür abziehen wollte, wehte durch das geöffnete Fenster plötzlich ein gut verständlicher Satzfetzen ins Zimmer, der das restliche Stimmengewirr mühelos übertönte:

»... wünschte mir manchmal, unsere Eltern hätten einen anderen Beruf! Warum muss Papa auch der reichste Schmuckhändler von Samelsur sein?«, maulte eine junge, weibliche Stimme in beachtlicher Lautstärke.

Pfirpo Piski erstarrte in der Bewegung.

»Nie haben sie Zeit für uns!«, fuhr die Sprecherin keinen Deut leiser fort. »Und immer dieses Herumreisen – hier einem Juwelier neue Stücke zeigen, dort einem Bankier eine Ladung Geschmeide überbringen ... das ist so ööööde!«

Wie in Zeitlupe nahm Pfirpo seinen Helm wieder ab und schob sich vorsichtig zurück ans Fenster.

»Du sagst es«, rief jetzt eine Knabenstimme beinahe ebenso laut. »Ich wünschte, Papa würde mit seinem Vermögen *einmal* etwas Spannendes anstellen! Wenn ich bedenke, dass allein die Kollektion, die er und Mama gerade im Gepäck haben, so viel wert ist, dass man die halbe Stadt damit kaufen könnte.«

Mit ungläubig geweiteten Augen schob Pfirpo seine Augen über die Fensterbrüstung – und sah seinen Verdacht bestätigt: Es waren die beiden jungen Bonzen unten am Tisch, die sich so dummdreist und arglos unterhielten. Offenbar waren sie Geschwister, was trotz ihres unterschiedlichen Aussehens nichts Ungewöhnliches war: Kinder aus Mischehen zwischen Menschen und Fanten waren jeweils reinrassig, man konnte vorher nie wissen, nach welchem Elternteil sie schlugen.

Das Fantenmädchen lachte schrill. »Du hast recht. Ein Glück, dass keiner weiß, welche Reichtümer sich in dem schwarzen Tresorköfferchen befinden, das er in dieser Sekunde durch die Straßen trägt!«, bellte sie.

Wenn ihr weiter so brüllt, weiß es bald die ganze Stadt, dachte Pfirpo fasziniert. Ohne die beiden aus den Augen zu lassen, zückte er ein Stück Papier und einen Bleistift. Es sollte doch mit dem Teufel zugehen, wenn es hier nicht nützliche Informationen für den Meister zu notieren gäbe …

Jetzt erschien ein Kellner und stellte zwei Portionen Senfbrot mit Rollrettich vor den beiden Kindern ab, einem pantramischen Standardessen. Während das Mädchen sofort gierig zu mampfen begann, starrte der Junge mit skeptischem Blick auf seinen Teller.

»Was ist das?«, fragte er so leise, dass Pfirpo Mühe hatte, ihn zu verstehen.

»Eine regionale Spezialität«, antwortete das Mädchen. »Ich hab uns zwei Portionen bestellt, damit wir uns, äh … den hiesigen Gepflogenheiten anpassen können.«

»Sehr aufmerksam von dir«, erwiderte der Junge. Er stocherte halbherzig in seinem Essen herum, bevor er davon kostete. Dann schob er den Teller ruckartig fort und kippte sich hastig den Inhalt seines Milchkrugs die Kehle hinunter. »Heiliges Erbspüree!«, keuchte er. »So was Ekliges kriegen bei mir zu Hause nicht mal die Schweine zu fressen!« Er zuckte zusammen, als träte ihm unter dem Tisch jemand gegen das Schienbein, und fügte hastig hinzu: »Ich meine, da wo *wir* herkommen. In Sam... Sam...«

»Samelsur!« Die Fant tupfte sich mit einer Serviette Mund und Rüssel ab. »Wenn du das Essen hier nicht magst, bekommst du sicher heute Abend etwas, das dir schmeckt, Bruderherz. Du weißt schon – auf dem *Empfang!*« Sie sah den Jungen auffordernd an.

»Wie? Ach ja, richtig: *der Empfang.*« Der Junge grinste. »Zu blöd, dass unsere Eltern dort eingeladen sind, beim Vorsitzenden der Juweliersinnung – und dass wir mit müssen! Das wird garantiert wieder sterbenslangweilig, mit all den Erwachsenen, ihren endlosen Gesprächen und so weiter ...«

»Ich würde auch lieber in unserem Zimmer in der Pension *Goldener Strahlemann* bleiben!«, rief die Fant so laut sie konnte. »Dafür würde ich sogar freiwillig auf Papas olle Schmuckkollektion aufpassen, die er dort über Nacht immer in den Geldschrank einschließt!«

Herrje, wie dumm kann man eigentlich sein? schoss es Pfirpo an seinem Fensterplatz durch den Kopf. Begeistert notierte er den Namen der Pension, die zu den besten in ganz Pantrami zählte.

»Oh ja, unser schönes Zimmer *mit der Nummer 34, im ersten Stock!*«, brüllte der Junge zurück. »Aber nein, wir müssen ja unbedingt mit, pünktlich zur achten Abendstunde, ans andere Ende der Stadt!«

Ein Geschenk des Himmels!, dachte Pfirpo mit Tränen in den Augen und notierte alles. Der Meister würde ihm die Füße küssen, wenn er ihm von dieser einmaligen Gelegenheit berichtete!

Pfirpo zwang sich zu warten, ob die beiden dummen Gören

noch ein paar weitere nützliche Angaben zum Besten geben wollten. Doch sie zahlten wenig später und wandelten in ihrem vornehmen Fummel quer über den Platz davon.

Mit bebenden Fingern verstaute Pfirpo den Zettel in seiner Hemdtasche. Darauf stand: *Pension Goldener Strahlemann / Zimmer 34, erster Stock / leer ab achter Stunde / Geldschrank / Reichtümer, um die halbe Stadt zu kaufen!!!*

Fromkin würde seine Pläne für den heutigen Tag augenblicklich ändern müssen, so viel stand fest. Es galt, einen extrem lukrativen Abendausflug vorzubereiten!

Hastig drückte sich Pfirpo seinen Helm auf den Kopf und wetzte los.

Tamyr Bopi, Oberster Gildenmeister der Diebesgilde von Pantrami, starrte gelangweilt in sein Kräuterbier. Hinter ihm lag eine öde Woche: Außer ein paar Taschendiebereien und einem mäßig rentablen Einbruch in ein schlecht gesichertes Besengeschäft war nicht viel los gewesen. Er seufzte und nahm einen Schluck. Wohin waren die Zeiten, als man in Pantrami noch fast jeden Tag ein großes Ding hatte abziehen können? Als noch regelmäßig reiche Handelskarawanen in die Stadt gekommen und prall gefüllte Frachter voll exotischer Kostbarkeiten den Hafen angelaufen hatten? Das Leben als hauptberuflicher Dieb machte schon seit einiger Zeit keinen rechten Spaß mehr. Selbst die ganz normalen Bürger hatten weniger Geld in der Tasche als früher. Er glaubte sich zu erinnern, dass man vor einigen Jahren noch von einer einzigen geangelten Geldbörse eine ganze Woche auf großem Fuß hatte leben können. Und heute? Pah!

Der Gildenmeister wischte sich mit dem Handrücken über den Mund und warf missmutig einen Blick in die Runde. *Der Schwarze Porcolak*, seine Stammkneipe und darüber hinaus inoffizieller Treffpunkt aller Gildenmitglieder, war gut gefüllt, die lange Theke sowie mehr als die Hälfte der Tische waren besetzt. Der Qualm von Tabakspfeifen und schwarzen Zigarren hing zum Schneiden dick unter der Decke, und die spärliche Beleuchtung trug auch nicht gerade dazu bei, dass man viel von den Gästen erkennen konnte. Doch Tamyr Bopi wusste ohnehin, wer hier verkehrte: Es waren die rauen, einfachen Burschen aus dem Hafenachtel, die hierherkamen, um ihre hart verdienten Kupferlinge in Alkohol anzulegen, außerdem Mitglieder der Gilde, die sich in Ruhe über vergangene und künftige Beutezüge unterhalten wollten. Normalbürger oder gar wohlhabende Geschäftsleute verirrten sich so gut wie nie in den *Schwarzen Porcolak*, dessen dreckige Fassade und schiefe Stufen schon von außen keinen Hehl daraus machten, dass dieses Kellerloch nicht unbedingt zu den besten Adressen in Pantrami zählte.

Wie immer war die Lautstärke beträchtlich. Es wurde gelacht, gesungen, gezankt, und irgendwo weiter hinten schien eine kleine Messerstecherei im Gange zu sein. *Alles wie immer*, dachte der Gildenmeister und nippte erneut an seinem Bier.

Er wartete bereits seit über einer Viertelstunde auf einen Kontaktmann, der ihm Informationen über die Sicherungsmechanismen im Hause von Enoch Hawlik versprochen hatte, einem reichen Kornhändler, den Bopi schon seit geraumer Zeit um ein paar Säcke mit Silberlingen zu erleichtern plante. Bis jetzt saß er allerdings noch allein an seinem Tisch. Das bedeutete entweder, dass der Informant sich verspätete, oder dass er in der Zwischenzeit verhaftet und eingekerkert worden war; damit musste man in diesem Gewerbe immer rechnen. Der Gildenmeister beschloss, noch eine Viertelstunde anzuhängen, bevor er sich anderen Dingen widmen würde.

Als er von Neuem seinen Blick durch das rauchverhangene Lokal schweifen ließ, fielen ihm plötzlich zwei Gäste auf, die soeben an einem Tisch ganz in seiner Nähe Platz genommen hatten – ein Mensch und eine Fant, beide auffallend jung für eine Absteige wie den *Schwarzen Porcolak*. Sie steckten in erbärmlich zerrissenen Lumpen, die wie ihre Gesichter vor schwarzem Ruß nur so starrten. *Wahrscheinlich Schlotputzer, die hier ausharren müssen, bis ihr mieser Herr Stiefvater die paar bitter verdienten Kupferlinge versoffen hat, die sie heimbringen*, vermutete Tamyr Bopi nicht ohne einen Anflug von Mitleid. Er mochte der Anführer einer Bande von Einbrechern und Halunken sein, aber tief drinnen war er kein schlechter Mensch. Das unterschied ihn von Abschaum wie Fromkin Carabulis, der regelmäßig den Ehrenkodex der Gilde mit Füßen trat und vor dessen Gemeinheiten niemand sicher war, weder Freund noch Feind. Bopi spuckte auf den sandbedeckten Boden, um den unangenehmen Geschmack loszuwerden, den allein der Gedanke an dieses Ekel ihm verursachte.

Als er wieder hochsah, erkannte er, dass die beiden Jugendlichen sich angeregt unterhielten. Sie sprachen extrem laut, trotz des hohen Geräuschpegels ringsum konnte Tamyr Bopi sie problemlos verstehen.

»... gehört, dass dieser samelsurische Schmuckhändler wieder in der Stadt ist?«, sagte der Junge gerade.

»Du meinst Ayton Brissagor, den wandelnden Geldsack?«, erwiderte das Mädchen grimmig. »Ja, hab ich. Zieht wieder mit seinen Klunkern von Juwelier zu Juwelier, bewacht von vier megatherischen Grautrullen. Blutrünstige Kolosse, werden speziell darauf abgerichtet, Genicke mit bloßen Händen zu brechen! Sagt man zumindest.«

Der Junge nickte. »Logisch, dass so ein Bonze sich zu schützen versucht. Man munkelt, dass der Gesamtwert seiner diesjährigen Kollektion höher ist als das Vermögen des pantramischen Schatzamtes!«

Mit einem Schlag fiel alle Langeweile von Tamyr Bopi ab. Nach alter Diebesmanier spitzte er die Ohren, während sein Blick unauffällig in eine völlig andere Richtung schweifte.

»Ja, so heißt es«, bestätigte die Fant und stieß ein krächzendes Husten aus. »Trotzdem, Brissagor ist ein Idiot, wie die meisten reichen Leute. *Ich* käme spielend an seine Reichtümer ran ... wenn ich beispielsweise Mitglied der Diebesgilde wäre!«

Was du nicht sagst, Mädchen, dachte Tamyr Bopi und betrachtete mit übertriebenem Interesse seine Fingernägel.

Ein stämmiges Serviermädchen in einer fleckigen Schürze trat an den Tisch der Jugendlichen. »Was trinken?«, fragte sie unfreundlich. »Bis zur siebten Abendstunde gibt's auch zu futtern. Wir haben Senfbrot mit Rollrettich ...«

»Bloß nicht!«, rief der Junge und hob abwehrend die Hände. »Ich, äh ... nehme einen Fruchtsaft, bitte.«

Die Bedienung sah ihn an, als hätte er einen dummen Scherz gemacht. Da tönte die Fant: »Für mich ein unangerührtes Kräuterbier. Na los, schieb ab!«

Die Bedienung, an raue Töne gewöhnt, verschwand wortlos. *Erzähl weiter, Kind*, dachte Tamyr Bopi am Nebentisch.

Als hätte sie seine Gedanken gehört, fuhr die Fant fort:

»Erinnerst du dich an meinen Kumpel, der in dieser vornehmen Pension arbeitet?«

Der Junge nickte.

»Von ihm weiß ich, dass Brissagor im *Goldenen Strahlemann* abgestiegen ist. Fürstensuite, Zimmernummer 34.«

»Ja und?«

»Der Schuppen hat gepanzerte Geldschränke auf allen Zimmern. Wie man hört, schließt Brissagor dort jeden Abend sein Schatzkistchen ein ...«

Die Serviererin kam zurück und knallte wortlos die bestellten Getränke auf die Tischplatte. Als sie wieder fort war, fügte die Fant verschwörerisch hinzu: »Und jetzt kommt's: Weil er so ein verdammter Geizkragen ist, gibt Brissagor seinen Trullwächtern jeden Abend frei! So spart er den teuren Nachtzuschlag, verstehst du?« Sie sah den Jungen stolz an, hängte ihren Rüssel in den Humpen vor sich und blies hinein, bis sich eine blubbernde Schaumkrone gebildet hatte.

»Heute Abend«, erzählte die Fant, nachdem sie einen großen Schluck genommen und erneut laut gehustet hatte, »ist Brissagor auf einen Ball am anderen Ende der Stadt geladen.« Sie zwinkerte dem Jungen übertrieben zu. »Du weißt, was das bedeutet?«

»Na ja«, begann dieser zögernd. »Dass seine Klunker unbewacht in seinem Pensionszimmer liegen?«

»Bingo!«

Der Junge schien einen Augenblick zu überlegen. Dann seufzte er und sagte: »Gut und schön, nur leider haben wir nichts davon. Wir sind nur zwei arme Schlotputzer. Die Pension ist gut bewacht, und einen gepanzerten Geldschrank würden wir im Leben nicht aufbekommen.«

»Ich sag doch: Bei der Diebesgilde müsste man sein! Wenn ich erwachsen bin, trete ich ein«, rief die Fant und schlug mit der Faust auf den Tisch. »Und werde im Rüsselumdrehen steinreich!«

»Nehmen die denn auch Mädchen?«, erkundigte sich der Junge mäßig begeistert.

Nein, tun sie nicht, dachte Tamyr Bopi, auf dessen hagerem Gesicht sich ein vorfreudiges Grinsen ausbreitete.

»Ach, dafür werd ich schon sorgen«, rief die Fant im Brustton der Überzeugung. »Die Diebesgilde ist auf Zack! Die lassen sich so eine Gelegenheit bestimmt nicht entgehen. Warte nur, morgen pfeifen es die Spatzen von den Dächern: *Die Gilde hat Ayton Brissagor ausgezogen bis aufs Hemd!*«

»Du hältst ja große Stücke auf die Gilde«, bemerkte der Junge. »Aber wenn die Pech haben, kommt ihnen dieser Meisterdieb zuvor, wie heißt er noch ... Fromkin Carabulis!«

Das rosige Gesicht des Fantenmädchens verdüsterte sich. »Hmm, das könnte natürlich passieren. Fromkin hat seine Augen und Ohren überall. Sollte mich wundern, wenn er von dieser fetten Sache noch keinen Wind bekommen hätte. Dann ginge die Gilde wohl leer aus.« Nachdenklich starrte sie in ihr Kräuterbier.

Keine Angst, Kleines, dachte Tamyr Bopi, erhob sich unauffällig und ließ im Weggehen einige Münzen auf die Tischplatte fallen. *Ihr habt gerade dafür gesorgt, dass Fromkin, dieser elende Wurm, in die Röhre schauen wird. Wie es ihm gebührt!*

Das kalte Licht des Mondes ließ die geschmackvolle Ausstattung der Fürstensuite des *Goldenen Strahlemann* seltsam blass erscheinen. Die reich verzierten, mit Blattgold überzogenen Möbel, die dicken Teppiche und das ausladende Himmelbett mit den zugezogenen Tuchschleiern wirkten farblos und fast ein wenig geisterhaft. Absolute Stille lag über den Räumlichkeiten. Nur irgendwo im Park hinter dem Gebäude fuhr der Wind leise rauschend durch ein paar Baumkronen.

Es ging auf die zehnte Abendstunde zu. Überall in der Pension war Ruhe eingekehrt, nirgends gingen Türen, niemand schritt mehr über die langen, mit prächtigen Wandmosaiken geschmückten Flure.

Niemand?

Ein Klicken erklang von der Tür der Suite her. Es war ein leises

Geräusch, doch in der Grabesstille der Gemächer hallte es wider wie ein Kanonenschuss. Es klickte erneut, dann begann sich der polierte Bronzeknauf zu drehen. Wenige Augenblicke später schwang die Tür auf.

Lautlos wie Schatten glitten vier Gestalten in den Eingangsbereich, so geschmeidig, als berührten ihre Füße kaum den Boden. Jede trug einen eng anliegenden schwarzen Anzug, Handschuhe sowie eine Gesichtsmaske aus dunkler Wolle.

Nachdem der Letzte ins Innere geglitten war, schloss er lautlos die Tür hinter sich. Der vorderste der Eindringlinge schaute sich aufmerksam um. In der Nähe des weiß verschleierten Himmelbetts erspähte er einen massiven, viereckigen Umriss, der mit stabilen Beinen am Boden verankert war.

Es war ein Geldschrank aus armdicken Stahlplatten.

Stumm, auf ein bloßes Handzeichen ihres Anführers, setzte sich die Truppe in Bewegung. Die Männer umringten den Geldschrank, wobei jeder ein anderes, kompliziert geformtes Werkzeug aus seinem Gürtel zog. Bevor sie sich jedoch am Objekt ihrer Begierde zu schaffen machen konnten, entstand Bewegung an einer anderen Stelle des Zimmers.

Über der Brüstung des größten Fensters tauchten zwei dunkle Schatten auf. Es knirschte kaum hörbar, als einer von ihnen ein Stemmeisen ansetzte und es ohne Mühe aus dem Rahmen hebelte. Im Handumdrehen standen zwei weitere Männer im Zimmer, ein kleiner, gedrungener mit einem runden Stahlhelm auf dem Kopf und ein großer, schlaksiger mit abstehenden Ohren und zurückgeklatschtem schwarzem Haar. Der größere begann, eine auffällig hohe Anzahl schwarz behandschuhter Finger zu dehnen und zu strecken, wobei seine Gelenke vernehmlich knackten. Er hatte noch nicht bemerkt, dass er nicht allein im Raum war.

Der Anführer der vierköpfigen Gruppe fuhr herum. »Wer zum …?«

Die beiden Neuankömmlinge zuckten zusammen. Die dunklen Augen des größeren verengten sich und starrten böse in Richtung Geldschrank. »Sieht aus, als sei deine Information nicht viel wert gewesen, Pfirpo«, zischte er seinem Begleiter zu. »Wir sind nicht die Einzigen!«

»Fromkin Carabulis!« Der Anführer der Vierergruppe spie den Namen nur so hervor. Er sprang auf, trat ins Mondlicht und zog seine Wollkappe vom Gesicht. Darunter kam ein hageres, unrasiertes Gesicht zum Vorschein, das von einer langen Narbe am Unterkiefer verunziert wurde.

»Schau an – mein alter Freund Tamyr Bopi«, stellte Fromkin mit gespielter Freundlichkeit fest und grinste überheblich. »Und wie üblich nicht allein, sondern gleich mit der halben Diebesgilde von Pantrami im Gepäck. Zweifelst an deinen eigenen Fähigkeiten, was, Bopi? Völlig zu Recht, wie ich hinzufügen möchte!« Er lachte gackernd, wobei er seinem Gehilfen auffordernd auf die Schulter schlug. Mit kurzer Verzögerung fiel Pfirpo in sein Lachen ein.

Die restlichen Schwarzgekleideten ließen vom Geldschrank ab und bauten sich drohend hinter ihrem Anführer auf.

»An deiner Stelle würde ich nicht so große Töne spucken, Fromkin«, riet der Gildenmeister, dessen Hände sich in stummer Wut zu Fäusten ballten und wieder öffneten. »Wir sind in der Überzahl. Ich gebe dir dreißig Herzschläge, von hier zu verschwinden. Andernfalls wird es dir schlecht bekommen!«

Fromkin stieß ein geziertes Kichern aus. »Umgekehrt wird ein Schuh daraus! Binnen *zwanzig* Herzschlägen habt ihr euch aus meinem Gesichtsfeld entfernt, oder du wirst den Tag verfluchen, an dem deine Mutter dir dein schmutziges kleines Leben geschenkt hat!«

Einen kurzen Augenblick lang starrten sich die Rivalen wortlos an. Nackter Hass glomm in ihren Augen. Pfirpo Piski, dem in seiner Haut alles andere als wohl war, sah sich unauffällig nach möglichen Fluchtwegen aus der Suite um.

Und dann, wie auf ein unhörbares Kommando, stürzten sich die Widersacher aufeinander.

In Windeseile war eine heftige Keilerei im Gange: Schwinger wurden ausgeteilt und eingesteckt, Gliedmaßen verknoteten sich, Fußtritte trafen Rippen und andere empfindliche Stellen. Erstaunlicherweise riefen die gedämpften Schmerzensschreie und gekeuchten Beleidigungen der Beteiligten selbst nach Minuten noch kein Wachpersonal der Pension auf den Plan. Es schien fast so, als *wolle* irgendjemand, dass alle Anwesenden sich möglichst kräftig gegenseitig die Schädel einschlugen.

Irgendwie gelang es Pfirpo schließlich, sich aus dem Knäuel zuckender und boxender Leiber freizustrampeln. Er hatte seinen geliebten Helm verloren, aber das war ihm im Moment gänzlich schnurz. Humpelnd, mit blutender Nase und mehreren dicken Beulen, huschte er aus der Tür der Suite und rannte über den Gang davon. Die halb erzürnten, halb verzweifelten Rufe seines Meisters überhörte er geflissentlich – ihm war ohnehin klar, dass seine Laufbahn als Handlanger eines Meisterdiebs heute Nacht ein unrühmliches Ende gefunden hatte.

In der Suite indessen kämpfte Fromkin Carabulis auf verlorenem Posten: Gegen vier wütende Diebe, von denen jeder mindestens eine private Rechnung mit ihm zu begleichen hatte, war der Meisterdieb chancenlos. Es kam, wie es kommen musste.

Als Tamyr Bopi und seine Männer schließlich von Fromkin abließen, hatte sich sein Erscheinungsbild nachhaltig verändert: Sein schicker Frack hing in Fetzen, seine höckerige Nase war ein gutes

Stück höckeriger als zuvor. Auch von seinen gelblichen Zähnen, die er so gerne zu einem hämischen Grinsen entblößt hatte, fehlten einige. Doch auch wenn er bewegungslos und leicht zerknittert unter dem Fenster an der Wand lehnte – er lebte. Schwerere Verletzungen als ein paar gebrochene Finger und Rippen hatte er nicht davongetragen.

»Wie gerne würde ich dem Schwein die Kehle durchschneiden«, stieß Tamyr Bopi zwischen aufgeplatzten Lippen hervor. Eine dünne Messerklinge blitzte in seiner Hand auf. »Aber der Ehrenkodex der Diebe verbietet es – Dieb tötet niemals Dieb!« Er ließ das Messer wieder in einem Futteral an seinem Gürtel verschwinden und gab seinen Begleitern ein Zeichen. »Fort! Mir blutet zwar das Herz, wenn ich an die Reichtümer in diesem Geldschrank denke, aber jeden Moment muss eine Nachtwache hier auftauchen – es ist ohnehin ein Wunder, dass noch niemand auf den Lärm reagiert hat. Hauen wir ab!«

Und genauso lautlos, wie sie gekommen waren, verschwanden die Mitglieder der Diebesgilde wieder in der Nacht.

Für einige Minuten kehrte Ruhe in die luxuriöse Suite zurück. Der einzige vernehmbare Laut waren die pfeifenden Atemzüge des bewusstlosen Meisterdiebs.

Dann begann sich plötzlich etwas zwischen den weißen Schleiern des Himmelbetts zu bewegen. Eine gräuliche, kopfgroße Kugel rollte über den Rand, plumpste zu Boden und glitt zielstrebig über den Boden auf Fromkin zu. Dort angekommen, dehnte sie sich in die Länge, fuhr wie eine Schlange durch einen Ärmel unter seine mitgenommene Kleidung und wuselte fast eine Minute lang unter dem Stoff hin und her.

Als die Masse wieder zum Vorschein kam, blitzte an ihrem ausgestreckten Ende ein fingerlanger Schlüssel mit einer eingravierten

Nummer. Mitsamt Schlüssel huschte sie zum Fenster, hüpfte aufs Fensterbrett und ließ sich ohne Zögern auf der anderen Seite hinabfallen – wo sie prompt aufgefangen wurde.

Prustend vor Lachen rannten zwei Gestalten nebeneinander durch die nächtlichen Gassen Pantramis. Es waren eine Fant und ein Junge, und sie hielten auf kürzestem Weg auf das Hafenachtel zu.

»Heiliges Erbspüree«, keuchte Fabian und stemmte sich die Hände in die Hüften, um sein Seitenstechen zu unterdrücken. »Wenn diese Typen *geahnt* hätten, dass sie sich um einen völlig leeren Tresor kloppen!«

»Tja, Bossut sei Dank werden sie das nie herausfinden«, gab Myrtel zurück, die vom Laufen und Kichern ebenfalls völlig außer Puste war.

Fabian verlangsamte sein Tempo und warf der Fant von der Seite einen anerkennenden Blick zu. »Ich muss zugeben: Dein Plan war klasse. Vielleicht nicht ganz die feine Art, wenn man bedenkt, dass es am Ende ordentlich Keile gesetzt hat, aber …«

»Aber es hat doch niemanden getroffen, der es nicht verdient gehabt hätte«, verteidigte sich Myrtel.

»Das nennt man ausgleichende Gerechtigkeit«, stimmte Xolpph quäkend zu. Der Xenophor lag wie der Tragegurt einer Umhängetasche quer um Fabians Brust geschlungen. Fröhlich wedelte er mit dem Schließfachschlüssel, den er Fromkin stibitzt hatte. »Für *den hier* wird der gute Fromkin im Krankenhaus jedenfalls keine Verwendung mehr haben!« Er lachte glucksend, bevor er sich an Myrtel wandte. »Ein Glück, dass du so viele Freunde hast! Ich meine, ein paar zerlumpte Klamotten hätte ich ja vielleicht noch irgendwo auftreiben können. Aber dein Kumpel Drano, der euch diese samelsurischen Bademäntel und den ganzen glitzernden Modeschmuck geliehen hat ...«

»Phänomenal!«, stimmte Fabian zu. »Ganz zu schweigen von deinem Freund Ignor an der Rezeption des *Goldenen Strahlemann*!« Er musste wieder kichern, als er sich erinnerte, wie enthusiastisch sich der vierschrötige Nachtportier bereiterklärt hatte, bei der Geschichte mitzumachen. »Ohne ihn wäre der ganze Plan nichts wert gewesen!«

»Glücklicherweise war die Fürstensuite nicht belegt«, keuchte Myrtel mit wehendem Rüssel. »Sonst hätten wir sie – beziehungsweise ihren Geldschrank – nicht als Köder benutzen können.«

Vor ihnen weitete sich die Straße, die Häuser wichen zurück, und ein feuchter, irgendwie fischiger Geruch machte sich in der Luft bemerkbar. Fabian kniff die Augen zusammen und erkannte einen breiten Hafenkai. Gemauerte Piere ragten auf einen breiten, schwarzen Fluss hinaus, dessen Oberfläche im Mondlicht glitzerte. Mächtige Holzschiffe mit eingeholten Segeln ruhten an den Anlegestellen. Fässer, Tauballen und Frachtkisten standen aufgereiht und warteten darauf, am nächsten Tag verladen zu werden.

Myrtel deutete auf die dunkle Silhouette eines Brückenbogens, der ein paar Hundert Meter weiter flussaufwärts das Wasser überspannte. »Da geht's rüber zum Nordufer mit den Schließfächern«, sagte sie. Als sie Fabian ansah, grinste sie unter ihrem Rüssel. »Schon mal nachts getaucht, Fabian von der Erde?«

Kapitel 13
Ein neues Problem

Hervorragend, meine jungen Freunde! Ich sehe, ich habe mich nicht in euch getäuscht.

Die Gedankenstimme von Meister Amoebius klang ausgesprochen zufrieden, und auch die Haltung seines grünschleimigen Leibs hinter dem Schreibtisch drückte entspannte Gelassenheit aus. (Genau genommen wirkte der Qualler so entspannt, als würde er jeden Moment an den Seiten des Lehnstuhls herab- und als unansehnliche Pfütze zu Boden fließen. Doch das tat er natürlich nicht.)

Es war früh am Morgen, und Fabian, Myrtel und Xolpph befanden sich erneut im Studierzimmer des pantramischen Gelehrten. Keiner von ihnen sah sonderlich frisch aus, aber das war auch kein Wunder, so wenig, wie sie in den zurückliegenden Stunden geschlafen hatten.

Der nächtliche Tauchgang im eisigen Wasser des Moroni hatte einige Zeit in Anspruch genommen. Zwar waren sie dank des Magnetits im Innern von Fromkins Schließfachschlüssel nicht von gefräßigen Bewohnern des Hafenbeckens belästigt worden, aber ohne eine Lichtquelle war es ausgesprochen schwierig gewesen, das richtige Schließfach unter Hunderten fast identischer zu finden. Nicht gerade einfacher wurde die Aufgabe dadurch, dass sie sich zu nachtschlafender Stunde nirgendwo einen der Tauchanzüge leihen konnten, die Myrtel erwähnt hatte. So musste Fabian in Unterwäsche ins Wasser gehen (Myrtel sprang unbeeindruckt mit all ihren Sachen hinein) und andauernd zur Wasseroberfläche zurückkehren, um nach Luft zu schnappen.

Nach über einer Stunde ertastete Fabian, mittlerweile bibbernd vor Kälte und fast am Ende seiner Kräfte, eine eingravierte Nummer auf einer der Schließfachtüren, die mit der auf Fromkins Schlüssel übereinstimmte. Das Schloss ließ sich entriegeln und die Tür glitt beiseite. Ein schwacher violetter Schein drang aus dem Fach und erhellte das Wasser – ein Schein, den Fabian nur zu gut kannte!

Ihr habt gut recherchiert und weise geplant, lobte Meister Amoebius in ihren Köpfen, während er mit einem Tentakelarm über das sanft glühende Amulett fuhr, das vor ihm auf dem Tisch lag. *Und, den Göttern sei Dank, erwies sich eure Vermutung als richtig, dass Fromkin seine Beute in einem Unterwasserschließfach verwahrte.*

»*Meine* Vermutung!«, betonte Myrtel und reckte ihren Rüssel in die Luft.

Fabian warf ihr einen schiefen Seitenblick zu. Auch wenn es fraglos ihr Plan gewesen war, fand er, dass die Fant allmählich lernen könnte, was es hieß, im Team zu arbeiten. Auf der Erde, beim Basketballtraining, hätte er jeden seiner Mitspieler zurechtgewiesen, der sich allein mit einem Mannschaftssieg gebrüstet hätte.

Aber er unterdrückte seinen Ärger und lehnte sich zurück. Der Sternstein war wieder da, das war, was zählte. Nun konnte Vagdrusal der Magier den Siegelzauber erneuern, und Fabian konnte zweifellos bald zur Erde zurückkehren.

Mit der Erinnerung an seine Heimat kehrte sogleich auch die Sorge um Conrad zurück. Wie mochte es ihm gehen? Wie viel Erdenzeit war vergangen, seit Fabian nach Ambigua gekommen war?

Hatte sich Conrad möglicherweise wieder erholt? Oder war er ...

Ein blubberndes Seufzen von Meister Amoebius riss ihn unvermittelt ins Hier und Jetzt zurück. Er sah auf. Der Qualler wirkte mit einem Mal viel kleiner als vorher und überhaupt nicht mehr entspannt.

Kommen wir nun zu etwas weniger Erfreulichem, eröffnete er. *Es betrübt mich, euch mitteilen zu müssen, dass es noch ein weiteres Problem zu lösen gilt. Lange schon war uns allen bewusst, dass die Frist des Siegelzaubers auslaufen würde. Daher begann der Rat der Weisen bereits vor Jahren, sich nach dem Verbleib Vagdrusals des Gütigen zu erkundigen ...*

»Was heißt ›nach seinem Verbleib‹?«, unterbrach ihn Fabian. »Wohnt er denn nicht hier, in Pantrami?«

Schon lange nicht mehr, leider. Vagdrusal war ein gesetzestreuer Nekro, der seine Kräfte zum Wohl der Allgemeinheit einsetzte. Als vor 324 Jahren das Anti-Magie-Edikt erlassen wurde, traf ihn das härter als viele seiner Genossen. Von einem auf den anderen Tag durfte er seine Fähigkeiten nicht mehr anwenden, um den Schwachen und Bedürftigen zu helfen. Andere Nekros wollten sich dies nicht verbieten lassen und wirkten weiterhin Magie. Amoebius' bedrücktem Tonfall war zu entnehmen, dass er sich nur ungern an diese Zeit zurückerinnerte. *Das frisch gegründete MEAM unter der Leitung des ersten Ministers, Vikram Tukkurz, griff hart durch und bestrafte sie unnachgiebig. Verbannungen wurden ausgesprochen, Gefängnisstrafen von nie gekannter Dauer verhängt. Nach einer Weile hing jedem Nekro automatisch die Aura eines Kriminellen an, egal ob er gegen den Erlass verstoßen hatte oder nicht. Die Situation wurde für Vagdrusal unerträglich. Er verließ Pantrami im Jahre 3289 nach Töc, um in eine Region zu ziehen, wo Nekros nicht wie Geächtete behandelt wurden.*

»Das gab es?«, erkundigte sich Fabian.

Bis heute gibt es Länder, deren Oberhäupter das allgemeine Magiever-

bot nicht so streng durchsetzen, wie es hier in Salamira der Fall ist, und wo Nekros einen weniger schlechten Ruf genießen als hier. Tief im Märzgebirge beispielsweise gab es eine Stadt, wohin viele von ihnen sich zurückzogen, um unter sich zu sein. Sie hieß Amarath und war bald als »Stadt der Zauberer« bekannt. Offiziell gehörte sie zum Hoheitsgebiet von Radiesien, aber da sie weitab der bewohnten Gebiete lag, ließ man die Nekros dort ungestört schalten und walten.

»Also ist Vagdrusal dorthin gegangen?«, fragte Myrtel, die aufmerksam zuhörte.

Das wäre er vermutlich – wäre damals nicht ein Nekro namens Jalapentin Oberster Präfekt von Amarath gewesen, antwortete der Qualler. *Die beiden waren sich spinnefeind, seit Vagdrusal sich geweigert hatte, im Jahre 3281 an einem von Jalapentin ins Leben gerufenen öffentlichen Protest gegen das Anti-Magie-Edikt teilzunehmen. Nein, als wahrscheinlicher gilt, dass Vagdrusal nach Süden, zur Insel Golgath gezogen ist. Dort lebte sein letzter lebender Verwandter, ein Halbbruder namens Anoš. Die lange Lebensspanne eines Nekros hat nicht nur Vorteile,* fügte er, an Fabian gewandt, hinzu. *Ein Magier sieht über die Jahrhunderte all jene sterben, die ihm lieb und teuer sind. Durch eine extrem seltene Laune der Natur war Vagdrusals Halbbruder Anoš jedoch ebenfalls magiebegabt. Er lebte in Tramph, der Hauptstadt des Inselstaats, und es hieß, er leide an einer tödlichen Krankheit. Angeblich soll Vagdrusal ausgezogen sein, um seinen Bruder zu heilen. Aber genau weiß das niemand.*

»Das heißt im Klartext: Es ist völlig unklar, wo Vagdrusal im Augenblick steckt?«, fasste Xolpph die Lage in seiner unnachahmlich direkten Art zusammen. »Saublöd!«

Der Rat und ich versuchen seit über drei Jahren, seinen Aufenthaltsort herauszufinden. Ich habe Ermittler und Kundschafter in alle Himmelsrichtungen ausgesendet, um zu verbreiten, dass Vagdrusal sich bei uns melden möge. Ohne Ergebnis. Im vergangenen Jahr bin ich selbst nach Tramph ge-

reist, fand dort jedoch keine Spur des Magiers oder seiner Familie mehr vor. Meister Amoebius bildete einen Tentakel mit einer faustgroßen Verdickung am Ende aus und schlug damit auf die Schreibtischplatte. *Nachdem ich Conrad auf der Erde besucht und den Rücktransport des Sternsteins nach Ambigua in die Wege geleitet hatte, vervielfachte ich meine Bemühungen, denn ich wusste, dass uns allmählich die Zeit davonlief. Ich bediente mich einiger Mittel, die den Minister dieses hohen Hauses wahrscheinlich entsetzen würden, wenn er davon wüsste ...*

»Ihr habt Magie angewendet?« In Myrtels Stimme schwang eine Mischung aus Schrecken und Faszination mit.

Nicht direkt. Aber ich habe einige Freunde gebeten, gewisse Dinge zu tun, erklärte der Qualler ausweichend. *Doch auch diese Bemühungen erbrachten keinerlei Resultat – bisher.*

Ein zischelndes Geräusch unterbrach seine Gedankenworte. Der Qualler wandte sich um. Jetzt erst bemerkte Fabian, dass hinter seinem Lehnstuhl ein gebogenes Rohr aus der schieferverkleideten Wand hervortrat, wie er es bereits im Büro des Ministers und im Vorzimmer von dessen Sekretärin gesehen hatte. Er beobachtete, wie Meister Amoebius eine armlange, schwarze Schlange aus dem Rohr zog, sie vor sich auf den Tisch legte und konzentriert die weißen Muster auf ihrem Rücken zu entziffern begann.

»Was sind das für Viecher?«, erkundigte er sich halblaut bei Myrtel, die das Geschehen gespannt verfolgte.

»Das ist eine Memonatter«, erklärte sie. »Eine extrem friedfertige Schlangenart, die seit Jahrhunderten zur Nachrichtenübermittlung benutzt wird. Wenn man einzelne Schuppen der Memonatter mit einem spitzen Gegenstand reizt, zum Beispiel einem Federkiel, färben sie sich für einige Stunden weiß, bevor sie allmählich wieder verblassen. So kann man kurze Botschaften auf ihr Schuppenkleid schreiben und sie an eine beliebige Empfangsstelle eines Rohrsystems schicken. Die Nattern sind abgerichtet und gehorchen aufs Wort.« Sie deutete mit dem Rüssel auf die Schlange, die der Qualler gerade las. »Da Meister Amoebius eine Nachricht von außerhalb erwartete, nehme ich an, diese Natter kommt aus dem Dachgeschoss, wo sich der Schlag für die ein- und ausgehenden Nachrichtenhamster befindet.«

Fabian fragte gar nicht erst.

In diesem Moment stieß der Körper von Meister Amoebius ein enttäuschtes Blubbern aus. *So wird also auch diese Hoffnung enttäuscht*, ließ er sich vernehmen. *Der Absender dieser Nachricht war der letzte, auf dessen Rückmeldung ich wartete, ein einflussreicher Nekro, der unerkannt nicht weit von hier, am Ufer des Flusses Oxno lebt. Ich hatte ihn gebeten, seine besonderen Fähigkeiten zu nutzen, um nach Vagdrusal zu forschen – erfolglos.* Er verstummte und blieb bewegungslos hinter seinem Schreibtisch hocken; zumindest so bewegungslos, wie man als glibbernder Haufen Schleim sein konnte.

»Na klasse.« Fabian ließ die Schultern hängen. »Da machen wir das Unmögliche möglich und holen den Stein zurück – und jetzt fehlt der Magier, um den Zauberspruch zu erneuern!«

»Wäre ja auch zu einfach gewesen«, erwiderte Myrtel kühl und wandte sich an Meister Amoebius. »Wie sieht Euer Plan aus, Meister? Ihr, äh ... habt doch einen Plan, oder?«

Mit einem rülpsenden Laut erwachte die grüne Schleimmasse wieder zum Leben. *Wohl, es gibt noch eine Möglichkeit, die wir bisher nicht bemüht haben, wiewohl ich es schon länger vorhatte.* Er glitt von seinem Stuhl und deutete mit einem langen Tentakel auf Fabian, Myrtel und Xolpph. *Ihr müsst nach Süden gehen, meine jungen Freunde, zum Hochplateau von Mnom-Ping. Dort lebt der Orden der Hippopathen, friedliebende Mönche, die sich seit Jahrhunderten der Verehrung und Pflege eines ganz besonderen Phänomens verschrieben haben: des Orakels von*

Mnom-Ping. Ihr müsst das Orakel aufsuchen und es nach dem Aufenthaltsort Vagdrusals befragen.

»Es heißt, das Orakel habe auf jede Frage eine Antwort«, sagte Myrtel langsam. »Sofern man seine Worte zu deuten weiß ...«

Das könnte die einzige Schwierigkeit an der Sache sein, stimmte Meister Amoebius zu und nickte schwabbelnd. *Die Aussprüche des Orakels sind zuweilen schwer zu entschlüsseln. Aber die Hippopathen werden euch dabei helfen. Ich werde noch heute eine Nachricht an Pater Euseruphius senden und ihn von eurem Kommen informieren.*

»Yiihaaa, noch ein Abenteuer!«, sang Xolpph mit hoher Kippelstimme. »Ich werde als größter Held der Xenophorheit in die Geschichte eingehen!«

Das Orakel ist unsere letzte Hoffnung! brachte Meister Amoebius den Xenophor zum Schweigen. *Ich bete zu den Göttern, dass es euch einen Fingerzeig geben kann, wo Vagdrusal sich aufhält.* Er erhob sich und glitt erstaunlich geschwind eine Leiter hinauf, die auf einen schmalen Quersteg hoch oben an der riesigen Schiefertafel führte. Mit einem Zeigestock deutete der Qualler auf einige Kreidesymbole, die aussahen, als stellten sie unterschiedliche Mondphasen dar.

Uns bleiben nur noch dreiundzwanzig Tage bis zum Neumond! Ich schlage daher vor, dass ihr den Sternstein von Mogonthûr mit zum Kloster der Hippopathen nehmt. Erfahrt ihr dort, wo Vagdrusal steckt, könnt ihr direkt weiterreisen und ihm den Stein übergeben.

»Ich nehme kaum an, dass uns ein Trupp bewaffneter Soldaten begleiten wird?«, erkundigte sich Fabian halbherzig.

Auf keinen Fall! Die Öffentlichkeit darf nicht erfahren, dass Vagdrusal verschwunden und die Erneuerung des Siegelzaubers gefährdet ist! Außerdem würde ein bewachter Transport zu viel Aufmerksamkeit auf euch lenken. Bedenkt: Den Schergen Maledikts ist gewiss nicht verborgen geblieben, dass der Sternstein wieder in Ambigua ist! Folglich besteht die

Gefahr, dass sein Statthalter Volgera Ommm erneut Häscher ausgesandt hat, das Amulett zu rauben. Mit einer großen Karawane würden wir seine Kreaturen mit der Nase darauf stoßen, wo das Amulett zu finden ist.

»Aber *Ihr* werdet uns doch begleiten, Meister?«, wollte Myrtel wissen.

Auch das wäre zu auffällig, fürchte ich. Zudem würde ich euch nur aufhalten. Ich bin nicht mehr der Jüngste, die Tage des Reisens sind für mich vorüber. Nein! Niemand ist so unauffällig unterwegs wie zwei Kinder und ein Xenophor dritter Ordnung. Der Qualler rutschte schwungvoll die Leiter hinab. *Ihr brecht umgehend auf. Ich werde euch mit allem ausrüsten lassen, was ihr für eure Reise benötigt: Ausrüstung, Proviant und Waffen, dazu reisetaugliche Kleidung ...*

»Sehr gut!« Myrtel deutete mit gerümpftem Rüssel auf Fabians rote Trainingsjacke, die er nach den unterschiedlichen Maskeraden des vergangenen Tages jetzt wieder trug. »Dann kommt er endlich aus diesem unmöglichen Fummel raus.«

»Jetzt reicht's mir aber«, rief Fabian aufgebracht. »Was hat denn hier jeder gegen meine Jacke?«

Sie ist rot, antwortete Meister Amoebius ruhig. *Rot ist die Farbe Maledikts – alles und jedes im Lande Shurakk ist rot, die Festung Corborion, die Rüstungen von Maledikts Kriegern, die Uniformen seiner Untergebenen. Es ist die Farbe des Bösen. Kaum ein Bürger der Freien Staaten würde es wagen, sie in der Öffentlichkeit zu tragen, und die wenigen, die es tun, haben meist fragwürdige Gründe dafür.*

»Das ... das hat mir keiner gesagt«, stammelte Fabian und starrte an seiner Jacke herunter.

Keine Sorge. Meister Amoebius glitt an Fabians Seite und legte ihm einen feuchten Tentakel auf die Schulter. *Wir werden euch neu einkleiden. Und für ein angemessenes Transportmittel werde ich ebenfalls sorgen ...*

Einen Tag später wusste Fabian, was er sich unter einem »angemessenen Transportmittel« vorzustellen hatte. In aller Frühe, noch vor Sonnenaufgang, fand er sich auf dem Rücken eines der sechsbeinigen, gehörnten Geschöpfe wieder, die er schon an seinem ersten Tag in Pantrami gesehen hatte. Mittlerweile wusste er, dass die mächtigen, gutmütigen Tiere Holger genannt wurden. Holger konnten tagelang laufen, Wochen ohne Nahrung auskommen und auf ihrem Rücken schwerste Lasten befördern.

Hinter dem breiten Sattel seines Reittiers waren große Taschen befestigt, in denen sich Proviant und unzählige Ausrüstungsgegenstände befanden; es gab Klappzelte aus dünnen Lederbahnen, deren Gestelle sich mit einer einzigen Handbewegung auseinanderfalten ließen, Töpfe, die sich beim Kontakt mit Wasser von selbst erhitzten, so dass man ohne Feuer kochen konnte, dünne Glasstäbe, die mit einer Flüssigkeit gefüllt waren, die im Dunkeln leuchtete, und diverse andere absonderliche und praktische Dinge mehr.

Auch der Sternstein befand sich in einer dieser Taschen, verstaut in einem flachen, extrem stabilen Etui. Laut Meister Amoebius war der Behälter luftdicht abgeschirmt: Keine noch so feine Nase und kein Schwaldur'scher Detektor vermochten die Magie des Steins zu orten, solange er sich darin befand.

Das Reiten an sich fand Fabian recht einfach, nachdem er sich an das heftige Schwanken gewöhnt hatte. Allein der durchdringende Geruch, den das zottig-verfilzte Fell seines Holgers verströmte, stellte ein gewisses Problem dar. Xolpph, der verschlafen wie ein aufgerolltes Lasso an Fabians Sattelknauf hing, schien der Gestank dagegen nicht zu stören.

Neben ihm auf der leeren, noch dunklen Straße ritt Myrtel, ebenfalls auf einem vollbepackten Holger. Wie Fabian hatte sie ihre normale Kleidung gegen eine hellbraune Kluft aus festem, widerstandsfähigem Stoff eingetauscht. Hemd, Hose und Jacke hatten unzählige Taschen, waren leicht, hielten aber ausreichend warm.

Wie er Myrtel so betrachtete, musste Fabian zugeben, dass ihr die Montur gut stand. Mit dem langen Dolch, der in einer Lederscheide seitlich an ihrem Gürtel hing, wirkte sie verwegen und draufgängerisch, beinahe wie eine Soldatin. Ihr rosiges Gesicht glühte vor Entschlossenheit, ihr Blick war furchtlos geradeaus gerichtet. Auch Fabian hatte ein Messer bekommen, aber irgendwie bezweifelte er, dass er damit nur halb so bedrohlich aussah wie die Fant.

Er seufzte. Die Verantwortung, die sie trugen, lag ihm wie ein Stein im Magen. Hinzu kam ein latentes, nagendes Angstgefühl; die dunklen Andeutungen, die Meister Amoebius gemacht hatte, ließen ihn voller Unruhe der Reise entgegensehen, die vor ihnen lag.

Fabian vermutete, dass Myrtel ähnliche Dinge durch den Kopf gingen, doch sie ließ sich äußerlich nicht das Geringste anmerken. Resolut wie immer hatte sie gemeinsam mit Meister Amoebius die Vorbereitungen koordiniert, und am Morgen war sie als Erste wach gewesen, stand gestiefelt und gespornt in der Tür ihrer Unterkunft und drängte zum Aufbruch, während Fabian und Xolpph sich noch gähnend aus ihren Decken wickelten.

»Wir verlassen die Stadt durch das sogenannte Bettlertor«, erklärte Myrtel, die seinen nachdenklichen Blick nicht bemerkt hatte. »Es ist das östlichste der acht Stadttore Pantramis. Der Weg dorthin führt durch das Bettlerachtel.«

Fabian nickte stumm. Die Straßen, durch die sie ritten, bestanden schon seit Längerem nur noch aus festgestampfter Erde. Rechts und links davon erstreckten sich unordentliche Ansammlungen wackliger Hütten. Manche waren kaum mehr als aneinandergelehnte Holzlatten, und durch die offenen Eingänge sah Fabian Menschen und Fanten auf dem nackten Boden schlafen. Manche lagen auch einfach schnarchend am Rand der Straße.

Wenig später öffnete sich die Straße zu einem Platz, an dessen entferntem Ende die Stadtmauer sichtbar wurde und darin ein riesiges Tor. Am Horizont jenseits des Torbogens machte sich der rosige Schein der aufgehenden Sonne breit.

Trotz der frühen Stunde war der Platz bereits rege bevölkert. Unzählige abgerissene Gestalten saßen oder standen vor schäbigen Baracken und unterhielten sich halblaut. Kaum erblickten sie Fabian und Myrtel auf ihren Reittieren, erhoben sie sich und eilten heran, eine taumelnde, krächzende, hustende Menschentraube, aus der leere Handflächen, blecherne Teller oder Sammelbüchsen in die Höhe ragten. Mit einem Mal war die Morgenluft erfüllt von heiseren Stimmen, die sich gegenseitig zu übertönen versuchten:

»Eine milde Gabe, junger Herr!«

»Bitte, edle Dame, nur einen einzigen Heller!«

»Seit Tagen habe ich nichts mehr zu essen gehabt!«

»Meine Frau hungert!«

»Meine achtzehn Kinder leiden!«

»Bitte! Gebt! Gebt!«

»GEBT!!!«

Ratlos sah sich Fabian nach Myrtel um, die ihrem Holger die Hacken in die Seiten rammte und zielstrebig quer durch die Menge auf das Tor zuritt.

»Den meisten geht es gar nicht so schlecht«, rief sie ihm über die Schulter zu. »›Bettler‹ ist in Pantrami ein eingetragener Beruf, so wie Schmied oder Dachdecker. Manche von denen verdienen sogar richtig gut.« Sie versetzte ihren Holger in Trab.

Auch Fabian trieb sein Reittier zu einer schnelleren Gangart an. Zügig ließ er das dichteste Gedränge hinter sich.

Als er sich dem Tor näherte, erkannte er im Schatten der Stadtmauer mehrere Gestalten, die offenbar zu krank oder zu schwach waren, um sich in die Mitte des Platzes zu schleppen. Einer besaß keine Beine mehr und hockte in einem flachen Holzwägelchen auf dem Boden. Ein anderer schien beide Arme verloren zu haben und hatte sich an einer Schnur eine alte Blechtasse um den Hals gehängt, um Almosen annehmen zu können. Ein dritter hatte einen so ausgeprägten Buckel, dass er nur seine eigenen Fußspitzen anstarren konnte; ganz oben auf seinem gekrümmten Rücken hatte er seinen Sammelteller befestigt. Und hinter ihm kauerten unzählige weitere.

Erneut suchte Fabian Hilfe suchend nach Myrtel, doch sie galoppierte gerade durch das Tor. Fabian ritt zu, wenngleich ihm nicht ganz wohl dabei war, diese armen Teufel ihrem Schicksal zu überlassen. Er dachte an das Säckchen mit Geldmünzen, das Teil ihrer Ausrüstung war. Auf ihrem Weg würden sie gewiss nicht alles davon brauchen ...

Plötzlich zupfte etwas an Fabians Hose. Erschrocken riss er an den Zügeln seines Holgers und brachte das schwere Tier zum Stehen.

Neben ihm stand ein kleiner Mann mit silbrig glänzendem Haar. Auf seiner Nase saß eine einfache, aus Draht gebogene Brille mit runden Gläsern. Sein Kinn zierte ein schmaler, weißer Spitzbart. Ohne dass er wusste wieso, fand Fabian den Mann auf Anhieb sympathisch.

»Ihr seid zu gütig, anzuhalten für den alten Bort«, krächzte der Alte leise. »Hättet Ihr wohl etwas Kleingeld für mich? Wenn ich kein Geld für Arznei zusammenbekomme, muss ich sterben!«

Fabian erinnerte sich an Myrtels Worte. Wenngleich es ihm widerstrebte, sah er den Mann forsch an. »Ach, wirklich? An welcher Krankheit leidet Ihr denn?«

Zitternd nahm der Mann seine Brille ab. Fabian sah genauer hin und erkannte, dass seine Augäpfel vollständig grau verfärbt waren.

»Es ist der Graue Tod«, sagte der Mann ruhig. »Ich habe ihn mir vor einem halben Jahr zugezogen, als ich Wasser aus einem verseuchten Brunnen trank. Die Krankheit beginnt in den Augen und wandert langsam weiter nach innen. In der letzten Phase verwandelt sich das Gehirn zu Brei. Das ist das Ende.«

Fabian zuckte zurück. »Das ist ja furchtbar!«

»Keine Angst, junger Herr. Der Graue Tod ist nicht ansteckend. Und er ist heilbar, selbst in diesem fortgeschrittenen Stadium. Allein, mir fehlt das Geld. Jeder Arzneihändler führt Schweinekerbelessenz, eine simple Tinktur, die den Grauen Tod zu kurieren vermag. Aber ich kann sie mir nicht leisten.« Seufzend setzte er seine Brille wieder auf.

»Schweinekerbelessenz? Nie gehört. Was kostet denn so was?«

»Für ein ausreichende Menge verlangt man zwei Kupferlinge, junger Herr.«

Fabian war schockiert. Wie er auf dem Markt und im *Schwarzen Porcolak* gelernt hatte, war ein Kupferling die zweitkleinste Geldeinheit in Ambigua. Für zwei dieser Münzen konnte man ein mittleres Brot kaufen.

Ohne zu überlegen, griff er hinter sich und zerrte das Geldsäkkchen aus der Satteltasche. Er ignorierte das kritische »Oi, oi, oi«, das aus Richtung seines Sattelknaufs zu ihm heraufdrang, und fummelte zwei Geldstücke aus dem Beutel. Dass jemand sterben musste, nur weil ihm ein derart lächerlicher Geldbetrag fehlte, konnte er nicht zulassen!

Er warf dem Mann namens Bort die Münzen zu. Als sie in seiner Handfläche landeten, starrte der Alte das Geld fassungslos an. Dann verbeugte er sich so tief, dass sein weißer Bartzipfel fast den staubigen Boden berührte. »Dank Euch, junger Herr, tausendfachen Dank! Dies muss der glücklichste Tag meines armseligen Lebens sein ...«

Fabian wartete nicht, bis der Mann ausgeredet hatte. Hinter seinem Rücken hörte er das Rasseln und die »Gebt!«-Rufe der anderen, mobilen Bettler. Sie kamen beunruhigend rasch heran, es schien gerade so, als hätten sie das Bargeld gerochen, dass er gezückt hatte! Rasch trieb er seinen Holger an, und in plumpen Sätzen trug ihn das Tier durch das Stadttor.

Draußen erwartete ihn Myrtel. Ihre Hände lagen lässig auf dem Sattelknauf, als sie ihn mit gehobenen Brauen ansah. »Du hast doch nicht etwa einem von ihnen Geld gegeben?«, wollte sie wissen.

»Der Mann war krank«, verteidigte sich Fabian.

Myrtel machte eine abwinkende Handbewegung. »Die sind *alle* krank – das ist ihr Beruf, du Döskopp! Hast du den Typ ohne Beine gesehen? Er hat natürlich welche, aber sie stecken in einem Loch im Boden, unter seinem Wägelchen.«

»Und der ohne Arme?«, wollte Fabian ungläubig wissen.

»Hat sie unter seinem Hemd auf dem Rücken zusammengebunden.«

»Der Bucklige?«

»Richtet sich nach dem Ende seiner Schicht fröhlich auf und geht nach Hause.«

Fabian ballte die Hände zu Fäusten. »Dann war die Geschichte vom Grauen Tod, die mir der alte Mann erzählt hat, auch bloß geschwindelt?«

Myrtel prustete leise. »Der Graue Tod? Das ist die Standardmasche am Bettlertor. Wem eine sichtbare Verkrüppelung zu aufwendig ist, der tropft sich ein bisschen Kenthacunta in die Augen, bis sie schön grau sind, und los geht's.«

»Xolpph, warum hast du mich nicht gewarnt?«, fragte Fabian wütend.

»Ich hab's versucht«, erwiderte der Xenophor prompt. »Aber wer hat nicht auf mich gehört?«

»Pah!« Fabian gab seinem Holger die Sporen und ritt an Myrtel vorbei. »Die Leute hier sind keinen Deut besser als bei uns auf der Erde!«

Grinsend zog Myrtel an ihren Zügeln und folgte ihm.

Keiner von ihnen sah den alten Mann, der noch immer auf dem schmutzigen Platz hinter dem Tor stand und Fabian mit tränenfeuchten Augen nachsah.

Kapitel 14
Der Gombat-Zwischenfall

Die nächsten Tage verliefen wie geplant. Fabian, Myrtel und Xolpph folgten einer breiten, gut ausgebauten Straße in südöstlicher Richtung und durchquerten eine beschauliche Landschaft aus gelben Getreidefeldern, grünen Gemüseäckern und kleinen Dörfern. Ab und zu begegneten sie Bauern oder Reisenden, die Nächte verbrachten sie in Gasthäusern oder, wenn bei Einbruch der Dunkelheit keine Siedlung in Sicht war, in ihren Klappzelten.

Um die Mittagszeit des dritten Tages wurden die Felder allmählich spärlicher und wichen einer sonderbaren, tiefgrünen Hügellandschaft. Wie riesige Schildkrötenpanzer wuchsen in weitem Umkreis Hunderte runder Erhebungen aus dem Boden, jede einzelne zwischen zwanzig und fünfzig Metern im Durchmesser.

»Oi, oi«, begann Xolpph bedeutungsschwanger und setzte zu einer wortreichen Ausführung an.

»Die Wülste von Worsp«, kam ihm Myrtel zuvor. »Das bedeutet, dass wir fast da sind. Jenseits dieser Hügel befindet sich das Hochplateau von Mnom-Ping, wo das Kloster der Hippopathen liegt.«

»Gott sei Dank«, seufzte Fabian. Er war froh, dass ihr Ziel allmählich in greifbare Nähe rückte. Die Reise war zwar bisher nicht wirklich anstrengend gewesen (wenn man Xolpphs ständiges Gefasel und die gelegentlichen Kabbeleien mit Myrtel ausnahm), aber eine ganz bestimmte Sache, auf die Meister Amoebius sie hingewiesen hatte, ging ihm nicht aus dem Kopf.

Den Schergen Maledikts ist gewiss nicht verborgen geblieben, dass der Sternstein wieder in Ambigua ist! Es besteht die Gefahr, dass sein Statthalter Volgera Ommm erneut Häscher ausgesandt hat, das Amulett zu rauben.

Die Vorstellung, eine Armada schwarzer Rieseninsekten könnte hinter ihnen her sein, oder genauer: hinter etwas, das sich wenige Zentimeter entfernt in seiner Satteltasche befand, behagte ihm absolut nicht. Zwar waren sie bisher niemandem begegnet, der auch nur im Entferntesten bedrohlich wirkte, dennoch fühlte sich Fabian ständig in Alarmbereitschaft.

In den vergangenen Tagen hatte sich diese nervliche Anspannung in einem regelrechten Verfolgungswahn geäußert: Immer, wenn sie unübersichtliche Geländeabschnitte durchquerten, verspürte Fabian ein nervöses Kribbeln im Nacken, das er sonst nur vom Basketballspielen kannte; dort warnte es ihn zuverlässig, dass sich beim Dribbeln jemand hinter ihn gesetzt hatte, um ihm den Ball abzujagen. Wenn es auftrat, vergewisserte er sich durch nervöse Schulterblicke, dass niemand hinter ihnen herkam; am dritten Tag verlagerte er sogar das Etui mit dem Sternstein in eine der unzähligen Taschen seiner Hose, um sich alle paar Minuten mit einem unauffälligen Griff überzeugen zu können, dass es noch da war. Sein Verhalten war ihm selbst ein wenig peinlich, daher verzichtete er darauf, Myrtel oder Xolpph davon zu erzählen.

Sie folgten der Straße eine Weile durch die Wülste von Worsp, dann wichen sie auf Myrtels Geheiß von ihr ab und lenkten die Holger auf einen schmalen Pfad, der sich zwischen den gleichmäßigen olivgrünen Halbkugeln hindurchschlängelte. Die Hügel sowie der

Untergrund bestanden aus einer Masse, die unter den Hufen ihrer Reittiere quietschte und knarzte. Fabian fühlte sich an die porösen Hartschwammklötze erinnert, die man zum Herstellen von Trockenblumengestecken verwendete. Er vermutete, dass das Hügelland vulkanischen Ursprungs war, wagte aber nicht zu fragen, da er eine mehrstündige Abhandlung von Xolpph befürchtete.

Immer weiter drangen sie in das Grün vor. Über ihren Köpfen trieben beigefarbene, kugelige Wolkengebilde am tiefroten Himmel entlang. Fabian beobachtete sie interessiert und entdeckte überraschend viele, die ihn an das unförmige Erscheinungsbild eines Xenophors erinnerten.

Während er noch so zum Himmel emporstarrte, lief ihm unvermittelt eine Gänsehaut über den Rücken. Das verräterische Kribbeln in seinem Nacken, das er während der letzten Tage so oft gespürt hatte, war wieder da, stark wie nie zuvor! Heftig riss er an den Zügeln seines Holgers, brachte das blökende Tier zum Stehen und sah sich um.

»Was ist los?« Überrascht ließ Myrtel ihr Reittier ein Dutzend Schritte weiter anhalten.

»Hier ist jemand«, flüsterte Fabian und legte demonstrativ einen Finger vor die Lippen. »Wir sind nicht allein!«

»Saublöder Blödsinn«, quäkte Xolpph in der üblichen Lautstärke. »Seit wir heute früh aufgebrochen sind, haben wir niemand mehr ...«

Just in diesem Moment fiel ein dunkler Schatten auf den plappernden Xenophor. Er verstummte und sah ganz langsam in die Höhe.

Auf der Kuppe eines Hügels direkt zu ihrer Linken war der Umriss einer riesenhaften, vierbeinigen Kreatur aufgetaucht. Sie stand mit dem Rücken zur Sonne, so dass man nur ihren Umriss erkennen konnte. Klar war nur, dass das Tier mindestens so groß war wie ein ausgewachsenes Rhinozeros.

»Bei Bossut, was …« Weiter kam Myrtel nicht, denn in diesem Moment schob sich ein zweites Tier auf die sonnenbeschienene Spitze eines Hügels auf der gegenüberliegenden Seite des Weges.

Im ersten Moment musste Fabian an einen überdimensionalen Hamster denken. Das Tier hatte einen gedrungenen, kompakten Leib mit vier kurzen Beinen. Sein breiter Kopf mit den dicken Backen schien ohne Hals direkt aus den Schultern herauszuwachsen, und in der spitz zulaufenden Schnauze war ein Paar spatengroßer Nagezähne zu erkennen. Was neben der schieren Größe des Kolosses jedoch absolut nicht zu dem Vergleich passen wollte, war seine Haut: Sie war nicht von Fell bedeckt, sondern bestand aus einer hellbraunen, feucht glänzenden Masse, die aussah wie …

»*Lehm?*« Niemand hörte Fabian, denn in diesem Augenblick öffnete das erste Ungetüm sein Maul und stieß ein donnerndes Brüllen aus. Die zweite Kreatur schloss sich an, schien zu antworten. Prompt folgten ähnliche Rufe aus allen Himmelsrichtungen!

Entsetzt drehten Fabian und Myrtel den Kopf.

Auf fast jedem Hügel im weiten Umkreis war eines der bräunlich glänzenden Tiere aufgetaucht, insgesamt mindestens zwanzig. Schnüffelnd und sabbernd reckten sich plumpe Nasen in den Wind, als wollten sie die Witterung von etwas aufnehmen.

»Gombats!« Myrtel stieß das Wort zwischen zusammengebissenen Zähnen hervor. »Sie müssen uns aufgelauert haben.«

»Was in Gottes Namen sollen wir …« Bevor Fabian ausreden konnte, stieß sich der erste Gombat von der Hügelkuppe ab und ließ sich vor ihnen auf den Pfad fallen. Sein Körper musste unglaublich schwer sein. Als er auftraf, spürte Fabian, wie der Boden unter den Hufen seines Reittiers erbebte.

Die Holger, die bereits beim Auftauchen der Ungeheuer begonnen hatten, unruhig auf der Stelle zu treten, gerieten jetzt in Panik: Sie stiegen auf das hinterste ihrer drei Beinpaare und stießen hohe, wiehernde Angstlaute aus.

Diese Reaktion traf Fabian völlig unvorbereitet. Er verlor den Halt und stürzte rücklings auf den grünen Boden. Myrtel, die schon öfter auf einem Holger geritten war, stellte sich etwas geschickter an. Sie fing ihr Reittier mit einem geübten Ruck an den Zügeln wieder ein und brachte es sicher auf alle sechse herunter.

In diesem Moment sprang ein zweiter Gombat auf den Weg, direkt hinter ihnen.

Bevor ihr Holger vor Schreck erneut steigen konnte, sprang Myrtel aus dem Sattel, rollte sich geschmeidig über die Schulter ab und rannte zu Fabian hinüber. Der war mittlerweile auf die Füße gekommen und angelte mit einem raschen Handgriff Xolpph vom Sattelknauf seines blökenden Reittiers. Sofort schlang sich der Xenophor eng um seine Brust.

Myrtel bedeutete ihm mit einer raschen Geste, ihr zu folgen, und verschwand zwischen zwei Hügeln am Rand des Weges. Ohne zu zögern setzte Fabian ihr nach.

Noch während er rannte, sah er, wie über seinem Kopf ein gewaltiger Schatten für Sekundenbruchteile das Licht der Sonne verdunkelte. Es donnerte, dann erklang von einer Hügelkuppe rechts vor ihm dumpfes Gebrüll.

Die Gombats versuchten, ihnen den Fluchtweg abzuschneiden, indem sie wie Frösche von Hügel zu Hügel hüpften!

Keuchend versuchte Fabian, an Myrtel dranzubleiben. Doch das war leichter gesagt als getan: Die Fant legte ein erstaunliches Tempo vor, schlug Haken, zischte scheinbar wahllos in schmale Durchgänge zwischen den Hügeln, bevor sie in eine andere Richtung weiterhetzte. In Windeseile ließen sie den Pfad und die Holger hinter sich.

Nicht jedoch ihre Verfolger!

Je weiter sie rannten, desto dankbarer war Fabian für seine gute Kondition, ein Resultat des jahrelangen Basketballtrainings. Nicht auszudenken, wenn er jetzt schlappmachen würde! Er biss die Zähne zusammen und versuchte, noch schneller zu laufen.

Als er den nächsten Hügel umrundete, war Myrtel verschwunden.

Fabian stoppte verwirrt. Gerade eben war die Fant noch direkt vor ihm gewesen. Er hatte sie nur für Sekunden aus den Augen gelassen, als sie um eine Hügelflanke gebogen war. Wo war sie hin?

Hinter ihm donnerte es zweimal rasch nacheinander, ein untrügliches Zeichen, dass ihm mindestens zwei der Kolosse noch dicht auf den Fersen waren. Unschlüssig, wohin er sich wenden sollte, drehte sich Fabian im Kreis – als ihn plötzlich jemand an der Schulter packte und nach hinten riss.

Mit einem Mal war es dunkel um ihn herum. Fabian spürte raue Wände an seinen Schultern entlangschaben, während er immer weiter rückwärts gezerrt wurde. Dann hörte er Myrtels flüsternde Stimme ganz dicht an seinem Ohr: »Keinen Mucks!«

Rasch gewöhnten sich seine Augen an das Zwielicht. Er erkannte, dass er sich in einer Art Höhle befand, einem schmalen Spalt, den Myrtel in einer Hügelflanke entdeckt hatte. Der Hohlraum maß kaum einen halben Meter in der Breite und endete nach wenigen Schritten an einer rissigen Wand. Atemlos drängten sie sich nebeneinander und beobachteten gebannt die gezackte Öffnung, durch die gedämpftes Tageslicht hereinfiel.

Für endlose Sekunden geschah nichts.

Dann verdunkelte sich der Eingang, und ein riesiger, brauner Schemen schob sich davor. Fabian spürte, wie sich Myrtel neben ihm verkrampfte. Unwillkürlich begann er zu zittern.

Ein ekelhaftes, schnüffelndes Geräusch ertönte, unterbrochen vom Tapsen schwerer Pfoten. Der Schatten verschwand, es wurde kurz wieder hell, doch dann wälzte sich von der anderen Seite ein weiterer Gombat heran. Der Eingang verfinsterte sich erneut, wiederum ertönte Schnüffeln.

»Haut ab ... haut bloß ab«, wimmerte Xolpph kaum hörbar. Myrtel legte eine Hand auf sein breites, gummiartiges Maul und drückte es mit Nachdruck zu.

Das Schnüffeln und Tapsen setzte sich für einen entnervenden Zeitraum fort. Schließlich verschwanden die Geschöpfe vom Eingang, und es wurde still.

Starr vor Angst warteten Fabian, Myrtel und Xolpph ab.

Nach schätzungsweise zehn Minuten, in denen nichts zu hören war außer ihrem eigenen hämmernden Herzschlag, wagte Fabian wieder zu sprechen.

»Danke«, flüsterte er in Myrtels Ohr.

»Wofür?«

»Dass du mich hier reingeholt hast. Wenn in dieser Sekunde eins der Viecher zu uns runtergesprungen wäre ...«

»Keine Ursache«, sagte Myrtel kurz angebunden, als sei ihr Fabians Dank unangenehm.

»Was sind das für Biester?«

»Gombats. Magisch belebte Geschöpfe. Ich hab noch nie welche gesehen, aber es gibt unzählige Gerüchte über sie. Einer alten Sage nach hat vor Tausenden von Jahren ein mächtiger Nekro die ersten Gombats aus Lehm oder Ton geformt und mithilfe von Magie zum Leben erweckt. Angeblich wollte er sie als Kämpfer in einem Krieg benutzen, was auch immer. Leider hat er hinterher vergessen, den Wesen ihren Lebensatem wieder zu nehmen.«

»Die Gombats flüchteten in die Wildnis und vermehrten sich«, fügte Xolpph hinzu, der nach seinem anfänglichen Schreck ebenfalls wieder zur Sprache zurückgefunden hatte. »Sie leben unterirdisch, in weit verzweigten Höhlensystemen. In abgelegenen Gegenden Ambiguas soll es Tausende von ihnen geben!«

»Aber doch nicht hier, in den Wülsten von Worsp! Wir sind gerade mal ein paar Tagesreisen von Pantrami entfernt«, widersprach Myrtel. »Da stimmt was nicht, so wahr ich eine Fant bin! Jede Wette, dass ...«

In diesem Augenblick durchschnitt draußen ein lautes Blöken die Luft, ein panischer Ausdruck höchster Not. Fabian und Myrtel pressten sich die Hände auf die Ohren, doch sie konnten die schrecklichen Laute nicht ausblenden. Das Blöken steigerte sich zu schrillen Schreien, das rasch von blubberndem Röcheln abgelöst wurde, bevor es schließlich verstummte.

»Die armen Holger«, flüsterte Myrtel. Fabian bemerkte, dass sie ein Schluchzen unterdrückte.

»Was machen wir jetzt?«, erkundigte er sich nach einer Weile.

»Saublöde Frage: Einer muss da rausgehen und nachschauen, ob sich diese schmierigen Nager verzogen haben«, plapperte Xolpph prompt. »Und ob sie was von unserer Ausrüstung übriggelassen haben.«

In der Dunkelheit des Spalts richteten sich zwei Augenpaare gleichzeitig auf den Xenophor.

»Oi-oi«, sagte er leise. »Ähh ... aber wieso denn ich? Warum kann das nicht einer von euch ...«

»Angeblich können Gombats weder besonders gut sehen noch riechen«, begann Myrtel flüsternd. »Nur deshalb haben sie uns in unserem Versteck nicht entdeckt – Bossut sei Dank! Ich glaube kaum, dass das bröckelige Gestein ihren Krallen und Nagezähnen lange standgehalten hätte.«

»Und du bist nun mal der Kleinste von uns und farblich kaum vom Untergrund zu unterscheiden«, stellte Fabian ebenfalls flüsternd fest.

»Echt?« Xolpph tat überrascht.

»Echt!«, bestätigte Myrtel. Ihr Tonfall gestattete keine Widerrede.

Missmutig ringelte sich der Xenophor von Fabians Brust zu Boden. »Aber eins sag ich euch: Wenn mich einer dieser Lehmklumpen in Stücke reißt, rede ich nie wieder ein Wort mit euch!«

»Darauf können wir uns einigen«, erwiderte Myrtel kühl. »Nun mach schon! Der Pfad mit den Holgern müsste irgendwo rechts von uns liegen.«

Wie eine Schlange kroch Xolpph auf den Ausgang zu und verschwand im Freien.

Minuten vergingen. Kein Laut drang von draußen herein.

Nach einer Weile spürte Fabian, wie sich ein Krampf in seiner Schulter ankündigte. Er rückte ein Stück von Myrtel ab und reckte sich stöhnend. »Was hast du vorhin eigentlich gemeint, als du gesagt hast, dass hier was nicht stimmt?«, erkundigte er sich.

»Ganz einfach: Selbst wenn es in den Wülsten wild lebende Gombats gäbe, würden sie uns nicht angreifen. Es sind magisch animierte Geschöpfe.«

»Und was bedeutet das?«

»Das bedeutet, dass sie nichts aus eigenem Antrieb tun außer zu essen, zu schlafen und sich zu vermehren. Für alles andere – jemandem aufzulauern und ihn zu verfolgen, beispielsweise – bräuchten sie einen magischen Befehl.«

»Du meinst, irgendwer hat uns diese Ungeheuer auf den Hals gehetzt?«

»Nicht irgendjemand. Ein Nekro mit erheblichen Kräften!

Immerhin war es nicht bloß ein einzelner Gombat, sondern ein ganzes Rudel. Dazu bedarf es beträchtlicher Kenntnisse auf dem Gebiet der Magieanwendung.«

Es raschelte, und Xolpph erschien am Höhleneingang. »Ihr werdet nicht glauben, was ich beobachtet habe!«, keuchte er.

»Was ist mit den Holgern?«, wollte Myrtel wissen. »Sind sie ...«

»Die erkennst du nicht mal mehr, wenn du weißt, dass sie vorher sechs Beine und drei Hörner gehabt haben«, sagte Xolpph tonlos. »Die Gombats haben sie in Stücke gerissen und bis auf die Knochen abgenagt. So was Ekliges hab ich noch nie gesehen.«

Myrtel wandte sich ruckartig ab.

»Aber da war noch was«, fuhr Xolpph fort. »Ein Mann!«

»Ein Mann? Was für ein Mann?« Sofort drehte sich Myrtel wieder um.

»So ein großer Kerl auf einem schwarzen Pferd. Ich konnte nicht viel von ihm sehen, weil ich mich nicht so dicht rangetraut hab. Aber er trug einen dunkelgrünen Umhang mit Kapuze.«

»Was hat er gemacht?«, wollte Fabian wissen.

»Er kam, als die Gombats noch mit den Holgern beschäftigt waren. Latschte einfach zwischen die fressenden Monster und machte dabei so komische Handzeichen. Und jetzt kommt's: Die Biester wichen vor ihm zurück!«

»Klarer Fall – das war ihr Meister«, stellte Myrtel fest. »Der Nekro, der die Bestien auf uns angesetzt hat!«

»Mit einem Degen oder Säbel stocherte er in den Überbleibseln unserer Ausrüstung herum«, berichtete Xolpph weiter.

»Der Sternstein«, entfuhr es Fabian. »Er hat garantiert nach dem Sternstein von Mogonthûr gesucht!«

Myrtel starrte ihn entsetzt an. »Aber das Amulett war doch in deiner Satteltasche. Das heißt, er hat es jetzt!«

Fabian schüttelte den Kopf, griff in seine Hose und zog das Etui halb hervor. »Keine Angst. Ich hab's vorsichtshalber umquartiert.«

Die Fant stieß erleichtert die Luft durch ihren Rüssel aus. Währenddessen schlängelte sich Xolpph an Fabians Bein empor, bis er seine Schulter erreichte, wo er sich wie ein Strick aufrollte. »Als der Kerl fertig war, hat er sich so komisch umgesehen«. erklärte er. »Ich hatte eine Heidenangst, er könnte mich in meinem Versteck entdecken. Aber er hat nur den Kopf geschüttelt und irgendwas vor sich hingemurmelt. Dann ist er auf sein Pferd gestiegen, hat die Gombats noch ein paar Minuten fressen lassen, und ist dann davongeritten. Die Lehmklopse sind ihm gefolgt wie ein Wurf Schleimschweinferkel ihrer Muttersau!«

»Ein Mann in einem dunkelgrünen Umhang«, murmelte Myrtel vor sich hin. »Dann hatte Meister Amoebius also recht: Die Schergen Maledikts sind hinter uns und dem Sternstein her!«

»Ich glaube, ich muss euch was sagen.« Fabian massierte sich die Schläfen. »Ich hatte schon, seit wir aus Pantrami weg sind, das Gefühl, dass uns jemand verfolgt. Ich dachte, ich bilde mir nur was ein, deshalb hab ich euch nichts erzählt.«

Myrtel sah ihn an, und zum ersten Mal, seit er sie kannte, hatte Fabian den Eindruck, dass sie ihn ernst nahm. »Interessant«, sagte sie. »Dann hat der Unbekannte offenbar schon in Pantrami unsere Spur aufgenommen ... wir haben uns dort ja auch auffällig genug verhalten!« Sie runzelte die Stirn. »Bis in die Hügel muss er uns aber allein gefolgt sein. Das Gombat-Rudel hätten wir auf Meilen hinweg sehen müssen.«

»Ob er uns wieder auflauern wird?«, wollte Fabian wissen.

»Davon müssen wir ausgehen. Er hat uns weder ausgeschaltet noch den Sternstein bekommen.«

»Saublöde Situation«, stöhnte Xolpph auf Fabians Schulter.

»Trotzdem, wir müssen weiter!« Fabian wandte sich in Richtung des Pfads. »Lasst uns nachsehen, ob von unseren Sachen noch was zu gebrauchen ist. Dann marschieren wir zu Fuß weiter.«

Myrtel nickte. »Wir haben ein gutes Stück der Wülste hinter uns gebracht. Den Rest des Weges sollten wir auch ohne Reittiere schaffen.«

Als sie sich in Bewegung setzten, sagte Xolpph gedämpft: »Ich weiß nicht, ob ihr das da drüben wirklich sehen wollt, ich meine ... das ist 'ne ziemliche Sauerei!«

Fabian holte tief Luft. »Da müssen wir leider durch.«

Kapitel 15
Der Orden der Hippopathen

Es *war* eine ziemliche Sauerei. Von den Holgern war kaum etwas übrig außer zertrümmerten, blanken Knochen. Eine fast versickerte Blutlache sowie tiefe Scharten in den umliegenden Hügelflanken zeugten vom entsetzlichen Todeskampf der gehörnten Reittiere. Myrtel bemühte sich tapfer, ihr Entsetzen zu überspielen, aber Fabian merkte, dass ihr rosiges Gesicht bedeutend blasser war als sonst.

Von der Ausrüstung war kaum etwas unversehrt geblieben. Die wenigen Lebensmittel und Ausrüstungsstücke, die nicht heillos zertrampelt waren, passten in zwei notdürftige Tragebeutel, die Myrtel aus den Resten einer Satteltasche anfertigte. Damit machten sie sich auf den Weg.

Zunächst kamen sie gut voran, doch am Morgen des folgenden Tages schlug das Wetter um, und es begann, wie aus Kübeln zu schütten. Zwar war der Regen verhältnismäßig warm, aber es war trotzdem kein Vergnügen, den ganzen Tag in durchweichter Kleidung und mit klatschnassem Haar zu marschieren. Hinzu kamen der Hunger und die ständige Angst vor einem erneuten Angriff, so dass die Stimmung bald sehr gedrückt war. Sie redeten nur noch miteinander, wenn es unbedingt vonnöten war. Mit knurrenden Mägen marschierten sie weiter, bis sich am Abend endlich ein riesiger, dunkler Umriss vor ihnen aus der Dämmerung schälte. Durch einen dichten Vorhang aus Regentropfen ließ sich ein eckiges Felsmassiv erahnen, das sich wie ein gewaltiger Bauklotz aus der ansonsten flachen Umgebung erhob und einen guten Teil des Horizonts einnahm.

»Das Massiv von Mnom-Ping«, krächzte Xolpph auf Fabians Schulter. »Dass ich das noch erleben darf!«

Bis sie sich der senkrecht aufragenden Wand auf Steinwurfweite genähert hatten, war die Sonne hinter der mächtigen Felsmasse verschwunden. Fabian fiel auf, dass gut hundert Meter über ihren Köpfen, mitten in der Steilwand, kleine, rechteckige Lichter aufflammten. Unvermittelt legte Myrtel die Hände vor Mund und Rüssel und brüllte einen Gruß zu den Lichtern hinauf.

Augenblicke später trat der Mond hinter den Wolken hervor, und Fabian erkannte, dass hoch über ihren Köpfen die Zinnen einer mächtigen Befestigungsanlage in die Nacht aufragten. Kastenförmige Gebäude klebten am Fels wie Hornissennester, jeglicher Schwerkraft trotzend; Brücken und gewundene Treppen verbanden abgelegene Teile des Klosters mit einem massigen Hauptschiff, jede einzeln aus dem nackten Fels der Steilwand gehauen. Fabian starrte mit offenem Mund hinauf und fragte sich, wie lange es gedauert haben mochte, eine so beeindruckende Festung zu schaffen.

Von den Zinnen herab ertönte eine Antwort. Fabian konnte nichts verstehen, aber als die Fant sich umdrehte und ihm bedeutete, ihr zu folgen, lächelte sie zum ersten Mal seit Langem wieder.

Zügig schritten sie durch den strömenden Regen bis dicht an die Felswand heran. Fabian, der ein Tor oder wenigstens eine Treppe erwartet hatte, staunte nicht schlecht, als sich unter lautem Quietschen ein Bastkorb neben ihnen zu Boden senkte, etwa so groß wie ein Kinderlaufställchen. Sie stiegen ein, und das Vehikel erhob sich rumpelnd in die Luft.

Sie stiegen beunruhigend rasch. Mit einem Mal war Fabian dankbar für den sturzbachartigen Regen und die Dunkelheit, die es unmöglich machten zu schätzen, wie hoch über dem Boden sie sich schon befanden.

Der Korb verschwand durch eine Luke in einem Überhang der Steilwand und kam mit einem Ruck zum Stehen. Sie kletterten heraus und fanden sich in einem kleinen Raum mit steinernen Wänden wieder. Eine Gestalt in dunkelgrauer Kutte trat aus dem Schatten und streckte ihnen grüßend eine Hand entgegen.

»Seid willkommen! Ich bin Pater Euseruphius, der Abt dieses Klosters. Ich bin froh, dass ihr endlich hier seid. Wir hatten euch früher erwartet.«

Pater Euseruphius reichte Fabian nur bis zur Schulter, war aber um ein Vielfaches korpulenter. Außer seiner Nase, die aus der Kapuze seiner Mönchskutte ragte, war nicht viel von ihm zu erkennen. Diese Nase jedoch, groß, grau und rund wie eine Melone, mit riesigen Nasenlöchern auf der Oberseite, verriet Fabian, dass der Name »Hippopathen« nicht von ungefähr kam: Die Mönche sahen aus wie kleine, aufrecht gehende Nilpferde!

Zaghaft ergriff er die dickliche, mit kräftigen Hornzehen besetzte Hand des Abts und schüttelte sie.

»Wir wurden aufgehalten«, erklärte Myrtel. »Ein Nekro griff uns an, in den Wülsten von Worsp. Darüber müssen wir mit Euch reden, Pater.«

Der Abt nickte. »In einer Stunde serviert unser Kalfaktor die Abendatzung, die einzige Mahlzeit, die wir Hippopathen am Tage zu uns nehmen. Beim Essen werden wir alles besprechen.« Er drehte sich um und stieß einen schnalzenden Laut aus. Durch eine niedrige

Tür wieselte ein zweites Mönchsnilpferd herein, nochmals einen halben Kopf kleiner als Euseruphius, dafür augenscheinlich wesentlich agiler.

»Bruder Fritsje wird euch eure Unterkünfte zeigen«, gebot der Abt. »Dort könnt ihr euch fürs Erste frisch machen. Auch trockene Gewänder findet ihr dort.«

Die Aussicht auf etwas zu essen und warme Kleidung mobilisierte Fabians letzte Reserven. Gemeinsam mit Myrtel folgte er dem emsig voranhüpfenden kleinen Mönch durch endlose, aus Stein gehauene Gänge bis zu einem Korridor, von dem unzählige Türen abgingen.

»Erwartet bitte keinen Luxus«, sagte Bruder Fritsje entschuldigend und legte seine plumpe Hand auf die Klinke einer Tür. Seine Stimme war hell und hoch wie die eines Kindes, und Fabian fragte sich, wie alt der Mönch wohl war.

»Leider können wir euch nur Quartiere bieten, wie auch wir sie bewohnen«, fuhr der Mönch fort. »Wir leben in anspruchsloser Bescheidenheit.« Er öffnete die Tür und wies ins Innere.

Das Licht mehrerer dicker Kerzen erhellte eine kleine fensterlose Kammer. Es gab einen Tisch, zwei einfache Stühle, einen Waschtisch mit einer gefüllten Wasserschüssel und ein einfaches, aber unglaublich einladend aussehendes Bett mit schneeweißen Bezügen. Nach fast einer Woche in der Wildnis schien es Fabian, als habe er nie etwas Schöneres gesehen.

»Ich hole euch in einer Stunde zur Abendatzung ab«, verkündete Bruder Fritsje fröhlich, öffnete eine zweite Tür für Myrtel und – Fabian atmete auf – eine dritte für Xolpph. Erleichtert ließ er den Xenophor von seiner Schulter gleiten und begab sich in seine Unterkunft.

In wohltuender Ruhe zog er seine nassen Sachen aus, wusch

sich und stieg anschließend in eine Mönchskluft, die auf einem der Stühle bereitlag. Sie bestand aus rauem, kratzigem Stoff und war ihm viel zu kurz, dafür war sie trocken. Seufzend ließ sich Fabian auf das Bett fallen. Es war ebenfalls ein wenig kurz geraten, was in Anbetracht der Körpergröße der Hippopathen kaum verwunderte, aber himmlisch weich. *Nur kurz die Augen zumachen*, dachte er müde.

Eine Sekunde später schlief er tief und fest.

Lautes Klopfen ließ Fabian auffahren. Obwohl er wusste, dass er höchstens eine Stunde geschlafen haben konnte, fühlte er sich erfrischt und munter. Mit knurrendem Magen sprang er aus dem Bett und schlüpfte in ein Paar bereitstehende Ledersandalen.

Auf dem Flur warteten bereits Bruder Fritsje, Myrtel und Xolpph, der sich zur Abwechslung einmal um Myrtels Hüften geschlungen hatte. Wie Fabian trug auch sie eine Mönchskutte, und einmal mehr wunderte er sich darüber, wieso sie immer viel besser aussah als er, wenn sie im Grunde identische Kleider trugen.

»Sehr kleidsam«, bemerkte sie grinsend und deutete auf Fabians nackte Waden, die unten aus seiner Kluft ragten. »Der neueste Schrei aus Umbrulsk, nehme ich an?«

Fabian überhörte Xolpphs albernes Gekicher und folgte stattdessen Bruder Fritsje, der sie durch verzweigte Korridore zum Speisesaal des Klosters führte. In der Ferne begann ein dumpfer, wohltönender Gong zu schlagen, und bald gelangten sie in einen breiteren Flur, in dem unzählige weitere Hippopathen in der gleichen Richtung unterwegs waren. Schließlich öffnete sich der Gang zu einer großen Halle. Fabian und Myrtel blieben staunend stehen.

Der Speisesaal der Hippopathen war riesig. Seine Decke war hoch wie die eines Doms, die Wände, wie der Rest des Klosters, aus fugenlosem, dunkelgrauem Stein gehauen. Fabian konnte sich nicht vorstellen, wie man ohne Pressluftthämmer oder andere moderne Gerätschaften einen so großen Hohlraum in den Fels treiben konnte, aber irgendwie hatten es die Hippopathen geschafft. Lange, hölzerne Speisetafeln standen in ordentlichen Reihen nebeneinander, und gut zweihundert kuttentragende Mönchsnilpferde waren damit beschäftigt, ihre Plätze einzunehmen.

Obwohl die Hippopathen kein Schweigegelübde abgelegt zu haben schienen, war es verhältnismäßig ruhig. Hie und da wurde etwas gemurmelt, doch kaum einer der Mönche hob hörbar die Stimme.

Bruder Fritsje wies ihnen Plätze am Kopf der hintersten Tafel zu, wo Pater Euseruphius bereits Platz genommen hatte. Während er sich setzte, sah Fabian, dass am Ende jeder Tafel große, fahrbare Körbe aufgestellt waren. Jeder war bis über den Rand mit goldgelben Gebäckstücken gefüllt, die irdischen Brötchen sehr ähnlich sahen. Es mussten Tausende sein, und Fabian fragte sich erstaunt, wer diese unvorstellbaren Mengen essen sollte. Auf den Tischen verteilt standen Tiegel mit Butter, Honig und verschiedenen Konfitüren.

»Ihr müsst entschuldigen«, begann Pater Euseruphius. »Unsere Abendatzung ist, wie unser gesamter Lebensstil, eine bescheidene Angelegenheit. Wir interessieren uns nicht für weltliche Dinge, unser ganzes Dasein ist der Pflege und Verehrung des Orakels gewidmet. Falls ihr also ausgefallene Gaumenfreuden erwartet, müssen wir euch leider enttäuschen ...«

Fabian, dem beim Anblick der knusprigen Brötchen längst das Wasser im Mund zusammengelaufen war, winkte ab. Er war so hungrig, dass ihm selbst der verhasste Gemüseeintopf, mit dem die alte Miss Waylandt einmal wöchentlich die Kinder im Regenbogenhaus malträtierte, wie eine Delikatesse vorgekommen wäre.

Auf ein unhörbares Kommando begannen die Hippopathen an den äußersten Enden der Tafeln, Brötchen aus den Kübeln zu nehmen und zügig an ihre Nebenmänner zu reichen. Diese gaben das Backwerk schwungvoll an ihre Sitznachbarn weiter, und im Nu türmte sich vor jedem der Mönche ein ordentlicher Haufen davon.

Fabian konnte es kaum erwarten – die Brötchen waren noch ofenwarm und verströmten einen köstlichen Geruch! Der dumpfe Gong ertönte ein letztes Mal, und unter gedämpftem Gemurmel begannen die Hippopathen ihre Mahlzeit.

»Wir stellen die Kleinen Brote selbst her, aus Getreide, das wir auf der Hochebene von Mnom-Ping anpflanzen«, erklärte Pater Euseruphius neben ihm. »Ein Teil davon wird zum Beginn jedes Monats dem Orakel als Zeichen unserer Verehrung dargebracht.«

Fabian hörte gar nicht richtig hin. Er schnappte sich ein Brötchen, griff nach dem breiten, stumpfen Messer, das neben seinem Teller lag, und schnitt es in der Mitte auf. Gierig langte er nach einem Topf mit roter Marmelade.

Plötzlich wurde ihm bewusst, dass es um ihn herum mucksmäuschenstill geworden war. Vorsichtig sah er auf – und stellte fest, dass ihn sämtliche Mönche im Umkreis von mindestens zwanzig Sitzplätzen aus dem Schatten ihrer Kapuzen heraus anstarrten.

»Oi, oi«, kicherte Xolpph, der einen eigenen Platz neben Myrtel erhalten hatte und wie ein großer, unansehnlicher Medizinball mitten auf der Tischplatte lag. »Ich fürchte, du hast gerade wieder eine saublöde Dummheit gemacht.«

Fabian spürte, wie ihm die Röte ins Gesicht schoss. Was hatte er nun wieder falsch gemacht? Glücklicherweise beugte sich in diesem Moment Myrtel vom Nachbarstuhl herüber und flüsterte ihm ins Ohr: »Das Kleine Brot, du Döskopp. Du hast es *aufgeschnitten*. Das macht man nicht.«

»Hä? Aber wie soll man denn sonst ...«

Nun hatte auch Pater Euseruphius bemerkt, dass etwas nicht

stimmte. Nachsichtig hielt er Fabian sein eigenes Brötchen hin, in dessen Seite er eine längliche Öffnung gerissen hatte. Erstaunlich geschickt pulte er mit seinen plumpen Nilpferdfingern das weiche, weiße Innenleben heraus.

»Wir verspeisen nur das Innere der Kleinen Brote«, erklärte er leise und schmierte mit seinem Messer eine dicke Schicht Honig auf den knödeligen Klumpen.

»Nur das Innere ... aber was macht ihr denn mit der Kruste?«, erkundigte sich Fabian verdutzt.

Wortlos deutete Euseruphius auf unzählige Eimer, die seitlich neben den langen Tischen standen und verdächtig an kleine Mülltonnen erinnerten. »Die Außenhaut kriegen die Schweine«, erklärte der Abt verächtlich und schleuderte die Hülle seines Brötchens in eines der Gefäße.

»Mach dir keine Gedanken«, sagte Myrtel grinsend, nahm Fabian das zerschnittene Brötchen weg und ließ es im selben Eimer verschwinden. »Das konntest du nicht wissen.« Sie grinste noch immer, während sie den Teig aus ihrem eigenen Brötchen pulte.

Nun begriff Fabian, wozu die Hippopathen solche Unmengen an Backwerk brauchten. Seufzend nahm er ein neues Brötchen von seinem Teller und begann, es auszuweiden. Er hatte noch viel zu lernen ...

Die Hippopathen ließen sich Zeit beim Essen. Da sie nur einmal am Tag speisten, war die Abendatzung ein gesellschaftlicher Höhepunkt im Kloster. Man erzählte, scherzte, und ab und zu pulte man ein weiteres Brötchen aus – alles, ohne dass der Geräuschpegel je den angeregten Gemurmels überstieg.

Während sie aßen, kümmerte sich der kleine Bruder Fritsje aufopferungsvoll um Fabian, Myrtel und Xolpph. Immer wieder füllte er ihre Becher ungefragt mit warmem Fruchtsaft, dem einzigen Getränk, das zur Abendatzung gereicht wurde. Als Myrtels Hunger gestillt war, begann sie, Pater Euseruphius von ihrem Erlebnis in den Wülsten von Worsp zu berichten. Bruder Fritsje kauerte sich hinter den Stuhl des Abts und hörte aufmerksam zu.

»Ein Angriff durch einen Nekro oberer Stufe«, wiederholte der Abt besorgt, nachdem sie geendet hatte. »Ein Angriff unter offener Anwendung von Magie. Das ist ernst!« Er sah Myrtel, Fabian und Xolpph der Reihe nach an. »Wisst ihr, was das bedeuten könnte?«

»Wir vermuten, dass der Nekro im grünen Umhang ein Gefolgsmann von Maledikt dem Finsteren ist«, antwortete Myrtel. »Jemand, der von dessen Statthalter Volgera Ommm beauftragt wurde, uns den Sternstein von Mogonthûr abzujagen.«

»Um die Erneuerung des Großen Siegelzaubers zu verhindern«, fügte Fabian hinzu, dem nach dem peinlichen Zwischenfall mit den Kleinen Broten sehr daran gelegen war, auch etwas Sinnvolles beizutragen.

Pater Euseruphius nickte langsam. »So könnte es sein. Meister Amoebius äußerte eine ähnliche Befürchtung in der Nachricht, mit der er mir vor Tagen euer Kommen ankündigte.« Er schien kurz zu überlegen, dann nickte er erneut. »Wir werden verfahren, wie der Rat der Weisen es wünscht.« Seine Stimme wurde eine Winzigkeit lauter, und augenblicklich verstummten sämtliche Gespräche ringsum, so dass jeder Mönch ihn verstehen konnte. »Morgen, zur Mittagsstunde, werden wir das Orakel von Mnom-Ping befragen. Es wird uns verraten, wo sich Vagdrusal der Gütige aufhält.«

Kapitel 16
Rätselhafter Rat

Am folgenden Vormittag wurden die Gefährten von Bruder Fritsje geweckt, der ihnen eigenartig geformte Früchte und Milch zum Frühstück brachte. Das fürsorgliche Mönchsnildpferd wartete geduldig, bis alle gegessen hatten, ohne selbst etwas zu sich zu nehmen. Als Fabian ihm von seinem Obst anbot, lehnte er dankend ab und erinnerte ihn daran, dass die Hippopathen nur einmal am Tag Speisen verzehren durften.

Während Bruder Fritsje die Reste fortbrachte, schlüpfte Fabian in seine Kleider, die mittlerweile getrocknet waren. Kaum war er fertig, tauchte der Mönch schon mit Myrtel und Xolpph an seiner Tür auf, um sie einmal mehr durch verschlungene Korridore tief ins Innere des Klosters zu führen. Fabian konnte sich des Eindrucks nicht erwehren, dass nahezu das ganze Bergmassiv von innen ausgehöhlt sein musste.

Vor einer zweiflügeligen steinernen Tür am Ende eines kargen Flurs wartete Pater Euseruphius auf sie.

»Hattet ihr eine angenehme Nacht?«, begrüßte er sie freundlich. Als Fabian und Myrtel nickten, fuhr er fort: »So lasst uns denn zum Orakel hinauffahren. Schon bald wird die Mittagssonne ihren höchsten Stand erreichen – die beste Zeit, um das Orakel zu befragen.«

Er öffnete einen der Türflügel. Dahinter lag ein steinerner Alkoven von der Größe eines Kleiderschranks, ohne Fenster oder Türen. Mit fragenden Blicken folgten Myrtel und Fabian, der Xolpph um die Schultern trug, dem Abt ins Innere. Bruder Fritsje schloss sich an, was in dem Kämmerchen für eine gewisse Enge sorgte. Dann betätigte Pater Euseruphius den oberen von zwei handtellergroßen Steinknöpfen, die in die Wand eingelassen waren.

Ein unheimliches Rumpeln ertönte, ein Dröhnen und Knirschen, als versuchte jemand, einen tonnenschweren Lastwagen über eine gekieste Piste zu ziehen – einen Lastwagen mit viereckigen Rädern aus massivem Granit, wohlgemerkt. Plötzlich spürte Fabian, dass der steinerne Boden unter seinen Füßen ruckte und bebte. Die ganze Kammer bewegte sich nach oben!

»Ein Lift!«, stieß er überrascht hervor. »Ihr habt einen Fahrstuhl … aus *Stein*?«

»Wir nennen es Höhenüberwinder«, erläuterte Bruder Fritsje mit heller Stimme.

Pater Euseruphius fügte hinzu: »Die Einrichtung gehört zu den ältesten Teilen des Klosters. Von den Hippopathen, die den Mechanismus einst bauten, ist längst niemand mehr am Leben.«

»Keiner weiß genau, wie diese Apparatur funktioniert«, verriet Bruder Fritsje geheimnisvoll.

»Hä? Ihr wisst nicht, wieso sich dieses Ding bewegt?« Beunruhigt musterte Xolpph die roh behauenen Wände der Kammer. Das Quietschen und Knirschen war nervenzerreißend. »Das heißt, ihr wisst auch nicht, was zu tun ist, wenn irgendwas damit schiefgeht?«

»Nun ja«, sagte Pater Euseruphius ausweichend. »Wir *vermuten*, dass Magie im Spiel ist. Deswegen scheuen wir uns, uns näher damit auseinanderzusetzen.« Ihm schien das Thema unangenehm zu sein.

»Da der Höhenüberwinder aus einer Zeit vor dem Anti-Magie-Edikt stammt, darf er laut Gesetz weiter benutzt werden«, sagte Bruder Fritsje. »Erst wenn er seine Arbeit nicht mehr verrichten könnte und wir etwas reparierten oder veränderten, müssten wir das MEAM konsultieren.«

»Wir hoffen aber, dass er uns noch möglichst lange erhalten bleibt«, beeilte sich der Abt hinzuzufügen. »Immerhin versieht er seinen Dienst klaglos seit über 1500 Jahren.«

Ein krachender Ruck fuhr durch die Kabine, und Fabian begann, sich ein wenig mulmig zu fühlen. Doch dann stand der Fahrstuhl auf einmal still.

»Wir sind da«, sagte Bruder Fritsje und öffnete die Tür. Helles Sonnenlicht blendete sie.

Fabian, Myrtel und Xolpph traten ins Freie. Der Fahrstuhl hatte unter einer winzigen, aus Stein gehauenen Überdachung gehalten, die hoch droben, auf der Spitze des Bergmassivs thronte. Vor ihnen erstreckte sich ein riesiges, flaches Plateau, das übersät war mit malerischen kleinen Wäldern und funkelnden Kraterseen.

»Heiliges Erbspüree«, murmelte Fabian. »Von unten war gar nicht zu sehen, dass es hier oben so eine idyllische Landschaft gibt.« Er drehte sich um. Kurz hinter dem Fahrstuhlhäuschen ging es senkrecht nach unten. Hunderte Meter tiefer erstreckte sich ein endloser Flickenteppich aus Grün, Braun und Gelb. In der Ferne erkannte Fabian die grünen Halbkugeln der Wülste von Worsp und dahinter, viel weiter entfernt, das blaue Band eines Flusses – des Moroni?

»Wenn ihr mir folgen wollt?« Pater Euseruphius machte eine einladende Geste. »Zum Orakel von Mnom-Ping geht es hier entlang.«

Der Abt führte sie mit sicheren Schritten durch ein Gewirr

schattiger Haine, an kreisrunden, schilfbewachsenen Teichen vorbei und über verwilderte Wiesen. Sonderbare, sechsfach geflügelte Schmetterlinge taumelten durch die warme Mittagsluft, und an einem Tümpel sah Fabian eine neonfarbene Libelle, die so lang wie sein Unterarm war.

»Es ist wunderschön hier«, sagte er zu niemand Bestimmtem.

»Allerdings«, ertönte Myrtels Stimme neben ihm. Auch sie betrachtete die Umgebung mit großen Augen.

Allein Xolpph schienen die Reize des Hochplateaus eher kalt zu lassen. Den leisen sägenden Lauten nach zu urteilen, die von Fabians Schulter ausgingen, war der Xenophor kurzerhand wieder eingeschlafen.

Nach einem längeren Marsch hieß Pater Euseruphius sie anhalten. Sie hatten eine sanft abfallende Senke erreicht, eine Art flachen Trichter im Boden. Die Vertiefung war bis über den Rand gefüllt mit kreuz und quer emporragenden, grau-braunen Stämmen. Es dauerte einen Moment, bis Fabian begriff, dass es sich um Bäume handelte, die vor undenklichen Zeiten jemand ausgerissen und in die Vertiefung geworfen haben musste. Im Laufe von Jahrmillionen waren sie versteinert und hatten ein beeindruckendes, natürliches Denkmal gebildet.

Ungefähr in der Mitte des chaotischen Gewirrs thronte ein rundliches, grau-weißes Objekt von der Größe eines kleinen Hauses. Es hatte eine raue, mit Flechten und Moos überwucherte Oberfläche, sah aber ansonsten verdächtig nach einem Ei aus – einem riesigen Ei, das in einem Nest aus versteinerten Baumstämmen lag.

Der Abt blieb stehen und hob ehrfürchtig die Arme. »Neigt eure Häupter vor dem heiligen Orakel von Mnom-Ping!«

Leicht verwundert tat Fabian wie geheißen. Als er den Kopf wieder hob, waren am Rand des Nests weitere Hippopathen erschienen. Schweigend bezogen sie rings um das Gebilde Aufstellung.

Da niemand etwas sagte, murmelte Fabian leise: »Das Orakel sieht aus wie ein Ei.«

»Vielleicht liegt das daran, dass es ein Ei *ist*, du Döskopp«, gab Myrtel trocken zurück.

Pater Euseruphius senkte die Arme und trat an Fabians Seite. »Das Orakel von Mnom-Ping ist wahrhaftig ein Ei. Es existiert seit Anbeginn der Zeit, lag schon hier, bevor die Erbauer des Klosters den Meißel zum ersten Schlag ansetzten. Unsere Vorfahren sahen in ihm ein Geschenk der Götter. Um ihm täglich huldigen zu können, bauten sie das Kloster und richteten den Höhenüberwinder ein.«

»Ein Geschenk der Götter, aha«, wiederholte Fabian. »Und was, äh ...«

Myrtel, die offenbar verhindern wollte, dass er die Hippopathen erneut vor den Kopf stieß, ahnte seine Frage voraus und antwortete, bevor er sie stellen konnte: »Der berühmte Historiker Agib Nagi-Saklar vertritt die These, es könnte sich um das Ei einer vor Millionen Jahren ausgestorbenen Lebensform handeln. Was immer es ist – es kennt die Antwort auf alle Fragen.«

»So sagt man zumindest«, fügte Xolpph hinzu, der soeben erwacht war und ausgiebig gähnte.

»Aber habt Ihr nicht gestern gesagt, Ihr brächtet dem Orakel einmal im Monat Brötchen als Opfergabe?«, erinnerte sich Fabian. »Ich meine – es ist ein *Ei!* Was soll es damit anfangen?«

»Natürlich kann das Orakel unsere Gaben nicht verzehren«, entgegnete Pater Euseruphius nachsichtig. Er deutete auf einen Ring aus weißlichen Bröseln und Krümeln, die rings um das riesige Nest verteilt lagen, Überreste der letzten Opfergabe. Ohne die Mönche zu beachten, taten sich unzählige Vögel und Nagetiere an den

Gebäckresten gütlich. »Die Kleinen Brote sorgen dafür, dass das Orakel hier oben niemals einsam ist.« Der Abt wandte sich ab und klatschte in die Hände.

Auf sein Kommando schlugen die anwesenden Mönche ihre Kapuzen zurück. Zum ersten Mal sah Fabian die Gesichter der Hippopathen unverhüllt. Sie hatten wahrhaftig starke Ähnlichkeit mit Zwergflusspferden, wenngleich ihre Nasen kürzer und flacher waren und sie keine spitzen Hauer besaßen.

Der Abt hob die Arme und wandte das Gesicht gen Himmel. Bruder Fritsje sowie die anderen Mönche taten dasselbe. Sie stimmten einen eigenartiges Summen an, dumpfe, auf- und abschwellende Töne, die zunächst den Anschein erweckten, sie folgten einer bestimmten Melodie, im nächsten Moment aber wieder frei und ohne jede Regel schienen.

Das Grußritual – falls es eines war – zog sich eine ganze Weile hin. Irgendwann brach das Summen unerwartet ab, und Pater Euseruphius begann mit ruhiger, langsamer Stimme zu sprechen. Er grüßte das Orakel und berichtete ihm von den Vorgängen um den Großen Siegelzauber und den Sternstein von Mogonthûr. Fabian fiel auf, dass er sich dabei sehr einfacher Formulierungen bediente. Er bildete kurze Sätze, als versuche er, einem Kind einen komplizierten Sachverhalt zu erklären.

Schließlich kam der Abt auf Vagdrusal den Gütigen zu sprechen. Er erwähnte dessen rätselhaftes Verschwinden knapp 300 Jahre zuvor und schloss mit der Bitte, das Orakel möge ihnen einen Hinweis auf den Verbleib des Magiers geben. Dann senkte er ehrfürchtig den Kopf. Die anderen Mönche schlossen sich an, und Fabian und Myrtel schauten vorsichtshalber ebenfalls zu Boden.

Nichts geschah.

Minutenlang standen sie bewegungslos da und schwiegen.

Dann endlich schien sich im Innern des Eies etwas zu tun. Ein gequältes Ächzen drang zwischen den steinernen Stämmen hervor, als verlagere etwas im Innern der uralten Schale sein Gewicht. Ohne Vorwarnung erklang eine hohe, leiernde Stimme, gedämpft, aber deutlich zu verstehen. Sie kam aus dem Innern des Eies.

»Nicht glücklich der Weise, dort, wo er ist.
Wär gern woanders, seit Dekaden Frist.«

Die Stimme verstummte. Nichts folgte. Fabian warf Myrtel einen verwirrten Blick zu. Sie zuckte die Achseln und bedeutete ihm abzuwarten.

Nach einigen weiteren Minuten des Schweigens ergriff der Abt erneut das Wort. Er dankte dem Orakel überschwänglich für den erhellenden Rat und pries seine Weisheit.

»Ich hoffe, das war nicht alles?«, flüsterte Fabian in Myrtels Ohr.

Sie schüttelte den Kopf und deutete auf Pater Euseruphius, der von Neuem die Arme in die Luft reckte. Mit ausgesuchter Höflichkeit erkundigte er sich, ob das Orakel ihnen noch einen hilfreichen Hinweis für die Suche nach Vagdrusal mit auf den Weg geben könne.

Diesmal dauerte es erheblich länger, bis etwas passierte.

Schließlich erklang die Stimme erneut, leiser diesmal und offenbar unter beträchtlichen Mühen:

»Verschwendet nicht Zeit mit sinnlosem Horchen,
Um Güte zu finden, müsst tiefgründig ihr forschen!«

»Oi, oi«, murmelte Xolpph. »Was soll denn *das* nun wieder heißen?«

Glücklicherweise hatte ihn keiner der Mönche gehört. Nach einem erneuten Dankspruch von Pater Euseruphius stimmten die Hippopathen wieder ihren summenden Singsang an. Endlich wandte sich der Abt vom Nest ab, setzte seine Kapuze wieder auf und bedeutete Fabian und Myrtel wortlos, ihm zu folgen.

Den ganzen Rückweg zum Fahrstuhl musste Fabian an sich halten, um nicht mit der Frage herauszuplatzen, die ihm auf der Zunge lag. Als sie in der steinernen Kabine abwärtsrumpelten, hielt er es nicht mehr aus.

»Pater! Was hat das Orakel gemeint?«

Pater Euseruphius sah ihn aus dem Schatten seiner Kapuze ausdruckslos an. Dann sagte er: »Ich habe nicht die geringste Ahnung.« Als er bemerkte, wie entsetzt ihn insgesamt sieben Augen anstarrten, fügte er hinzu: »Aber das ist nichts Außergewöhnliches. Der Sinn der Orakelsprüche erschließt sich immer erst in der Disputation mit den Ältesten des Ordens. Sie sind weise und geübt in der Deutung seiner kryptischen Aussprüche. Heute Abend, nach der Atzung, finden wir uns in der Klosterbibliothek zusammen. Dann wird sich alles klären.«

Etwas später, als sie Bruder Fritsje durch die Gänge des Klosters zu ihren Unterkünften folgten, zischelte Xolpph leise: »Ich weiß nicht, wie's euch geht, aber ich hab das saublöde Gefühl, dass wir uns die Reise hierher hätten sparen können.«

Bestürzt stellte Fabian fest, dass der Xenophor exakt ausgesprochen hatte, was er selbst gerade dachte.

Kapitel 17
Der grüne Graf

Spät am Abend, als Fabian ein zweites Mal mit dem vorzeitlichen Steinaufzug zur Spitze des Bergmassivs hinauffuhr, hatte sich Xolpphs pessimistische Einschätzung bestätigt: Das Gespräch mit den Ältesten des Ordens hatte nicht das Geringste gebracht.

Zu Beginn der Zusammenkunft hatte der Abt, wie es Brauch war, jedes Wort des Orakels sorgfältig an eine große Tafel in der Klosterbibliothek geschrieben. Dann hatten er, Fabian, Myrtel, Xolpph sowie ein halbes Dutzend steinalter Mönche im Halbkreis Platz genommen und die Tafel angestarrt. Nach endlosem Schweigen und Grübeln kam irgendwann so etwas wie ein Gespräch in Gang, das zwar fast drei Stunden andauerte, dessen Ergebnisse sich jedoch in wenigen knappen Sätzen zusammenfassen ließen:

Recht eindeutig glaubten die Hippopathen den Worten des Orakels zu entnehmen, dass Vagdrusal der Gütige noch am Leben war. Außerdem schien klar, dass irgendetwas getan werden sollte, statt »sinnlos zu horchen«, also untätig herumzustehen und um Ratschläge zu bitten. Ein greiser Mönch mit langem Rauschebart äußerte darüber hinaus die Vermutung, wenn Vagdrusal (fraglos sei er mit »der Weise« gemeint) »nicht glücklich« an einem bestimmten

Ort verweile, könne dies darauf hindeuten, dass er irgendwo gegen seinen Willen festgehalten werde. Aber sicher war sich der Bartträger nicht.

Das war alles.

Als sich die Versammlung gegen Mitternacht auflöste, musste selbst Pater Euseruphius zugeben, dass sie keinen Schritt weitergekommen waren. Niedergeschlagen begaben sich Myrtel und Xolpph in ihre Betten. Fabian dagegen spürte, dass er vorerst keinen Schlaf finden würde, daher fragte er den Abt, ob er noch einmal hinauf aufs Hochplateau dürfe, um ein wenig frische Luft zu schnappen und seinen qualmenden Kopf auszulüften. Pater Euseruphius hatte nichts dagegen, sofern er sich vom Orakel fernhielte, dessen Nachtruhe heilig sei. Doch Fabian hätte das Riesenei auf der riesigen, dunklen Ebene ohnehin nicht mehr wiedergefunden.

Rumpelnd kam der Lift zum Stehen, und er trat hinaus in die kühle Nachtluft. Es war sternenklar, das Firmament voller blinkender Lichter. Doch Fabian konnte dem erhebenden Anblick wenig abgewinnen. Mit gesenktem Kopf wanderte er los, durch Haine und über Wiesen, die im silbernen Schein des Mondes noch märchenhafter aussahen als bei Tageslicht. Er achtete nicht darauf.

Sie mussten der Tatsache ins Auge sehen: Die letzte Hoffnung von Meister Amoebius hatte sich als Seifenblase erwiesen, die nun zerplatzt war. Das Orakel hatte sich zwar geäußert – gleich zweimal, was laut Pater Euseruphius seit fünfhundert Jahren nicht mehr vorgekommen war –, aber niemand verstand, was das Ei ihnen sagen wollte.

Um Güte zu finden, müsst tiefgründig ihr forschen – was sollte das bedeuten? Sollte mit »Güte« vielleicht Vagdrusal der Gütige gemeint sein? Und wieso forschen? Wo forschen, um Himmels willen?

Pater Euseruphius hatte den Wortlaut des Orakelspruchs sofort per geflügeltem Nachrichtenhamster nach Pantrami gesandt. Doch irgendwie glaubte keiner daran, dass Meister Amoebius einem Rätsel, an dem die Ältesten des Ordens gescheitert waren, einen Sinn würde entlocken können.

Fabian schlang die Arme um den Oberkörper. Ihn fröstelte, und das nicht allein wegen der Kühle der Nacht. Es war der Gedanke an die Zukunft, der ihm eine Gänsehaut verursachte.

Sie würden Vagdrusal nicht mehr rechtzeitig vor dem Verstreichen der Frist finden. Der Siegelzauber würde seine Wirkung verlieren. Schon bald wären alle magischen Pforten im Land des Bösen wieder aktiv, und dann war es nur noch eine Frage der Zeit, bis Maledikt der Finstere sich aus seinem Zauberschlaf erhob und zum Großangriff auf Ambigua blies – und anschließend auf die Erde!

Fabian schauderte, als er sich das Szenario vorstellte, das Meister Amoebius angedeutet hatte: eine Erde ohne Elektrizität, ohne Licht, ohne Wärme, eine Erde ohne die Möglichkeit zur Kommunikation, schutzlos den Horden unaussprechlicher Kreaturen ausgeliefert, die wie eine schwarze Flutwelle aus versteckten Pforten überall auf die Erdoberfläche quellen würden ...

Fabian blieb stehen und schüttelte sich. In seinem Nacken kribbelte es fast schmerzhaft, und mit einem Mal fühlte er sich auf ungewohnte Weise angreifbar und verletzlich. Das konnte doch unmöglich nur an den Bildern in seinem Kopf liegen?

Schaudernd begriff er, was das Kribbeln zu bedeuten hatte: Er war so in Gedanken versunken gewesen, dass er nicht darauf geachtet hatte, was sein sechster Sinn, der ihn auf ihrem bisherigen Weg schon mehrfach gewarnt hatte, ihm mitzuteilen versuchte. Dabei konnte er geradezu körperlich spüren, dass in dieser Sekunde fremde Augen auf ihn gerichtet waren – Augen, die jede seiner Bewegungen genau beobachteten!

Hektisch spähte er in die Runde. Er befand sich am Rand eines kleinen Wäldchens, das ein Stück vor ihm in eine mit vereinzelten Büschen bestandene Wiese überging. Der Mond über seinem Kopf wurde teilweise von einer vorüberziehenden Wolkenbank verdeckt. Im milchig-diesigen Licht war nirgendwo ein lebendes Wesen zu sehen.

Oder?

Fabians Nackenhaare richteten sich auf. Hinter ihm, nur einen Steinwurf entfernt, schwebten zwei rot glühende Punkte zwischen den Blättern, gut zwei Meter über dem Boden! Er erahnte den Umriss einer dunklen Gestalt, die an einen Baum gelehnt im Schatten der Äste stand. Sie war groß, viel größer als Fabian oder einer der Hippopathen.

Als er erschrocken rückwärtstaumelte, trat die Gestalt aus ihrer Deckung hervor. Fabian erkannte einen hochgewachsenen, breitschultrigen Mann in einem wallenden Umhang. Er trug eine Kapuze, die sein Gesicht in Schatten hüllte, doch Fabian bildete sich ein, die Umrisse einer schiefen, spitzen Nase daraus hervorragen zu sehen. Und er sah Augen – rot glühende, unsagbar böse Augen!

Mit einer geschmeidigen Bewegung griff der Fremde an seinen Gürtel, wo eine Lederscheide baumelte, und zog eine dünne, nadelspitze Klinge. Gleichzeitig trat der Mond hinter der Wolkenbank hervor. Nun konnte Fabian erkennen, welche Farbe der Kapuzenmantel des Fremden hatte.

Er war dunkelgrün!

Ohne zu zögern warf er sich herum und rannte, was seine Beine hergaben. Hinter ihm ertönte ein kehliger Schrei, dann begannen schwere Stiefel, das Buschwerk hinter ihm niederzutrampeln.

Panisch hetzte Fabian über die mondhelle Wiese. Seine Gedanken rasten. Xolpphs Beschreibung von dem Mann, der drei Tage zuvor in den Wülsten von Worsp die Gombats auf sie gehetzt hatte, traf exakt auf seinen Verfolger zu! Der Nekro musste ihnen unbemerkt zum Kloster der Hippopathen gefolgt sein und das Bergmassiv erklommen haben, nur der Himmel wusste, wie.

Doch warum? Den Sternstein trug Fabian nicht mehr bei sich, seit sie das Kloster erreicht hatten. Zusammen mit dem Rest seiner Habe hatte er ihn der Obhut von Pater Euseruphius und seinen Mönchen anvertraut. Was wollte der Grüngekleidete also von ihm?

Ein paar hundert Meter vor sich erkannte er einen weiteren bewaldeten Streifen im Mondlicht und hielt darauf zu. Im Unterholz rechnete er sich bessere Chancen aus, dem riesigen Mann zu entkommen, als auf freier Fläche. Keuchend wagte er einen Blick über die Schulter.

Der Fremde war dicht hinter ihm! Mit raubtierartigen Sätzen, die blitzende Klinge in der Hand, jagte er hinter Fabian her. Der grüne Umhang bauschte sich um seine Schultern wie die Schwingen einer riesigen Fledermaus.

Ohne abzubremsen preschte Fabian in den Waldstreifen. Zweige peitschten ihm ins Gesicht, Dornen rissen am Stoff seiner Hose, doch er achtete nicht darauf. Wild Haken schlagend, so wie er es kürzlich bei Myrtel gesehen hatte, wechselte er alle paar Meter die Richtung, sprang über umgefallene Baumstämme, duckte sich unter Ästen hindurch, bog erneut ab. Hinter sich hörte er das Brechen von Holz, das jeden Schritt seines Verfolgers begleitete, doch es wurde bereits leiser. Ein gedämpfter Fluch erscholl, zu weit entfernt, um etwas zu verstehen.

Es klappte! Der weite Umhang des Fremden behinderte ihn im dichten Geäst, und auch seine größere Schrittlänge nützte ihm hier nichts. Fabians Vorsprung wuchs!

Rasch schlug er einen weiteren Haken, beschleunigte ... und

stolperte unvermutet auf eine kleine Lichtung hinaus. Vor ihm lag ein kreisrunder Tümpel, etwa so groß wie ein irdischer Swimmingpool und gewiss nicht tiefer als ein paar Fuß. Er wollte schon weiterrennen, als sein Blick auf die dichten Reihen von Schilfrohr fiel, die am Ufer des Teichs wuchsen.

Wie aus dem Nichts blitzte eine Szene aus einem Abenteuerfilm in seiner Erinnerung auf, den er vor Jahren gesehen hatte. Kurz zögerte er, dann sandte er ein Stoßgebet an die sonderbaren Götter Ambiguas, dass sein Vorsprung ihm genug Zeit verschaffen möge, und machte sich ans Werk.

Er huschte um den Teich herum zu einer Stelle, wo das Schilf besonders dicht wuchs. Mit fliegenden Fingern nestelte er sein Taschenmesser aus der Hosentasche und schnitt ein armlanges Stück Schilfrohr ab. Eilig entfernte er auch das obere Ende und pustete zweimal kräftig hindurch, um Splitter und Schmutz aus dem Hohlraum im Innern zu entfernen.

Am Rand der Lichtung wurden stampfende Schritte laut.

Lautlos ließ sich Fabian zwischen den Schilfstangen ins Wasser gleiten. Er ignorierte die Kälte, die über ihm zusammenschlug, und steckte sich das Ende seines improvisierten Schnorchels in den Mund. Das andere er ließ zwischen all dem anderen Schilf aus dem Wasser ragen. Dann begann er, gleichmäßig durch das Rohr zu atmen – und zu warten.

Ganz in der Nähe krachte und knirschte es, laut genug, dass Fabian es sogar unter Wasser hören konnte. Vor seinem geistigen Auge sah er, wie der riesenhafte Mann aus dem Geäst am Rand der Lichtung hervorbrach, mit zerfetztem Mantel und hasserfüllt glühenden Augen …

Stille senkte sich über die kleine Lichtung. Fabian bemühte sich, flach zu atmen und den Schilfschnorchel möglichst ruhig zu halten.

Er stellte sich vor, wie der Fremde jetzt mit gezücktem Degen um das Ufer herumschlich.

Plötzlich knackte es durchdringend – dicht bei seinem Versteck war ein morscher Ast zerbrochen. Der Fremde konnte nur noch wenige Schritte von ihm entfernt sein!

Fabian atmete ein letztes Mal ein, dann hielt er die Luft an.

Nichts riskieren!

Und bloß nicht bewegen!

Das nächste Knirschen, endlose Sekunden später, war wieder bedeutend leiser, schien vom anderen Ufer des Tümpels zu kommen.

Hatte der Mann seine Inspektion des Tümpels beendet und entfernte sich jetzt von der Lichtung?

Nur nicht unvorsichtig werden, ermahnte sich Fabian. Er blieb, wo er war, begann aber von Neuem durch das Schilfrohr zu atmen.

Minuten vergingen.

Allmählich wurde ihm kalt, die Wassertemperatur konnte höchstens zehn Grad betragen. Aber er zwang sich auszuharren.

Nach noch einmal fünf Minuten konnte er die Kälte nicht mehr ignorieren – das Schilfrohr in seiner Hand zitterte jetzt unkontrolliert, was jede Tarnung zunichte machte. Langsam, ohne hektische Bewegungen, richtete er sich auf und sah sich nach allen Richtungen um.

Die Lichtung war menschenleer.

Es dauerte fast zwei Stunden, bis Fabian zum Höhenüberwinder zurückfand. Schon bei seiner ziellosen Wanderung über das Hochplateau hatte er kaum darauf geachtet, wohin ihn seine Schritte führten, und im Verlauf der überstürzten Flucht hatte er vollends die Orientierung verloren. Ängstlich von einer Deckung zur nächsten huschend, irrte er durch die Nacht, bis endlich der steinerne Unterstand mit dem Fahrstuhl im Mondlicht vor ihm auftauchte. Nass und vor Kälte mit den Zähnen klappernd fand ihn Bruder Fritsje wenig später in der unteren Liftstation.

Während Fabian in der Waschküche des Klosters ein heißes Bad nahm, weckte der kleine Mönch Pater Euseruphius, Myrtel und Xolpph, und der Abt alarmierte seinerseits die Ältesten. Bald saßen alle in flackerndem Kerzenschein in den Räumen des Abts zusammen, und Fabian berichtete, eingehüllt in mehrere Decken, was sich zugetragen hatte.

Als er geendet hatte, war der Abt sichtlich bestürzt. »Ein tätlicher Angriff in unmittelbarer Nähe unseres Klosters? Das hat es noch nie gegeben!« Er schüttelte sein graues Haupt.

»Jetzt muss es als sicher gelten«, schaltete sich der alte vollbärtige Mönch ein, der schon bei der Disputation dabei gewesen war. »Volgera Ommm hat den Grünbemäntelten auf euch angesetzt, um den Sternstein zu rauben!«

»Aber ...«, begann Fabian.

»Ach, was rede ich? Wer weiß schon, ob es wirklich nach wie vor nur Maledikts Statthalter ist, der im Land des Bösen die Zügel führt?«, fuhr der Alte mit weit aufgerissenen Augen fort. »Wer sagt, dass sich der finstere Herrscher nicht längst aus seinem magischen Schlummer erhoben hat und selbst versucht, die Erneuerung des Großen Siegelzaubers zu vereiteln?«

»Still, Bruder Alvredus. Sprecht nicht so!« Pater Euseruphius machte eine Geste, die das Böse abwehren sollte.

»Ich bin mir nicht mehr so sicher, dass der Fremde hinter dem Amulett her ist«, gab Fabian leise zu bedenken. »Ich hatte den Sternstein bei meinem Spaziergang schließlich gar nicht bei mir.«

»Wie, sagtest du, sah der Angreifer aus?«, wollte ein kleiner, kugelrunder Hippopath wissen. Fabian wiederholte seine Beschreibung des Fremden, und Xolpph bestätigte, dass es sich um denselben Mann handeln musste, den er nach dem Gombat-Angriff beobachtet hatte. Daraufhin schwieg der dicke Mönch lange.

»Was ist? Sagt Euch die Beschreibung dieses Nekros etwas, Bruder Gustaw?«, erkundigte sich der Abt.

Bruder Gustaw wiegte den Kopf. »Ich fürchte, ja.« Er blickte ernst in die Runde. »Erinnert sich noch jemand an den skrupellosen Adligen, der vor Jahrzehnten an der Küste von Koz sein Unwesen getrieben haben soll?« Als niemand reagierte, fuhr er fort: »Sein Name war Dumitru Vamskatt. Es hieß, er verfüge über enorme magische Fähigkeiten. Er galt als durchtrieben und bestechlich, stellte seine Kräfte in den Dienst eines jeden, der ihm genug dafür bezahlte.«

Im Rauschebart von Bruder Alvredus klaffte ein dunkles Loch, als er sich erinnerte. »Der grüne Graf!«, stieß er hervor. »So wurde er genannt, wegen des Kapuzenmantels aus dunkelgrünem Lodenstoff, den er ständig trug!«

Bruder Gustaw nickte betroffen und wandte sich an den Abt. »Pater, gewiss habt Ihr vom Unglück von Wurstogart gehört, 3311 nach Töc?«

Der Abt furchte die Stirn. »Das MEAM-Gebäude mitten in der Stadt wurde damals von einer gewaltigen magischen Explosion zerstört, die auch den umliegenden Marktplatz verwüstete«, sprach er nickend. »Über hundert Unschuldige kamen dabei ums Leben. Der verantwortliche Nekro wurde nie ermittelt ...«

»Unter der Hand erzählte man sich, es sei das Werk des Grafen Vamskatt gewesen.« Bruder Gustaw starrte mit unheilvollem Blick in die Runde. »Ein wohlhabender Nekro namens Zoltram soll den grünen Graf seinerzeit aus Rachsucht für dieses Attentat angeheuert haben, nachdem das MEAM ihn wenige Tage vorher wegen Magieanwendung des Landes verwiesen hatte.«

»Natürlich, der grüne Graf«, murmelte Bruder Alvredus in seinen Bart. »Im Jahre 3507 soll er auf dem Wochenmarkt von Kornettar bei einem fahrender Händler ein Pulver erstanden haben, das dieser als pulverisiertes Drachmenblut ausgab. Doch ein magisches Ritual, bei dem Vamskatt es einsetzte, schlug fehl; offenbar hatte es sich lediglich um getrocknetes Trullblut gehandelt. Rasend vor Wut verfolgte er den Händler durch die halbe Wüste Shmook. Als er ihn Wochen später endlich in seinen Fängen hatte, soll er ihn an den Füßen aufgehängt und ihm bei lebendigem Leibe die Haut abgezogen haben.«

»Pfui Teufel«, entfuhr es Xolpph.

»Das ist doch nur ein Gerücht«, warf Bruder Gustaw nicht sehr überzeugend ein.

»Aber ein sehr verbreitetes!« Bruder Alvredus verschränkte trotzig die Arme.

»Und diese Bestie ist uns jetzt auf den Fersen«, stellte Fabian tonlos fest.

»Einen besseren Handlanger hätte Maledikt der Finstere kaum finden können«, unkte Xolpph.

Mit einer energischen Handbewegung gebot Pater Euseruphius allen zu schweigen. »Ich halte es mit Fabian von der Erde: Wir wissen nicht, ob der grüne Graf tatsächlich im Auftrag Maledikts handelt, noch wissen wir sicher, auf was er aus ist. Trotzdem müssen wir etwas unternehmen. Und das werden wir auch.« Er winkte Bruder Fritsje heran, der die ganze Zeit aufmerksam auf einem Hocker nahe der Tür gesessen hatte. Er flüsterte ihm einige Sätze ins Ohr, und sofort eilte der kleine Mönch aus dem Zimmer.

»Morgen bei Sonnenaufgang werden vierzig unserer Klosterbrüder ihre hippopathischen Fähigkeiten einsetzen und versuchen herauszufinden, wohin Vagdrusal der Gütige verschwunden ist.«

»Ich verstehe nur Bahnhof«, gab Fabian zu.

»Falls das bedeuten soll, du kapierst kein Wort, dann schließe ich mich an«, quäkte Xolpph von der Seite.

»Hippopathie nennt man die Gabe, seinen Geist an ferne Orte und Zeiten zu versetzen.« Das runde Gesicht des Abts nahm einen stolzen Ausdruck an. »So kann man lange vergangene Ereignisse noch einmal erleben, als Zuschauer wohlgemerkt und ohne sie beeinflussen zu können. Es ist eine meditative Übung, die etlicher Jahrzehnte der Übung bedarf. Einige unserer Brüder haben es darin zu hoher Kunstfertigkeit gebracht. Manche vermögen gar, ihren Geist an Orte in der *Zukunft* zu schicken und Dinge zu erschauen, die sich noch überhaupt nicht zugetragen haben! Doch dies ist aufwendig und kräftezehrend, und es gelingt nur selten.« Sein Blick wurde ausdruckslos, und er starrte ins Leere. »Ich wünschte, Meister Amoebius hätte uns früher mitgeteilt, dass ihm der Aufenthaltsort Vagdrusals des Gütigen unbekannt ist. Auf dem Wege der Hippopathie hätten wir längst Nachforschungen anstellen können ...«

»Er wird einfach nicht daran gedacht haben«, vermutete Fabian. »Bei all den Nachforschungen, die er gleichzeitig angestellt hat.«

»Und Ihr glaubt, auf diesem Weg könnt ihr herausfinden, was Vagdrusal vor seinem Verschwinden getan hat? Wohin er gegangen ist?« In Myrtels Stimme schwang unverhohlene Skepsis mit.

»Das werden wir sehen«, antwortete Pater Euseruphius ruhig. »Morgen.«

Kapitel 18
Blick in die Vergangenheit

In dieser Nacht hatte Fabian einen seltsamen Traum. Er befand sich in einem halbdunklen Raum, bei dem es sich um das Krankenzimmer Conrad Cellerts zu handeln schien – mit dem Unterschied, dass es keine Wände besaß. Stattdessen waberten in wenigen Metern Entfernung graue Nebelschwaden umeinander, hinter denen es endlos weiterzugehen schien. Beklommen trat Fabian neben das Bett. Sein Freund schien zu schlafen, und einen Moment lang wunderte er sich, dass Conrad wieder einen grauen Kinnbart trug, wie zu der Zeit, als sie sich kennengelernt hatten. Als er genauer hinsah und bemerkte, dass unter der Decke eine zerrissene, schmutzige Robe hervorlugte, fragte er sich, ob er tatsächlich Conrad vor sich hatte – oder war es Bort, der alte Bettler, dem er bei der Abreise aus Pantrami zwei Kupferlinge für Medizin geschenkt hatte?

In diesem Moment öffnete der Mann die Augen und starrte Fabian durchdringend an. Er hob einen Arm, an dessen Handgelenk eine Armbanduhr von der Größe eines Weckers prangte. Auf dem Zifferblatt waren keine Zahlen, sondern Monde in verschiedenen Stadien des Wachsens und Schrumpfens eingezeichnet.

Conrad/Bort deutete mit einem zitternden Finger auf die Uhr und flüsterte kaum verständlich: *»Es ist wichtig ... so wichtig!«*

Bevor Fabian etwas erwidern konnte, erschien wie aus dem Nichts ein hagerer Mann auf der anderen Seite des Betts. Woher er kam, verstand Fabian nicht, eben noch war in weitem Umkreis niemand zu sehen gewesen. Die Gestalt trug einen weißen Arztkittel, doch als sie dichter herantrat, schrak er zusammen: Der Arzt war kein Mensch, sondern eine glänzende, schwarze Insektenkreatur wie die, die ihn um ein Haar in der Schreinerei erwischt hatte! Das Wesen zuckte verärgert mit den Fühlern und sagte zu niemand Bestimmtem: »Wie kommt der Junge hier rein? Ich hatte ausdrücklich gesagt, *keine Besucher!*«

Als sei all das nicht schon verstörend genug, erkannte Fabian plötzlich aus dem Augenwinkel, wie aus dem Nebel hinter dem Insekt ein dunkler Schatten auftauchte, ein undeutlich erkennbares Geschöpf, groß wie ein Haus. Es hob etwas in die Luft, das wie eine gewaltige Klaue aussah – oder wie die Schere eines Krebses. Fabian blieb keine Zeit, sich darüber Gedanken zu machen, denn im selben Augenblick fuhr der Auswuchs rasend schnell auf ihn herab! Er konnte nicht ausweichen und schloss in einem krampfartigen Reflex die Augen ...

Als er sie zaghaft wieder öffnete, fand er sich im Bett seines Kämmerchens im Kloster der Hippopathen wieder. Sein Haar und das Kissen waren völlig verschwitzt, sein Atem ging keuchend. Es dauerte viele Minuten, bis sich sein rasender Herzschlag einigermaßen beruhigt hatte.

Verwirrt massierte er sich die Schläfen. Was sollte das? War der Traum ein Resultat all der absonderlichen und verwirrenden Dinge, die er in den zurückliegenden Tagen erlebt hatte? Hatte sein erschöpftes Gehirn wahllos irgendwelche Bilder und Sätze in einen Topf geworfen? Oder steckte möglicherweise mehr dahinter?

Fabian ließ sich in das Kissen zurückfallen und dachte nach.

Wahrscheinlich war der Traum einfach eine bildhafte Darstellung seiner Nervosität, der Angst, sie könnten es bis zum Neumond nicht schaffen, Vagdrusal zu finden. Und ausgelöst worden war er, weil sie nun schon seit Tagen mehr oder weniger sinnlos hier im Kloster herumsaßen. Ihnen lief die Zeit davon, und das bescherte ihm Albträume!

Das hörte sich logisch an, fand Fabian und schloss die Augen. Sekunden später jedoch öffnete er sie wieder und starrte in die Finsternis. Ohne dass er es verhindern konnte, hatte sich eine andere Furcht seiner bemächtigt, so intensiv, wie es nur der Fall sein kann, wenn man nachts allein im Dunkeln liegt.

Es dauerte sehr lange, bis er das Bild von Conrad – dem echten Conrad –, der allein und sterbend in seinem Krankenbett lag, einigermaßen verdrängen konnte und in einen unruhigen, aber traumlosen Schlaf zurückfiel.

Als Fabian am nächsten Vormittag erwachte, fühlte er sich unausgeschlafen und zerknittert. Die nächtliche Vision schien ihm jetzt fern und löchrig, nur noch bruchstückhaft erinnerte er sich daran. Er verzichtete darauf, jemandem davon zu erzählen, verließ sein Zimmer und stellte erleichtert fest, dass Pater Euseruphius Wort gehalten hatte: Die Hippopathen hatten ihre Arbeit bereits aufgenommen.

Auf dem einzigen freien Platz des Klosters, einer schmalen Terrasse, hinter deren Balustrade es senkrecht in die Tiefe ging, hockten vierzig Mönchsnilpferde im Schein der Morgensonne und meditierten. Sie saßen bewegungslos da, die dicken Beine unter ihren Kutten im Schneidersitz verknotet. Nur ab und an zuckte einer mit dem Kopf, als durchlebe er einen intensiven Traum. Fabian, Myrtel und Xolpph beobachteten das Schauspiel eine Weile, aber da es für sie nichts zu tun gab und auch nicht abzusehen war, wie lange sich die

Hippopathie-Sitzung hinziehen würde, ließen sie sich irgendwann von Bruder Fritsje in die Klosterbibliothek bringen.

Fabian fand eine Abschrift der Chronik Agib Nagi-Saklars und begann, darin zu lesen. Doch er konnte sich nicht konzentrieren und klappte den Wälzer nach einer Weile seufzend wieder zu. Unruhig schweifte sein Blick über die vielen Tausend Bände, die in der kleinen, aufgeräumten Bibliothek versammelt waren. Dabei fiel ihm etwas auf.

»Sagt mal, wie kommt es eigentlich, dass ihr hier genauso sprecht und schreibt wie wir auf der Erde?«, wollte er von Myrtel und Xolpph wissen, die an einem Lesetisch hockten und ihre Nasen in zwei Bücher steckten. »Ich meine, das ist praktisch, klar. Aber auch komisch, oder?«

»Wovon redest du?« Xolpph sah desinteressiert von einem dünnen, bunt bebilderten Band auf, der halb unter seiner kugelförmigen Körpermasse begraben lag. »Sprecht ihr bei dir zu Hause denn noch was anderes als Pleex?«

»Hä?«

»Die Hochsprache des marganthischen Kontinents«, sagte Myrtel und hob ihren Rüssel aus einem Buch über die Klingengeometrie von Hieb- und Stichwaffen. »Du beherrschst sie perfekt – eigentlich seltsam, wo du doch ansonsten so gerne alles falsch machst, was man falsch machen kann.«

»Ich beherrsche *was?*« Noch während die Worte aus Fabians Mund drangen, stellte er fest, dass sie tatsächlich nicht seiner Muttersprache entstammten. Sie enthielten viel mehr Vokale und seltsame Kehllaute als jede irdische Sprache. Trotzdem beherrschte er sie, als hätte er nie anders gesprochen. Ja, er *dachte* sogar in Pleex!

Fassungslos schlug er die Chronik Agib Nagi-Saklars an einer beliebigen Stelle wieder auf. Da er den Text vorhin mühelos gelesen hatte, war er davon ausgegangen, dass er sich aus normalen irdischen Buchstaben zusammensetzte. Als er sich jedoch auf die einzelnen Symbole konzentrierte, wurde ihm klar, dass es keineswegs Buchstaben waren, wie man sie bei ihm daheim verwendete, sondern große, elegant verschnörkelte Symbole, die entfernt an Schriftzeichen der Indianer erinnerten.

»Heiliges Erbspüree«, stammelte er, wiederum auf Pleex. »Wie lange spreche ich so?«

»Du hast schon Pleex gesprochen, als wir uns am Südtor von Pantrami getroffen haben«, erklärte Myrtel achselzuckend und widmete sich wieder ihrem Buch. »Ich nehme an, bei der Transition passiert irgendwas mit dem Sprachzentrum im Gehirn … keine Ahnung. Musst mal Meister Amoebius fragen.«

»Falls wir ihn je wiedersehen«, flüsterte Xolpph unheilschwanger und fing sich dafür prompt einen bösen Blick von Myrtel ein.

In diesem Augenblick schwang die Tür auf, und Pater Euseruphius eilte mit wehender Kutte herein, dicht gefolgt von der gedrungenen Gestalt Bruder Fritsjes.

»Die Brüder sind erwacht«, verkündete er. »Und sie haben Erkenntnisse aus der Hippopathie mitgebracht!«

»Ihr wisst jetzt, wo Vagdrusal ist?«, erkundigte sich Fabian aufgeregt.

»Gewissermaßen«, erwiderte der Abt und ließ sich auf einen Stuhl fallen. »Der schwierigste Teil der Aufgabe bestand darin, Vagdrusal den Gütigen in der Vergangenheit aufzuspüren. Die ersten Versuche misslangen – so lange, bis die Brüder schließlich volle 777 Jahre zurückreisten, zum letzten Ort, von dem bekannt war, dass der Nekro dort gewesen ist.«

»Das Ritual auf der Klippe von Mogonthûr«, vermutete Myrtel.

»So ist es. Hippopathisch begaben sie sich ins Jahr 2808 nach

Töc. Nachdem der Große Siegelzauber gesprochen war, folgten sie Vagdrusal in kleinen, vorsichtigen Sprüngen durch die Zeit, bis sie schließlich an einem Punkt ankamen, der interessant für uns ist.«

»Oi, oi. Nun lasst schon hören!« Vor lauter Neugier wechselte Xolpph von seiner Ur- in seine Fesselform und wieder zurück, ohne es zu bemerken.

»Im Jahr 3289 reiste Vagdrusal zur Insel Golgath, wo er gegen das Anti-Magie-Edikt verstieß, indem er unter Zuhilfenahme von Magie einen Verwandten von einer schweren Krankheit heilte.«

»Seinen Halbbruder Anoš«, nickte Fabian. »Davon hat Meister Amoebius erzählt.«

»Doch auch auf Golgath war die Anwendung von Magie gesetzlich untersagt, so dass Vagdrusal beschloss, die Insel einige Jahre nach der Genesung seiner Halbbruders wieder zu verlassen.«

»Und wohin ging er von dort aus?« Myrtels Stimme klang gepresst.

»Er zog ins Märzgebirge, viele Meilen westlich von hier.«

»In die Stadt der Zauberer?«, fragten Fabian und Myrtel wie aus einem Mund.

»Nach Amarath, ja.«

»Aber Meister Amoebius sagte, der Oberste Präfekt der Stadt sei ein Feind Vagdrusals gewesen, weshalb er nie ...«

Der Abt nickte. »Ich kenne diese Geschichte. Aber bisher ahnte niemand, dass Vagdrusal erst im Jahre 3305 nach Amarath ging. Zu diesem Zeitpunkt war sein Widersacher Jalapentin längst nicht mehr an der Macht.« Er seufzte. »Leider dauerte die hippopathische Reise unserer Brüder sehr lange, bis sie endlich zu diesem Punkt vorstießen. Nur dreien gelang es, ihre Trance noch länger aufrechtzuerhalten und Vagdrusal in die Stadt zu folgen. Sie fanden heraus, dass er dort Handel mit Zauberutensilien trieb, ein Geschäft eröffnete, in dem er Amulette, magische Artefakte und Ingredienzien für zauberkräftige Tränke und Salben verkaufte.«

»Gar nicht schlecht, euer Hippodings«, gab Xolpph zu und zwinkerte anerkennend mit zwei seiner drei Augen. »Aber jetzt mal Klartext: Ist Vagdrusal noch dort?«

Das Gesicht des Abts verfinsterte sich. »Bis zu diesem Punkt in der Zeit vermochte nur ein einziger Bruder Vagdrusal zu folgen. Er berichtet, dass der Magier seinen Laden mehrere Jahrzehnte erfolgreich führte. Aber dann ...«

»Dann?«, wiederholte Myrtel gespannt.

»... erwachte auch dieser letzte Bruder aus seiner Trance«, schloss Pater Euseruphius missmutig.

»Saublöd.« Xolpph hob fragend drei Augenbrauen. »Aber was macht's? Sollen sie sich eben noch mal in Trance werfen und nachsehen, was ...«

»Das ist nicht möglich«, widersprach der Abt sofort. »Die Entbehrungen einer hippopathischen Reise sind enorm. Erst nach Tagen, manchmal Wochen, hat sich ein Mönch so weit erholt, dass er sich erneut in Hippopathie begeben kann.«

»Dann bittet eben andere Mönche«, schlug Myrtel vor. »Hier leben doch genug, oder nicht?«

Der Abt nickte. »Wohl. Aber jene, die den heutigen Vormittag in Hippopathie zubrachten, waren die in ihrer Ausbildung am weitesten Fortgeschrittenen. Von den übrigen vermag keiner, seinen Geist so weit in die Vergangenheit zu entsenden und ihn lange genug dort zu lassen, um etwas Sachdienliches herauszufinden.«

Myrtels geballte Faust krachte auf die Tischplatte. »Dann bleibt uns nur eins: Wir müssen selbst ins Märzgebirge, nach Amarath. Entweder ist Vagdrusal noch dort – dann übergeben wir ihm den Sternstein –, oder er ist an einen anderen Ort weitergezogen. In diesem Fall müssen wir seine Spur aufnehmen und ihm folgen.« Wild entschlossen, mit dunkelrosa angelaufenem Gesicht, starrte die Fant in die Runde.

»Dein Mut und deine Tatkraft in Ehren«, erwiderte der Abt zögernd, »aber die Reise zum Märzgebirge ist weit und nicht ohne Gefahren.«

Myrtel verschränkte die Arme. »Soweit *ich* weiß, beginnt das Märzgebirge nur ein paar Tagesreisen westlich von hier, und der Weg dorthin führt fast ausschließlich durch unbesiedeltes Heideland.«

»Das ist nicht ganz richtig, junge Fant«, erwiderte Pater Euseruphius milde. Er erhob sich, holte aus einem Regal ganz in der Nähe eine Pergamentrolle und breitete sie auf dem Tisch aus, so dass jeder sie sehen konnte.

»Wir befinden uns *hier*.« Sein plumper Finger wies auf eine Stelle, wo ein Symbol die Lage des Hochplateaus von Mnom-Ping bezeichnete. »Das Märzgebirge liegt hier.« Er fuhr ein gutes Stück nach links, zu einer langen Linie von Zackensymbolen. Dann deutete er auf einen großen, verwaschenen Fleck, der sich exakt auf der gedachten Linie zwischen Kloster und Gebirge befand. »Wenn ihr auf direktem Wege reisen und einen Umweg von über hundert Meilen vermeiden wollt, müsstet ihr die Sümpfe von Ölü durchqueren.«

»Die Sümpfe von Ölü«, wiederholte Myrtel und starrte den dunklen Fleck auf der Karte an. Ihrem fragenden Ton war zu entnehmen, dass sie von diesem Ort noch nie gehört hatte.

»Ein Gebiet trügerischer Moore, von der Ausdehnung ungefähr vergleichbar mit der Insel Golgath im Südwesten«, schaltete sich unvermittelt Bruder Fritsje ein, der wie stets im Hintergrund gestanden und ihr Gespräch aufmerksam verfolgt hatte. »Spärlicher Pflanzenwuchs, überwiegend Sumpfgras, Schachtelhalmgewächse, giftige Pilze und Krüppelkiefern. Großer Tierreichtum, unter anderem kommen der gemeine Morastwurm, das Schleimschwein, unzählige Schneckenarten und die geflügelte Rabratte vor.« Der kleine Mönch verstummte, als er bemerkte, dass sich die Augen aller Anwesenden auf ihn gerichtet hatten.

»Woher habt Ihr all diese Kenntnisse, Bruder?«, erkundigte sich der Abt langsam.

»Die Geografie unserer Welt ist meine Leidenschaft«, erklärte Bruder Fritsje schüchtern und deutete auf die Bücherregale ringsum. »In meinen freien Stunden komme ich oft hierher und lerne, was es über die Regionen unseres Kontinents, ihre Flora und Fauna zu lernen gibt. Das macht Freude!« Unter seiner leicht verrutschten Kapuze konnte man erkennen, dass das Mönchsnilpferd lächelte.

»Hmm.« Der Abt dachte eine Weile konzentriert nach. »Die Zeit läuft uns davon«, sagte er schließlich. »Daher stimme ich dir zu, junge Fant: Es ist unumgänglich, dass der Sternstein sich auf den Weg gen Amarath macht – die Stadt der Zauberer ist die einzige Spur auf den Verbleib Vagdrusals, die wir haben.«

»Und was ist mit diesen komischen Sümpfen?«, quäkte Xolpph. »Wenn wir sie umgehen, kommen wir nie rechtzeitig bis zum Neumond im Märzgebirge an. Wenn ich mich nicht verzählt habe, bleiben uns noch achtzehn Tage!«

»Siebzehn«, korrigierte Pater Euseruphius ruhig. »Es sind nur noch siebzehn Tage, bis der Mond das nächste Mal gänzlich schwindet. Aber keine Bange, ihr werdet die Sümpfe von Ölü nicht umgehen. Vielmehr werdet ihr sie auf dem kürzestmöglichen Weg durchqueren – geleitet von einem belesenen Führer!« Er drehte sich zu Bruder Fritsje um, der seinen Blick verwundert erwiderte. »*Ihr*, Bruder, werdet Fabian, Myrtel und den Xenophor namens Xolpph durch die Sümpfe begleiten und ihnen den richtigen Weg weisen. Seid Ihr damit einverstanden?«

Der kleine Mönch schnappte überrascht nach Luft. Dann nickte er so heftig, dass seine Kapuze nach hinten rutschte und sein graues, rundes Nilpferdgesicht enthüllte.

Er strahlte von einem Ohr zum anderen.

Kapitel 19
Durch die Sümpfe

Noch am selben Tag brach die kleine Gruppe auf. Die Hippopathen statteten Fabian, Myrtel und Bruder Fritsje eilig mit Proviant und allem aus, was sie für ihre Reise benötigten. Der kleine Mönch durfte darüber hinaus an Büchern und Kartenmaterial aus der Bibliothek einpacken, was er für nötig befand – eine Aufgabe, der er mit leuchtenden Augen nachkam.

Mit dem Bastkorb wurden die vier zum Fuß des Bergmassivs hinabgelassen. Unter den Augen sämtlicher Ordensbrüder, die sich an den Fenstern des Klosters drängten, machten sie sich auf den Weg.

Nach der unübersichtlichen Hügellandschaft der Wülste von Worsp wirkte die Heidelandschaft westlich des Bergmassivs richtig sympathisch. Es gab kaum Erhebungen, nur ab und an wuchsen Heidekraut, Dornbüsche oder einzelne Bäume. Man konnte meilenweit sehen. Sie begegneten keiner Menschenseele, und nur selten verriet eine dünne Rauchsäule am Horizont, dass es irgendwo in dieser Region auch Menschen gab.

Der Tag verstrich mehr oder weniger ereignislos, ebenso der folgende. Und obwohl sie gut vorankamen und sich nirgends Anzeichen für einen Hinterhalt oder eine Verfolgung zeigten, gelang es

Fabian nicht, die andauernde Nervosität, die ihn schon seit dem Aufbruch aus Pantrami plagte, abzuschütteln. In regelmäßigen Abständen ertappte er sich dabei, wie er mit einem mulmigen Gefühl an den Sternstein in seinem Rucksack oder den grüngewandeten Graf Vamskatt dachte. Abends lag er lange wach und spähte zur langsam, aber stetig abnehmenden Sichel des Mondes empor.

Bruder Fritsje indes stellte sich als echte Bereicherung heraus: Er war freundlich, hilfsbereit, und nichts schien je seine gute Laune trüben zu können. Er redete gern und viel (vielleicht, weil im Kloster so wenig gesprochen wurde) und fand in Xolpph einen ausdauernden Konversationspartner. Bald jedoch ließ das Interesse des Xenophors an Wortwechseln mit dem Mönch merklich nach; Bruder Fritsje, der hoch gebildet war, wurde nämlich nicht müde, Xolpph immer dann freundlich, aber bestimmt zu korrigieren, wenn dieser berühmte Persönlichkeiten falsch zitierte, Halbwahrheiten von sich gab oder schlicht und einfach Unsinn daherredete. Der Xenophor reagierte zumeist unwillig bis verschnupft, Fabian und Myrtel dagegen grinsten ein ums andere Mal still in sich hinein.

Am dritten Tag begann der Grund unter ihren Füßen allmählich feuchter zu werden. Sie passierten kleine Tümpel und überquerten mehrere brackige Wasserläufe. Am Abend stieg dichter Dunst vom Boden auf und hüllte alles, was außerhalb des Lichtkreises ihres Lagerfeuers lag, in milchige, geisterhafte Schleier.

Der Nebel verzog sich nicht mehr. Durch Schwaden von Weiß stapften sie am folgenden Tag über schmatzenden Grund und lauschten dem Quaken mächtiger Frösche in der Ferne – falls es welche waren.

Irgendwann begann die Luft, faul und schweflig zu riechen.

»Oi, oi. Ich würde mal sagen: Willkommen in den Sümpfen!«, sagte Xolpph ohne Begeisterung.

»Dies ist nur der Anfang«, widersprach Bruder Fritsje freundlich und zückte eine Landkarte. »Richtig unangenehm wird es erst einen halben Tagesmarsch weiter westlich. Dort werden wir auf jeden unserer Schritte achten müssen.«

Missmutig starrte Fabian auf seine Füße, die bis zu den Knöcheln im Morast steckten. Bereits jetzt war jeder Schritt über den feuchten, saugenden Boden eine Qual, eine einzige Meile so anstrengend wie fünf über festes Gelände. »Wie sollen wir denn da durchkommen, wenn es *noch* matschiger wird?«, wollte er wissen. »Ich hab keine Lust, im Moor zu versinken!«

Der Hippopath schmunzelte und zog eine zweite Karte hervor. Sie war bedeckt mit etwas, das aussah wie ein kompliziertes schwarzes Spinnennetz. »Das werden wir nicht«, sagte er zuversichtlich. »Wir werden die Überbleibsel eines einstmals gut ausgebauten Straßennetzes nutzen.«

»Wo sollen denn hier Straßen herkommen?«, erkundigte sich Xolpph patzig. »Hier wohnt doch weit und breit keiner!« Er grinste überlegen, in der Annahme, endlich einmal Recht zu behalten.

Doch einmal mehr täuschte er sich.

»Früher lebte hier sehr wohl jemand«, erklärte Bruder Fritsje. »Vor über zweihundert Jahren kamen Menschen und Fanten nach Ölü in der Hoffnung, hier Landwirtschaft betreiben und Bodenschätze fördern zu können. Sie legten gemauerte Wälle durchs Moor an, auf denen sie ihre Güter transportieren und Handel mit dem Umland treiben wollten.« Er wedelte amüsiert mit seiner Straßenkarte. »Dummerweise stellte sich heraus, dass der Boden hier in allen Belangen unergiebig war – Dreck, nichts weiter. Die Leute zogen wieder fort, ihre ausgebauten Wege blieben. Zumindest, was davon erhalten geblieben ist.«

Am Nachmittag hob sich die Dunstglocke für kurze Zeit, und

rings herum wurde ein Meer aus schwarzem, blubberndem Morast sichtbar. Verkrüppelte Bäume ragten aus dem wässrigen Boden; dicke Blasen stiegen auf, zerplatzten mit obszönen Geräuschen und stießen stinkende Dämpfe aus; Kröten rülpsten im grünlichen Schleim.

Bruder Fritsje studierte aufmerksam seine Karte, und kurz darauf gelangten sie zu den Ruinen eines steinernen Walls. Er war an vielen Stellen zerbröckelt und von Schlingpflanzen überwuchert, aber die Pflastersteine auf seiner Kuppe waren noch stabil genug, um darauf zu marschieren. Erleichtert, nicht mehr bei jedem Schritt Angst vor dem Versinken haben zu müssen, krabbelten sie darauf und zogen weiter.

Je tiefer sie in den Sumpf eindrangen, desto dichter wurde der Nebel, bis man kaum mehr fünf Schritte weit sah. Ohne dass er es verhindern konnte, kehrte Fabians Angst zurück – diese Gegend war wie geschaffen für einen Hinterhalt! Bei jedem Geräusch (und davon gab es in den Tiefen des brodelnden, quakenden, plätschernden Sumpfs eine ganze Menge) fuhr er erschrocken herum, erwartete, eine Gestalt mit wallendem grünem Umhang aus einer Nebelbank hervorstürzen zu sehen, die mit blitzendem Degen auf sie losging.

Seine Nervosität wirkte ansteckend. Bald begannen auch die anderen, ständig zusammenzufahren und sich unruhig umzusehen. Auf dem rutschigen Steinwall war dies nicht ungefährlich: Einmal konnte Bruder Fritsje, der von Myrtel unbeabsichtigt einen Ellenbogen in den Bauch gerammt bekam, nur um ein Haar vermeiden, rücklings ins Moor zu stürzen.

Am Abend wurde das Gelände neben dem Damm fester. Ein buschbewachsener Erdhügel tauchte auf, in dessen Flanke die Öffnung einer Höhle zu erkennen war. Dankbar nutzten sie die Gelegenheit und schlugen dort ihr Nachtlager auf. Bald saßen sie um ein prasselndes Lagerfeuer und buken Teigrohlinge aus den Vorräten der Hippopathen über den Flammen, die sie auf lange Äste gespießt hatten.

»Hätte ich bloß nie das MEAM verlassen«, maulte Xolpph vor sich hin, dem die Strapazen der Reise allmählich auf die Nerven gingen. »Geregelte Arbeitszeiten, sicherer Beamtensold, ordentliche Rente ab dem zweihundertsten Dienstjahr ... und wofür habe ich das alles aufgegeben?« Er warf einen anklagenden Blick in die Runde.

»Für ein Abenteuer, von dem du noch deinen Ururenkeln mit stolz geschwellter Brust erzählen kannst«, erinnerte ihn Bruder Fritsje freundlich wie immer.

»Ich hab keine Brust«, grunzte Xolpph. Aber wenigstens hielt er jetzt den Mund.

Als der appetitliche Duft frisch gebackener Brötchen von ihren Spießen aufstieg, erhob sich aus den Büschen auf dem Erdhügel hektisches Rascheln.

»Bei Bossut!« Myrtel sprang auf und starrte mit zusammengekniffenen Augen in die tiefer werdende Dunkelheit. »Was ist das?«

Bruder Fritsje setzte zu einer Erklärung an, doch bevor er ein Wort herausbekam, hatte Myrtel schon einen brennenden Ast aus der Feuerstelle gezogen und huschte den Hügel hinauf.

Fabian warf dem Mönch einen alarmierten Blick zu, doch der Hippopath winkte ab. »Kein Grund zur Beunruhigung. Das werden bloß Rabratten sein. Sie haben unser Essen gerochen und hoffen, dass etwas liegen bleibt, das sie sich später holen können.«

Raschelnd kämpfte sich Myrtel über ihnen durchs Buschwerk. Das Licht ihrer Fackel versickerte zunehmend zwischen den Blättern.

»Was ist eine Rabratte?«, fragte Fabian, dem es nicht gefiel, dass er die Fant jetzt nicht mehr sehen konnte.

»Die Rabratte ist ein schwarz gefiedertes Nagetier, so groß wie ein Wiesel«, erläuterte der Mönch, wie immer froh, mit seinem geradezu lexikalischen Wissen glänzen zu können. »Mit ihren Stummelflügeln kann sie kurze Strecken im Flug zurücklegen oder sich von hoch gelegenen Punkten herabgleiten lassen. Sie ist ein Allesfresser, der auch Aas nicht verschmäht. Ihr nächster Verwandter ist die Schlaratte, ein beinloses, schuppiges Geschöpf, das in den Kanalisationen großer Städte vorkommt und sich von Abfällen ernährt.«

Das Brechen von Ästen auf der Hügelkuppe verstummte. Dann drang Myrtels Stimme gedämpft zu ihnen: »... denn das für ein ulkiges Vieh?«

»Was ist denn das für ein ulkiges Vieh?«, wiederholte eine Stimme, die ihrer zum Verwechseln ähnelte.

»Hey – kannst du etwa sprechen?« Myrtel klang überrascht.

»Hey – kannst du etwa sprechen?«, wiederholte jemand – Myrtel? – mit exakt derselben Betonung.

»Wieso sagt sie denn alles zweimal?«, wunderte sich Xolpph. »Hat sie 'nen Schuss?«

Ruckartig sprang Bruder Fritsje auf. »Das *ist* nicht Myrtel!«, stieß er hervor und zerrte einen brennenden Ast aus dem Feuer.

»So was wie dich hab ich ja noch nie gesehen«, hörten sie Myrtel sagen. »Na, komm doch mal her ...«

»So was wie dich hab ich ja noch nie gesehen ...«

»AUF GAR KEINEN FALL ANFASSEN!«, brüllte Bruder Fritsje und wetzte geduckt den Hügel hinauf in die Richtung, wo Myrtel verschwunden war.

Doch es war zu spät.

Ein hoher, schmerzerfüllter Schrei ertönte, dann brachen Äste, und man hörte Myrtel keifen: »Bei Bossut! Mich beißen, was? Na warte, du blödes Vieh!«

Auch Fabian rappelte sich auf und folgte dem Mönch hangaufwärts durch das Buschwerk. Im Handumdrehen gelangte er auf eine freie Fläche inmitten mannshoher Dornsträucher. Im Licht zweier brennende Äste, von denen einer auf dem Boden lag, der andere in Bruder Fritsjes erhobener Hand steckte, erkannte er Myrtel, die wie eine Wahnsinnige mit einem dicken Prügel auf ein Gebüsch einschlug. Geschützt von handgroßen Blättern schien sich dort etwas zu verstecken, ein Tier von der Größe einer Katze ... eine Rabratte?

Im selben Moment schoss etwas Knallbuntes aus der Deckung hervor und sauste wie ein geölter Blitz auf Fabian zu! Keine zwei Schritte vor ihm rollte es sich zur Seite und verschwand seitlich in den Büschen.

Alles war so rasend schnell gegangen, dass er nicht viel mehr erkannt hatte als eine Art bunte Kugel, aus deren Vorderseite ein glitzernder Kopf mit langen Fühlern ragte. Als er sicher war, dass das eigenartige Lebewesen verschwunden war, näherte er sich Myrtel, die wütend ihre linke Hand anstarrte. Das Gesicht von Bruder Fritsje wirkte im Fackelschein blass und besorgt, als er neben sie trat.

»Dieses verflixte Vieh!«, stieß Myrtel zwischen zusammengebissenen Zähnen hervor. »Hat mich gebissen!«

»Was *war* das?« Fabian kniff die Augen zusammen. An Myrtels Handgelenk waren zwei dicht nebeneinanderliegende Einstichmale zu erkennen, wie das Mal eines Vampirs. Die Wunden waren stark gerötet und schienen bereits anzuschwellen.

»Eine Papageienschnecke«, antwortete Bruder Fritsje dumpf. »Mir war nicht klar, dass diese Spezies so weit nördlich des Dschungels von Wunst vorkommt.« Er machte ein zerknirschtes Gesicht. »Ich hätte euch warnen müssen.«

»Eine *Schnecke?*«, wiederholte Fabian ungläubig. »Aber das Biest war schnell wie der Wind!«

»Nicht alles, was auf einem schleimigen Fuß gleitet, muss zwangsläufig langsam sein.« Der Hippopath seufzte. »Die Papageienschnecke ist ein gewandter Räuber, der sich vom Blut kleiner Tiere ernährt. Das Innere ihres bunten Gehäuses besteht aus einer Unzahl von Röhren, mit denen sie Schallwellen erzeugt, die durch kleine Öffnungen nach außen gelangen. Normalerweise imitiert sie damit Zirplaute von Vögeln und Nagetieren, die sie anlockt, um von ihrem Blut zu trinken. Aber sie kann auch mühelos menschliche Stimmen nachahmen ...«

»So schlau bin ich auch – *jetzt!*«, versetzte Myrtel böse. »Zu Hause in Pantrami gibt es solche gemeinen Biester nicht. Verflixt, das juckt!« Sie machte Anstalten, an den Bissstellen zu kratzen, doch Bruder Fritsje schlug ihre Hand beiseite.

»Auf keinen Fall kratzen! Mit dem Gift der Papageienschnecke ist nicht zu spaßen. Wir müssen die Wunde sofort säubern, verbinden und ...«

»Das Vieh ist *giftig?*«, entfuhr es Myrtel und Fabian fast gleichzeitig.

Bruder Fritsje nickte. »Ihre zwei kleinen Zähne spritzen beim Biss eine gewisse Menge Schnecknin unter die Haut, ein sehr effektives Nervengift. Bei Kleintieren bewirkt es eine rasch einsetzende Starre, die die Schnecke ausnutzt, um sich vollzusaugen. Nach etwa einer Stunde klingt die Lähmung ab, und die Beute kann weiterziehen.« Bruder Fritsjes Miene war jetzt so besorgt, wie sie es noch nie bei ihm gesehen hatten. »Bei Menschen führt Schnecknin zu Kopfschmerzen und Durchfall, was sich jedoch ein bis zwei Tage später wieder legt. Der Körper von Fanten dagegen reagiert sehr heftig auf das Gift. Wenn man nicht umgehend ein Gegenmittel verabreicht ...«

»Was für ein Gegenmittel?«, unterbrach Fabian.

»Ein einfaches Mittel gegen allergische Reaktionen genügt. Leider haben wir keinerlei Medikamente bei uns, und wir dürfen wohl kaum erwarten, hier in der Wildnis einen Arzneihändler vorzufinden.« Der Mönch zögerte, bevor er weitersprach. »Kann kein Gegenmittel verabreicht werden, kommt es zu Fieber, Schwindelanfällen und Orientierungslosigkeit. Im weiteren Verlauf treten Ohnmachtsanfälle auf, der Kreislauf bricht zusammen und ...«

»Und?« Myrtels Stimme, gehaucht und kaum zu verstehen.

»... in neun von zehn Fällen erliegt der Fant der Vergiftung binnen achtundvierzig Stunden!«

Kapitel 20
Vergiftet!

Alle bemühten sich tapfer, Bruder Fritsjes schreckliche Prognose aus ihren Köpfen zu verdrängen. Der Mönch säuberte Myrtels Wunde und fertigte einen fest sitzenden Verband an. Doch bereits in der Nacht, die sie aneinandergedrängt im Innern der Erdhöhle zubrachten, zeigte sich, dass das Schnecknin sein zerstörerisches Werk in Myrtels Körper bereits begonnen hatte. Immer wieder warf sich die Fant stöhnend im Schlaf herum, rempelte die anderen an, strampelte Decken und Schlafsack beiseite und versuchte, an den verbundenen Bissmalen zu kratzen. Als Fabian und Bruder Fritsje sich am Morgen erhoben, war Myrtel am ganzen Körper schweißbedeckt. Mit Mühe gelang es ihnen, sie zu wecken und dazu zu überreden, etwas zu essen. Als sie aufbrachen, tat Myrtel so, als ginge es ihr bestens. Sie machte Späße über ihre wackligen Knie und bestand darauf, ihren Rucksack mit einem Teil der Ausrüstung selbst zu tragen.

Doch dabei blieb es nicht. Gegen Mittag klagte die Fant über Übelkeit, und Fabian beobachtete voller Unruhe, dass ihr rosiges Gesicht immer blasser, ihr Gang torkelnder wurde. Als Bruder Fritsje und er beschlossen, Myrtels Ausrüstung auf ihre Rucksäcke zu verteilen, protestierte sie schwach, hinderte sie aber nicht daran.

Am Nachmittag konnte sie nicht mehr ohne Stütze gehen.

Abwechselnd mussten Fabian und der kleine Mönch sich Myrtels gesunden Arm über die Schulter legen und der Fant Halt geben, da ihr ständig die Beine wegknickten. Fabian erschrak über die Hitze, die er durch ihre Kleidung hindurch spüren konnte.

Als die Dämmerung einsetzte, ging es gar nicht mehr weiter. Myrtel kam nur noch vom Fleck, wenn sie von beiden Seiten gestützt und mehr oder weniger getragen wurde. Glücklicherweise tauchte ganz in der Nähe des Steinwalls eine ansatzweise trockene, mit Heidekraut bewachsene Wiese auf, wo sie Halt machen konnten. Fabian und Bruder Fritsje bereiteten Myrtel ein Lager, flößten ihr etwas Wasser ein und zerbröselten ein halbes Brötchen für sie. Minuten später fiel sie in einem unruhigen Dämmerschlaf, in dem sie nur hin und wieder matt vor sich hinstöhnte.

»Es muss doch irgendwas geben, was wir tun können«, brachte Fabian wenig später am Lagerfeuer hervor. »Irgendwas! Sie darf nicht sterben, Bruder Fritsje! Hört Ihr?«

Der Mönch legte seinen grauen Kopf auf die angezogenen Knie und starrte gequält in die Flammen. »Wir *können* nichts tun. Außer warten. Wenn Myrtel viel, viel Glück hat, ist sie die eine von zehnen, die den Biss der Papageienschnecke ohne Gegenmittel überlebt.«

»Wann werden wir das wissen?«

Wieder verging viel Zeit, bevor der Hippopath antwortete. »Ich bin kein Heilkundiger. Aber ich würde sagen, entweder geht es Myrtel im Verlauf dieser Nacht allmählich besser ... oder sie wird morgen Abend nicht mehr am Leben sein.«

Mit einem heftigen Ruck wechselte Xolpph von seiner runden Ur- in seine Fesselform und richtete sich auf wie eine Königskobra vor dem Angriff. »Das ist ja unerträglich!«, rief er. »Ihr müsstet euch mal reden hören! Sie *wird* nicht sterben, ihr Jammerlappen. Myrtel übersteht den Biss so eines dämlichen Schleimers spielend, hört ihr?« Schwankend wandte er sich ab und verschwand in den dunklen Heidesträuchern am Rand des Lagers.

Überrascht vom plötzlichen Ausbruch des Xenophors blickten Fabian und Bruder Fritsje ihm nach.

»Er mag Myrtel sehr gern«, sagte der kleine Mönch leise. »Mehr, als er auf seine schroffe Art zum Ausdruck bringen kann. Es schmerzt ihn, dass er nichts tun kann, um ihr zu helfen.«

Fabian dachte über die Worte des Hippopathen nach und stellte fest, dass es ihm ähnlich ging. Auch wenn Myrtel und er sich zu Beginn nicht gerade blendend verstanden hatten, mochte er die Fant mittlerweile richtig gut leiden. Die Vorstellung, sie könnte morgen um diese Zeit nicht mehr am Leben sein, nahm ihm den Atem. Um sich nicht so hilflos zu fühlen, erhob er sich und kühlte Myrtels Stirn mit einem feuchten Lappen. Als er zum Feuer zurückkehrte, holte Bruder Fritsje gerade ein paar Klumpen Brötchenteig aus dem Vorratsrucksack, um sie über dem Feuer zu rösten.

Doch dazu sollte es nicht kommen.

Plötzlich raschelte es im Heidekraut, dann schoss Xolpph wie eine Rakete zwischen den Blättern hervor. »Ihr müsst mitkommen! Sofort!«, stieß er keuchend hervor. »Ich hab was entdeckt!«

»Eine Arztpraxis mitten im Sumpf, nehme ich an?«, erwiderte Fabian humorlos.

»Keine Zeit für saublöde Witze! Ich hab eine Hütte gefunden, keine drei Minuten von hier. Kommt schon! Vielleicht kann man Myrtel dort helfen!«

»Eine Hütte?« Fabian gab sich keine Mühe, seine Zweifel zu verbergen. *»Hier?«*

»Es könnte noch alte Ruinen aus der Zeit der Besiedlung von Ölü geben«, überlegte Bruder Fritsje laut.

»Keine Ruinen«, unterbrach ihn der Xenophor. »Alles intakt – und in den Fenstern brennt Licht!«

Fabian und der Mönch sahen sich einen Augenblick verdutzt an, dann ergriffen sie zwei brennende Äste und folgten Xolpph, der mit beachtlicher Geschwindigkeit vorausstuschte.

Sie eilten über feucht federnden, aber stabilen Untergrund, bis sie einen dichten Buschgürtel erreichten. Auf Xolpphs Geheiß gingen sie dahinter in Deckung und streckten vorsichtig die Köpfe durch die Zweige.

Vor ihnen, auf einer großen, freien Fläche erhob sich ein hufeisenförmiges Halbrund aus verkrüppelten Bäumen. Ihre Äste waren in den unmöglichsten Winkeln verbogen, so dass sie im mondbeschienenen Dunst wie eine Gruppe dürrer Gestalten aussahen, die unter Todesqualen ihre Glieder verrenkten. Zurückgesetzt, in der Mitte des Hufeisens, stand ein kleines, viereckiges Häuschen mit einem mützenartigen Dach aus Schilfrohr. Hinter den drei kleinen verhängten Fenstern war flackernder Lichtschein zu erkennen.

»Da wohnt tatsächlich einer, mitten im Sumpf«, flüsterte Fabian.

»Sag ich doch«, zischte Xolpph.

»Und was machen wir jetzt?«

»In Anbetracht von Myrtels Zustand bleibt uns nichts anderes übrig, als hinzugehen und die Bewohner der Hütte um Hilfe zu bitten«, sagte Bruder Fritsje düster.

Obwohl Fabian augenblicklich ein Dutzend Gründe in den Sinn kam, die dagegen sprachen, an die Tür eines unbekannten Hauses zu klopfen – bei Nacht, im Herzen eines Sumpfes, in einer Welt, die bevölkert war von tödlichen Kreaturen –, widersprach er nicht. Sie brauchten dringend Hilfe! Er wartete, bis Xolpph an seinem Bein emporgekrochen war und sich um seine Hüften gewickelt hatte, dann erhob er sich und schritt Seite an Seite mit Bruder Fritsje los.

Sie hatten etwa die halbe Entfernung zur Hütte zurückgelegt, als Fabian plötzlich einen leichten Widerstand am Fußgelenk verspürte. Im selben Moment ertönte aus dem Innern des Gebäudes das gedämpfte Klingeln eines Glöckchens! Erschrocken sah Fabian nach unten und stellte fest, dass er beim Gehen einen hauchfeinen Draht zerrissen hatte, der in Köchelhöhe rings um die Hütte gespannt war. Sekunden später hörte man, wie sich irgendwo beim Haus eine Tür öffnete und wieder schloss.

Stille trat ein. Nebel wallte träge.

»Was ... hat das zu bedeuten?«, flüsterte Fabian.

Bruder Fritsje zuckte ratlos die Schultern. Vorsichtig setzten sie sich von Neuem in Bewegung.

Irgendwo im Dunst knackte es metallisch. Plötzlich glaubte Fabian, links von sich eine Bewegung in den weißen Schwaden auszumachen.

Er zuckte herum.

Nichts. Offenbar war es nur wabernder Nebel gewesen, den er aus dem Augenwinkel wahrgenommen hatte.

Er blickte wieder nach vorne – und erschrak nicht schlecht, als er direkt in ein bärtiges, zerfurchtes Gesicht starrte!

Wenige Schritte vor ihnen war ein großer, spargeldünner Mann aus dem Nebel aufgetaucht. Er trug einen weißen Kittel, und zwei Zöpfe aus rotem, geflochtenem Haar standen zu beiden Seiten waagerecht von seinem Kopf ab. Unter seiner Nase flatterte ein walrossartiger, ebenfalls roter Schnauzbart, der ihm bis über die Lippen hing. Das Auffälligste war jedoch ein gläserner Gegenstand, den er vor sich in die Luft streckte. Er hatte große Ähnlichkeit mit einem Parfümzerstäuber.

»Späte Gäste, wie?«, schnarrte der Mann durch seinen Oberlippenbart und machte einen Schritt vorwärts. Wieder ertönte ein blechernes Knacken.

»Ich ... wir ...«, begann Fabian, den der Anblick der seltsamen Gestalt völlig durcheinandergebracht hatte.

Nervös blinzelnd huschten die Augen des Mannes über ihn, Bruder Fritsje und Xolpph hinweg. Dann verzog sich sein Gesicht und er stieß ein gekünsteltes Lachen aus. »Ein Junge, ein Hippopath und ein Xenophor, mutterseelenallein in den Sümpfen von Ölü, unzählige Meilen abseits der Zivilisation? Ha! Eine miese Tarnung, ich muss schon sagen. Wer soll euch *das* abnehmen?« Er trat einen weiteren Schritt näher.

Knack.

»Ich habe euch durchschaut!« Bedrohlich hob der Fremde seinen Zerstäuber.

»Hört, guter Mann«, begann Bruder Fritsje und hob diplomatisch beide Arme. Doch weiter kam er nicht.

»AAAAHHHH!«, schrie der magere Mann, hüpfte rückwärts und betätigte wie von Sinnen den Auslöser seiner Sprühflasche. Eine glitzernde, bläuliche Wolke schoss aus der Düse und hüllte sie in Sekundenschnelle ein.

Instinktiv kniff Fabian die Augen zusammen. Gleich würde die Säure – oder was immer es war – anfangen, auf seiner Haut zu brennen ...

»Bääh, das stinkt ja ekelhaft«, hörte er Xolpph quäken. »Was ist das für ein Zeug?«

Als nichts weiter passierte, öffnete Fabian die Augen und atmete vorsichtig durch die Nase ein. Die glitzernde Wolke hatte einen penetranten chemischen Geruch, ein bisschen wie künstlich hergestelltes Pfefferminzaroma; Fabian musste an das Desinfektionsmittel denken, mit dem Hausmeister Bronstein daheim auf der Erde regelmäßig die Toiletten des Regenbogenhauses reinigte. Es gab angenehmere Gerüche, aber auch schlimmere.

Noch immer passierte nichts.

Der Bursche im Kittel schien verwirrt. Unter hektischem Blinzeln starrte er von einem zum anderen, während er den Zerstäuber sinken ließ.

»Ihr verwandelt euch nicht?«, stammelte er mit hängenden Schultern. »Aber ihr müsst doch ... dann seid ihr gar keine ...?«

»Hört, guter Mann«, begann Bruder Fritsje von Neuem, diesmal etwas energischer. »Ich weiß nicht, wen Ihr erwartet habt, aber bitte glaubt mir: Wir sind friedliche Reisende und zudem in arger Not.« Mit wenigen Sätzen klärte er den Fremden auf, dass ihre Begleiterin von einer Papageienschnecke gebissen worden war und ganz in der Nähe mit dem Tode rang.

Daraufhin veränderte sich das Verhalten des Mannes völlig. Er ließ den Zerstäuber in einer Tasche seines Kittels verschwinden und straffte die Schultern. »Die Götter meinen es gut mit Euch«, sprach er, und ein Lächeln wurde unter seinem Walrossbart sichtbar. »Ihr habt den einzigen Ort im Umkreis von vielen hundert Meilen gefunden, wo Eurer Gefährtin geholfen werden kann.« Er drehte sich um und deutete einladend auf seine Hütte. »Bringt sie her, rasch. Im Haus von Doktor DiNorbert wird kein Kranker abgewiesen, ganz gleich, woher er kommt.«

Kapitel 21
Doktor DiNorbert

Die Hütte bestand aus einem einzigen großen Zimmer, das karg, um nicht zu sagen ärmlich eingerichtet war. Nachdem Fabian und Bruder Fritsje die bewusstlose Myrtel vom Lager herübergeschleppt hatten, bettete Doktor DiNorbert sie auf einen dicken Strohsack, offenbar sein Bett. Der sonderbare hagere Mann untersuchte die Fant kurz, dann stakste er zu einem Teppich in der Mitte des Zimmers und rollte ihn zusammen. Erneut fiel Fabian das metallische Knacken auf, das jeden seiner Schritte begleitete.

Unter dem Teppich kam eine hölzerne Falltür zum Vorschein. DiNorbert öffnete sie, stieg eine Treppe hinunter und kehrte kurz darauf mit einem winzigen Fläschchen zurück. Er trat neben Myrtel und träufelte ihr drei Tropfen einer braunen Flüssigkeit in den geöffneten Mund. Einige Augenblicke vergingen, dann wurde ihr Atem regelmäßiger, ihr gequälter Gesichtsausdruck entspannte sich.

»Sie wird schlafen, tief und fest, bis zum Sonnenaufgang«, prophezeite Doktor DiNorbert. »Dann wird sie sich erheben, gesund und ohne Fieber. Sie wird keine Erinnerung an die Erlebnisse seit dem Schneckenbiss haben.« Zufrieden wickelte er sich einen seiner roten Zöpfe um den Zeigefinger.

»Was habt Ihr ihr verabreicht?«, erkundigte sich Bruder Fritsje.

»Einen Extrakt aus der Wurzel des Ollop-Baums. Er hat eine entgiftende Wirkung und mindert allergische Reaktionen im Körper. Simpel, aber in diesem Fall völlig ausreichend.« Unter lautem Knacken schritt Doktor DiNorbert ans Ende des Raums zu einem primitiven Herd und setzte einen Wasserkessel auf. »Nun zu Euch. Ihr seht aus, als wärt ihr weit gereist und könntet eine Tasse Tee vertragen? Stark und heiß?«

Wenig später saßen sie um einen grob gezimmerten Tisch und schlürften ein dampfendes Gebräu, dessen Geschmack Fabian an Anis erinnerte. Bevor er dazu kam, eine der unzähligen Fragen zu stellen, die ihm seit ihrem Zusammentreffen mit dem merkwürdigen Doktor durch den Kopf gingen, ergriff Bruder Fritsje das Wort.

»Wir danken Euch für Eure Hilfe und Gastfreundschaft«, sagte er und neigte den Kopf. »Es ist ein großer Glücksfall, in einer solchen Einöde einen Mann mit heilkundlichen Kenntnissen anzutreffen. Was tut ein Gelehrter wie Ihr in dieser Abgeschiedenheit?«

»Und was sollte der Quatsch mit dem Duftwasser?«, krächzte Xolpph. »Ich rieche jetzt wie meine Großtante Xarhippha, Mann!«

»Ich betreibe hier Forschungsarbeiten«, erklärte DiNorbert knapp und leerte seine Tasse, wobei sich sein langer Schnauzbart mit Tee tränkte. Schlürfend saugte er ihn aus. »Geheime Forschungsarbeiten im Dienste des Volkes.«

»Arbeitet Ihr an einem Medikament gegen eine bestimmte Krankheit?«, erkundigte sich Fabian.

»Oder an einer Methode, Morast, Dornbüsche und Felsen in saftigen Braten, Kraut und Klöße zu verwandeln?«, fügte Xolpph interessiert hinzu.

Doktor DiNorbert schüttelte den Kopf. Kurz schien es, als wolle er zu einer Erklärung ansetzen, doch dann verengten sich seine Augen, und er sah seine Besucher der Reihe nach an. »Beantwortet mir zunächst eine Gegenfrage«, forderte er. »Was habt *ihr* in dieser Einöde zu suchen, wo es doch nichts als Morast, Dornbüsche und Felsen gibt?«

Fabian, der sich seit dem Fiasko mit dem diebischen Fromkin geschworen hatte, nie wieder jemandem vom Sternstein zu erzählen, begann in Gedanken, verschiedene Ausreden durchzugehen. Doch erneut war Bruder Fritsje schneller, der sich für derartige Fälle offenbar schon etwas zurechtgelegt hatte.

Er erzählte DiNorbert, dass der Orden der Hippopathen sie mit einer wichtigen Botschaft nach Amarath geschickt habe und sie aufgrund der Dringlichkeit ihres Auftrags den gefährlichen Weg durch die Sümpfe gewählt hätten. Durch den verschwörerischen Ton, den er anschlug, geriet die Geschichte sehr glaubwürdig, ohne dass der Mönch ein einziges Mal die Unwahrheit sagen musste; er ließ lediglich bestimmte Dinge aus.

Als er fertig war, nickte DiNorbert beeindruckt. »Ihr nehmt große Strapazen auf euch, um eure Pflicht zu erfüllen«, stellte er fest und erhob sich. »Pflichtbewusste Männer sind ehrliche Männer. Daher will ich euch verraten, an was ich in der Einsamkeit der Sümpfe laboriere.« Er ging zur Falltür und wies einladend auf die wacklige Holztreppe, die darunter in die Tiefe führte. Nacheinander stiegen Bruder Fritsje, Fabian mit Xolpph und Doktor DiNorbert abwärts.

Unter der Hütte lag ein Raum, der um ein Vielfaches größer war als das Gebäude selbst. Die Wände bestanden aus festgeklopfter, feuchter Erde, die in regelmäßigen Abständen von dicken Baumwurzeln durchzogen wurde. Dennoch wirkte alles pieksauber und aufgeräumt. Im hellen Schein zahlreicher Gaslampen erkannte Fabian ein reich bestücktes Labor: Auf langen Tischen blubberten bunte Flüssigkeiten in Kolben, Flaschen und Krügen. Schläuche und Röhren verbanden Phiolen und Reagenzgläser, Fläschchen und Töpfe. In einigen der größeren Gefäße schien Bewegung zu herrschen, schwarzer, wirbelnder Dampf und Dinge, die irgendwie *lebendig* wirkten. Tiegel und Krüge füllten meterlange Regale.

Ein ungesunder, stechender Geruch lag in der Luft. Fabian ahnte, dass dieses Labor, wenngleich nach irdischen Maßstäben eher primitiv, den neuesten Stand ambiguanischer Wissenschaft darstellen musste. Ein Blick auf Bruder Fritsjes faszinierte Miene bestätigte seine Vermutung.

»Hier, werte Freunde, forsche ich seit Jahren unter strengster Geheimhaltung an einem Mittel zur Abwehr des berüchtigten Schmompex!« DiNorbert verschränkte die Arme und stolzierte knacksend zwischen den Tischreihen entlang.

»Was ist denn ...«, begann Fabian schüchtern.

»... der ›berüchtigte Schmompex‹?«, vollendete Xolpph seine Frage.

»Der Schmompex ist eine weitgehend unerforschte Lebensform«, führte DiNorbert mit bebenden Zöpfen aus. »Er zählt zu den sogenannten Gestaltwechslern, ist also weitläufig mit den Xenophoren verwandt. Ursprünglich ist der Schmompex auf dem Kontinent Tunkuska heimisch, jedoch nicht ausschließlich.« Der Doktor hob einen Zeigefinger und blinzelte aufgeregt. »Dieses faszinierende Geschöpf ist in der Lage, seine Gestalt an die *jeglicher* Lebensform anzupassen. Und damit nicht genug: Ein ausgewachsener Schmompex kann neben dem Aussehen sogar Sprache und Gebaren anderer Kreaturen nachahmen – auch des Menschen!« DiNorbert riss dramatisch die Arme in die Luft und vollführte einen kleinen Luftsprung. Dabei flatterte sein Kittel nach oben und enthüllte ein kompliziertes System aus glänzenden Metallstreben und -zylindern, das seine Beine umgab. Es war die Quelle der dauernden Knackgeräusche.

»Durch seine telepathische Gabe kann er Erinnerungen aus

dem Gehirn seiner Beute empfangen und seine Tarnung daran anpassen – er ahmt dann eine Person nach oder spricht über Ereignisse, die das bemitleidenswerte Opfer bestens kennt. Währenddessen sendet eine Drüse in seinem Kleinhirn ständig hypnosuggestive Befehle aus. Sie sorgen dafür, dass das Opfer in seiner Umgebung Dinge zu sehen glaubt, die seinem unmittelbaren Erfahrungshorizont entspringen!« DiNorbert schrie jetzt fast. »Hat der Schmompex seine Beute durch sein perfides Vorgehen in Sicherheit gewiegt, wartet er einen passenden Moment ab. Dann verwandelt er sich blitzschnell in seine urtümliche, monströse Form zurück und verschlingt den Ahnungslosen!« Er verstummte keuchend und ließ sich mit einem lauten Knacken auf einen Stuhl vor den Labortischen sinken.

»Soweit ich weiß, ist die Existenz des Schmompex wissenschaftlich noch nicht endgültig belegt«, brachte Bruder Fritsje höflich vor. »Seid Ihr sicher, dass Ihr Eure Zeit nicht damit verschwendet, einem Phantom nachzujagen?«

Der Doktor hörte auf zu blinzeln und sah ihn traurig an. »Ich wünschte, es wäre anders, aber ich *weiß*, dass der Schmompex existiert.« Er zog seinen Kittel bis über die Knie hoch und schnippte mit einem Finger gegen die Metallstangen, die dort angebracht waren. »Diese hydraulischen Beinverstärker sind eine bleibende Erinnerung an eine Begegnung mit der Kreatur, die ich vor fast zwanzig Jahren hatte.« Er seufzte – betrübt, aber auch ein bisschen wehmütig, wie es schien. »Ich befand mich auf einer Forschungsreise in Samelsur, an der Ostküste Marganthuas. In den südlichen Noppern begegnete ich einer netten alten Dame, die ganz allein in einem einsamen Häuschen auf einem schwer zugänglichen Steilhang des Gebirges hauste. Sie erinnerte mich auf höchst sympathische Weise an meine selige Großmutter, sogar ihr Heim schien sie ganz ähnlich eingerichtet zu haben. Einen vollen Nachmittag lang unterhielt ich mich mit ihr, wobei ich gar nicht bemerkte, dass vieles von dem, was sie mir erzählte, allein meine wirkliche Großmutter hätte wissen können.« Er seufzte erneut. »Und dann, als ich eben im Begriff war, ein wenig einzunicken, stieg mir plötzlich dieser Pechgeruch in die Nase ...«

»Pechgeruch?«, hakte Bruder Fritsje nach.

»Eine bahnbrechende Entdeckung und gleichzeitig der einzige Nutzen meiner damaligen verunglückten Forschungsreise«, fuhr DiNorbert gedämpft fort. »Durch mich, Doktor Mauro DiNorbert, den einzigen Menschen, der je den Angriff eines ausgewachsenen Schmompex überlebt hat, erfuhr die Fachwelt von einem Warnmechanismus, den die Natur dem Monstrum eingepflanzt hat: Unmittelbar bevor es sich in seine Urform zurückverwandelt, sondert es aus Drüsen auf seiner Haut eine dünnflüssige, nach Pech stinkende Flüssigkeit ab – die letzte Chance für jede Beute, sofort die Flucht zu ergreifen. *Ich* wusste das damals freilich noch nicht ...« DiNorbert streckte die Beine aus. Seine Gehhilfen knackten blechern. »Zwar konnte ich in letzter Sekunde entkommen, aber der Schmompex versetzte mir zum Abschied einen Prankenhieb in den Rücken. Mein Rückgrat erlitt Schaden, und kurze Zeit darauf konnte ich meine Beine nicht mehr richtig bewegen. Ich war gezwungen, mir diese Beinverstärker zu konstruieren.« Sein Gesicht nahm einen verbissenen Ausdruck an. »Seither widme ich jeden Tag meines Lebens der Entwicklung eines Mittels, mit dem diese fürchterliche Bestie abgewehrt und vertrieben werden kann.«

»Und wie soll das funktionieren?«, erkundigte sich Xolpph, dem der Ernst von DiNorberts Erzählung ein wenig entgangen zu sein schien.

DiNorbert, schlagartig von neuer Energie durchströmt, sprang knackend auf. Er ergriff einen Zerstäuber, der jenem ähnelte, den er vor der Hütte benutzt hatte. »Dies, werte Freunde, ist das Resultat meiner jahrelangen Forschungen: das Anti-Schmompex-Elixier! Auf Basis von Berichten aus den entlegensten Ecken Ambiguas sowie nicht enden wollender Experimente habe ich eine Substanz entwickelt, von der ich mit neunundneunzigprozentiger Sicherheit behaupte, dass kein Schmompex den Kontakt mit ihr ertragen kann.« Er reckte seine schmächtigen Schultern und hob den Zerstäuber in die Höhe wie einen Pokal.

»So, so. Mit neunundneunzigprozentiger Sicherheit«, kicherte Xolpph respektlos.

Glücklicherweise hatte der Doktor ihn nicht gehört. »Diese Substanz wird den Schmompex augenblicklich zwingen, seine Tarnung aufzugeben und sich in seine raubtierhafte Urform zurückzuverwandeln. Anschließend greift sie seine polymorphe Körpersubstanz an und zerstört sie. Die unvorstellbaren Schmerzen sollten die Kreatur in die Flucht schlagen ... so hoffe ich jedenfalls.« Gedankenverloren starrte er den Zerstäuber in seiner Hand an. »Allein eine Erprobung am lebenden Objekt wäre noch vonnöten, bevor ich in die Welt zurückkehren kann, um meinen Triumph zu feiern.«

»Sie meinen, Sie wollen Ihre Erfindung an einem Dings ... einem Schmompex ausprobieren?« Allmählich dämmerte Fabian, wofür der Wissenschaftler sie draußen vor der Hütte gehalten hatte.

»Ich bin davon überzeugt, dass der Schmompex keineswegs nur in Tunkuska und an der Ostküste Marganthuas vorkommt«, gab DiNorbert zurück. »Die Kreatur bevorzugt unwirtliche, feuchte Gebiete. Die Gegebenheiten in den hiesigen Sümpfen müssten ihr demnach eigentlich bestens zusagen ...«

»Und deshalb ist das Gelände rings um die Hütte mit Stolperdrähten vermint? Damit man hört, wenn sich nachts ein Schmompex an die Bude ranschleicht?« Xolpph klang, als würde er gleich in lautes Gelächter ausbrechen. Vorsichtshalber hob Fabian die Hand, um dem Xenophor notfalls den Mund zuhalten zu können.

»Ich sage nicht, dass es in diesen Sümpfen zwingend Schmompexe gibt«, erwiderte DiNorbert würdevoll und stellte den Zerstäuber zurück auf den Tisch. »Aber falls es *doch* welche gibt, bin ich gewappnet!«

Sie kehrten nach oben zurück, wo Myrtel nach wie vor friedlich vor sich hinschlummerte. Doktor DiNorbert kochte ihnen noch eine heiße Gemüsesuppe, dann breiteten Fabian und Bruder Fritsje ihre Schlafsäcke auf dem Boden aus. Der Wissenschaftler löschte die Lichter, und da sein Bett belegt war, rollte er sich eher unwissenschaftlermäßig in der Nähe des Herds auf dem Boden zusammen. Nach einer Weile schnarchten alle friedlich vor sich hin.

Tief in der Nacht wurden sie von einem ohrenbetäubenden Geräusch aus dem Schlaf gerissen. Es war das schrille Bimmeln einer Glocke.

Noch bevor Fabian richtig wach war, sprang Doktor DiNorbert mit knackenden Beinverstärkern quer durch die Hütte, auf der Suche nach seinem Anti-Schmompex-Zerstäuber. »Das ist einer! *Diesmal* ist es einer ... es muss einer sein!«, stieß er hektisch blinzelnd hervor.

Fabian rieb sich die Augen. Nur langsam begriff er, was geschehen war: Irgendetwas musste draußen vor der Hütte einen Draht zerrissen und den Alarm ausgelöst haben.

Der Doktor wurde fündig und entzündete mit bebenden Fingern eine Laterne. »Rührt euch nicht vom Fleck, bis ich wieder da bin«, trug er Fabian und Bruder Fritsje auf. »Mit einem Schmompex ist nicht zu spaßen!«

Damit verschwand er nach draußen.

»Glaubt Ihr, es ist tatsächlich so ein Gestaltwechsler?«, wollte Fabian leise wissen.

»Ehrlich gesagt würde es mich ziemlich überraschen«, erwiderte Bruder Fritsje diplomatisch. »Von Schmompexen westlich der Noppern wurde noch nie berichtet.« Er zögerte. »Andererseits – irgendetwas muss den Alarm ja ausgelöst haben.«

»Garantiert irgendwelches Viehzeug«, vermutete Xolpph und gähnte ausgiebig. »Ein Schleimschwein, oder vielleicht wieder so eine verdammte Schnecke ...«

Unwillkürlich kam Fabian noch eine weitere Alternative in den Sinn. Aber er wollte den Teufel nicht an die Wand malen und schwieg.

Mit angehaltenem Atem verfolgten sie Doktor DiNorberts Weg an der Außenwand der Hütte entlang. Dank seiner lärmenden Beinverstärker konnte man mühelos verfolgen, wo er sich gerade befand.

Knick-knack.

Knick-knack.

Knick-knack.

Er passierte die Vorderfront der Hütte.

Knick.

Knack.

Knick.

Knack.

Jetzt schritt er an der Seite des Hauses entlang, langsam, mit Bedacht. Wahrscheinlich hielt er Ausschau nach dem zerstörten Abschnitt des Drahts.

Knick.

Knack ...

Die Schritte stoppten. Fabian glaubte, das überraschte Keuchen des Doktors zu hören, dann seinen krächzenden Ruf: »Ein später Gast, wie?«

Es folgte eine kurze Stille. Gewiss sprühte DiNorbert jetzt sein Elixier in die Luft. Plötzlich schrie er erstickt auf.

Es knackte erneut, diesmal hektisch und überstürzt, aber jetzt waren auch andere Laute zu hören: stampfende Schritte, wie von schweren Stiefeln. Etwas krachte dumpf von außen gegen die Wand, gefolgt von einem heiseren Schmerzenslaut – jemand hatte den Wissenschaftler gegen die Hütte geschleudert!

Eine tiefe, raue Stimme übertönte das gepeinigte Wimmern des Doktors: *»Wo steckt der Erdenwurm?«*

»Wer ... wieso? Ich habe doch ... kann nicht ...« Doktor DiNorberts Worte verloren sich in hektischem Gestammel. Ein wuchtiger Schlag. Der Doktor stöhnte auf.

»Ich frage dich noch einmal: Wo ist der Junge von der Erde, der sich Volta nennt?«

»Von der ... ich ... nie gehört, den Namen«, krächzte der Wissenschaftler. Das stimmte: Fabian hatte ihm bei der Vorstellung am Abend lediglich seinen Vornamen genannt; auch dass er aus der Welt hinter den Pforten stammte, hatte niemand erwähnt.

Ein weiterer dumpfer Schlag, erneutes Ächzen.

»WO?«

Bewegungslos vor Angst lag Fabian in seinem Schlafsack. Erst, als ihn jemand am Ellenbogen berührte, erwachte er aus seiner Starre. Er blickte in Bruder Fritsjes schreckensbleiches Nilpferdgesicht. Lautlos formten die Lippen des Mönchs ein einzelnes Wort:

Vamskatt!

Panik griff mit kalten Fingern nach Fabians Kehle – der Unheimliche mit dem grünen Mantel hatte ihre Spur auf dem ganzen langen Weg durch die Sümpfe nicht verloren!

Während sich vor der Hütte das grässliche Verhör fortsetzte, sprang Bruder Fritsje auf und eilte lautlos zur Falltür hinüber. Er öffnete sie, dann sah Fabian im blassen Mondlicht, das durch die Fenster fiel, wie der Mönch in Myrtels Richtung deutete. Sie huschten zu ihr und trugen die schlafende Fant durch die Bodenklappe nach unten.

Draußen ertönte ein widerwärtiges, gurgelndes Geräusch. Instinktiv wollte Fabian die Treppe wieder hinaufeilen, doch Bruder Fritsje hielt ihn zurück. Stattdessen machte er Anstalten, die Klappe über ihren Köpfen zu schließen.

»Aber ... wir müssen ihm doch helfen«, keuchte Fabian kaum hörbar, als ihm klar wurde, was der Mönch vorhatte.

»Es gibt nichts, was wir gegen einen Nekro mit Vamskatts Fähigkeiten ausrichten können«, erwiderte Bruder Fritsje ebenso leise. »Unsere Aufgabe ist jetzt allein, den Sternstein zu schützen!« Er deutete auf Fabians Rucksack, der über seiner Schulter hing; er musste ihn irgendwann während der letzten Sekunden instinktiv vom Boden aufgelesen haben.

Der Hippopath schloss die Falltür bis auf einen schmalen Spalt. Dann flüsterte er Xolpph etwas zu, woraufhin der Xenophor in seine Fesselgestalt wechselte, sich nach draußen schlängelte und den Teppich zurück über die Falltür zerrte. Durch einen fingerbreiten Zwischenraum huschte er zurück, woraufhin Bruder Fritsje die Tür ganz zugleiten ließ.

Undurchdringliche Finsternis umfing sie.

Im selben Moment erhob sich draußen ein schriller Schrei, hoch und angsterfüllt. Ein rasender Wirbel von Knack- und Klopflauten ertönte, als Doktor DiNorberts hydraulisch verstärkte Beine verzweifelt gegen die Außenwand der Hütte strampelten.

Nach endlos scheinenden Sekunden wurde das Trommeln langsamer, der Schrei ging in ein Wimmern über. Schließlich verstummte er rasselnd.

Das grollende Lachen, das folgte, war schrecklicher als alles, was Fabian je gehört hatte.

Bebend vor Angst kauerte er sich neben Bruder Fritsje, Xolpph und die schlummernde Myrtel unter einen der Labortische und wartete.

Kapitel 22
Das leere Tal

Wenige Augenblicke später betrat jemand die Hütte und durchquerte polternd den Wohnraum. Fabian und die anderen hielten in ihrem Versteck zwischen Phiolen und Reagenzgläsern den Atem an.

Ein dumpfes Krachen dicht über ihren Köpfen ließ sie zusammenfahren. Sie hörten, wie Möbel umgestoßen wurden, Gegenstände schabten über den Boden. Das helle Reißen von Stoff und Leder ertönte, gefolgt vom Prasseln zahlreicher Gegenstände auf die Holzdielen.

Der Fremde durchwühlte ihre Ausrüstung.

Fabians Herz schlug ihm bis zum Hals, als er, kaum gedämpft durch die Bodenbretter, ein unzufriedenes Grunzen vernahm. Dann trampelten erneut harte Stiefelabsätze quer durch die Hütte.

Mitten auf der getarnten Falltür blieben sie stehen.

Das war's dann, dachte Fabian seltsam ruhig. *Er hat die Klappe entdeckt. Gleich wird er den Teppich beiseitezerren, die Falltür öffnen und wie eine riesige grüne Fledermaus über uns kommen!*

Doch nichts dergleichen geschah. Stattdessen glaubte Fabian, wenige Meter über sich ein gieriges Schnüffeln wahrzunehmen, wie von einem Schwein, das nach Trüffeln sucht.

Und dann war es vorbei. Ein letztes, wütendes Schnauben, und der Fremde eilte mit ungestümen Sätzen zurück ins Freie. Stille trat ein, nur hin und wieder unterbrochen durch ein leises Blubbern aus einem der unzähligen Reagenzgläser.

Mucksmäuschenstill hockten sie in der Finsternis. Keiner wagte, sich zu rühren.

Irgendwann, nach Stunden, wie es ihnen schien, entstand Bewegung in ihrer Mitte: Jemand gähnte ausgiebig, reckte und streckte sich und rammte dabei Fabian und Bruder Fritsje kräftig die Ellenbogen in die Seite.

Es war Myrtel, die endlich wieder zu sich kam!

»Bei Bossut! Wo bin ich?«, keuchte die Fant, als sie die Finsternis ringsum bemerkte. »Wo ist die mistige Schnecke? Wo ist der Sumpf, unser Lager?«

Rasch presste Fabian ihr eine Hand auf den Mund. Er traute dem Frieden noch nicht – möglicherweise lag der mörderische Graf noch immer mit gespitzten Ohren vor der Hütte auf der Lauer? So leise er konnte, flüsterte er Myrtel ins Ohr, was geschehen war. Sie lauschte und nickte. Als Fabian an ihre Stirn fassen wollte, um zu prüfen, ob das Fieber abgeklungen war, schlug sie seine Hand energisch beiseite. Es schien ihr tatsächlich erheblich besser zu gehen.

Sie harrten weiter aus, bis Wadenkrämpfe und die schlechte Luft des Labors sie zum Handeln zwangen. Bruder Fritsje erhob sich, öffnete die Falltür eine Handbreit und schickte Xolpph als Kundschafter nach draußen. Als dieser berichtete, dass die Luft rein sei, stiegen sie mit wackligen Knien nach oben.

Draußen war gerade die Sonne aufgegangen. Der lichtdurchflutete Wohnraum der Hütte sah aus, als hätte eine Bombe eingeschlagen: Möbel lagen zerschmettert am Boden, dazwischen waren Teile ihrer Ausrüstung verstreut. Sogar die Schlafstatt des Doktors war aufgeschlitzt worden, eine zertrampelte Schicht aus Stroh bedeckte die Dielen. Rasch packten sie ihre Habseligkeiten zusammen und verließen die Hütte.

Draußen erwartete sie ein Bild, das sie nie vergessen sollten.

An eine Wand der Hütte gelehnt, fanden sie Doktor DiNorbert. Sein Körper und die metallisch glänzenden Beinverstärker waren mit morgendlichem Reif überzogen, seine Augen starrten gebrochen ins Leere. Er war tot.

Die Vorderseite seines ehemals weißen Kittels hatte sich leuchtend rot verfärbt, in der Mitte seines Bauches klaffte ein winziges rundes Loch, wie von einer nadelspitzen Klinge. Fabian verspürte ein Würgen im Hals und musste sich abwenden.

Obwohl sie keine Zeit zu verlieren hatten, bestand Bruder Fritsje darauf, dem Wissenschaftler ein würdevolles Begräbnis zu verschaffen. Mit Fabians Hilfe hob er zwischen den verkrüppelten Bäumen eine flache Grube aus, in die sie Doktor DiNorberts Leichnam betteten. Sie schütteten Erde auf, und zum Abschluss sprach der Mönch einige Worte aus der Tolva, dem heiligen Buch der Hippopathen. Auch Myrtel, die den Doktor nicht persönlich kennengelernt hatte, wirkte niedergeschlagen – er hatte ihr das Leben gerettet und dafür mit seinem eigenen bezahlen müssen!

Als sie endlich aufbrachen, entdeckte Fabian vor der Hütte den Zerstäuber, der DiNorbert im Todeskampf aus der Hand gefallen war. Da er dem Doktor sein Lebenswerk nicht mehr mit ins Grab legen konnte, beschloss er kurzerhand, das Elixier als Andenken an den hilfsbereiten Wissenschaftler zu behalten. Dann zogen sie los.

Das letzte Stück Weg durch die Sümpfe erwies sich als das leichteste. Der Steinwall, auf dem sie marschierten, war durchweg in gutem Zustand, und sie begegneten keinerlei Tieren mehr. Myrtel, zunächst noch unsicher auf den Beinen, erholte sich rasch, und bald konnte sie ihre Ausrüstung wieder selbst tragen.

Am Vormittag des folgenden Tages wurde der Boden fester, und nach einer Weile endete der Wall. Der allgegenwärtige Dunst lichtete sich, und darunter kam eine wilde, felsige Landschaft zum Vorschein. Am Horizont, höchstens eine Tagesreise entfernt, ragte der zackige Umriss einer Bergkette in den strahlend roten Himmel. Schnee glitzerte auf den höchsten Gipfeln.

»Das Märzgebirge«, sagte Bruder Fritsje und blieb stehen. Der Ausdruck in seinem runden, grauen Gesicht wirkte betrübt. »Das bedeutet, dass ich euch nun verlassen muss.«

»Was?« Xolpph, der den vergangenen Tag in Kugelform auf dem Rucksack des Hippopathen zugebracht hatte, verwandelte sich, schlängelte sich auf den Boden und baute sich vor dem Mönch auf. »Wenn du glaubst, du könntest dich jetzt einfach so verdrücken, hast du dich geschnitten, Freundchen!«

Bruder Fritsje schüttelte sanft den Kopf. »Ich würde nichts lieber tun, als euch weiter zu begleiten. Aber mein Auftrag war klar formuliert: euch wohlbehalten durch die Sümpfe bringen. Nun muss ich zurück zu meinen Klosterbrüdern. So lautet das Versprechen, das ich Pater Euseruphius gegeben habe.«

Natürlich hatte Fabian gewusst, dass Bruder Fritsje sie nicht bis ans Ziel ihrer Reise begleiten würde. Aber der sympathische kleine Mönch hatte sich im Verlauf ihrer Reise als verlässlicher Freund erwiesen, und Fabian hatte jeden Gedanken an einen möglichen Abschied erfolgreich verdrängt. Er spürte, wie sein Herz schwer wurde.

»Wie sollen wir es allein zur Stadt der Zauberer schaffen?«, wollte Myrtel wissen. »Ohne Eure Hilfe hätten wir uns schon im Moor hoffnungslos verirrt!«

»Von hier an ist der Weg nach Amarath nicht schwer zu finden.« Bruder Fritsje zog eine aufgerollte Karte aus seinem Rucksack. »Marschiert geradewegs auf die Berge zu. Mithilfe dieser Karte werdet ihr die Große Passstraße finden, die gebaut wurde, lange bevor die Nekros sich in Amarath niederließen.«

»Aber unsere Vorräte schwinden«, unternahm Myrtel einen neuen Versuch. »Nur Ihr wisst, wo wir in dieser Gegend ...«

»Auch deshalb ist es wichtig, dass ihr den Rest des Weges ohne mich zurücklegt«, unterbrach sie der Mönch und schulterte sein Gepäck. »Sobald ihr das Gebirge erreicht, werdet ihr Quellwasser finden und da und dort Beeren und Nüsse. Schon für drei wird diese Kost nur mit Mühe ausreichen, für vier dagegen sicher nicht.« Er versuchte ein zuversichtliches Lächeln, aber seinem sonst so fröhlichen Nilpferdgesicht war der Widerstreit der Gefühle deutlich anzusehen. Rasch zog er seine Kapuze über den Kopf. »Ein letzter Ratschlag noch, den ich euch im Namen von Pater Euseruphius mit auf den Weg geben soll, genauer: eine Warnung.«

»Oi, oi – jetzt kommt's«, unkte Xolpph.

»Was für eine Warnung?«, wollte Fabian wissen.

»Seit Jahrhunderten hält sich das Gerücht, dass östlich der Stadt Amarath – also jenem Bereich des Märzgebirges, den ihr vor euch habt – ein Stamm sonderbarer Wesen hausen soll. Kaum jemand hat sie je gesehen, sie gelten als scheu und eigenbrötlerisch und haben wenig Menschliches an sich. Aufgrund ihrer gedrungenen Körpergröße werden sie das Recht Kleine Volk genannt.«

»Das Recht Kleine Volk?«, wiederholte Fabian amüsiert.

»Klingt nicht gerade bedrohlich, wenn ihr mich fragt«, fand Xolpph.

»Täuscht euch nicht! Zu jener Zeit, da die Große Passstraße gebaut wurde, soll es zu furchtbaren Zusammenstößen mit diesen geheimnisvollen Wesen gekommen sein«, widersprach Bruder Fritsje. »Leider sind kaum Aufzeichnungen aus dieser Zeit erhalten, und die wenigen, die existieren, sind nebulös und sonderbar. Man sagt, das Recht Kleine Volk habe damals weite Teile der fast fertiggestellten Piste zerstört. Sie musste in jahrelanger Arbeit neu errichtet werden.«

»Oi«, machte Xolpph und schluckte hörbar.

»Ich würde euch gern mehr sagen, aber das ist alles, was ich weiß.« Der Hippopath legte Fabian und Myrtel je eine Hand auf die Schulter. »Habt keine Angst. Vieles deutet darauf hin, dass das Recht Kleine Volk die Region um Amarath lange verlassen hat. Seit Jahrzehnten ist niemand mehr diesen Wesen begegnet. Dennoch fand Pater Euseruphius, dass ihr davon wissen solltet, bevor ihr euch auf den Weg macht.«

»Wieso hat er uns nicht schon im Kloster davon erzählt, wenn er es für so wichtig hielt?«, erkundigte sich Myrtel.

»Der Abt wollte euch nicht vor der Zeit beunruhigen. Eure ganze Aufmerksamkeit sollte zunächst der Durchquerung der Sümpfe gelten.«

»Ein rechter Schlaumeier, dieser Abt«, fand Xolpph, doch da ergriff Bruder Fritsje bereits einen seiner schlangenartigen Auswüchse und schüttelte ihn. Er verabschiedete sich auch von Myrtel und Fabian, die sich noch einmal von Herzen für seine Hilfe bedankten, und stapfte zügig gen Osten davon.

Sie sahen ihm eine ganze Weile nach. Dann drehten sie sich um und marschierten in die entgegengesetzte Richtung los.

Bruder Fritsje sollte Recht behalten, wie so oft: Am folgenden Tag stießen sie zwischen den ersten Ausläufern des Gebirges auf eine breite, befestigte Straße, die sich zwischen schroffen Felshängen aufwärtswand. Auch Quellen mit frischem Wasser sowie Sträucher mit Beeren und Nüssen gab es ab und an.

Was der Mönch jedoch offenbar zu erwähnen vergessen hatte, war die Kälte. Je höher sie auf der Großen Passstraße kamen, desto kühler wurde es. Bald zogen Fabian und Myrtel die dicken Mönchskutten über ihre Kleidung, die sie seit ihrem Aufbruch vom Kloster mitschleppten und über deren Gewicht sie sich nicht selten geärgert hatten. Jetzt waren sie froh, sie dabei zu haben.

Bald kamen in der Ferne glitzernde Schneefelder und vereiste Wasserfälle in Sicht, die von Felsvorsprüngen hingen wie Lametta von einem gigantischen Weihnachtsbaum. Die Luft war schneidend kalt.

»Sagt mal, kommt es euch eigentlich auch so vor, als würde euch dauernd jemand über die Schulter gucken?«, meldete sich Myrtel gegen Nachmittag zu Wort. Schon seit geraumer Zeit beobachtete sie beim Gehen aufmerksam die steilen Geröllhänge beiderseits der Straße. Ihr Atem stand als dicke weiße Wolke vor ihrem Rüssel.

»Wie – über die Schulter?« Xolpph, der zusammengerollt in der Kapuze von Fabians Kutte lag und ausdauernd mit etwas klapperte, das wohl seine Zähne waren, linste mit einem seiner drei Augen nach draußen. »Was für 'ne Schulter?«

»Im übertragenen Sinn, du Döskopp«, gab Myrtel zurück. »Ich meine, dass uns jemand beobachtet.«

Fabian blieb stehen. Als er sich darauf konzentrierte, spürte er, was die Fant meinte. Doch das kribbelige Gefühl, das in ihm aufstieg und das er nur zu gut kannte, war längst nicht so ausgeprägt wie auf dem Plateau von Mnom-Ping oder in den Sümpfen.

»Könnte sein«, gab er zurück. »Aber ich glaube nicht, dass es der grüne Graf ist. Seine Gegenwart hat sich anders angefühlt ... bedrohlicher.«

»Aber Vamskatt hat nach dem Reinfall bei Doktor DiNorberts Hütte bestimmt nicht aufgegeben«, sagte Myrtel. »Wenn er im Auftrag von Maledikt dem Finsteren hinter dem Sternstein her ist, kann er unmöglich mit leeren Händen nach Shurakk zurückkehren!« Sie schnäuzte ihren Rüssel in ein Taschentuch. »Wer könnte es sonst sein? Vielleicht dieses mysteriöse ›Recht Kleine Volk‹, von dem Bruder Fritsje gesprochen hat?«

»Keine Ahnung.«

»Ihr bildet euch bloß was ein, eben *weil* dieser besserwisserische Mönch von diesen ollen Wesen gefaselt hat!«, quäkte Xolpph von hinten.

»Möglich.« Myrtel starrte nachdenklich einer weiß bepelzten Bergziege mit korkenzieherartig gewundenen Hörnern hinterher, die einige hundert Meter entfernt über einen fast senkrechten Felshang hüpfte. Dann zückte sie die Karte, die sie von Bruder Fritsje bekommen hatten, und steckte ihren Rüssel hinein. »Auf jeden Fall ist Amarath nicht mehr weit entfernt. Laut diesem Plan liegt die Stadt in einem runden Talkessel direkt vor uns, umgeben von hohen Bergen. Wir müssten ihn bald erreichen.«

»Komisch, dass wir hier, so kurz vor dem Ziel, noch keiner Menschenseele begegnet sind.« Mit zusammengekniffenen Augen spähte Fabian die Straße hinauf und hinunter. »Man sollte meinen, dass ab und zu ein paar Leute zur Stadt der Zauberer reisen oder sie verlassen.«

»Die Nekros leben eben abgeschieden«, erwiderte Myrtel und rollte die Karte wieder zusammen. »Sie pflegen kaum Kontakt zur Außenwelt.«

Obwohl sie selbstbewusst wie immer klang, konnte sich Fabian des Eindrucks nicht erwehren, dass sie von ihren eigenen Worten nicht restlos überzeugt war.

Noch bevor die Sonne hinter den schneebedeckten Gipfeln zu versinken begann, wurde die Straße erneut steiler und führte geradewegs auf eine Stelle zu, wo sie in einem schmalen Einschnitt zwischen mehreren eng beieinanderstehenden Bergen verschwand. Myrtel war sich sicher, dass der gesuchte Talkessel jenseits dieser natürlichen Barriere liegen musste. Angespornt von der Aussicht, ihr Ziel bald erreicht zu haben, eilten sie weiter.

Als sie den höchsten Punkt der Passstraße erreichten, hatte die Dämmerung eingesetzt. Durch länger werdende Schatten stolperten Fabian und Myrtel die letzten Meter hinauf, bis sie durch den Einschnitt auf die andere Seite blicken konnten.

Wie angewurzelt blieben sie stehen.

Vor ihnen, gut hundert Meter unterhalb ihres Standorts, tat sich ein Tal von mindestens drei Meilen Durchmesser auf. Spitze Berge rahmten es ein wie der Rand einer riesigen Schüssel.

Soweit entsprach alles ihren Erwartungen. In einer anderen Hinsicht war dies weniger der Fall.

Das Tal war völlig leer!

Kein glitzerndes Meer von Lichtern begrüßte sie, kein Gewirr von Dächern und Türmen, Straßen und Gassen, durch das sich Horden von Menschen und Fanten mit Umhängen und Zauberstäben drängten. Da war einfach – nichts.

»Wo zum Henker ist die Stadt?«, zischte Xolpph über Fabians Schulter.

Hektisch hantierte Myrtel mit der Karte. »Das kann nicht sein!« Mit dem Rüssel deutete sie auf eine schwarze Markierung auf dem Pergament. »Wir sind hier, hundertprozentig. Und da steht ›Amarath‹!«

Fabian sagte nichts, starrte nur.

Im schwindenden Licht wirkte der Boden des Talkessels wie die

Oberfläche eines fernen, unwirtlichen Planeten: Er war übersät von riesigen, schartigen Felsbrocken. Nirgendwo in dem Chaos waren Anzeichen menschlicher Behausungen zu erkennen.

»Das ist ja wohl das Saublödeste, was ich je erlebt habe«, schimpfte Xolpph. »Erst verschwindet der Sternstein. Wir holen ihn zurück. Dann verschwindet der Magier, den man für den Siegelzauber braucht. Wir gehen die Stadt suchen, wo er wohnen soll – und plötzlich verschwindet auch die. Das ist doch Mist!«

»Eine Stadt *kann* nicht verschwinden«, widersprach Myrtel. »Nicht so ohne Weiteres, spurlos.« Sie blickte zweifelnd auf die Karte in ihrer Hand. »Vielleicht hab ich irgendwo einen Fehler gemacht ...«

Aber alle wussten, dass Myrtel keinen Fehler gemacht hatte.

Da niemandem etwas zur Klärung des Rätsels einfiel, holten sie zwei Fackeln aus ihren Rucksäcken, entzündeten sie und folgten der Straße, die sich jetzt als schmaler Sims am Innenrand des Talkessels nach unten wand.

Sie waren nicht weit gekommen, als der Sims unvermittelt an einer gezackten Kante endete. Wie weit es noch bis zum Talboden in die Tiefe ging, ließ sich in der Dunkelheit nicht sagen.

»Sieht aus, als wäre die Straße hier abgebröckelt und in die Tiefe gesackt«, murmelte Myrtel nachdenklich.

Fabian nickte. »Als ob das ganze Tal früher einmal höher gelegen hätte und dann irgendwie ... weggerutscht wäre.«

»Hat Bruder Fritsje nicht erzählt, das Recht Kleine Volk hätte seinerzeit Teile der Passstraße zerstört?«, flüsterte Myrtel.

Fabian schluckte. »Aber wieso sollten sie eine ganze Stadt verschwinden lassen? Und überhaupt: Warum sollte das Recht Kleine Volk so was tun?«

Myrtel zuckte die Achseln und spähte beklommen in die Finsternis. »Weil es böse Wesen sind? *Sehr* böse Wesen?«

Darauf wusste Fabian nichts zu erwidern. Für den Augenblick blieb ihnen nichts anderes übrig, als ihre Decken auf dem Sims auszubreiten und zu schlafen.

Doch Fabian lag noch lange wach. Mit verkrampftem Blick starrte er zum Firmament hinauf, wo der Mond als erbärmlich abgemagerte Sichel hing und hämisch zu ihnen herabzugrinsen schien. Nur noch wenige Tage, und er würde ganz verschwunden sein ... Fabian zwang sich, nicht daran zu denken, und drehte sich energisch auf die andere Seite. Das anhaltende Gefühl, aus der Dunkelheit von unsichtbaren Augen angestarrt zu werden, ließ ihn jedoch keine Ruhe finden.

Irgendwann nahm er das Etui mit dem Sternstein aus dem Rucksack, verstaute es in einer Tasche seiner Hose und wälzte sich mit seinem ganzen Gewicht darauf. Nun konnte sich wenigstens niemand mehr am Amulett vergreifen, ohne ihn aufzuwecken. Die Gewissheit hatte etwas Tröstliches, und schließlich schlief er ein, der bitteren Kälte und dem kaum einen Meter entfernt gähnenden Abgrund zum Trotz.

Am folgenden Morgen enthüllte die aufgehende Sonne, dass sie sich längst nicht mehr so hoch über dem Talboden befanden, wie sie befürchtet hatten. Hinter der abgerissenen Straße ging es noch etwa dreißig Meter abwärts, ein flacher Abhang voller Geröll und Felsbrocken. Der Abstieg war anstrengend, aber nicht weiter gefährlich. Nach einer knappen Stunde standen sie am Grund des Kessels, inmitten der wilden Felsmassen, die sie tags zuvor gesehen hatten.

»Kein Anzeichen, dass hier je einer gewohnt hat«, sagte Myrtel kopfschüttelnd. »Kein Backstein, kein Dachziegel, nichts. Ich versteh das nicht.«

»Nicht so voreilig.« Fabian beschattete mit der Hand die Augen und spähte quer über das Felsenmeer hinweg. »Das Tal ist riesig. Vielleicht befand sich die Stadt nur ... auf der anderen Seite?«

Myrtel sah ihn skeptisch an. Sie wusste so gut wie er, dass sie vom Pass aus das gesamte Tal hatten überblicken können. Doch sie nickte. »Von mir aus. Lasst uns alles absuchen. Wir teilen uns auf, jeder geht in eine andere Richtung. Wenn die Sonne *diesen* Gipfel da oben berührt« – sie deutete auf einen besonders hohen Berg am Rand des Tals – »treffen wir uns wieder hier. In Ordnung?«

»Wenn's sein muss«, nölte Xolpph und schlängelte sich zu Boden. »Wonach suchen wir noch mal?«

»Scherben, Abfall, Mauerreste – irgendwas, das darauf hindeutet, dass hier mal jemand gewohnt hat«, erklärte Fabian.

»Und was bringt uns das? Dass *jetzt* keiner mehr hier ist, sieht doch ein blinder Vorschultrull von hinten.«

»Aber so finden wir vielleicht heraus, was hier geschehen ist!«, blaffte Fabian zurück und marschierte los.

Während er sich zwischen mächtigen Felsen hindurchwand und über spitze Steinvorsprünge kletterte, tat ihm seine heftige Reaktion bereits leid. Er war überreizt, aber was sollte er machen? Ihre einzige Spur auf den Verbleib Vagdrusals hatte sich buchstäblich in Nichts aufgelöst. Was sollte geschehen, wenn sie keinen Hinweis entdeckten, was aus ihm und der Stadt der Zauberer geworden war? Sie durften nicht versagen, andernfalls würde es das Ende für Ambigua und die Erde bedeuten!

Der Gedanke ließ Fabian schaudern. Um sich abzulenken, konzentrierte er sich ganz auf die Suche. Systematisch durchstreifte er den östlichen Teil des Talkessels, wälzte Steine beiseite und erkletterte hoch aufragende Felsen. Doch nirgendwo fand er die kleinste Spur menschlicher Besiedlung.

Als er den östlichen Rand erreichte, der wie überall von fast senkrechten Berghängen gebildet wurde, ließ er sich erschöpft zu Boden sinken. Die Sonne hatte die ausgemachte Stelle am Himmel fast erreicht; es war an der Zeit, sich auf den Rückweg zu machen.

Und nun?, fragte er sich und bettete das Gesicht in seine Hände.

Irgendwo, nicht weit entfernt, polterte Stein auf Stein. Fabian sah nicht hoch. Vermutlich turnten die weißen Bergziegen, die sie schon öfter gesehen hatten, auch hier im Tal herum.

Wenn Bruder Fritsje bloß hier wäre, dachte er niedergeschlagen. *Oder Meister Amoebius. Irgendjemand, den wir um Rat fragen könnten!*

Es polterte erneut. Ein gedämpfter Schrei folgte, dann ein lautes, quiekendes Geräusch. Fabian sprang auf.

Hinter einem schiefen, turmhohen Felsklotz zu seiner Rechten hörte er rieselnden Kies und das vereinzelte Krachen größerer Steine. Es klang, als sei dort ein mittelgroßer Steinschlag im Gange.

Plötzlich rief eine hohe Fistelstimme: *»Autsch, autsch! Verflixt – nicht hätte passieren dürfen!«*

Lautlos huschte Fabian zu dem schiefen Felsen und streckte seinen Kopf um die Ecke.

Direkt vor ihm, am Fuß der Felswand, war ein eigenartiges Geschöpf in einen hektischen Kampf verstrickt. Es schien sich um eine Art Maus oder Ratte mit blau-grauem Fell zu handeln, allerdings stand sie auf den Hinterbeinen und war mindestens so groß wie ein fünfjähriges Kind. Das Tier, dessen eines Knopfauge von einer schwarzen Augenklappe verdeckt wurde, versuchte verzweifelt, seinen langen rosigen Schwanz unter einem schweren Felsbrocken hervorzuzerren, der offenbar gerade von oben herabgestürzt war. Unausgesetzt regneten ringsum kleinere und größere Steine zu Boden.

»Poch Idiot ist!«, stieß das Tier zwischen seinen riesigen Nagezähnen hervor. »Besser hätte aufpassen müssen – verflixt, verflixt,

verflixt!« Bei jedem »verflixt« prallte ein neuer Stein auf Kopf oder Schultern der Kreatur.

Fabian spähte in die Höhe. Auf einem Felsvorsprung, ein paar Dutzend Meter oberhalb der Maus, türmten sich zahlreiche tonnenschwere Steinbrocken. Noch wurden sie gestützt von einem Polster aus kleineren Brocken, das allerdings zusehends abbröckelte. Innerhalb kürzester Zeit würden auch die Riesentrümmer den Halt verlieren und das Tier unter sich begraben.

Ohne lange nachzudenken, stürmte Fabian vorwärts.

Er wusste weder, was für ein Wesen er vor sich hatte, noch wie viel Zeit ihm blieb, bis sich die tödliche Lawine in Bewegung setzen würde. Er wusste nur, dass er nicht tatenlos zuschauen konnte, wenn ein Geschöpf um sein Leben kämpfte – selbst wenn er sich selbst dadurch in Gefahr begab.

Murmelgroße Kiesel prasselten auf seinen Kopf, als er an die Seite der panisch quiekenden Maus sprang. Er ging vor dem Brocken, der ihren Schwanz einklemmte, in die Hocke und stemmte sich mit dem Rücken dagegen. Dann atmete er tief ein, spannte die Muskeln an und schob.

Nichts geschah.

Ein Stein von der Größe eines Tennisballs krachte auf Fabians Schulter. Der Schmerz raubte ihm kurz den Atem. Er zerbiss einen Fluch zwischen den Zähnen und versuchte es erneut. Schweißperlen traten auf seine Stirn, als er seine ganze Kraft einsetzte.

Doch der Fels rührte sich noch immer nicht.

Die Maus, zunächst erschreckt durch sein plötzliches Auftauchen, erkannte, was er vorhatte, und stellte sich zögernd neben ihn. Gemeinsam mit Fabian legte sie ihren schmalen Rücken gegen den Stein und drückte.

Eine Handbreit neben Fabians linkem Fuß ging ein Felsstück

von der Größe eines Kühlschranks zu Boden und zerbarst in tausend Stücke. Steinsplitter hagelten ihm ins Gesicht, er schmeckte Staub auf den Lippen. Doch er ließ nicht nach, stemmte sich weiter gegen den rauen Fels.

Da knirschte es mit einem Mal leise, und eine Seite des Steins hob sich millimeterweise vom Boden! Mit einem triumphierenden Quieken zog die Maus ihren Schwanz hervor und huschte geschwind aus der Gefahrenzone.

Als unvermittelt das ganze Gewicht allein auf Fabians Schultern lastete, rutschten ihm die Füße weg. Er prallte unsanft mit dem Hinterteil auf den Boden und versuchte verzweifelt, wieder hochzukommen. Überall krachten jetzt Steine herab. Ein kleiner traf ihn am Arm, ein größerer am Rücken. Fluchend kam er hoch und riss schützend die Arme über den Kopf.

In diesem Moment ertönte über ihm in der Felswand ein dumpfes, berstendes Geräusch.

Ruckartig sah er nach oben – und spürte, wie sich die Härchen in seinem Nacken aufrichteten. Die Ansammlung hausgroßer Felsen hatte sich gelöst und stürzte wie in Zeitlupe nach unten, direkt auf ihn zu!

Fabian spürte, wie sich ein Schrei in seiner Kehle bildete, wie seine Muskeln sich spannten, um ihn zur Seite zu katapultieren. Doch seine Glieder schienen plötzlich aus Gummi zu bestehen, alles passierte viel zu langsam, überall waren Steine ...

Er spürte, dass es nicht reichen würde!

Von oben fiel ein riesiger Schatten über ihn. Im selben Moment sah er aus dem Augenwinkel etwas Graues, Pelziges von der Seite heranschießen.

Da traf ihn ein faustgroßer Stein am Hinterkopf, und das Licht ging aus.

Teil 3
Vagdrusals Rückkehr

Interludium

Zitternd lag der Magier in der Mitte seiner Zelle, zu schwach, sich noch aus eigener Kraft zu bewegen. Sein spindeldürrer Leib zuckte in unkontrollierten Krämpfen, während Erinnerungen an längst vergangene Zeiten in seinem umnebelten Verstand aufblitzten ...

Vor seinem inneren Auge entstand ein Bild – ein Bild von ihm, wie er vor Jahren ausgesehen haben musste: ein stattlicher, breitschultriger Mann mit gestutztem, stahlgrauem Vollbart, gekleidet in einen bodenlangen Überwurf und mit einem armdicken, kunstvoll geschnitzten Stab in der Rechten. Unerschrocken stand er auf einer turmhohen Klippe, unter sich einen windgepeitschten Ozean. In der Linken hielt er ein leuchtendes Amulett, das er hoch in den Himmel reckte. Der Magier sah sich Beschwörungen rufen, an deren Wortlaut er sich nicht mehr erinnerte. Nur eines wusste er: dass ihnen große Macht innegewohnt hatte.

Das Ritual schien endlos zu dauern. Stunde um Stunde harrte er auf der Spitze der gigantischen Felsklippe aus, dem stärker werdenden Sturm trotzend. Schließlich – der Magier hatte nicht mitgezählt, aber eine fast verschüttete Region in seiner Erinnerung sagte ihm, dass er den tosenden Elementen 777 Zeilen entgegengebrüllt hatte – ertönte ein ohrenbetäubender Donner, ein rollender, vibrierender Laut, der an den Grundfesten der Welt zu rütteln schien. Und alles wurde anders.

Hier und jetzt, am Ende seiner Kräfte, nur noch ein Schatten seiner selbst, vermochte sich der Zauberer nicht zu entsinnen, was er vor Urzeiten auf der Felszinne eigentlich bewirkt hatte. Das Einzige, was er noch wusste, war, dass es etwas Großes, etwas Wichtiges gewesen war.

Als er seine Augen in der Dunkelheit öffnete, rannen Tränen seine bärtigen Wangen hinab.

Vor der Tür seiner Zelle wurden trippelnde Schritte laut.

Kapitel 23
Das Recht Kleine Volk

Als Fabian wieder zu sich kam und die Augen aufschlug, blickte er in das mümmelnde Gesicht einer riesigen, blaugrauen Maus. Sein ganzer Körper schmerzte, und in seinem Kopf schien ein Trull mit stählernen Vorschlaghämmern bemerkenswert unrhythmisch den Takt eines alten ambiguanischen Volkslieds zu trommeln.

»Wo ... wo bin ich?«, fragte er heiser.

»In Sicherheit du bist«, antwortete die Riesenmaus und entblößte ihre mächtigen Nagezähne zu einem Grinsen. »Poch dich gerettet hat. Jawohl!« Das Tier verschränkte stolz die Vorderbeine vor der Brust. »Damit wir quitt sind!«

Jetzt erst sah Fabian die Augenklappe im Gesicht des Wesens, und im gleichen Augenblick kehrte die Erinnerung an die letzten Sekunden zurück, bevor es dunkel geworden war. Dies war dieselbe Maus, die er vor dem Steinschlag gerettet hatte – und die ihn in letzter Sekunde beiseitegestoßen haben musste, bevor die Riesenbrocken ihn zermalmen konnten.

Stöhnend rieb er sich den Kopf, um den irgendjemand einen festen Verband gewickelt hatte. Er lag auf einem steinernen Podest, das mit dicken Lagen getrockneter Flechten und Moose gepolstert war. Um ihn herum erstreckte sich ein niedriger, runder Raum mit unregelmäßig geformten Wänden aus nacktem Fels. Unwillkürlich musste Fabian an das Kloster der Hippopathen denken, obwohl er sicher war, dass diese Behausung auf andere Weise entstanden war als die Festung der Mönche.

Vorsichtig setzte er sich auf. Sofort begann alles vor seinen Augen zu verschwimmen, und er ließ sich stöhnend zurücksinken.

»Ausruhen du musst«, erklärte die Riesenmaus und tätschelte ihm die Schulter. »Du mächtig eins abgekriegt hast – wie Poch!« Mit wehleidiger Miene hob das Tier seinen Schwanz. Die letzten dreißig Zentimeter, die unter dem Felsbrocken eingequetscht gewesen waren, steckten in einem dicken Verband. »Poch Trottel ist«, knurrte es mit Blick auf die lädierte Zierde. »Unvorsichtig war. Alles im Auge behalten wollte, auf Felswand geklettert ist, dabei Stein zum Stürzen gebracht hat. Nicht mehr weg konnte, obwohl immer mehr Steine kamen.« Die Maus namens Poch sah Fabian aus ihrem einzigen Auge dankbar an. »Du Poch gerettet hast!«

»Ja, ja, schon gut.« Fabian interessierten momentan andere Dinge. Wo waren Myrtel und Xolpph? Bestimmt machten sie sich Sorgen, weil er nicht zur ausgemachten Zeit an ihrem Treffpunkt erschienen war. Und wo war ...

Hektisch tastete er die Taschen seiner Hose ab. Als er auf das längliche Etui mit dem Sternstein stieß, atmete er hörbar auf. »Wo sind wir hier eigentlich?«, richtete er wieder das Wort an die große Maus. »Ist das eine Höhle im Berg?«

Poch nickte stolz. »Du in Stadt von Mäuslingen bist. Riesengroß, ganzes Märzgebirge voller Gänge und Kammern.« Er reckte seine pelzige Brust. »Mäuslinge hier schon sprengen Stollen seit Tausenden von Jahren!«

»Sprengen? Du meinst, ihr baut eure Behausungen nicht mit Hammer und Pickel, sondern ...«

»Viel zu lang dauert.« Der Mäusling machte eine abwinkende Bewegung mit der Pfote. »Mäuslinge Bombynit benutzen. Aus getrockneten Samen von Pflanzen hoch in Bergen. Grrrrroße Wirkung!« Er sah Fabian mit aufgerissenen Augen an, dann schleuderte er die Vorderpfoten in die Höhe und brüllte: »BUMMMM!«

Während der Mäusling wie ein kleines Kind über seinen Scherz kicherte, streckte plötzlich jemand den Kopf durch die einzige Tür des Raums.

»Bei Bossut, was ist denn das für ein Lärm?«

»Myrtel!« Fabian ruckte von seiner Liege hoch, worauf ihm augenblicklich ein brennender Schmerz durch den Hinterkopf schoss. Mit verzerrtem Gesicht starrte er die Fant an, die gebückt durch den niedrigen Eingang trat.

»Schön, dass du wieder wach bist«, sagte eine zweite Stimme, und an dem plumpen, grün-grauen Gürtel, den Myrtel um die Hüften trug, öffneten sich drei blaue Augen. »Wir dachten schon, du kommst nie mehr zu dir!«

»Xolpph? Heiliges Erbspüree, wo kommt ihr her?«

»Das ist eine lange Geschichte«, begann der Xenophor bedeutungsvoll und holte tief Luft.

»Quatsch, ist schnell erzählt«, kam ihm Myrtel zuvor. »Als du zum abgemachten Zeitpunkt nicht am Treffpunkt aufgetaucht bist, haben Xolpph und ich uns auf die Suche nach dir gemacht. Dabei sind wir auf ein paar Gestalten wie den hier getroffen!« Sie deutete auf Poch, der sich bei ihrem Eintreten ans andere Ende der Kammer zurückgezogen hatte. »Auch die Mäuslinge schienen auf der Suche nach jemandem«, fuhr die Fant fort. »Sie wuselten aufgeregt hierhin und dorthin und riefen immer wieder ein Wort, das klang wie ...«

»Poch?«, vermutete Fabian.

»Genau.« Myrtel nickte. »Wir merkten schnell, dass von ihnen keine Gefahr ausging. Daher zogen wir alle zusammen weiter, bis wir an eine Stelle am östlichen Rand des Talkessels kamen, wo gerade ein ordentlicher Steinschlag heruntergegangen war.«

»Kaum ein Dutzend Schritte von dem Felssturz entfernt entdeckten wir diesen Kerl da.« Xolpph wies mit einem seiner Auswüchse zu Poch hinüber, der heftig nickte. »Er hockte jammernd auf einem Stein und hielt deinen Kopf in seinen Pfoten.«

»Er erklärte seinen Freunden, dass du ihn gerettet und dabei einen Stein auf den Kopf bekommen habest«, übernahm Myrtel wieder. »Drei von ihnen nahmen dich daraufhin auf ihre Schultern und trugen dich davon. Wir folgten ihnen durch einen versteckten Höhleneingang in ein Tunnelsystem, das die Berge rings um den Talkessel durchzieht. Während du verarztet wurdest, gaben uns die Mäuslinge zu essen und zu trinken.«

»Wie lange war ich ausgeschaltet?«, erkundigte sich Fabian und fuhr mit einer Hand über den Verband an seinem Kopf.

»Oh, etliche Stunden.« Myrtel betrachtete ihn mit besorgtem Blick. »Was macht dein Kopf? Die Beule war ganz schön beachtlich.«

Fabian versicherte ihr, dass es ihm gut gehe, und wollte gerade erzählen, wie es zu dem Unfall gekommen war, als plötzlich mehrere Mäuslinge an der Tür erschienen und einige rasche, piepsende Worte mit Poch austauschten.

»König Binns euch sehen möchte«, sagte der Mäusling daraufhin.

»König *wer*?«, erkundigte sich Xolpph barsch.

»Herrscher von Volk der Mäuslinge.« Poch half Fabian auf. Gemeinsam folgten sie dem Mäuslingtrupp durch einen langen Stollen, der in unregelmäßigen Abständen von kleinen Tonschalen mit brennendem Öl erhellt wurde. Der Gang war so niedrig, dass Fabian und Myrtel ständig ein wenig geduckt gehen mussten, um sich nicht den Kopf zu stoßen. Sie passierten diverse Abzweigungen und kamen schließlich in eine große Halle, die mit Hunderten von Mäuslingen gefüllt war. Wie die Stollen bestanden auch die Wände dieses Saals aus nacktem Fels, jedoch waren sie etliche Meter hoch, so dass Fabian und Myrtel endlich wieder aufrecht stehen konnten. Große Feuer loderten in irdenen Trögen, irgendwo in der Ferne war der leise Klang von Saiteninstrumenten zu hören.

Kaum waren sie eingetreten, teilte sich die wuselnde Masse vor ihnen und gab den Blick frei auf einen einfachen, steinernen Thron, der am entfernten Ende des Saals aufragte. Ein großer, beleibter Mäusling hockte darauf. Um seine Schultern lag ein Umhang aus fadenscheinigem, braunem Sackleinen, und auf seinem Kopf saß eine Art Krone aus geflochtenen Wurzeln oder Flechten. Als sie den Thron erreichten, gingen Poch und die anderen Mäuslinge vor ihm auf die Knie. Myrtel und Fabian tauschten einen raschen Blick, dann taten sie es ihnen gleich.

Die Musik verstummte, ehrfürchtige Stille erfüllte die große Halle.

Der Herrscher erhob sich. So würdevoll er es auf seinen dünnen Hinterbeinen vermochte, balancierte er die wenigen Stufen des Throns hinab und blieb vor Fabian und Myrtel stehen. Gütig strich er sich mit einer Vorderpfote über das Kinn, wo bei einem menschlichen Herrscher sicher ein weißer Rauschebart gesessen hätte. »Du jener bist, der gerettet hat unseren ersten Späher, Poch Bin-Ik?«, fragte er und deutete auf Fabian. Seine Stimme war für einen Mäusling überraschend tief, beinahe wie die eines Menschen.

»Das stimmt.« Fabian erhob sich zögernd. Im Stehen reichte

ihm der König mitsamt seiner Krone gerade bis zur Schulter. »Aber Poch hat sich schon revanchiert.«

»Wir wissen. Ihr von nun an Brüder seid – Brüder in Geist und Seele!«, stellte König Binns fest und hob feierlich die Vorderpfoten. Die Masse der umstehenden Mäuslinge, die gebannt gelauscht hatte, brach in piepsenden Jubel aus. Auch Poch erhob sich und legte Fabian stolz eine Pfote auf die Schulter, worauf der Jubel nochmals anschwoll. Fabian fühlte sich irgendwie nicht recht wohl bei der ganzen Sache, noch weniger, als er sah, dass Myrtel neben ihm amüsiert grinste.

König Binns hob eine Pfote, und sofort wurde es wieder still.

»Uns einen großen Dienst erwiesen du hast«, sagte er. »Nicht mehr viele Späher wir haben, die beherrschen die alte Kunst, unsichtbar und unhörbar unser Gebiet zu überwachen.«

»Ich höre immer Späher«, nölte Xolpph mit einem Seitenblick auf Poch. »Heißt das, *der* hat uns in den letzten Tagen auf der Großen Passstraße ständig beobachtet?«

Poch erwiderte seinen Blick grinsend. »Wir Mäuslinge gern wissen, wer kommt oder geht.«

»Euer Gebiet«, wiederholte Fabian. Plötzlich kamen ihm die Worte von Bruder Fritsje wieder ins Gedächtnis. »Dann seid ihr … das Recht Kleine Volk?«

Neben ihm begann Poch kindisch zu kichern. »Na ja – Mäuslinge gewiss nicht sind das *Recht Große Volk*, wie? Was?«

Quiekendes Gelächter erhob sich im Saal, dem sich hinter vorgehaltener Pfote auch der König anschloss. Die Mäuslinge schienen einen gewissen Hang zur Albernheit zu haben, aber da Fabian ihr Gast war und nicht der Einzige sein wollte, der nicht mitlachte, zwang er sich zu einem Lächeln.

Als das Gekicher verebbte, wandte sich Myrtel an den Herrscher:

»Nach allem, was wir gehört haben, soll das Recht Kleine Volk böse und hinterhältig sein. Angeblich hat es einst einen Teil der Großen Passstraße zum Einsturz gebracht.«

König Binns hob die Vorderpfoten in einer abwehrenden Geste und zog die Lippen zurück, so dass seine Nagezähne zum Vorschein kamen. Einer davon bestand aus purem Gold. »*Diese* alte Geschichte wieder«, knurrte er. »Es denn nie aufhören wird?« Er seufzte und holte tief Luft. »Es sich zutrug unter der Herrschaft Unseres Ururgroßvaters, König Lerf. Damals ein großer Trupp Menschen und Langnasen kam« – er deutete abwesend auf Myrtel, die pikiert den Rüssel rümpfte –, »um zu bauen großen Weg zu großer Stadt.«

Bei der Erwähnung einer »großen Stadt« wurde Fabian hellhörig. Damit konnte nur Amarath gemeint sein! Doch er schwieg für den Augenblick und hörte weiter zu.

»Ihr Anführer gewisser Hiltgunter war, dicker Mann mit dicker Meinung von sich selbst. Pläne gemacht er hatte, schöne Pläne mit vielen Strichen und Linien. Leider er nicht wusste, was lag *unter* dem Fels, auf den er bauen wollte seine Straße ...«

»Unter dem Fels?«, wiederholte Myrtel.

»Abordnung von Mäuslingen zu ihm ging und sagte, dass geplanter Weg gefährlich, weil direkt über zwei unserer größten Gewölbe führte. Doch dicker Hiltgunter nur lachte und Mäuslinge wegjagte. Dachte ›kleine Nager, nichts wissen von Baukunst‹.« König Binns verschränkte die Vorderpfoten und reckte seine Schnauze hoch in die Luft. »Er sich täuschte!«

»Ihr wollt sagen, die Große Passstraße stürzte ein, weil die Menschen nicht auf euch hörten und sie auf unsicherem Terrain errichteten?« Fabian tauschte einen raschen Blick mit Myrtel. Sie schien dasselbe zu denken wie er.

»Meilenlanges Stück von Straße senkrecht in Gewölbe stürzte«, bestätigte König Binns nickend, und ein schadenfrohes Lächeln umspielte seine Nagezähne. »Felsen und Steine obenauf fielen, bis aussah alles, als ob nie eine Straße wäre dagewesen!« Er brach in albernes Gekicher aus, in das sein Volk augenblicklich einfiel.

Als das Lachen der Mäuslinge endlich unter der hohen Decke des Thronsaals verhallt war, fuhr der König fort: »Wahrer Grund für Unglück nie kam ans Licht. Dicker Hiltgunter-Mensch nicht zugeben wollte, dass seine Arroganz schuld an allem. Er Geschichten erfand, böse Geschichten über böses ›Recht Kleines Volk‹, das Straße zerstört, Menschen angreift und anderes. Bald Menschen von großer Stadt mieden Mäuslinge, schossen Pfeile und zerrten Kinder in Häuser.«

»Schade ist«, warf Poch ein, und es klang traurig, »Mäuslinge Kinder mögen, gerne spielen mit kleinen Menschen!«

»Seit damals es heißt: *Böses Recht Kleines Volk in Märzgebirge wohnt – aufpassen!«*, beschloss König Binns seinen Vortrag.

»Ein Irrtum, der viele Jahrhunderte nicht aufgeklärt wurde«, murmelte Myrtel.

»Zurück zu dieser eingestürzten Straße«, sagte Fabian. »Könnte es vielleicht sein, dass mit Amarath, der großen Stadt, von der Ihr gesprochen habt, etwas Ähnliches geschehen ist?«

Myrtel nickte heftig. »Laut unserer Karte sollte sie in dem Talkessel liegen, wo wir mit Euren Leuten zusammengetroffen sind. Aber dort war keine Spur einer Siedlung zu entdecken.«

König Binns sah kopfschüttelnd von Fabian zu Myrtel und wieder zurück zu Fabian. »Zauberer-Stadt tatsächlich einst in Talkessel lag. Aber nicht gestürzt ist in Gewölbe von Mäuslingen! Wir nie zugelassen hätten, dass ganze Stadt gebaut wird auf Grund, den wir unterhöhlt. Wir nichts haben gegen Menschen – nur gegen dicke, böse!«

Fabian ließ enttäuscht die Schultern hängen. Damit waren sie so schlau wie zuvor.

»Wäre ja auch zu einfach gewesen«, knurrte Xolpph.

»Aber was ist denn nur mit der Stadt geschehen?«, rief Myrtel verzweifelt.

»Stadt nicht gestürzt ist in Mäusling-Tunnel«, wiederholte König Binns kopfschüttelnd. »Stadt bei großem Erdbeben vom Erdboden verschluckt wurde, vor zweihundert Jahren!«

Fabian, Myrtel und Xolpph mussten sich noch eine Weile gedulden, bevor sie die ganze Geschichte zu hören bekamen. Die Mäuslinge hatten anlässlich der Rettung Pochs – und zu Ehren seines neuen »Seelenbruders« Fabian – ein großes Festmahl vorbereitet. Man nahm auf moosbedeckten Steinen um eine lange Tafel aus Fels Platz, und erst, nachdem sich jeder aus zahlreichen Schüsseln und Töpfen bedient hatte (sie enthielten auf verschiedene Arten zubereitete Wurzeln, die fast ohne Ausnahme wie zu lange gekochte Kartoffeln schmeckten), war König Binns bereit, ihnen von der Katastrophe zu berichten.

Zweihundert Jahre zuvor, unter der Regentschaft von Binns' Großvater, König Dralle II., hatte ein Erdbeben von nie gekanntem Ausmaß das Märzgebirge erschüttert. Stundenlang hatten die Gipfel gewankt, als bestünden sie aus Götterspeise, Bodenverwerfungen durchschnitten die Täler, Steilwände stürzten ein, Hänge verrutschten, Steinlawinen gingen ab. Das Volk der Mäuslinge hockte dicht gedrängt in seinen Höhlen und betete zitternd zu Minutella, der Schutzheiligen aller ambiguanischen Nager, dass ihre Behausungen der Belastung standhalten würden. Schließlich, als das Beben bereits im Abebben begriffen schien, ertönte von draußen, aus Richtung des Talkessels, ein unvorstellbar lautes Knirschen. Einige unerschrockene Beobachter, darunter Pochs Großvater Rocco Bin-Ik, wagten sich an die Höhleneingänge, um den Ursprung des seltsamen Lärms zu ergründen.

Was sie erblickten, war unglaublich: Unter ohrenbetäubendem Ächzen und Stöhnen versank Amarath, die Stadt der Zauberer, senkrecht im Boden – an einem Stück, so als stünden Häuser und Straßen auf einer Hebebühne! Doch das war noch nicht alles. Während die Stadt immer tiefer sackte, fuhr ein letzter gigantischer Ruck durch das Gebirge. Aus den Flanken der Berge, die den Talkessel einrahmten, lösten sich gewaltige Steinplatten, jede Hunderte von Metern lang, und stürzten hinter der abrutschenden Stadt drein. Das Krachen, mit dem die Platten über den Dächern zusammentrafen, war lauter als jeder Gewitterdonner und trieb die wenigen Mäuslinge, die dem Spektakel beigewohnt hatten, zurück in die Sicherheit ihrer Behausungen.

Als das Beben vorüber war und die ersten Mäuslinge sich wieder ins Freie wagten, fanden sie den Talkessel so vor, wie er sich auch Fabian, Myrtel und Xolpph dargeboten hatte: Als tief gelegene, von Felsentrümmern übersäte Fläche ohne jegliche Anzeichen einstiger Besiedlung.

»Die Stadt ist also buchstäblich im Erdboden versunken«, wiederholte Fabian nachdenklich. Aus dem Hintergrund, wo sich eine Gruppe Mäuslinge mit saitenbespannten, getrockneten Kürbissen aufgebaut hatte, drang leise, melodische Musik zu ihnen herüber.

»Aber wie war das möglich?«, wollte Myrtel wissen. »Ihr sagtet doch, unterhalb des Talkessels hätten sich keine eurer Tunnel befunden. Wie konnte es dann einen Hohlraum geben, der groß genug war, eine ganze Stadt aufzunehmen?«

König Binns zögerte merklich und starrte angestrengt in sein

Essen. »Dort andere Höhlen liegen ... ältere Höhlen. *Viel* älter!«

»Und die Häuser gingen bei der Aktion tatsächlich nicht kaputt?«, erkundigte sich Xolpph, der neben Myrtel auf dem Tisch hockte. »Nicht mal, als anschließend tausende Tonnen Gestein daraufgefallen sind?«

»Ein paar Gebäude am Rand etwas abbekamen«, erklärte Poch, dem man einen Platz neben seinem Seelenbruder zugewiesen hatte. »Aber Großteil heil blieb. Liegt jetzt hundert Fuß tief, geschützt von riesigen Steinplatten.«

»Kamen bei der Katastrophe nicht unzählige Menschen ums Leben?«, wollte Myrtel wissen. »In Amarath müssen doch damals viele tausend Nekros gelebt haben.«

König Binns schüttelte den Kopf. »Wir auch erst gedacht. Später gemerkt, dass Stadt bei Unglück völlig leer. Bewohner müssen Erdbeben vorausgeahnt haben.«

Myrtel nickte nachdenklich. »Logisch – viele Nekros verfügen über die Gabe der Prophetie. Sie können Ereignisse in naher Zukunft vorhersehen, sofern sie groß und einschneidend genug sind.«

»Das heißt, wenn Vagdrusal der Gütige sich damals in Amarath aufhielt, hat er die Stadt rechtzeitig verlassen«, überlegte Fabian laut. »Bleibt die Frage, wohin er gegangen ist.«

Myrtel wandte sich an den König. »Sagt – woher wisst Ihr eigentlich so sicher, dass die Stadt unversehrt dort unten liegt, sogar exakt in welcher Tiefe?« Sie verengte die Augen. »Kann man etwa durch irgendwelche Tunnel dorthin gelangen?«

König Binns stocherte konzentriert in seiner Schüssel mit Wurzeln. »Hinab man kommt an fast jeden unterirdischen Ort«, murmelte er ausweichend.

»Aber?«, hakte Fabian nach. Falls tatsächlich eine Chance bestand, die versunkene Stadt aufzusuchen – oder was davon übrig war –, ließ sich dort vielleicht ein Hinweis finden, wo Vagdrusal sich jetzt aufhielt.

»Problem ist«, sprang Poch für seinen König ein, »dass uralte unterirdische Höhlen Gebiet von Slogotten.«

In der unangenehmen Stille, die sich mit einem Schlag der Tafel bemächtigte, blickte Fabian ratsuchend zu Myrtel hinüber. »Slogotten? Was hat es denn damit schon wieder auf sich?«

»Eine uralte Legende«, gab Myrtel leise zurück. »Die Slogotten sollen zu den ersten Geschöpfen gezählt haben, die Ambigua bevölkerten, unmittelbar nachdem sich unsere Welt vor Urzeiten durch eine kosmische Zusammenballung von Zucker und protoplasmatischer Energie in den Tiefen des Raums gebildet hatte.«

»Die Biester sollen so ziemlich das Grässlichste sein, was die Götter des schlechten Geschmacks je verbrochen haben«, zischte Xolpph aufgeregt. »In einer alten Xenophor-Überlieferung heißt es, sie seien ›sehr, sehr scheußlich‹ – und wenn man die Maßstäbe meiner Leute kennt, lässt sich ahnen, dass man so einem Slogotten lieber nicht auf der Straße begegnen möchte!«

»Man erzählt sich, es seien krakenähnliche Monster von urtümlicher, boshafter Intelligenz gewesen«, fuhr Myrtel fort. »Noch heute drohen Eltern manchmal ihren Kindern damit, ein Slogott werde sie holen, wenn sie abends nicht zu Bett gehen wollen.«

»Gewitzter Trick«, fand Xolpph und grinste schief.

»Und diese Geschöpfe soll es immer noch geben, obwohl sie vor Millionen von Jahren lebten?«, erkundigte sich Fabian.

»Man weiß nicht, ob es noch irgendwo Slogotten gibt«, erklärte Myrtel. »Es heißt, sie hätten sich vor undenklichen Zeiten in irgendwelche bodenlosen Erdspalten zurückgezogen; das behauptet zumindest Agib Nagi-Saklar in seiner Chronik. In der Tiefe könnten einige, abgeschieden von der Welt, bis heute überdauert haben.«

»*Haben* überdauert«, sagte König Binns mit Grabesstimme. Er hatte ihr Gespräch aufmerksam verfolgt. Nun legte er sein hölzernes Essbesteck zur Seite und sah die drei ernst an. »Seit Anbeginn von Mäusling-Zeitrechnung unser Volk in Angst lebt vor dem, was haust in tieferen Stollen als unseren! Wir nicht wussten, dass Teil von Slogottenlabyrinth lag unter Zauberer-Stadt. Wir sie sonst gewarnt.«

»Damals, als Stadt versank bei großem Erdbeben«, mischte sich Poch ein, »Pochs Großvater und andere Mäuslinge durch alte Gänge abwärts schlichen, um zu sehen, was übrig. Fanden mächtige Höhle, älter als alles, was Mäuslinge je erbaut. Darin Häuser und Straßen standen, ganz intakt. Und fanden ... böse Wesen!«

»Sie sind da unten wirklich und wahrhaftig Slogotten begegnet?« Myrtels Stimme klang ungläubig.

»Nur einer zurückkam, um zu berichten«, schloss Poch traurig. »Leider nicht Großvater Rocco ...«

»Erdbeben geöffnet hatte Zugänge zu uraltem, tiefem Stollensystem«, erklärte König Binns schaudernd. »König Dralle II. sie sofort versiegeln ließ. Nie wieder jemand dorthin ging. Nur ab und zu Mäuslinge, die kommen durch entlegene Tunnel, seltsame Geräusche aus der Tiefe hören – ekelhafte, trippelnde Schritte!«

Fabian schob seine halb geleerte Schüssel von sich. »Es gefällt mir zwar nicht, aber uns bleibt nichts anderes übrig, als dort runterzusteigen und nachzusehen, ob Vagdrusal in Amarath irgendeine Spur hinterlassen hat.«

»Ihr nicht gehen könnt in lichtlose Tiefen!«, rief Poch entsetzt.

»Keine zehn Trulle bringen mich an so einen Ort!«, stellte Xolpph klar.

Myrtel schnitt beiden mit einer energischen Geste das Wort ab. »Wir haben überhaupt keine Wahl!« Eine Gänsehaut überzog ihren ausgestreckten Rüssel, als sie weitersprach. »Wir müssen da runter.

Wisst ihr noch, was das Orakel von Mnom-Ping uns geraten hat?«

»Verschwendet nicht Zeit mit sinnlosem Horchen, um Güte zu finden, müsst tiefgründig ihr forschen«, zitierte Fabian aus dem Gedächtnis.

Myrtel nickte ehrfürchtig. »Versteht ihr? ›Tiefgründig forschen‹ – damit kann nur gemeint sein, dass wir uns *in die Tiefe* begeben sollen. Abwärts! Dort werden wir Vagdrusal den Gütigen finden, oder wenigstens etwas, das uns seinen Aufenthaltsort verrät!«

»Oh, Mist«, hauchte Xolpph kaum hörbar.

Fabian schwieg. Dann nickte er langsam.

Kapitel 24
Die versunkene Stadt

Es war ein hartes Stück Arbeit, bis Fabian und Myrtel die Mäuslinge so weit hatten, dass sie sich bereit erklärten, ihnen einen der versiegelten Durchlässe zu dem uralten Höhlensystem tief unter dem Gebirge zu zeigen. Die Nager hatten schon vor dem Betreten ihrer eigenen Stollen schreckliche Angst, sofern sie in der Nähe dieser Zugänge vorbeiführten. König Binns versuchte alles, ihnen den Abstieg auszureden, drohte sogar, das Unternehmen offiziell zu verbieten. Er fürchtete, was immer unterhalb der Wohnstätten seines Volkes hauste, könnte durch das Eindringen der drei Wagemutigen erzürnt werden und hinaufkommen. Irgendwann dämmerte dem König jedoch, dass seine Ehrengäste sich nicht umstimmen ließen, und er gab auf.

Das nächste Problem bestand darin, einen Mäusling zu finden, der bereit war, sie zu führen. Obwohl es ihm so sehr widerstrebte, dass sich sein Fell beim bloßen Gedanken daran sträubte, erklärte sich Poch nach langer Diskussion bereit, seinem Seelenbruder und dessen Freunden den Weg zu weisen. Noch am gleichen Abend brachen sie auf, ausgestattet mit etwas Proviant und zwei ölgefüllten Laternen.

Zunächst ging es durch einen breiten, sauberen Stollen, der sich in weiten Schlaufen abwärtswand. Dann jedoch bog Poch in einen schmalen Seitenkorridor ein, der so steil in die Tiefe führte, dass Fabian und Myrtel höllisch aufpassen mussten, nicht zu stolpern und wie auf einer Rutsche kopfüber nach unten zu schlittern. Längst gab es keine Tonschalen mit brennendem Öl mehr, und die Laternen in ihren Händen machten den Abstieg nicht einfacher.

Nach ungefähr einer Stunde verlangsamte Poch das Tempo. »Wir jetzt an tiefsten Punkt von Mäusling-Reich kommen«, erklärte er unheilvoll. Im flackernden Licht wirkte sein einäugiges Gesicht struppig und ausgezehrt. »Kein Mäusling freiwillig so tief steigt. Wir jetzt ganz nah an Reich von Slogotten …«

Auf der rechten Gangseite kam ein merkwürdiges Gebilde in Sicht. Es schien eine Art Tor zu sein und bestand aus Stein, seine Form jedoch war gezackt und unregelmäßig, so als sei es nachträglich an einen Riss im Fels angepasst worden. Ganz oben, wo es in einer langgezogenen Spitze auslief, saß ein mächtiges Scharnier, an dem sich die merkwürdige Pforte nach oben klappen ließ.

»König Dralle II. anfertigen ließ diese Türen aus Granit für jeden Durchgang, eins, zwei, drei an der Zahl«, verriet Poch flüsternd. »Mäuslingstollen, die zu anderen beiden führten, mittlerweile durch Steinschlag verschüttet. Poch wünschte, auch *dieser* hier längst eingestürzt wäre!« Er deutete auf ein gutes Dutzend stählerne Bänder, die das Tor mit dem umgebenen Felsen verbanden. »Dies die Siegel sind, die König Dralle ließ anbringen«, erklärte er. »Verhindern sollen, dass etwas aus der Tiefe herauf-«

»Aber die sind ja offen!«, rief Xolpph von Fabians Schulter.

Bedrohlich hingen seine Worte in der Luft. Fabian hob die Laterne und sah, dass der Xenophor recht hatte: Die Stahlbänder, einst mit fingerdicken Eisennieten sowohl im Tor als auch in der Wand verankert, waren nur noch einseitig befestigt. Während im Tor noch alle Nieten vorhanden waren, klafften im umliegenden Fels nur mehr schwarze Löcher. Auf dem Boden vor dem Tor lag ein kleiner Haufen länglicher Stahlstifte. Sie waren rostig und mit einer dicken Staubschicht bedeckt.

»Jemand die Siegel gebrochen hat«, hauchte Poch ungläubig. »Von *außen*!«

»Muss eine Heidenarbeit gewesen sein, diese Dinger aus dem Fels zu reißen.« Myrtel hob einen der daumendicken Niete vom Boden auf. »Der Staubschicht nach zu urteilen dürfte es schon viele Jahre her sein.«

»Aber wer? Kein Mäusling würde ...«, stammelte Poch.

»Wir haben jetzt keine Zeit, uns darüber Gedanken zu machen«, stellte Myrtel klar und gab Fabian ein Zeichen. Gemeinsam packten sie je ein Eisenband auf jeder Seite der gezackten Steinplatte. *»Zuuugleich!«*

Sie mussten mehrmals kräftig rucken, bis das Tor sich bewegte. Dann gab es nach und schwang mit markerschütterndem Knirschen nach oben. Staub wölkte aus den Ritzen, bevor die Platte dicht unter der Stollendecke einrastete.

Hinter der Öffnung lag undurchdringliche Finsternis. Ein Schwall modriger, abgestandener Luft quoll heraus.

»Danke, dass du uns so weit gebracht hast«, sagte Myrtel und drehte sich zu Poch um. Doch der Mäusling stand nicht mehr hinter ihr, sondern dicht neben Fabian, dessen Arm er jetzt fest umklammert hielt.

»Pochs Seelenbruder nicht gehen darf in lichtlose Tiefen«, wimmerte er. »Er niemals zurückkommt!«

»Quatsch«, erwiderte Fabian mit einer Zuversicht, die er in Wahrheit gar nicht empfand. »Wir sehen uns dort unten nur ein bisschen um, dann kommen wir wieder hoch.«

»Niemals ihr zurückkommt, niemals«, wiederholte der Mäusling immer wieder. Er machte ein trauriges Gesicht und schüttelte demonstrativ den Kopf. »Menschenjunge, Langnase und Klumpen – was ihr schon gegen Slogotten ausrichten wollt?«

»Klumpen? *Klumpen?*« Xolpph machte Anstalten, sich von Fabians Schulter zu wickeln und sich auf den Nager zu stürzen. »Ich geb dir gleich Klumpen, du dämlicher ...«

»Poch nicht lässt Seelenbruder gehen allein in tödliche Gefahr«, fuhr der Mäusling ungerührt fort. »Wenn Seelenbruder nicht will bleiben in Sicherheit ... Poch ihn begleiten muss!«

Im Licht seiner Laterne wurde Fabian Zeuge eines bemerkenswerten Schauspiels: Während Pochs nervös trippelnde Füße offenbar nichts lieber getan hätten, als ihn möglichst schnell möglichst weit von hier fortzutragen, hatte sich sein Mäusegesicht in eine Maske sturer Verbissenheit verwandelt. Nur das leichte Beben seiner langen Barthaare verriet, wie es in seinem Innern aussah.

»Aber das brauchst du nicht, wirklich«, hob Fabian an.

»Wenn er mitkommen will, soll er eben mitkommen.« Und um weitere Diskussionen zu unterbinden, stieg Myrtel kurzerhand durch den gähnenden Spalt. Fabian folgte ihr.

Zögernd, aber dichtauf, folgte auch Poch.

Hinter dem Spalt führte ein schmaler, natürlich entstandener Schacht weiter in die Tiefe. An vielen Stellen lagen Gesteinsbrocken im Weg, und zuweilen wurde es so eng, dass sie sich nur noch seitlich hindurchquetschen konnten.

Kein Geräusch war zu hören, außer ihrem keuchenden Atem und ihren eigenen, geisterhaft widerhallenden Schritten. Mehrmals bildete Fabian sich ein, in der Ferne ein leises Plitschen zu vernehmen, wie von tropfendem Wasser. Aber immer, wenn er sich darauf konzentrierte, hörte es wieder auf.

Nach einer Weile hielt Myrtel, die vorausging, an. »Da vorne ist was«, flüsterte sie und deutete ins Dunkel vor ihnen. »Ein Lichtschein ... schwach, grünlich-weiß.«

Poch, der schweigend und mit eingezogenem Schwanz hinter ihnen herschlich, hob den Kopf. »Schein von Glimmermoos«, hauchte er. »Überall wächst, wo Gestein feucht. Grünliches Licht verbreitet, aber ungesund ist. Wer es anfasst oder isst, schlimme Bauchkrämpfe bekommt. Mäuslinge es beseitigen, wo immer es auftaucht.«

Ein Stück weiter waren Wände und Decke des Gangs tatsächlich von einer fingerdicken, haarigen Masse bedeckt, die einen kränklich grünen Schimmer absonderte. Das war zwar praktisch, weil sie nun besser sehen konnten, aber je weiter sie kamen, desto öfter bedeckten die Mooskissen auch den Boden, machten ihn schmierig und rutschig. Außerdem war das leuchtende Flies Heimat unzähliger weißer Spinnen mit golfballgroßen, geschuppten Leibern. Aufgeregt stoben sie auseinander, wenn man einen Fuß in das Moos setzte. Fabian konnte sich nicht erinnern, in seinem ganzen Leben etwas Ekelhafteres gesehen zu haben.

Der Stollen beschrieb eine Biegung und wurde breiter, bis er schließlich in etwas mündete, das ein größerer Hohlraum zu sein schien. Hintereinander traten Fabian, Myrtel und Poch aus dem Tunnel auf einen kleinen, erhöhten Felsvorsprung – und starrten mit offenen Mündern auf das, was sich ihnen im giftigen Schein von Unmengen Glimmermoos offenbarte:

Vor ihnen lag das größte unterirdische Gewölbe, das sie je gesehen hatten. Hoch über ihren Köpfen, kaum zu erkennen trotz der phosphoreszierenden Moosschicht, erhob sich eine Art Dach aus gigantischen Felsplatten, die in absurden Winkeln gegeneinander gekippt waren. Sie hatten sich ineinander verkeilt, wodurch eine natürliche Kuppel entstanden war, höher als jeder Dom.

Unter dieser Kuppel, geschützt vor nachrutschenden Felsmassen und perfekt erhalten, lag die Stadt der Zauberer.

Von einer Seite der Höhle bis zum entferntesten Ende, das man selbst vom erhöhten Ausgang des Stollens nur erahnen konnte, erstreckte sich ein Meer aus Dächern, Giebeln und verwinkelten Straßenschluchten. Es gab Fachwerkhäuser, noble Paläste, pittoreske Türmchen und schmucklose Geschäftsgebäude. Zierliche Fußgängerbrücken überspannten enge Gässchen, mit kunstvollen Friesen verzierte Balkons reckten sich über freie Plätze mit denkmalverzierten Brunnen.

Alle Bauwerke schienen vollständig erhalten, nirgendwo sah man Beschädigungen oder gar Ruinen. Die ganze Szenerie wirkte geisterhaft unecht, wie ein Traumbild oder eine Fata Morgana. Verstärkt wurde der Eindruck durch die unnatürliche Ruhe, die über allem lag. Nirgends rührte sich etwas.

»Heiliges Erbspüree«, brachte Fabian nach einer Weile hervor.

»Amarath«, hauchte Myrtel. »Wir haben die Stadt der Zauberer gefunden.«

»Ich wünschte, ich wäre woanders«, murmelte Xolpph, der auf Fabians Rucksack hockte und ungläubig in die Runde blinzelte.

»Was ist das?« Alarmiert schoss Fabians Finger in die Höhe, als er dicht unter der Kuppeldecke eine verstohlene, flatternde Bewegung ausmachte.

Myrtel kniff die Augen zusammen. »Keine Sorge. Das sind nur Flederigel. Eierlegende Stacheltiere mit ledrigen Schwingen. Kommen in den meisten unterirdischen Höhlen vor.«

»Sind sie gefährlich?«, wollte Fabian wissen.

»Nur, wenn sie dir in die Haare geraten«, erwiderte Myrtel grinsend. »Ein ausgewachsener Flederigel wiegt annähernd so viel wie ein Sack Kupferlinge, und seine Stacheln sind höllisch spitz.«

Plötzlich drückte sich Poch dicht an Fabians Seite. Er scharrte nervös mit den Hinterpfoten auf dem Boden. »Dies Gebiet von Slogotten ist. Wir besser nicht trödeln!«

»Er hat völlig recht«, sagte Myrtel. »Machen wir uns an die Arbeit.«

Über verstreute Felsbrocken kraxelten sie zu einer Straße hinunter, die auf geradem Weg ins Stadtzentrum zu führen schien.

»Laut den Hippopathen besaß Vagdrusal hier einen Laden«, rief Myrtel ihnen in Erinnerung. »Wenn wir dieses Geschäft finden, entdecken wir dort vielleicht etwas, das uns verrät, wohin er nach der Evakuierung der Stadt gegangen ist.«

Sie folgten der Straße, die knöchelhoch mit Staub und feinem Geröll bedeckt war. Obwohl Fabian und Myrtel sich bemühten, möglichst leise aufzutreten, hatten sie den Eindruck, dass jeder ihrer knirschenden Schritte in dem unendlichen Gewölbe kilometerweit zu hören war. Poch, der sich alle paar Sekunden gehetzt umsah, folgte ihnen auf Pfotenspitzen.

Die Straße führte auf einen sternförmigen Platz, von dem ein halbes Dutzend weitere Pfade und Gassen abgingen. Die Stadt der Zauberer musste einst sehr prächtig gewesen sein: Hohe Gebäude mit säulenverzierten Eingängen ragten ringsum in die Höhe, und in der Mitte stand ein steinernes Denkmal, das zwei Männer in wallenden Mänteln und mit langen Stäben in den Händen zeigte, offenbar Magier. Die Statuen glühten im ungesunden Glanz des Glimmermooses, das über allem wucherte.

Myrtel deutete auf die breiteste der Straßen, die vom Platz wegführten. »Das scheint die Hauptgeschäftsstraße gewesen zu sein. Die sehen wir uns an!«

Tatsächlich handelte es sich bei einem Großteil der Gebäude, die sich auf den Seiten der Straße aneinanderreihten, um Ladengeschäfte. Große Schilder über den Türen verrieten in verblasster Schrift, was dort einst feilgeboten worden war. Neben Wirtshäusern wie *Tarols Schluckstübchen* oder *Zum durstigen Nasiathan* gab es auffallend viele Geschäfte für magische Utensilien. Sie sahen *Sigmons Elixier-Land, Birchen & Schüchen – Zaubereibedarf en gros, Schalckens Magischen Basar* und unzählige mehr. Doch auf keinem stand der Name Vagdrusals geschrieben.

Nach einer Weile erreichten sie ein Geschäft, über dessen Tür sich kein Schild befand. Offenbar hatte der Name des Inhabers einst auf dem großen Schaufenster gestanden, doch das war so dreckverkrustet, dass man beim besten Willen nichts mehr darauf erkennen konnte. Myrtel kratzte probehalber mit der Dolchspitze über das Glas, und prompt zerbarst die Scheibe in tausend Scherben.

Das Klirren hallte durch die Geisterstadt wie ein Pistolenschuss.

Poch wirbelte panisch um die eigene Achse und reckte schnuppernd die Nase in alle Richtungen. Seine Ohren standen senkrecht nach oben, seine Barthaare zitterten.

»Tut mir leid«, entschuldigte sich Myrtel. »Ich konnte ja nicht ahnen, dass ...«

»Pssst! Pssst!« Der Mäusling hob bebend eine Klaue vor die Nagezähne. Als Myrtel verstummte, deutete er sekundenlang konzentriert in die Stille. »Da! Ihr gehört? Schritte! Schritte trippeln – Slogottenschritte!«

Fabian und Myrtel lauschten ebenfalls in das grüne Halbdunkel. Doch außer ihrem eigenen Herzschlag und dem gelegentlichen Flattern der Flederigel hoch über ihren Köpfen hörten sie nichts.

Hoffentlich dreht Poch uns nicht durch, dachte Fabian. Um den Mäusling zu beruhigen, ließ er seinen Blick mit beruhigender Langsamkeit von einem Ende der leeren Straße zum anderen schweifen. In aller Seelenruhe musterte er die Häuser auf der gegenüberliegenden Straßenseite, kontrollierte die dunklen Fensterhöhlen, die breiten Mauervorsprünge, die Dächer.

Ganz wie erwartet entdeckte er nichts Bedrohliches. Er nickte zufrieden.

Sein Verhalten verfehlte seine Wirkung nicht: Pochs hektisches Schnuppern ließ nach, der Mäusling wurde sichtlich ruhiger.

Für einen Augenblick blieb Fabians Blick an einem Dachfirst auf der gegenüberliegenden Straßenseite hängen, wo, offenbar zu Dekorationszwecken, eine bemerkenswert hässliche Steinskulptur platziert worden war. Sie stellte ein gut fünf Meter langes Geschöpf dar, das wie eine Mischung aus einem Neunauge und einer Raupe aussah. Unter einer Unzahl detailgetreu dargestellter Glotzaugen wuchsen Dutzende kurzer Raupenbeine aus dem schlangenartigen Leib hervor. Fabian schüttelte den Kopf: Der Künstler, der dieses Ding einst geschaffen hatte, musste einen ausnehmend schlechten Geschmack besessen haben – oder einen sehr sonderbaren Humor.

»Hier in der Auslage hat's Tiegel, Töpfe, Flaschen und solches Zeug«, quäkte Xolpph und deutete mit einem Auswuchs auf das zerstörte Schaufenster. »Vielleicht war es ja Vagdrusals Laden?«

»Wir müssen das überprüfen.« Myrtel drückte gegen die Eingangstür, die quietschend nachgab.

Das Innere des Geschäfts war eng und verbaut. Es gab einen langen Kassentresen, darüber hinaus war fast jeder Quadratzentimeter mit Regalen, Truhen oder gläsernen Vitrinen ausgefüllt.

Fabian und Myrtel trennten sich und drückten sich vorsichtig zwischen den finsteren Waren hindurch. Da es drinnen kein Glimmermoos gab, waren sie jetzt ganz auf ihre Laternen angewiesen.

Soweit sich erkennen ließ, war das Angebot des Geschäfts recht vielfältig gewesen: Es gab uralte, ledergebundene Bücher, fingerdick mit Staub bedeckt; Phiolen, Tiegel und Flaschen, deren Inhalte schon vor Jahrzehnten eingetrocknet waren; mumifizierte Tierkadaver und komplizierte astrologische Gerätschaften, die an Kordeln von der Decke hingen und sich wie in Zeitlupe um sich selbst drehten.

»Komisch«, murmelte Fabian. »Dass die Zauberer bei ihrer Flucht all ihre Besitztümer hiergelassen haben.«

»Vielleicht blieb ihnen keine Zeit, das ganze Zeugs mitzunehmen«, ließ sich Myrtel aus Richtung des Tresens vernehmen. »Selbst Nekros, die die Prophetie beherrschen, können nicht sehr weit in die Zukunft schauen. Vielleicht haben sie erst einen Tag, bevor es passierte, von dem Erdbeben gewusst und konnten nur noch das Nötigste zusammenraffen? Hey, was haben wir denn hier?« Raschelnd zerrte sie ein schweres Buch unter dem Tresen hervor. »Das Kassenbuch! Da steht bestimmt drin, wie der Besitzer des Ladens hieß!«

»Schritte trippeln! Wieder: Schritte trippeln!«, zischte Poch, der vor dem Geschäft geblieben war und nun ängstlich seine Schnauze durch das zerstörte Schaufenster hereinstreckte. »Jetzt aus allen Richtungen!«

»Der fängt allmählich an zu nerven«, knurrte Xolpph und glitt von seinem Aussichtspunkt auf Fabians Rucksack, um sich auf eigene Faust etwas umzusehen.

Myrtel blätterte unterdessen im Kassenbuch. »Fehlanzeige«, sagte sie, nachdem sie mit ihrer Laterne die Seiten genauer in Augenschein genommen hatte. »Das Geschäft gehörte einem gewissen Bendix Barzillai. Wir können abhauen.«

»Xolpph?« Fabian sah sich suchend um. »Kommst du?«

»Schon da!« Geschwind kroch der Xenophor aus den Schatten heran, schlängelte sich an Fabians Bein nach oben und bezog umständlich wieder auf seinem Rucksack Stellung. Gemeinsam traten sie hinaus auf die Straße, wo sie auf Poch trafen, der am ganzen Körper zitterte – obwohl nach wie vor nirgendwo etwas Beunruhigendes zu sehen oder zu hören war.

Dennoch verspürte jetzt auch Fabian ein unterschwelliges Gefühl der Bedrohung. Ärgerlich, dass er sich von Poch hatte anstecken lassen, ließ er seinen Blick erneut über die umstehenden Häuser schweifen – und erstarrte.

Die scheußliche Skulptur auf dem Dachfirst gegenüber war verschwunden!

»Was ist los?« Myrtel trat neben ihn. »Hast du was gesehen?«

»Ich dachte, da wäre vorhin ...« Bevor Fabian die rechten Worte fand, durchschnitt plötzlich ein Geräusch die Stille. Obwohl es kein lautes oder gefährlich klingendes Geräusch war, ließ es ihnen das Blut in den Adern gefrieren.

Sie hörten trippelnde Schritte, wie von Tausenden kleiner Füße!

Poch stieß ein ersticktes Quieken aus und umklammerte hysterisch Fabians Arm. »Slogotten«, wimmerte er. »Slogotten kommen uns holen!«

Myrtel riss ihren Dolch aus der Scheide und spähte grimmig die Straße hinauf. Augenblicke später verwandelte sich ihre entschlossene Miene in eine Maske nackter Panik.

Kaum dreißig Schritte entfernt war ein Berg um die Ecke gebogen – ein Berg aus sich windenden, schlangenartigen Leibern. Er musste aus Hunderten einzelner Kreaturen bestehen, und jede einzelne besaß unzählige winzige Knopfaugen, aus denen eine äonenalte, unaussprechlich boshafte Intelligenz blitzte. Unter all den wuselnden, sich ständig neu ineinander verschlingenden Körpern arbeiteten Abertausende winziger Raupenbeine in einem unfassbaren, maschinenartigen Gleichschritt. In einer Wolke aus Staub und aufspritzendem Geröll kam die Masse auf sie zugerast.

»Rückzug!«, brüllte Myrtel und rannte los. Fabian folgte ihr, wobei er sich im Geist einen Tritt in den Hintern verpasste – wie hatte er nur so dumm sein können, den staubbedeckten Slogott auf dem Dachfirst für eine Statue zu halten? Das Monster musste ein Späher gewesen sein und die anderen verständigt haben, während sie den Laden untersuchten!

Schon tauchte der sternförmige Platz mit den beiden Magierskulpturen vor ihnen auf. Myrtel bremste ruckartig ab, ebenso Poch, der jetzt auf vier Beinen lief und dabei ein beachtliches Tempo erreichte.

»Was ist? Warum haltet ihr?«, rief Fabian und kam schlitternd zum Stehen.

In stummem Entsetzen deutete Myrtel nach vorne.

Durch sämtliche Straßen, die auf den Platz mündeten, wälzten sich weitere Slogottenhorden heran. Hohe Pfeiflaute durchschnitten die Luft, widerlicher als alles, was Fabian je gehört hatte.

»Da rein!« Xolpph deutete auf ein weißes, tempelartiges Gebäude, das sich am Rand des Platzes erhob. Von seinem erhöhten Sitzplatz hatte er einen offenen Eingang zwischen den mächtigen Säulen erspäht. »Das Portal ist aus Granit. Wenn wir es von drinnen verriegeln können, sind wir erst mal in Sicherheit!«

Ohne zu zögern hasteten sie los, nur Sekunden, bevor die Slogotten auf dem Platz zusammentrafen. In einer einzigen, fließenden Bewegung vereinten sie sich zu einem nochmals größeren, wuselnden Haufen. Speichelfeuchte, transparente Fangzähne glänzten im Dämmerlicht, winselnde Pfeiflaute hallten von der hohen Decke wider. Dann warf sich die tausendäugige Masse herum und hielt mit unverminderter Geschwindigkeit auf den Tempel zu.

Stolpernd erklommen Fabian und Myrtel die Stufen, eilten durch die Säulenreihe und in das offene Tor. Poch war bereits drinnen und stemmte sich mit seinen Mäuseschultern gegen die schwere Steintür.

Als Myrtel und Fabian ihm zu Hilfe kamen, schwang das Tor plötzlich erstaunlich leicht herum und schlug mit einem weithin hallenden Krachen zu. Sofort packte Fabian den steinernen Querriegel und schob. Auch er glitt so mühelos in seine Schließstellung, als sei er erst tags zuvor zum letzten Mal benutzt worden.

Für einige Augenblicke war es totenstill.

Dann platschte es draußen, als unzählige ekelhaft weiche Körper gegen den Stein prallten. Ein vielstimmiges Pfeifen wurde laut, doch diesmal klang es enttäuscht – enttäuscht und zugleich unsagbar wütend!

Im Laufschritt durchquerten sie die Eingangshalle des Tempels. Hier gab es kaum Glimmermoos, und Fabian musste enttäuscht feststellen, dass er auf der Flucht irgendwo seine Laterne verloren hatte. Unruhig zuckte das Licht von Myrtels einsamer Lampe über kahle Wände aus glattem weißem Stein, die mit fremdartigen Steinfresken geschmückt waren.

»Wieso stand die Tür offen?«, fragte Fabian keuchend. »Und warum ließ sie sich so leicht bewegen?«

»Vielleicht Slogotten Haus noch benutzen?«, vermutete Poch neben ihm. Der Mäusling wirkte nun, da die die Slogotten tatsächlich hinter ihnen her waren, viel gefasster. Es schien, als käme er jetzt, da seine Albträume endlich eine konkrete Form angenommen hatten, besser mit seiner Angst zurecht.

In diesem Augenblick hallte ein dumpfes Dröhnen durch den

Tempel. Es klang, als wäre jemand mit einem Panzer gegen das Eingangstor gefahren.

»Bei Bossut«, keuchte Myrtel. »Sie versuchen, die Tür aufzubrechen!«

Die Halle mündete in einen breiten Flur, dem sie folgten, bis er an einem schmalen, einflügeligen Tor endete. Es war verschlossen, ein dicker Riegel lag davor. Linker Hand führte eine Treppenflucht in die Finsternis eines Kellergeschosses hinab.

»Der Hinterausgang!«, rief Myrtel. »Wir müssen versuchen ...«

Bevor sie den Satz beenden konnte, ertönten auf der anderen Seite der Tür feuchte, klatschende Geräusche, gefolgt von dem bereits bekannten hohen Heulen. Dann brachte ein wuchtiger Schlag das Tor mitsamt dem ganzen Flur zum Erbeben.

»Slogotten Haus umrundet haben«, stellte Poch ungewohnt sachlich fest.

»Runter!« Myrtel sprang auf die Treppe zu. »Wenn wir Glück haben, gibt es im Keller Verbindungsgänge zu irgendwelchen Nachbargebäuden.«

»Und wenn nicht?«, wimmerte Xolpph. »Dann sitzen wir in der Falle!«

»Das tun wir ohnehin schon, falls du's nicht gemerkt hast«, rief Fabian und folgte Myrtel die Stufen hinab.

Während über ihnen immer neue Schläge das Gebäude erschütterten, erreichten sie das Ende der Treppe. Vor ihnen lag ein hoher Flur, von dem etwa dreißig identische Türen abzweigten. Sie bestanden aus schwarzem, versteinertem Holz, und bis auf eine standen alle offen. Myrtel streckte im Vorüberhasten kurz ihre Laterne durch eine der Türöffnungen. Dahinter lag eine quadratische Kammer von etwa acht mal acht Schritten. Sie enthielt nichts als etwas fauliges Stroh und ein Loch im Boden zum Verrichten der Notdurft.

»Ein Gefängnis«, erkannte Xolpph. »Wir haben das Gefängnis von Amarath gefunden.«

Über ihnen krachte es wieder, Staub rieselte von der Decke. Sie hetzten vorwärts, bis sie die einzige verschlossene Tür erreichten.

Fabian verlangsamte seine Schritte. »Wieso ist die zu? Seht, sogar der Riegel ist vorgelegt.«

»Saß halt zum Zeitpunkt des Erdbebens ein Gefangener drin«, vermutete Xolpph. »Wenn du wüsstest, wie egal mir das ...«

»Die Nekros hätten keinen Gefangenen hiergelassen, wenn feststand, dass die Stadt untergeht«, widersprach Myrtel und hielt an. »Ich habe eher einen anderen Verdacht. Und der würde auch erklären, wieso das Tor so leichtgängig war.«

»Du meinst, die Slogotten verwenden dieses Gebäude nach wie vor als Gefängnis?«, fragte Fabian ungläubig. »Aber wen sollten sie denn hier unten einkerkern?«

»Gleich wissen wir's.« Myrtel ignorierte das Donnern über ihren Köpfen, stellte die Laterne auf dem Boden ab und schob kurzerhand den Riegel beiseite.

Die Tür schwang auf. Ein unmenschlicher Gestank drang nach draußen.

»Pfui Spinne«, stöhnte Xolpph. »Das riecht, als wäre da drin eine ganze Rotte Trulle verfault!«

Myrtel zog ihren Dolch, nahm die Laterne wieder auf und leuchtete vorsichtig in den kleinen Raum.

Auf den ersten Blick schien die Zelle leer. Lediglich das schimmlige Strohlager schien hier üppiger als in den Nachbarzellen, irgendwie dicker, struppiger. Als Myrtel die Laterne hob, entrang sich ihr ein entsetztes Keuchen.

Was zunächst ausgesehen hatte wie ein Teil des schmutzigen Strohs auf dem Boden, war in Wirklichkeit ein Mensch – ein unglaublich magerer Mann, dessen Körper unter Massen verfilzten und dutzendfach verknoteten Bart- und Haupthaars fast nicht mehr zu erkennen war. Fetzen einer verrotteten Tunika hingen um seine narbenübersäten, verschorften Glieder.

Er rührte sich nicht.

»Ist er ... tot?« Fabian betrat hinter Myrtel den winzigen Raum.

»Ich weiß nicht. Ich glaube, er atmet noch.«

Behutsam näherten sie sich dem Gefangenen, während Poch vor der Tür nervös schnüffelnd die Treppe im Auge behielt.

»Allmächtiger, *stinkt* der«, entfuhr es Fabian. »So wie der aussieht, muss er seit Jahren in dieser Zelle ... hey, was ist denn jetzt los?«

Irritiert blickte er an seinem Bein hinunter. Auf Höhe seines Oberschenkels hatte sich ein eigenartiges Hitzegefühl eingestellt, so als säße ein kleines Tier in seiner Schenkeltasche fest. Fabian griff hinein und zog das Etui mit dem Sternstein hervor.

Das Amulett im Innern des Kästchens leuchtete so stark, dass der violette Schein mühelos durch die Ritzen drang!

Verwirrt schüttelte Fabian den Kopf. Bisher hatte der Stein beim Leuchten noch nie Wärme abgegeben. Er öffnete das Kästchen – und musste für einen Moment geblendet die Augen schließen! An der Kette nahm er das Schmuckstück aus dem Etui.

Das magische Licht schwappte wie dickflüssiger Sirup über die Wände der Zelle, Fabian und Myrtel hinweg. Als es den Körper des Mannes erreichte, drang ein leises Stöhnen aus seinem unter Haaren verborgenen Mund hervor.

»Was bedeutet das?«, flüsterte Fabian. »Das hat der Stein noch nie gemacht!«

»Natürlich nicht.« Myrtel schluckte. Sie blickte von dem strahlenden Amulett zu dem Gefangenen, der sich jetzt ächzend im Stroh wälzte. »Er befand sich ja auch seit Urzeiten nicht mehr in der Gegenwart dieses Mannes. Seit 777 Jahren, um genau zu sein!«

»Hä? Was meinst du damit?«

Hinter ihnen streckte Poch den Kopf durch die Türöffnung. »Was ihr tut? Schläge immer schneller kommen! Bald Türen kaputt!« Seine Barthaare bebten in Todesangst.

»Verstehst du nicht?« Myrtel starrte Fabian mit großen Augen an. »Wenn ich mich nicht sehr täusche, haben wir Vagdrusal den Gütigen gefunden!«

Kapitel 25
Der Gefangene von Amarath

Spinnst du? Dieses vermoderte Wrack soll der mächtigste Nekro Ambiguas sein?«, entfuhr es Xolpph.

Fabian sagte nichts, starrte nur abwechselnd Myrtel und den bärtigen Alten an. »Du meinst, er war all die Jahre …«

»Nicht glücklich der Weise, dort, wo er ist. Wär gern woanders, seit Dekaden Frist«, zitierte Myrtel mit bebender Stimme das Orakel von Mnom-Ping. Rasch kniete sie sich neben dem Mann ins Stroh und befreite sein Gesicht von dem Wust verknoteter Haare. »Hallo? Könnt Ihr mich verstehen?«

Die Augen des Mannes flackerten, zuckten von Myrtel zu Fabian und schließlich zum Sternstein. Ein vager Ausdruck des Wiedererkennens trat auf seine vernarbten Züge. Er stöhnte erneut, doch diesmal klang es anders als zuvor, nicht mehr voller Qual, sondern irgendwie – erleichtert.

Myrtel bedeutete Fabian, dem Gefangenen die Kette mit dem Amulett um den Hals zu legen. Kaum ruhte der Stein auf seiner Brust, da begann das Licht aus den Tiefen des Urzidiums, träge zu pulsieren. Bei jedem Anschwellen schien es den spindeldürren Körper ein Stück weiter zu durchdringen, und jedes Mal schien der Gefangene ein Stück mehr zu sich zu kommen.

»Hey!«, krächzte Xolpph von Fabians Schulter. »Seid Ihr zufällig Vagdrusal der Gütige? Wir haben's ein bisschen eilig, Mann! Hey, könnt Ihr nicht sprechen?«

Myrtel schoss einen wütenden Blick in seine Richtung und wies auf Vagdrusals Mund, dessen Lippen aufgeplatzt und dick mit Blut verkrustet waren. »Ich habe keine Zweifel mehr, dass er es ist«, erklärte sie. »Die Reaktion des Steins ist eindeutig. Man sagt, dass magische Gegenstände eine Art Gedächtnis entwickeln können – durch das Ritual des Großen Siegelzaubers muss das Amulett auf ewig mit der Person Vagdrusals verbunden sein.«

Mit einem Mal kam Bewegung in den Mann. Er nickte. Seine Augen wirkten jetzt schon viel lebendiger als zuvor, während er Myrtel und Fabian erneut musterte.

Vorsichtig halfen sie ihm in eine sitzende Position hoch. Fabian musste ihn stützen, während Myrtel ihre Proviantflasche aus dem Rucksack holte und seine gesprungenen Lippen mit Wasser benetzte. Der Mann seufzte tief, öffnete behutsam den Mund und nuschelte kaum hörbar etwas, das wie »D-Danke« klang.

»Wie sollen wir den denn hier rausschaffen?«, erkundigte sich Xolpph. »Selbst *wenn* es irgendwo einen Weg aus dem Keller hinaus geben sollte – mit so einem Klotz am Bein holen uns diese Wurmtypen im Handumdrehen ein!«

»Es *muss* gehen!« Myrtel legte sich einen von Vagdrusals Armen über die Schulter, Fabian den anderen. Es ging erschreckend leicht, Vagdrusal schien kaum mehr zu wiegen als eine Vogelscheuche voller Stroh.

»Wer das ist?«, erkundigte sich Poch nervös, als sie gemeinsam aus der Zelle traten.

»Ein Freund«, sagte Myrtel schlicht und drückte dem Mäusling ihre Laterne in die Pfote. Sie hatten Pochs Volk noch nicht in sämtliche Hintergründe ihrer Mission eingeweiht, und jetzt war kaum der rechte Zeitpunkt, ihm zu erklären, wer Vagdrusal war. Taumelnd setzten sie sich in Bewegung.

Während der ersten Schritte schleiften die Beine des Magiers noch kraftlos über den Boden, doch er schien mit jedem Meter wacher und stärker zu werden. Bald mussten Fabian und Myrtel ihn nur noch leicht stützen.

Da hallte plötzlich ein brachialer Donnerschlag durch das Gebäude. Der Boden unter ihren Füßen erzitterte, ein hohes, jaulendes Pfeifen durchschnitt die Luft. Vagdrusals Körper versteifte sich.

»Das war der Vordereingang«, stieß Fabian hervor. »Die Slogotten haben ihn aufgesprengt!«

Vor ihnen beschrieb der Korridor eine Biegung nach links. Dahinter schloss sich ein weiterer Gang voller Zellentüren an. Das Mauerwerk der Kurve war von hässlichen, gezackten Rissen durchzogen. Offenbar hatte der Kellerbereich des Tempels beim Absturz von Amarath vor zweihundert Jahren mehr abbekommen als die Gebäude an der Oberfläche.

Pulsierend erhellte der Sternstein einen einzelnen, besonders großen Riss, eben weit genug für ein Kind oder einen sehr schlanken Mann. Dahinter schien sich ein schmaler, finsterer Hohlraum anzuschließen.

»Ob diese Öffnung irgendwohin führt?« Unschlüssig hielt Myrtel inne.

Wie auf Kommando begann Poch zu schnuppern und steckte seine Nase in den Spalt. »Poch Mäuslinggeruch erkennt«, stieß er erregt hervor. »Weit weg, sehr schwach, aber Mäuslinggeruch!«

»Du meinst, hinter diesem Riss könnte ein Schacht liegen, der in Regionen hinaufführt, die von deinem Volk bewohnt werden?«, vergewisserte sich Fabian. »Bist du sicher?«

Pochs flackerndem Blick war deutlich zu entnehmen, dass er sich absolut nicht sicher war. Doch ihnen blieb keine Zeit, lange zu überlegen: Aus Richtung des Treppenhauses hörten sie bereits das Getrippel unzähliger insektenartiger Beine.

So schnell sie konnten, drückten sie sich hintereinander durch den Spalt. Dahinter lag eine schartige, von Glimmermoos überwucherte Passage, ähnlich der, durch die sie in die versunkene Stadt gelangt waren. Vagdrusal konnte mittlerweile allein mit Fabians Unterstützung laufen, daher ließ Myrtel sich von Poch ihre Laterne zurückgeben und rannte mit ausgreifenden Schritten voraus, um den Weg zu erkunden.

Hinter ihr bahnten sich die anderen mühsam ihren Weg zwischen Engstellen und spitzen Felsvorsprüngen hindurch. Trotz aller Eile traten sie so vorsichtig auf wie möglich, um nur kein lautes Geräusch zu verursachen.

In der Ferne war das verräterische Trippeln der urzeitlichen Schlangenwesen im Gefängniskorridor zu hören, wurde lauter. Die Slogotten näherten sich der Gangbiegung und mit ihr dem Riss im Mauerwerk ...

... und liefen daran vorbei!

»Sie Spalt übersehen haben«, freute sich Poch und machte vor Erleichterung einen Luftsprung. Dabei streifte er unbeabsichtigt etwas Dunkles, Stacheliges, das bewegungslos über ihm an der Decke des Ganges gehangen hatte.

Ein entrüstetes Schnattern ertönte, dann entfaltete ein Geschöpf von der Größe einer Krähe seine lederartigen Schwingen in der Enge des Schachts. Poch wich quiekend zurück, doch der Flederigel, den er so unsanft aus seinem Schlummer gerissen hatte, flatterte bereits in die Richtung davon, aus der sie kamen.

Starr vor Schreck sahen sie dem Tier nach, als es unter anhaltendem Schnattern dem Spalt entgegenflog, durch den sie sich soeben aus dem Staub gemacht hatten – und weiter in den Gefängniskorridor!

Fabian, Poch und Xolpph hielten den Atem an, hofften ...

Doch sie hatten Pech: In der Ferne erhob sich ein triumphierendes Pfeifen. Nun wussten die Slogotten, wohin ihre Beute geflohen war!

»Du saublöder Trottel!«, zischte Xolpph den Mäusling an.

Fabian begann zu rennen, so schnell es in dem engen Gang, mit einem geschwächten Zauberer im Arm eben ging. Er gab er sich keine Mühe mehr, leise zu sein. Keuchend und fluchend stolperte er vorwärts, dicht gefolgt von Poch, der entsetzte Entschuldigungen vor sich hinfiepte.

Hinter ihnen steigerten sich die hohen Rufe der Slogotten zu markerschütternder Lautstärke, als die Urwesen ihre biegsamen Leiber mit aller Gewalt durch den engen Spalt pressten und die Verfolgung aufnahmen. Unzählige dünne Beine knirschten über Geröll und Staub, immer schneller, immer näher ...

Fabian hörte seinen Herzschlag in seinen Ohren pumpen. Verzweifelt versuchte er, die aufkeimende Panik zu unterdrücken. In diesem Augenblick öffnete sich der Tunnel zu einer Grotte, groß wie eine Turnhalle. Spitze Tropfsteine hingen von der Decke herab, und ein dünner Strom nachtschwarzen Wassers plätscherte quer hindurch. Auf der gegenüberliegenden Seite führten vier schwarze Tunnelöffnungen aus der Höhle hinaus.

In einer davon, ganz rechts, erschien ein schwankendes Licht.

Es war Myrtel! Ihre Laterne in der Hand, kam die Fant aus dem Stollen, huschte an den beiden mittleren vorbei und weiter zum linken. Mit wilden Gesten gab sie Fabian, Vagdrusal und Poch zu verstehen, dass sie ihr folgen sollten.

Ohne nachzudenken, nahm Fabian Anlauf und sprang über den Wasserlauf, wobei er Vagdrusal kurzerhand mit sich zerrte. Zum Glück war der Bach schmal und der ausgemergelte Magier so leicht. Wohlbehalten landeten beide auf der anderen Seite.

Hinter ihnen durchschnitt ein widerwärtiges Pfeifen die Luft. Fabian warf einen hastigen Blick über die Schulter. Geschüttelt von Ekel musste er mit ansehen, wie eine deckenhohe Masse aus Gewürm mit der Wucht eines D-Zugs aus der Öffnung des Schachts donnerte. Würgend wandte er sich ab und wollte Myrtel ins Halbdunkel des linken Stollens folgen. Da fiel ihm auf, dass Poch ihm nicht mehr folgte.

Er hielt inne und warf einen erneuten Blick zurück.

Kaltes Entsetzen packte ihn, als er sah, dass der Mäusling nach der Überquerung des Bachlaufs einfach stehen geblieben war! Wie ein Irrer hüpfte er von einem Hinterbein aufs andere, wobei er gellend quiekte, um die Aufmerksamkeit der Schlangenwesen auf sich zu lenken. Er bemerkte Fabians Blick und piepste: »Lauft! Poch sie ablenkt! Wir uns oben sehen!« Damit ließ er sich auf alle viere fallen und verschwand in Windeseile durch die rechte Tunnelöffnung.

Mit angehaltenem Atem beobachtete Fabian, wie der monströse Wust aus Augen und Beinen den Bach durchquerte. Wasser spritzte bis zur Decke der Höhle, es pfiff und kreischte. Dann warf sich das Rudel herum wie ein einziger, organischer Organismus – und donnerte durch den rechten Tunnel, hinter dem Mäusling her!

»Wo bleibt ihr denn?« Myrtel, die vorausgelaufen war, wedelte in der Tiefe des Gangs ungeduldig mit ihrer Laterne. Fabian sandte ein rasches Stoßgebet gen Himmel, in dem er Poch Glück wünschte, und folgte ihr.

Mit brennenden Lungen hetzten sie hinter der Fant her. Vagdrusals bescheidene Kräfte erlahmten rasch, und bald musste Myrtel wieder mit zupacken, um ihn vorwärtszuschleifen. Immer wieder hielten sie im Rennen inne, um ängstlich in die Dunkelheit hinter sich zu lauschen. Doch kein Trippeln und kein Pfeifen war zu hören. Pochs Ablenkungsmanöver schien Erfolg gehabt zu haben!

Wenig später stellte Fabian fest, dass der Boden unter ihren Füßen anstieg. Bald führte der Weg so steil aufwärts, dass sie kaum mehr schneller als im Schritttempo vorankamen. Schließlich endete der Stollen an einem wenige Handspannen breiten Spalt, hinter dem helles Licht leuchtete! Ohne Mühe schoben sie den ausgemergelten Körper Vagdrusals hindurch, dann quetschten sich Fabian und Myrtel hinterher.

Auf der anderen Seite empfing sie ein breiter, sauberer Flur. Tonschüsseln mit brennendem Öl verbreiteten gleichmäßige Helligkeit, und in der Ferne war das leise Gewirr piepsender Stimmen zu vernehmen.

»Nicht zu fassen«, seufzte Xolpph und rutschte kraftlos von Fabians Rucksack zu Boden. »Dieser nagezähnige Spinner hat tatsächlich recht gehabt: Wir sind zurück im Reich der Mäuslinge!«

Myrtel sank auf die Knie und sah sich keuchend um. »Wo steckt Poch eigentlich?«

Auch Fabian ließ sich einfach fallen, unfähig, noch einen einzigen Schritt zu tun. »Er hat die Slogotten abgelenkt«, brachte er zwischen keuchenden Atemzügen hervor. »Er hat in der Grotte einen anderen Tunnel genommen und die Bestien hinter sich hergelockt. Nur deswegen haben sie uns nicht verfolgt.«

»Einen anderen Tunnel?« Myrtels Augen verengten sich. »Welchen?«

»Den, der am weitesten von unserem entfernt war, glaub ich ... den rechten.« Als Fabian Myrtels bestürzte Miene bemerkte, fügte er hinzu: »Keine Sorge, Poch ist gut zu Fuß. Wahrscheinlich hat er die Biester längst abgehängt und ist bald wieder hier oben bei ...«

Myrtel schloss die Augen. »Das hat er nicht.«

»Nicht? Wieso?«

»Bevor ihr kamt, habe ich mir die Tunnelöffnungen angesehen, um den besten Weg auszukundschaften. In der Eile schaffte ich nur zwei: den rechten und den linken. Der linke, den wir genommen haben, führte tiefer ins Gestein und schließlich bergauf – zum Glück für uns.« Sie schwieg einen Augenblick und schluckte hörbar. »Der rechte dagegen verengte sich nach ein paar Dutzend Schritten, bis kein Durchkommen mehr war. Eine Sackgasse!«

Kapitel 26
Vagdrusal

»Poch dachte wohl, er müsste uns retten, weil er den Flederigel aufgestört und die Slogotten auf unsere Spur gelenkt hatte«, beschloss Fabian am folgenden Tag seinen Bericht für König Binns. Unter der aufopferungsvollen Pflege der Mäuslinge hatten sich Fabian, Myrtel und Xolpph rasch erholt, und angeblich ging es sogar Vagdrusal den Umständen entsprechend gut.

Neben ihm schniefte Myrtel mit dem Rüssel. »Ich hoffe, er hat nicht lange leiden müssen.«

König Binns, der zusammengesunken auf der untersten Stufe seines Throns saß, nickte langsam. »So Wir also verloren haben Unseren besten Späher. Unsere Priester Gebete zu Minutella senden, dass sie Poch Bin-Ik einen guten Platz an ihrer Seite gebe.« Er seufzte. »Wenn sein Opfer aber Flucht des Nekros ermöglichte, der kann Ambigua retten, es nicht umsonst gewesen ist!«

Direkt nach ihrer Rückkehr ins Reich der Mäuslinge hatten sie König Binns in die Hintergründe um das Ende des Großen Siegelzaubers und ihre Mission, den Sternstein und Vagdrusal zusammenzubringen, eingeweiht. Der König hatte eingesehen, wie wichtig das Wohlergehen des Nekros für sie alle war, und sofort eine medizinische Behandlung in die Wege geleitet.

Einige Augenblicke vergingen, in denen niemand ein Wort sprach.

»Wir Versiegelung des Spalts befohlen haben, durch den ihr entkamt aus Reich von Slogotten«, fuhr der König dann fort, bemüht, von etwas anderem zu sprechen als von Pochs Tod. »Mäuslinge künstliche Felsmasse herstellen, fester als gewachsener Granit. Hart in wenigen Tagen, dann unzerstörbar.« Er ballte eine Pfote zur Faust. »Ekles Gewürm niemals eindringen wird in Mäuslingreich. Niemals!«

»Woher kam denn diese Öffnung eigentlich?«, erkundigte sich Xolpph. Er hatte aus alter Tradition seine Fesselform angenommen und sich mehrfach lose um Fabians rechten Unterarm geschlungen. »Bevor wir aufgebrochen sind, hieß es, es gäbe nur drei Zugänge zur versunkenen Stadt, alle sorgsam versiegelt und zwei darüber hinaus verschüttet.«

»Steinschichten tief unter Märzgebirge ständig arbeiten«, erwiderte König Binns. »Teile sinken, andere steigen, Risse sich bilden. Enger Spalt, durch den ihr entkamt, vor zwei Monden noch nicht dort war.«

»Was ist mit dem Tor, durch das wir zur Stadt gelangten?«, erkundigte sich Fabian. »Jemand hatte alle Metallbolzen entfernt. Der Zugang war ganz leicht zu öffnen!«

»Jetzt nicht mehr: Zugang gesprengt wurde«, erklärte König Binns grimmig, »Sofort, als ihr kamt zurück.«

Fabian nickte beruhigt.

»Wie geht es Vagdrusal?«, wollte Myrtel wissen.

»Die besten Heiler sich seiner angenommen haben. Seine Wunden mit Kräutertinkturen behandelt wurden, Wurzelessenzen ihm Kraft und Lebensmut geben. Er noch sehr schwach ist, aber außer Gefahr und wach. Ihr ihn sehen sollt!«

Der König erhob sich und winkte einen Diener heran, der Fabian, Myrtel und Xolpph in einen Bereich brachte, den sie noch nicht kannten. Hier gab es Kammern, in denen kranke und bettlägerige Mäuslinge gepflegt wurden. Es war merklich wärmer als im Rest der unterirdischen Stadt. Überall duftete es nach Kräutern und frisch gekochten Wurzeln.

In einem Zimmer am Ende eines langen Flurs fanden sie Vagdrusal.

Hätte der Magier nicht den sanft pulsierenden Sternstein um den Hals getragen, sie hätten ihn wahrscheinlich nicht wiedererkannt. Der Mann, der halb aufgerichtet auf einem Lager aus Moos und Flechten lag, schien ein völlig anderer als der, den sie unter Einsatz ihres Lebens aus den Tiefen der versunkenen Stadt heraufgeschleppt hatten. Die Mäuslinge hatten ihn gewaschen und in eine saubere Tunika gesteckt. Sein langes Haar war geschnitten, der verfilzte Vollbart ordentlich gestutzt. Die Wunden in seinem Gesicht waren im Abheilen begriffen, offene Stellen auf den Armen mit Pflastern und Binden verdeckt. Nach wie vor wirkte der Zauberer erschreckend mager, doch es war zu sehen, dass es ihm erheblich besser ging als noch vierundzwanzig Stunden zuvor.

Vagdrusal empfing seine Besucher mit unbewegter Miene.

»Hallo«, sagte Myrtel leise. »Schön, dass es Euch besser geht.«

Der Zauberer schwieg, musterte sie der Reihe nach mit großen, klugen Augen von unergründlicher Farbe. »Ich danke euch«, sagte er schließlich. »Ich werde euch niemals vergelten können, was ihr für mich getan habt!«

»Nicht der Rede wert«, plapperte Xolpph verlegen. »Das war eine unserer leichtesten Übungen! Wir, eöhh ...« Er verstummte unter Vagdrusals Blick.

»Ihr könnt nicht ermessen, aus welch auswegloser Situation ihr mich befreit habt«, fuhr der Magier ruhig fort. »Ich hatte alle Hoffnung aufgegeben. Ich hatte *mich* aufgegeben. Ich wusste kaum mehr, ob ich am Leben war oder bereits tot. Und sehr bald wäre ich tot gewesen, das ist gewiss.«

Während Fabian dem Zauberer zuhörte, schossen ihm unzählige Fragen durch den Kopf. Er wusste nicht, wo er anfangen sollte, und war froh, als Myrtel diesen Teil übernahm.

»Sagt, wie konnte es geschehen, dass Ihr in die Gewalt dieser Wesen geraten seid?«, fragte sie. »Wir hatten gedacht, dass Ihr Amarath vor zweihundert Jahren gemeinsam mit den anderen Nekros verlassen hättet?«

»Und wieso habt Ihr diesen Wurmtypen nicht längst ein paar Feuerblitze in den Allerwertesten gejagt und seid schleunigst aus diesem Höllenloch abgehauen?«, fügte Xolpph hinzu, wie üblich nicht gerade feinfühlig. »Uns hat man erzählt, Ihr wärt einer der mächtigsten Magieanwender Ambiguas!«

Der Zauberer lächelte, unsicher, so als hätte er die dafür zuständigen Muskeln seit unzähligen Jahren nicht mehr benutzt. »Viele Fragen, auf die ihr natürlich eine Antwort erhalten sollt.« Er stärkte sich mit einem Schluck aus einem hölzernen Becher, der neben seiner Bettstatt stand, und begann zu erzählen:

»Du hast ganz recht, junge Fant. Als seinerzeit die Kunde ging, dass Amarath binnen weniger Tage von einem titanischen Erdbeben verschüttet werden sollte, verließ ich die Stadt mit meinen Gefährten so schnell wie möglich. Wie die meisten ließ ich alles zurück, was ich mir über Jahre dort aufgebaut hatte, darunter einige seltene alchimistische Schriften und zauberkräftige Artefakte.« Er faltete die Finger in seinem Schoß und betrachtete sie nachdenklich. »Die folgenden Jahre brachte ich in der Wüste von Rindh zu, abgeschieden von der Welt, in tiefer Meditation. Ich wähnte mich in dem Glauben, all meine Besitztümer seien unwiederbringlich verloren. Vor etwa zehn Jahren jedoch suchte mich ein Wanderer auf und berichtete, die Stadt der Zauberer sei mitnichten zerstört, sie liege vielmehr vollständig erhalten in einer Kaverne unterhalb des Märzgebirges. Hoffnung keimte in mir, einige meiner Besitztümer nach all den Jahren noch zurückzuerlangen, und ich reiste zurück. Da ich das Volk der Mäuslinge aus meiner Zeit in Amarath kannte und um ihre abergläubische Furcht vor uralten Wesen aus der Tiefe wusste, beschloss ich, sie nicht über mein Vorhaben zu informieren. Ohne mich ihrem König zu offenbaren, schlich ich durch die tiefsten Gänge ihres Stollensystems zu einem Tor, das einst zum Schutz vor bösen Wesenheiten versiegelt worden war. Ich erbrach das Siegel ...«

»*Ihr* wart das also«, entfuhr es Xolpph.

»... und stieg in die finsteren Tiefen hinab. Tatsächlich fand ich die Stadt, in der ich so lange gewirkt hatte, nahezu unbeschädigt vor. Ich begab mich zu meinem Geschäft ... und das Schicksal nahm seinen Lauf!«

»Die Slogotten überwältigten Euch?«, vermutete Fabian.

Vagdrusal seufzte. »Als Magieanwender wusste ich natürlich um das Gewürm, das die lichtlosen Winkel dieser Welt seit dem Anbeginn der Zeit beschreitet. Doch die Aussicht auf verloren geglaubte Kostbarkeiten machte mich leichtsinnig. Ich redete mir ein, die teuflischen Slogotten hausten erst in weitaus tieferen Schichten der Erde.« Er schloss die Augen, und es war deutlich zu sehen, wie schwer es ihm fiel fortzufahren. »Wie ich mich täuschte! Die Überbleibsel unserer hochstehenden Kultur hatten die Kreaturen längst aus der Tiefe emporgelockt. Zu jener Zeit, als ich nach Amarath hinabstieg, war die versunkene Stadt bereits völlig von ihnen besetzt.« Der Zauberer öffnete die Augen wieder, sein Blick war ins Leere gerichtet. »Sie überwältigten mich, während ich in meinem Laden jene

Dinge zusammensuchte, die ich mit an die Oberfläche zu nehmen gedachte. Ich wurde in eine Zelle geworfen – jene Zelle, die ihr gesehen habt.« Er sah zu Xolpph hinüber und schien sich an dessen Frage zu erinnern. Eine stille Trauer trat in seine Augen. »Meine magischen Kräfte waren mir dort unten keine Hilfe. Kilometerdickes Gestein schirmte mich ab von der energiespendenden Strahlung des Kosmos. Ich hätte ebenso gut ein magieunkundiger Trullsoldat sein können, in der abgründigen Finsternis machte es keinen Unterschied.«

Er trank erneut aus seinem Becher und schwieg lange, bevor er fortfuhr. »Meine Erinnerung an die folgenden Jahre ist verwischt und undeutlich. Vieles hat mein Verstand gnädig ausgeblendet, um meine geistige Gesundheit zu erhalten. Doch das schützte mich nicht vor den endlosen Qualen, denen das Gezücht der Tiefe mich aussetzte – immer wieder, ohne Unterlass, mit sadistischem Erfindungsreichtum.«

»Die Slogotten haben Euch gefoltert?« Myrtel war fassungslos. »Aber *warum*, bei Bossut? Was war es, weswegen diese Geschöpfe Euch so abgrundtief hassten?«

Vagdrusal sah sie lange an, bevor er antwortete. »Das habe ich mich auch gefragt, Tag um Tag, Monat um Monat, Jahr um Jahr – vergeblich. Erst jetzt, da der Sternstein von Mogonthûr mir große Teile meiner verloren geglaubten Erinnerung zurückgebracht hat, habe ich eine Vermutung, was dahintetstecken könnte. Oder besser: wer!«

»Wer?«, echoten Fabian und Myrtel wie aus einem Mund.

Der Zauberer berührte behutsam das magische Amulett auf seiner Brust. »Der Sternstein hat einen weiten Weg zurückgelegt bis hierher, ins Märzgebirge. Sagt mir: Ist diese Reise gänzlich ohne Zwischenfälle verlaufen?«

Fabian schüttelte den Kopf, und im Wechsel mit Myrtel, ergänzt durch spontane Einwürfe von Xolpph, erzählte er vom Angriff durch die Gombats, die Verfolgung durch Graf Vamskatt auf dem Plateau von Mnom-Ping und vom tragischen Tod Doktor DiNorberts. Vagdrusal hörte aufmerksam zu und nickte hin und wieder.

»Und welche Theorie habt ihr bezüglich der Hintergründe dieses grünbemäntelten Adligen entwickelt?«, wollte er anschließend wissen.

»Wir glauben, dass Maledikt der Finstere ihn auf uns angesetzt hat, um sich den Sternstein von Mogonthûr zu verschaffen. Womit die Auffrischung des Großen Siegelzaubers unmöglich würde«, sagte Myrtel.

Der Zauberer nickte, sagte nichts.

»Ihr meint ... *Maledikt* hat die Slogotten auf Euch gehetzt?«, entfuhr es Fabian.

»Es erscheint mir zumindest nicht gänzlich abwegig. Die Wege des finsteren Herrschers sind mannigfach. Selbst aus den Nebeln des Tiefschlafs vermag er mit dunklen Wesen in Kontakt zu treten oder seine Diener zu befehligen. Vielleicht hat er von meinem Ausflug ins Märzgebirge erfahren und die Urkreaturen angehalten, mich zu töten? Vielleicht haben ihre Neugier und ihr perverser Spieltrieb, beides Resultate ihrer hohen Intelligenz, sie seinen Befehl missachten lassen, und sie haben sich jahrelang mit mir die Zeit vertrieben?« Er zuckte die dürren Schultern. »Wer weiß? Vielleicht war es allein der äonenalte Hass auf alles Oberirdische, der die Kreaturen zu all den Grausamkeiten verleitete. Ich werde es nie sicher wissen.« Er seufzte leise, dann straffte sich seine Haltung, und er lächelte. »Wichtig ist allein, dass ich jetzt hier bin – und noch rechtzeitig, wie ich hoffe!« Er fixierte Myrtel mit fragendem Blick. »Wie viele Tage bleiben noch bis Neumond?«

Überrumpelt von diesem plötzlichen Themenwechsel zählte die Fant an den Fingern ab. »Neun, glaube ich.«

Vagdrusal legte seine Fingerspitzen an die Schläfen und schloss die Augen. »Neun Tage, um von hier zur Klippe von Mogonthûr zu reisen und das Große Siegelritual zu erneuern. Neun Tage, ohne Holger oder andere Reittiere.« Tiefe Falten erschienen auf seiner zernarbten Stirn. »Nun ... das *ist* zu schaffen. Aber es erfordert eine Route, die ich normalerweise niemandem einzuschlagen raten würde, der bei gesundem Verstand ist.« Als er die fragenden Blicke der Freunde bemerkte, fügte er hinzu: »Macht euch reisefertig, meine lieben Freunde. Der Sternstein von Mogonthûr wird den Forst von Rubyk durchqueren – und wir mit ihm!«

Kapitel 27
Im Forst von Rubyk

Bereits am folgenden Tag brachen sie auf. Vagdrusal war zwar noch weit davon entfernt, vollständig genesen zu sein, aber er selbst bestand darauf – zu wichtig war es, dass sie das letzte Wegstück vor Verstreichen der Frist bewältigten! Auf seine Bitte fertigten ihm die Mäuslinge einen Kapuzenmantel aus dunklem, festem Stoff sowie einen Wanderstab aus dem eisenharten Holz der Gipfeleiche. In dieser Montur sah Vagdrusal zum ersten Mal so aus, wie sich Fabian einen Zauberer vorstellte – wenn er auch einen erbärmlich dünnen Zauberer mit einem erschreckend narbigen Gesicht abgab.

Der Abschied von den Mäuslingen war kurz, aber herzlich. König Binns wünschte ihnen alles Glück der Welt und ließ seine Priester für sie beten. Er beauftragte einige Späher, Vagdrusal, Fabian, Myrtel und Xolpph im Eilmarschtempo bis an die äußerste Grenze seines Reichs zu bringen, an den westlichen Rand des Märzgebirges. Von dort, hatte Vagdrusal gesagt, seien es lediglich ein oder zwei Tagesmärsche bis zum Forst von Rubyk.

Tatsächlich tauchte schon am Nachmittag desselben Tages das dunkelgrüne Band eines riesigen Waldes in der Ferne auf. Sie hielten darauf zu, wobei Vagdrusal zu Fabians und Myrtels Überraschung trotz seines geschwächten Zustands ein ausgesprochen zügiges Tempo anschlug. Seine langen Beine schritten mit mechanischer Regelmäßigkeit aus, und wenn sie rasteten, dann höchstens, weil Fabian oder Myrtel sich ausruhen mussten; der Magier schien nie eine Pause zu brauchen und drängte stets nach wenigen Minuten wieder zum Aufbruch.

Fabian vermutete, dass die Nekros über enorme Regenerationskräfte verfügen mussten, und dass ein zusätzlicher Teil von Vagdrusals übermenschlicher Energie direkt aus dem Sternstein stammte, den er nach wie vor um den Hals trug.

»Wie kommt es, dass ich von diesem Forst noch nie gehört habe?«, stieß Myrtel schwer atmend hervor, während sie hinter dem Zauberer herstolperte. »Ich dachte eigentlich, dass ich mich in Marganthua ganz gut auskenne ...«

»Das hat einen einfachen Grund«, erwiderte Vagdrusal, der wie üblich kein bisschen außer Atem wirkte. »Der Forst von Rubyk ist nicht gerade das, was man in zivilisierten Gegenden als lohnenswertes Reiseziel bezeichnen würde. Uns bleibt leider keine andere Wahl, als ihn zu durchqueren. Eine Umrundung würde uns ...«

».... unzählige Tage kosten«, beendete Xolpph den Satz ungefragt von Fabians Hüfte aus. »Mir ist, als hätte ich genau denselben Spruch erst vor Kurzem schon mal gehört ... als wir unbedingt durch diese saublöden Sümpfe mussten!« Sein Teiggesicht verzog sich wütend. »Wieso muss auf der geraden Verbindungslinie zwischen sämtlichen wichtigen Punkten eigentlich *immer* irgendeine absolut miese, gefährliche Gegend liegen?«

»Das wissen nur die Götter«, erwiderte Vagdrusal mit einem leichten Schmunzeln. »Zu eurer Beruhigung kann ich euch sagen, dass der Weg durch den Wald weitaus kürzer ist als der, den ihr durch die Sümpfe zurücklegen musstet.«

»Halleluja!«, rief Xolpph.

»Aber der Forst scheint doch nicht gerade klein zu sein, wenn eine Umgehung einen großen Zeitverlust bedeuten würde«, vermutete Fabian und wischte sich den Schweiß von der Stirn. »Ich nehme an, man kann sich darin leicht verirren?«

Vagdrusal schüttelte den Kopf. »Es ist nicht seine Größe, die den Rubyk zu einer Gefahr für jene macht, die sich hineinwagen. Nein, sich in seinen Tiefen zu verirren ist so gut wie unmöglich: Es gibt zwei gut ausgebaute Straßen, die ihn in gerader Linie durchqueren, eine von Nord nach Süd, die andere von Ost nach West; letztere werden wir benutzen.«

»Weshalb gilt der Wald sonst als gefährlich?«, erkundigte sich Fabian.

»Im Lauf der Jahrhunderte verschwanden des Öfteren Reisende, die ihn zu durchqueren suchten. Manchmal kehrten Überlebende völlig verstört aus dem Forst zurück mit Berichten über sonderbare, monströse Vorgänge, die sich in den Tiefen des Waldes zutragen sollen ...«

»Und was ist mit denen geschehen, die *nicht* wieder herausgekommen sind?«, hakte Fabian nach.

»Rat mal«, knurrte Xolpph missmutig. »Was könnte es wohl in einem finsteren Wald geben, der als saugefährlich gilt? Hm?«

»Wilde Tiere?«

»Auch. Aber nicht nur«, sagte Vagdrusal bedächtig. »Aus Gründen, die von den ambiguanischen Gelehrten noch nicht zur Gänze geklärt werden konnten, enthält der Boden unter dem Rubyk einige ganz besondere Nährstoffe, die nur dort vorkommen. Dies hat einen Pflanzenwuchs zur Folge, der in diesen Breiten seinesgleichen sucht. Und nicht alle dieser Gewächse verhalten sich so, wie man es gemeinhin von Pflanzen erwartet.«

»Wie können sich Pflanzen denn irgendwie verhalten?« Fabian sah den Zauberer überrascht an. »Ich meine, es sind doch Pflanzen!«

Vagdrusal lachte leise, eine ungewohnte Reaktion, die die Freunde bisher noch nicht bei ihm beobachtet hatten. »Nun, *diese* Pflanzen verhalten sich sehr wohl auf eine bestimmte Weise – leider überwiegend unfreundlich.«

»Ihr meint, sie *leben*?« Fabian glaubte, seinen Ohren nicht zu trauen.

»Bist ein echter Schnellmerker«, lobte Xolpph mürrisch.

»Die meisten aktiven Arten, etwa der Gemeine Tentaculja oder der Gehörnte Götterfinger, sind fest im Boden verwurzelt, wie es sich für eine Pflanze gehört«, führte Vagdrusal geduldig aus. »Sie verfügen nur über einen beschränkten Aktionsradius, wenn sie mit ihren Ästen und Blättern – oder im Falle des Tentaculja: mit ihren lianenartigen Fangarmen – nach Beute jagen.«

»Fleischfressende Pflanzen also«, murmelte Fabian. Ihm kamen die kleinen, harmlosen Ausgaben dieser Spezies in den Sinn, die es auf der Erde gab. Er selbst hatte vor Jahren einmal so ein Gewächs auf seinem Fensterbrett gepflegt, eine sogenannte Venusfliegenfalle.

»Tatsächlich ernährt sich ein Großteil der Pflanzen im Rubyk von Fleisch«, bestätigte Vagdrusal. »Das ist auch der Grund dafür, dass der Tierreichtum im Wald eher gering ist. Die Gefahr, einem Säbelzahnwolf oder einem Pyrofanten zu begegnen, ist dort folglich eher gering.«

»Hört sich doch gar nicht mal schlecht an«, fand Myrtel.

»Eine weitaus größere Gefahr geht von jenen Pflanzen aus, die *nicht* fest an einem Ort verwachsen sind und auf der Suche nach Beute nachts den Wald durchstreifen«, sprach Vagdrusal weiter. »Einige Gewächse, darunter das Bissige Stutenblatt, der Grüne Chlorophilla oder aber der Kobradendron, sind in der Lage, ihre Wurzeln nach Belieben aus dem Erdreich zu lösen und wie auf Beinen darauf herumzulaufen.«

»Kobradendron?«, wiederholte Fabian, dem allein bei der Erwähnung des Namens eine Gänsehaut den Rücken hinunterlief.

Vagdrusal nickte. »Ein intelligentes Dorngebüsch von beachtlichen Ausmaßen. Das Gift seiner Dornen, die die Pflanze aufgrund eines Überdrucks in ihren Stängeln mit hoher Geschwindigkeit verschießen kann, gilt als eines der tödlichsten in ganz Ambigua.«

Myrtel schüttelte sich. »Bei Bossut! Von giftigen Waldbewohnern hab ich seit unserem Ausflug in die Sümpfe die Nase voll!«

Der Zauberer machte eine beschwichtigende Handbewegung. »Ich wollte euch keine Angst machen. So gefährlich, wie viele behaupten, ist der Wald nicht, zumindest solange man auf den befestigten Wegen bleibt. Ich selbst habe ihn schon zweimal durchquert – allein! –, und nie ist mir dabei etwas zugestoßen.«

»Wisst ihr was?«, murmelte Xolpph nach einigen Augenblicken. »Je mehr ich von unserer Welt sehe, desto unsympathischer wird sie mir. Vielleicht sollte ich, wenn das alles hier ausgestanden ist, mit Fabian durch die Pforte zurückgehen und in seiner Welt mein Glück suchen ...«

Zum ersten Mal, seit sie ihn befreit hatten, musste der Zauberer lauthals lachen.

Am folgenden Tag konnten sie einzelne Bäume in der turmhohen grünen Wand erkennen, auf die sie sich zubewegten. Als sie am Nachmittag den Waldrand erreichten, sahen sie, dass es sich um kerzengerade, fast schwarze Nadelbäume handelte, die so dicht beieinanderstanden, als habe es hier vor Urzeiten einmal Baumsamen vom Himmel geregnet.

Fabian fand, der Forst von Rubyk sah exakt so aus, wie in irdischen Märchen immer verwunschene Wälder geschildert wurden: so düster, dicht und bedrohlich, dass es schon fast unecht wirkte. Er fürchtete allerdings, dass im Innern weitaus unangenehmere Dinge auf sie warteten als ein böser Wolf oder eine alte Hexe in einem Haus aus Lebkuchen.

Auf Anordnung Vagdrusals marschierten sie eine Weile an der Baumgrenze entlang, bis sie eine Schneise zwischen den uralten Tannen erreichten. Es handelte sich um einen breiten Pfad, der mit schwarzer, festgetrampelter Erde bedeckt war und geradewegs ins Herz des Forstes zu führen schien.

Kaum waren sie in den Wald eingedrungen, wurde es schlagartig düster um sie herum, als hätte jemand das Tageslicht einfach ausgeknipst. Die Spitzen der Bäume neigten sich hoch über ihnen wie ein Dach einwärts und ließen nur noch einen gedämpften Lichtschimmer durch. Die Luft roch feucht, nach Erde und Fäulnis, und in der Ferne waren die Rufe unbekannter Tiere zu vernehmen.

Sobald sich Fabians Augen an das Dauerzwielicht gewöhnt hatten, glaubte er am Wegesrand eigenartig geformte Luftwurzeln und dicht belaubte Büsche zu erkennen, die aus dem Schatten der Stämme nach ihnen zu greifen schienen. Drehte er den Kopf, schwand der Eindruck sogleich wieder, und es waren nur noch ganz gewöhnliche Äste und Büsche. Trotzdem achtete er angestrengt darauf, in der Mitte des Weges zu bleiben, möglichst weit von den Gewächsen entfernt.

Vagdrusal spürte sein Unwohlsein. »Ich weiß, dieser Ort ist bedrückend. Es soll vorgekommen sein, dass ängstliche Personen hier den Verstand verloren haben, ohne dass sie der geringsten Gefahr ausgesetzt waren.«

»Denen hat wahrscheinlich vorher jemand schön ausführlich

erzählt, was hier zwischen den Stämmen alles herumkreucht – so wie uns!«, quäkte Xolpph unleidlich. Es war nicht zu überhören, wie sehr ihm die Düsternis und die dumpfe Ruhe des Waldes auf die Stimmung drückten.

»Regt euch ab«, knurrte Myrtel, ohne den Blick von dem Pfad vor ihren Füßen abzuwenden. »Bis jetzt finde ich es hier erheblich angenehmer als in den Sümpfen. Lasst uns zusehen, dass wir vorankommen, dann sind wir umso rascher wieder draußen.«

Sie marschierten mehrere Stunden ohne Zwischenfälle. Ab und zu hatte Fabian das Gefühl, aus den Augenwinkeln große, plumpe Schemen zu erkennen, die parallel zur Straße zwischen den Stämmen durchs Unterholz huschten. Doch sobald er genauer hinsah, war da nichts außer schattigem Unterholz, das nach wenigen Schritten in undurchdringlicher Schwärze versank.

Als der Lichtschimmer über den Baumkronen nochmals schwächer wurde, schlossen sie daraus, dass die Dämmerung eingesetzt haben musste. Die Schatten zwischen den Bäumen blähten sich auf und griffen nach dem Pfad, bis kaum noch die Hand vor Augen zu sehen war.

Vagdrusal ließ sie anhalten, und Fabian fand zum ersten Mal Gelegenheit, einem ambiguanischen Nekro bei der Ausübung von Magie zuzusehen – wenngleich er sich das Schauspiel, ehrlich gesagt, etwas spektakulärer vorgestellt hätte: Der Magier murmelte einige unverständliche Worte und rammte seinen Stab dreimal fest auf den Boden. Sekunden später flammte eine Handbreit über der Spitze ein Licht auf, etwa von der Größe einer Kerzenflamme. Ganz langsam schwoll es an, und nach unzähligen Minuten war daraus ein faustgroßer, rot glühender Leuchtball geworden.

Vagdrusal trieb den Stab in der Mitte des Weges in den schwarzen Boden, so dass ihr Lager von einer bescheidenen Lichtglocke umgeben wurde. Als Nächstes entzündete er auf ähnliche Weise einige trockene Äste, die Myrtel vom Rand der Piste zusammengesammelt hatte. Diesmal schien es noch länger zu dauern, bis er eine Flamme zustandebrachte, und zweimal verlosch sie fast, bevor das Holz Feuer fing. Fabian begriff, dass Vagdrusal in Wirklichkeit viel schwächer war, als sie ahnten. Plötzlich fragte er sich, ob der Magier überhaupt stark genug sein würde, den Siegelzauber durchzuführen, wenn sie die Klippe von Mogonthûr erreichten ...

Myrtel dagegen starrte den Nekro mit großen Augen an. Offenbar hatte auch sie soeben zum ersten Mal die Anwendung echter Magie miterlebt – etwas, das in ihrer Heimat streng verboten war.

Vagdrusal entging ihre Faszination nicht. »Gedulde dich noch etwas, junge Fant«, sagte er lächelnd. »Wenn alles gut geht, wirst du in wenigen Tagen Zeuge des zweitgrößten Akts von Zauberei werden, den diese Welt je gesehen hat.«

Sie rösteten einige Wurzeln aus dem Fundus der Mäuslinge, bis sie gar und knusprig waren. Während sie aßen, schrak Fabian, der ohne Unterlass die finsteren Baumwände rechts und links von ihnen im Auge behielt, plötzlich zusammen.

Im Unterholz wimmelte es vor glühenden Lichtpunkten!

»D-Da«, stammelte er und deutete in die Finsternis. »Raubtieraugen!«

Ohne aufzusehen, schüttelte Vagdrusal den Kopf. »Eine weitere Besonderheit dieses Waldes: Viele der Pflanzen speichern tagsüber Licht, das sie nachts wieder abgeben, um Insekten und kleine Waldtiere anzulocken.«

»Und sie zu fressen«, ergänzte Xolpph gallig.

Fabian schwieg und starrte weiter in die Schwärze. In diesem Moment löste sich ein einzelner Lichtpunkt aus dem Dunkel, schwebte auf den Pfad und kam direkt auf ihn zu!

Mit einem Schrei sprang er auf.

Es dauerte etliche Sekunden, bis er erkannte, dass es sich nur um eine plumpe, geflügelte Eidechse handelte, deren rhombenförmiger Hinterkopf leuchtete wie ein zu groß geratenes Glühwürmchen. Das Tier war offenbar vom Lichtschein des Lagerfeuers angezogen worden, und – Myrtels und Xolpphs albernem Gekicher nach zu schließen – gänzlich harmlos.

»Ich sagte euch ja, dass uns nicht alle Lebensformen in diesem Wald feindlich gesonnen sind«, sprach Vagdrusal, nachdem Fabian wieder Platz genommen hatte. »Im Gegenteil: Dieser Glühgecko zeigt an, dass wir uns einen guten Platz für unser Nachtlager gesucht haben: Dieses friedliebende kleine Tier lebt nur, wo kaum Raubtiere und -pflanzen hausen.«

»Schön zu wissen«, erwiderte Fabian und kramte seine Decken aus dem Rucksack. Das Bild der Eidechse, die jetzt verliebt um die magische Flamme an Vagdrusals Stab taumelte, war das Letzte, was er sah, bevor er einschlief.

Es wurde eine unruhige Nacht. Andauernd ließen seltsame Tierrufe, Rascheln oder Knirschen aus dem Unterholz Fabian aus dem Schlaf hochfahren. Dennoch besaß er am folgenden Morgen entgegen seinen Befürchtungen immer noch sämtliche seiner Gliedmaßen. Wie er später von Myrtel erfuhr, war dies wohl unter anderem Vagdrusals Verdienst, der die ganze Nacht hindurch Wache gehalten hatte. Mehrmals sei aus der Ferne das berstende Krachen von brechendem Holz ertönt, worauf der Zauberer mitsamt seinem Stab im Unterholz verschwunden war. Was genau er dort getan hatte, erfuhren sie nie.

Im gleichförmigen Dämmerlicht des neuen Tages setzten sie ihren Marsch fort. Irgendwann – Fabians Schätzung nach ging es auf

Mittag zu – blieb Vagdrusal stehen und vollführte einige peilende Handbewegungen in Richtung des unsichtbaren Himmels. »Wir haben die Hälfte der Strecke hinter uns«, verkündete er. »Nicht mehr lange, und wir erreichen die große Wegkreuzung, an der sich die Nord-Süd-Route mit der West-Ost-Route überschneidet.«

Tatsächlich kam wenig später eine Lichtung in Sicht. Aber selbst hier war kein Stück freien Himmels zu sehen. Wie das Dach einer Kathedrale bildeten die riesigen Bäume ein Dach über der Stelle, wo sich die Straße im rechten Winkel mit einer zweiten, identischen kreuzte.

Im Näherkommen bemerkten sie, dass etwa einen Steinwurf von der Kreuzung entfernt ein Zelt zwischen den Baumstämmen stand.

Vagdrusal stoppte. Seiner angespannten Miene war zu entnehmen, dass dieses Gebilde bei seinen vormaligen Durchquerungen des Forstes nicht hier gewesen war.

Das Zelt erinnerte Fabian an ein Indianer-Tipi: Es war höher als breit und schien aus großen Lederbahnen zu bestehen, die an hohen, gegeneinandergelehnten Holzstäben befestigt waren.

Als sie die Mitte der Kreuzung erreichten, sahen sie, dass vor dem Eingang des Zelts, nicht weit von den Pfaden entfernt, ein Klappstuhl stand. Darin saß ein schmächtiger Mann mittleren Alters und rauchte Pfeife. Er war in eine rote Sportjacke gekleidet, ähnlich der, die Fabian bei seiner Ankunft in Pantrami getragen hatte. Sein Kopf war groß und erinnerte an eine ägyptische Pyramide: Die Mundpartie mit den wulstigen Lippen schien fast doppelt so breit wie die schmale Stirn mit den eng zusammenstehenden Augen. Fabian konnte nicht sagen warum, aber er verspürte sofort eine instinktive Abneigung gegen den Mann.

Als der Fremde sie erblickte, erhob er sich eckig und reckte grüßend eine Hand in die Höhe. Vagdrusal erwiderte den Gruß, und der Mann kam heran.

»*Heiliges Erbspüree*«, rief er und ruckte auf eine Weise den Kopf nach vorne, von der er offenbar annahm, dass es spaßig aussah. »Wanderer in dieser einsamen Gegend! Das erfüllt mein Nomadenherz mit Freude! Ich habe so gerne Gäste. Ha! Ha-ha!« Sein Lachen klang eigenartig gekünstelt.

Während sich Fabian noch mit großen Augen fragte, ob er gerade richtig gehört hatte – hatte der Mann tatsächlich »Heiliges Erbspüree« gesagt? –, ergriff Vagdrusal das Wort.

»Ihr wohnt hier, guter Mann?«, erkundigte er sich höflich. »Gewiss seid Ihr aber nur auf der Durchreise? Jedem noch so tumben Trull fielen mühelos tausend angenehmere Wohnorte ein als ausgerechnet der Forst von Rubyk!«

»Oh, ja, ja, ja. Auf der Durchreise, das bin ich, werter Herr. Ha! Ha-ha!« Der Fremde hielt Vagdrusal eine Hand hin, die dieser zögernd schüttelte.

»Mein Name ist Munk, Hellfried Munk. Ich ziehe von hier nach dort, wisst ihr, wohne mal da, mal anderswo.« Er blickte Vagdrusal, Fabian und Myrtel der Reihe nach interessiert an. »Gewiss seid ihr müde vom Marschieren und möchtet ein wenig verschnaufen? Lasst mich euch einen Tee bereiten! Einen *Earl Blue* vielleicht?«

Fabians Unwohlsein verstärkte sich. Er hatte sich die Sportjacke des Fremden aus der Nähe betrachtet; es war exakt dieselbe Marke wie seine von der Erde! Hilfesuchend blickte er zu Vagdrusal hinüber, dessen Miene zwar nach wie vor skeptisch, aber nicht wirklich beunruhigt wirkte.

»Es tut uns leid«, begann der Zauberer, »aber wir haben keine …«

Doch Hellfried Munk ließ ihn nicht ausreden. »Ich *bitte* euch – der Weg durch diese Gefilde ist beschwerlich, niemand weiß das besser als ich. Ha! Seid meine Gäste, wärmt euch an meinem Herd. Etwas Gebäck müsste auch noch da sein. Bitte! Ihr *könnt* nicht Nein sagen!«

Vagdrusal tauschte einen kurzen Blick mit Myrtel, deren Augen beim Gedanken an einen ausnahmsweise nicht aus Wurzeln bestehenden Imbiss zu leuchten begonnen hatten. Als er mit einem Achselzucken einlenkte, klatschte Munk freudig in die Hände.

Fabian zwang sich zur Ruhe. Wenn von diesem Mann eine Bedrohung ausginge, hätte Vagdrusal es sicher längst gespürt. Und wie eine fleischfressende Pflanze sah Munk nun wirklich nicht aus.

Irgendetwas stimmte trotzdem nicht. Was trieb dieser Mensch in diesem abgelegenen Wald?

Sie folgten Hellfried Munk zum Eingang des Zelts, wo er stolz die Plane zurückschlug. Überrascht stellte Fabian fest, dass das Innere geräumig wie ein Wohnzimmer und sogar ähnlich eingerichtet war: Es gab einen hölzernen Tisch und diverse Sessel, Schränke, Truhen, Vitrinen voller Geschirr und noch manches mehr. Alle Stücke bestanden aus fein gedrechseltem, dunklem Holz und schienen antik und wertvoll zu sein. Die ganze Ausstattung erinnerte Fabian an einen Raum, den er schon einmal irgendwo gesehen hatte, aber er kam nicht darauf, bei welcher Gelegenheit. Viel interessanter fand er die Frage, wie Munk den ganzen Krempel wohl transportierte, wenn er von Ort zu Ort zog.

»Nehmt doch Platz, bitte, nehmt Platz«, rief Munk, während er sich im hinteren Teil des Zelts an einem kleinen Eisenofen zu schaffen machte. Wasser gluckerte, Geschirr klirrte.

Während Vagdrusal und Myrtel sich setzten, trat Fabian an ein Regal, das vor einer der Zeltwände stand. Es war mit Reihen dicker Bücher gefüllt. Er zog eins heraus und stellte sofort eine Besonderheit fest, die er kannte: Das Buch war am Beschnitt dicker als am

Rücken! Als er es aufschlug, stellte er fest, dass jede Seite mit einer durchsichtigen Schutzhülle ummantelt war, genau wie in der Bibliothek von Meister Amoebius!

Hinter ihm deckte Munk beflissen ein. Mit glücklich ruckendem Kopf platzierte er hübsch bemaltes Teegeschirr auf dem Tisch, stellte Teller daneben, legte Kuchengabeln auf. Währenddessen plapperte er unausgesetzt, erkundigte sich, wer sie seien, woher sie kämen, wohin sie gingen und so fort. Vagdrusal antwortete freundlich, aber ausweichend, ohne ein Wort über ihre tatsächliche Aufgabe zu verlieren.

Fabian bemerkte, dass Myrtel das Porzellan mit aufgerissenen Augen musterte. Als Munk das nächste Mal an den Tisch kam und eine Platte mit frisch aufgeschnittenem Marmorkuchen in der Mitte platzierte, sagte sie: »Dies ist ein Geschirr, wie es meine Großmutter früher besaß, feinstes Spacker Porzellan. Sogar exakt dasselbe Muster! Woher habt Ihr es?«

»Oh, ich komme viel herum in der Welt«, gab Munk ohne zu zögern Auskunft. »Man erwirbt mal hier etwas, tauscht dort etwas ein, wie das so geht. Ha-ha!«

»Und wieso sind die Seiten Eurer Bücher mit Schutzhüllen aus den Flügeln der Mantrix-Libelle versehen?«, meldete sich Fabian zu Wort. »Ihr seid kein Qualler. Ihr könntet das Papier problemlos mit den Fingern anfassen.«

Als Munk zu ihm herübersah, hatte Fabian ganz kurz das Gefühl, ein nervöses Flackern in seinen eng stehenden Augen wahrzunehmen.

»Schutzhüllen um ...? Ach so. Nun, da habe ich wohl irgendwann, irgendwo mal einen nicht ganz so guten Tausch gemacht, was? Ha! Ha-ha! Und nun setzt Euch, junger Herr. Der Tee ist so weit!«

Während Fabian das Buch zurückstellte, hatte er das eigenartige Gefühl, dass eine Erinnerung verzweifelt versuchte, aus den Tiefen seines Gedächtnisses nach oben zu steigen. Er spürte, dass es allein diese Erinnerung war, die ihn vom Verständnis dessen trennte, was sich gerade um ihn herum abspielte.

Er nahm Platz.

Begeistert goss Munk ihnen dampfenden Tee ein. Der aufsteigende Duft rief ein neues Bild in Fabians Kopf wach: Minister Pimf im MEAM, der ebenfalls Earl Blue getrunken hatte.

»Sooo ... ha-ha!« Ungelenk ließ sich Munk neben Vagdrusal in einen Sessel fallen. »Aber bitte, nehmt doch vom Kuchen!« Er schlürfte kurz an seiner Teetasse, stellte sie jedoch sofort wieder weg und ruckte heftig seinen sonderbaren Kopf nach vorne. Jetzt erst fiel Fabian auf, dass sein Haar (sein *rotes* Haar) an den Seiten des Kopfes zu zwei abstehenden Zöpfen geflochten war. War das vorhin auch schon der Fall gewesen?

»So seid Ihr also auf dem Weg gen Westen«, griff Munk den Faden seiner Unterhaltung mit Vagdrusal wieder auf. »Ich selbst reise in die entgegengesetzte Richtung, zum *Märzgebirge* hin. Kennt Ihr das *Märzgebirge*? Dort leben bezaubernde kleine Wesen, *Mäuslinge* genannt. Ich habe vor, sie zu besuchen und mehr über ihre Lebensgewohnheiten herauszufinden.«

Vagdrusal antwortete etwas, das sich um die Mäuslinge und ihren kürzlichen Aufenthalt bei den Nagern drehte, aber Fabian bekam kaum etwas davon mit. In seinem Hinterkopf ergriff plötzlich jemand anders das Wort:

... faszinierende Geschöpf ist in der Lage, seine Gestalt an die jeglicher Lebensform anzupassen, sagte eine Stimme, von der sich Fabian sicher war, dass er sie kennen sollte. Doch ihm fiel beim besten Willen nicht ein, woher.

»... die Mäuslinge viel friedliebender, als man angesichts ihres fragwürdigen Rufs vermuten würde«, sagte Vagdrusal mit vollem Mund.

... kann neben dem Aussehen sogar Sprache und Gebaren anderer Kreaturen nachahmen – auch des Menschen!, sagte die Stimme in Fabians Kopf.

»Hmm, lecker, der Kuchen«, sagte Xolpph, der mitten auf dem Tisch, dicht neben der Platte Platz genommen hatte. »Schmeckt genau wie früher, wenn meine Großtante Xarhippha Kuchen gemacht hat!«

»Ha! Ha-ha! Ich habe ihn selbst gebacken«, rief Hellfried Munk und erhob sich langsam vom Tisch. Es knackte. Fabian erkannte wie durch einen Schleier, dass er hydraulische Beinverstärker aus Metall trug. Doch es beunruhigte ihn nicht. Der Duft des Tees, die Wärme im Zelt, das leise Geplapper seiner Freunde, all das schien eine besänftigende, ja: einschläfernde Wirkung auf ihn auszuüben.

Durch seine telepathische Gabe kann er Erinnerungen aus dem Gehirn seiner Beute empfangen und seine Tarnung daran anpassen, behauptete die Stimme in seinem Kopf. Mit einem letzten Rest wachen Verstandes fragte sich Fabian, wem sie bloß gehörte. *Währenddessen sendet eine Drüse in seinem Kleinhirn ständig hypnosuggestive Befehle aus. Sie sorgen dafür, dass das Opfer Dinge zu sehen glaubt, die seinem unmittelbaren Erfahrungshorizont entspringen!*

Ein unaufdringlicher, irgendwie brandiger Geruch stieg Fabian in die Nase. Er vermutete, dass Hellfried Munk noch einen zweiten Kuchen im Ofen hatte, den er besser schleunigst herausnähme. Verwirrt suchte er nach ihrem Gastgeber und stellte fest, dass dieser breit grinsend vor dem Ausgang des Zelts Stellung bezogen hatte. Winzige Schweißtröpfchen standen auf seiner Stirn, rannen über seine Schläfen nach unten.

Sie waren kohlrabenschwarz!

Urplötzlich brach in Fabians Kopf der Damm. Geradezu schmerzhaft wurde er sich mehrerer Dinge gleichzeitig bewusst:

Im Zelt roch es nicht nach verkohltem Kuchen, sondern nach Pech!

Hellfried Munk hatte bei ihrem ersten Zusammentreffen vor dem Zelt definitiv weder Zöpfe noch Beinverstärker getragen!

Beide entstammten Fabians Erinnerungen an eine Person, die er vor nicht allzu langer Zeit getroffen hatte – dieselbe Person, deren Worte gerade mit so erstaunlicher Klarheit in seinem Kopf widerhallten!

Hat der Schmompex seine Beute durch sein perfides Vorgehen in Sicherheit gewiegt, verwandelt er sich blitzschnell in seine urtümliche, monströse Form zurück und verschlingt den Ahnungslosen!, rief Doktor DiNorbert hinter seiner Stirn.

Fabian sprang auf. Wie durch eine wabernde Nebelwand sah er Myrtel, Vagdrusal und Xolpph, die in Zeitlupe zu ihm aufblickten. Hinter seinem Rücken, beim Ausgang des Zelts, ertönten plötzlich blubbernde, rülpsende Geräusche.

Der Pechgeruch war betäubend.

So schnell er konnte, riss Fabian seinen Rucksack an sich und wühlte den Inhalt durch. Aus dem Augenwinkel nahm er wahr, wie sich hinter ihm etwas Großes aufrichtete, bis es fast die Decke des Zelts berührte.

Seine zitternden Finger stießen auf einen kalten, harten Gegenstand. Sekunden später hielt er die Sprühflasche in Händen, die er an jenem traurigen Morgen vor Doktor DiNorberts Sumpfhütte aufgelesen hatte.

Er wirbelte er herum und drückte auf den Auslöser.

Später sollte Fabian dankbar sein, dass er das, was zwischen ihm und dem Ausgang stand, nur durch einen bläulich-glitzernden Sprühnebel wahrnehmen konnte. Er war sich nicht sicher, ob er es sonst über sich gebracht hätte, unbeirrt immer wieder auf den Knopf des Zerstäubers zu drücken.

Der Schmompex in seiner ungetarnten Form war so gewaltig, dass er das halbe Zelt auszufüllen schien. Durch die wirbelnde Wolke von Doktor DiNorberts Elixier erahnte Fabian ein riesenhaftes, haifischartiges Maul, das auf zwei viel zu kleinen Beinchen balancierte. Mächtige Kiefer mit unterarmlangen Reißzähnen klappten in animalischer Gier auf und zu, pechschwarzer Geifer troff aus den Mundwinkeln.

Als die glitzernden Partikel der Flüssigkeit auf die Bestie herabsanken, brüllte sie überrascht auf. Brodelnde Zischlaute ertönten, Dampfwölkchen stiegen von der schuppigen Haut des Geschöpfs auf.

Unnachgiebig pumpte Fabian mehr von der Lösung in die Luft. Das Gebrüll des Schmompex schwoll zu ohrenbetäubender Intensität an, während sich die Substanz im Zeitraffertempo durch Haut und Fleisch fraß. Schon wurden an mehreren Stellen weißliche Knochen sichtbar.

Mit einem gepeinigten Röhren machte die Kreatur einen Satz rückwärts, wobei sie eine lange Lederbahn vom Eingang des Zelts abriss. Taumelnd verschwand sie im Wald, die flatternde Plane hinter ihr herziehend wie ein riesiges, bockspringendes Gespenst.

Atemlos ließ Fabian den Zerstäuber sinken und drehte sich um.

Obwohl es ihn nicht hätte überraschen sollen, erschrak er heftig – der vormals so beschauliche Innenraum des Zelts hatte sich in einen stinkenden Friedhof verwandelt! Die Wände bestanden mit einem Mal aus lappigen, von Löchern zerfressenen Tierhäuten, die stilvolle Einrichtung war halb verrotteten, von den morschen Zeltstangen baumelnden Aasbrocken gewichen. Der schlammige Boden war übersät mit bleichen Knochen.

So grässlich der Anblick war, Fabian musste im gleichen Augenblick an sich halten, nicht laut loszulachen: Die Mienen seiner Freunde, die nach wie vor im Kreis hockten – jetzt allerdings auf fauligen Baumstümpfen, kleine Tierschädel mit einer undefinierbaren Flüssigkeit in den Händen –, drückten eine solche Verwirrung aus, dass es unfreiwillig komisch wirkte.

»Bei Bossut, was ...«, hauchte Myrtel. Als sie den Tierschädel in ihrer Hand bemerkte, schleuderte sie ihn voller Ekel von sich.

»Ich glaub, ich muss kotzen«, stieß Xolpph hervor und starrte entgeistert auf den großen Haufen klumpig-feuchten Blättermulchs, von dem er bis vor wenigen Sekunden mit Genuss gegessen hatte.

»Eine hypnosuggestive Täuschung«, erkannte Vagdrusal tonlos und erhob sich zögernd. »Wir ... wir hätten alle tot sein können!« Er trat auf Fabian zu und packte ihn an den Schultern. »Wie konntest du die Illusionen dieses Geschöpfs durchschauen, mein Junge?«

»Keine Ahnung«, erwiderte Fabian verlegen. »Wenn der Schmompex nicht so dick aufgetragen hätte, hätte ich vermutlich gar nichts gemerkt.«

»Das Porzellan meiner Oma, das Kuchenrezept von Xolpphs Großtante ... alles genau, wie Doktor DiNorbert gesagt hat.« Myrtel schüttelte den Kopf. »Und dann dieser Pechgeruch! Ich muss von der Wärme, dem Duft nach Tee und Kuchen so eingelullt gewesen sein, dass ich gar nichts mehr gemerkt habe.«

»Was für ein saumäßiges Glück, dass du das Duftwasser dieses Spinners eingesteckt hast!« Mit einem nicht sonderlich eleganten Sprung überwand Xolpph die Distanz zu Fabian und wickelte sich um seine Brust, wobei er ihm wohlwollend auf die Schulter patschte.

»Ein Schmompex?«, wiederholte Vagdrusal ungläubig und musterte die schäbige Behausung. »Ich habe von diesen Kreaturen gehört. Aber ich hätte nie gedacht, dass sie in dieser Gegend vorkommen!« Er sah Fabian fragend an. »Wieso gab es innerhalb der Illusion nichts, was *ich* wiedererkennen konnte? Hätte das Monstrum sich auch aus meinen Erinnerungen bedient, wäre ich gewiss misstrauisch geworden!«

»Vielleicht hatte sein Instinkt in Euch das gefährlichste Mitglied unserer Gruppe erkannt, und es wollte nichts riskieren?« Fabian zuckte die Achseln.

»Ich denke, auf diese Fragen wüsste allein der selige Doktor DiNorbert eine Antwort«, sagte Myrtel ruhig. »Möge er in Frieden ruhen!«

Sie schwiegen kurz und dankten dem verstorbenen Wissenschaftler im Geist dafür, dass er ihnen durch seine Erfindung das Leben gerettet hatte. Dann drängte Vagdrusal sie nach draußen.

»Ich war ein Narr, mitten im Rubyk die sichere Straße zu verlassen«, schalt er sich selbst. »Wäre auch nur einem von euch etwas geschehen – oder dem Sternstein –, es wäre meine Schuld gewesen!«

»Quatsch! Wer hätte denn wissen können, dass ...«, begann Xolpph, doch Vagdrusal schnitt ihm mit einer energischen Geste das Wort ab.

»Rasch jetzt! Wir wollen keinen Augenblick mehr verlieren.«

Kapitel 28
Die Klippe von Mogonthûr

Auch die folgende Nacht verbrachten sie im Forst von Rubyk, und wieder war sie von zahllosen seltsamen Geräuschen erfüllt. Nach dem durchlebten Schrecken konnten jedoch weder Geraschel unbestimmter Herkunft noch hohe, klagende Rufe in der Finsternis Fabian noch den Schlaf rauben.

Ein einziges Mal erwachte er, als zwischen den Baumstämmen ein sonderbares Krachen und Bersten hervorschallte, wie es laut Myrtel bereits in der Nacht zuvor zu hören gewesen war. Kein Zweifel, irgendwo in den Tiefen des Waldes brachen Äste mit peitschendem Laut, Holz ächzte, und ab und an gab es einen dumpfen Schlag, als ob ein Baum umstürzte. Es klang, als rolle jemand mit einer Planierraupe quer durchs Unterholz und walze dabei alles nieder, was sich ihm in den Weg stellte. Zwischendurch, wenn der Tumult kurzzeitig nachließ, konnte man die hektischen Schreie verängstigter Tiere hören, daneben andere, weitaus seltsamere Rufe, die Fabian instinktiv den Pflanzenwesen dieses Waldes zuschrieb. Beunruhigt richtete er sich auf und sah zu Vagdrusal hinüber.

Der Magier saß still wie eine Statue neben den heruntergebrannten Resten des Lagerfeuers, seinen leuchtenden Stab neben sich, und beobachtete mit reglosem Gesicht die Mauern der Bäume neben dem Pfad. Sein Gesichtsausdruck war konzentriert, aber ruhig.

Nach einer Weile verklang das Getöse in der Ferne, und Fabian ließ sich zurück in seine Decken sinken. Vorsichtshalber kramte er Doktor DiNorberts Zerstäuber aus seinem Rucksack und platzierte ihn in Griffnähe neben sich. Doch was immer die Ursache der Laute gewesen war, sie schienen nichts mit dem geflohenen Schmompex zu tun zu haben; das Elixier kam nicht mehr zum Einsatz, der Rest der Nacht verlief ereignislos.

Als Fabian den Magier am nächsten Morgen fragte, um was es sich bei dem nächtlichen Lärm gehandelt haben könnte, gab sich Vagdrusal wortkarg. Er wisse es nicht, erklärte er, und die einzige Vermutung, die er habe, sei zu vage, um sie auszusprechen. Fabian kam nicht dazu, das Thema zu vertiefen, denn unmittelbar darauf brachen sie auf.

Am Nachmittag zeichnete sich vor ihnen, am Ende des Baumtunnels, ein deutlich wahrnehmbarer Lichtschimmer ab. Er wurde mit jedem Schritt heller, und kurz darauf traten sie hinaus in strahlenden Sonnenschein. Fabian konnte sich nicht erinnern, wann ihn der Anblick des Himmels – sei er auch knallrot, wie hier – zum letzten Mal so glücklich gemacht hatte; nicht einmal in den Höhlen unterhalb des Märzgebirges war ihm die Finsternis derart bedrückend vorgekommen wie während der letzten beiden Tage.

Bis zum Einbruch der Dunkelheit legten sie manche Meile zurück, und selbst, als die verschwindend dünne Mondsichel schon hoch am sternklaren Firmament stand, liefen sie weiter, angespornt von dem befreienden Gefühl, nicht länger von schwarzen Bäumen eingekesselt zu sein. Sie durchquerten ein Flussbett, das nur wenig Wasser führte, und schlugen ihr Nachtlager auf der anderen Seite, an einer geschützten Stelle des Ufers auf.

Als Fabian am nächsten Morgen erwachte, stimmte etwas mit seinen Augen nicht.

Verdutzt rieb er sich über die Lider, versuchte, die letzten Körnchen Schlaf loszuwerden, die möglicherweise seine Sicht trübten. Er hatte schon davon gehört, dass Menschen über Nacht blind geworden waren – aber dass jemand von einem Tag auf den anderen nur noch *schwarz-weiß* sah, schien ihm doch etwas merkwürdig!

Vagdrusal, der schon auf war und über einem kleinen Feuer Fische briet, die er offenbar im Fluss gefangen hatte, bemerkte seine Verwirrung. »Mach dir keine Sorgen«, sagte er ruhig. »Deine Augen sind völlig in Ordnung.«

»Aber wo sind all die Farben hin? Ich sehe nur noch grau – sogar Himmel und Sonne sehen aus wie in einem alten Schwarz-Weiß-Film!«

»Wir haben gestern in der Dunkelheit die Grenze nach Megatherien überschritten«, erklärte Vagdrusal und drehte die Fische über den gräulich flackernden Flammen. »In diesem Land existieren keine Farben. Über die Gründe sind sich die Gelehrten seit Jahrhunderten uneins. Dass Firmament und selbst die Himmelskörper farblos-grau erscheinen, schreibt man einer klimatischen Besonderheit der hiesigen Atmosphäre zu – Gase, die aus dem Boden aufsteigen und die Brechung des Lichts verändern. Wieso allerdings die Menschen und Tiere Megatheriens so gut wie keine Farbpigmente in sich tragen und wieso hier niemand in der Lage ist, etwas Farbiges hervorzubringen, ist auch unseren hochrangigsten Wissenschaftlern ein Rätsel. Das Frühstück ist übrigens fertig.«

»Stimmt es, dass leuchtende Farben in Megatherien als kostbare Handelsgüter gelten?«, erkundigte sich Myrtel, die von dem Gespräch erwacht war und zum Feuer krabbelte, um sich einen Fisch zu holen.

Vagdrusal nickte. »Findige Händler aus Radiesien und Hêdeln kommen regelmäßig mit Karawanen voll bunter Stoffe, leuchtender Edelsteine oder Ölfarben in allen Tönen des Regenbogens. Die Megatherier geben dafür ihr letztes Hemd her, obwohl all diese Güter schon nach wenigen Wochen in der sonderbaren Atmosphäre dieses Landes ebenfalls verblassen.«

»Heißt das etwa, ich verliere hier meinen gesunden Teint?« Xolpph spuckte beunruhigt eine Fischgräte ins Feuer. Das normalerweise eher triste Grün-Grau des Xenophors wirkte vor dem eintönigen Hintergrund der Umgebung ungewohnt bunt und strahlend.

Lächelnd schüttelte Vagdrusal den Kopf. »Keine Angst! Selbst wenn du hier ein klein wenig blasser werden solltest, nach ein paar Tagen in deiner Heimat bist du wieder ganz der Alte.«

Wie sich zeigte, war Megatherien dichter besiedelt als die Regionen, die sie bisher durchquert hatten. Alle paar Meilen stießen sie auf Dörfer, Gehöfte oder Felder, die von fleißigen Bauern bestellt wurden. Die Menschen waren freundlich und zuvorkommend, wenngleich ihre kränklich blasse Hautfarbe und das graue Haar, das sogar den Kindern eigen war, etwas gewöhnungsbedürftig waren. Tatsächlich gab es nirgends etwas Farbiges. Getreidefelder waren nicht gelb, sondern mausgrau, Obstbäume nicht grün, sondern steingrau, und die übergewichtigen Rinder, die zuweilen auf den Weiden standen, nicht braun, sondern betongrau.

Obwohl Fabian, Myrtel und Vagdrusal Kleidung in gedeckten Farben trugen, wurden sie überall neugierig beäugt. Besonders Myrtel mit ihrer rosafarbenen Haut verursachte in den kleinen Siedlungen regelrechte Volksaufläufe, was ihr sehr unangenehm war. Erst als sie in ihrem Rucksack ein buntes Seidenkopftuch entdeckte, das sie noch in Pantrami eingesteckt hatte, konnte sie der Situation etwas Positives abgewinnen: Es gelang ihr, den Stoff für eine absurd hohe Summe zu verkaufen. Das Geld verwendeten sie dafür, in den folgenden Tagen in jedes Gasthaus einzukehren, an dem sie vorüberkamen, und sich zum ersten Mal seit Langem wieder richtig sattzuessen.

Doch auch diese angenehme Abwechslung konnte nicht darüber hinwegtäuschen, dass ihnen die Zeit davonlief. Als sie eines Vormittags nachrechneten, stellten sie bestürzt fest, dass ihnen noch genau zwei Tage bis Neumond blieben!

»Was genau würde geschehen, wenn der Zauber nicht erneuert würde?«, erkundigte sich Myrtel, während sie nebeneinanderher durch eine felsige Hügellandschaft eilten.

»Im ersten Moment gar nichts. Kein spektakuläres Freiwerden magischer Energien oder so etwas«, gab Vagdrusal kurzatmig Auskunft. Er benutzte seinen Stab mittlerweile immer öfter wie eine Krücke. Auch wenn die regelmäßigen Mahlzeiten der letzten Tage ihm gut getan hatten, war nicht mehr zu übersehen, wie sehr die Reise ihn anstrengte. »Der magische Bann würde ganz allmählich beginnen abzubröckeln. Am ersten Tag würde möglicherweise die erste der 666 versiegelten Pforten wieder funktionieren, am nächsten Tag eine weitere ...«

»... und irgendwann auch die im Lande Shurakk«, vollendete Fabian den Satz.

Vagdrusal nickte. »Der Prozess ginge schleichend und ungleichmäßig vonstatten, so dass Volgera Ommm, Maledikts Statthalter, vielleicht im ersten Moment gar nichts davon mitbekäme. Aber nach allem, was wir wissen, müssen wir davon ausgehen, dass man im Lande Shurakk bestens über das Verstreichen der Frist informiert ist. Gewiss zählt man dort in diesem Augenblick schon die verbleibenden Stunden bis zum Neumond!«

Schweigend wanderten sie weiter. Ohne dass er es verhindern konnte, zogen in Fabians Kopf von Neuem düstere Zukunftsvisionen auf, eine schlimmer als die andere. Er sah monströse Horden, die die dicht bevölkerten Regionen der Erde überrannten, Rudel schwarzer Insektenwesen, die durch strom- und lichtlose Innenstädte stelzten, wo verängstigte Menschen sich in kalten Häusern verbarrikadierten. Mit einem beklommenen Gefühl versuchte er, sich zusammenzureißen. Noch war nichts verloren! Um sich abzulenken, sah er zu Myrtel hinüber, die verbissen neben ihm herschritt.

In gewisser Weise bewunderte er die Fant: Sie musste noch größere Angst haben als er, immerhin war ihre Heimatwelt viel direkter bedroht als seine. Dennoch verriet keine Regung in ihrem rosigen Gesicht, wie es in ihrem Innern aussah.

Gegen Abend kam Wind auf, der einen unverkennbaren salzigen Geruch mit sich brachte. Es konnte nicht mehr weit bis zur Küste sein – und damit zur Klippe von Mogonthûr.

Die Temperatur sank, und sie beschlossen, am Fuß einer steilen Anhöhe zu lagern. Erschöpft vom endlosen Marschieren, aber unfähig zu schlafen, starrte Fabian zu der kaum noch erkennbaren, haarfeinen Sichel hinauf, die vom Mond noch übrig war. Innerhalb der nächsten vierundzwanzig Stunden würde ihre Mission ihr Ende finden, so viel stand fest. Er hoffte inständig, dass es ein gutes sein würde ...

Als er nach über einer Stunde noch immer kein Auge zugetan hatte, erhob er sich wieder und kroch zu Vagdrusal hinüber, der wie jede Nacht, eingehüllt in seinen Mantel, neben der erkalteten Feuerstelle saß und über sie wachte.

»Du findest keinen Schlaf, Fabian von der Erde?«, erkundigte sich der Magier leise.

Fabian nickte.

Vagdrusal schwieg, dann wies er mit einer Kopfbewegung in die Finsternis. »Du spürst es auch, nicht wahr? Deine Sinne sind schärfer als die der meisten Kinder deines Alters.«

Zunächst wusste Fabian nicht, was der Magier meinte. Er war aufgewühlt und unruhig, natürlich; er fürchtete, dass sie die Klippe zu spät erreichen könnten. Aber sonst?

Fabian konzentrierte sich, horchte in sein Inneres hinein – und nach einer Weile bemerkte er ein unangenehmes, kribbelndes Gefühl, das er nur zu gut kannte.

»Wir sind nicht allein hier draußen!«

Vagdrusal nickte langsam. »Schon seit dem Forst von Rubyk folgt uns etwas im Abstand von wenigen Meilen. Eine tierische Präsenz.«

»Ein Tier? Nicht der grüne Graf?« Fabian überlegte. »Könnte es der Schmompex sein? Vielleicht hat er seine Verletzungen irgendwie überlebt und verfolgt uns, um sich zu rächen?«

»Nein. Die Gegenwart des Gestaltwandlers würde ein anderes Echo in meiner Wahrnehmung verursachen, ich würde es wiedererkennen.« Vagdrusal grübelte eine Weile schweigend. »Du fragtest mich im Rubyk, wer oder was für das nächtliche Getöse verantwortlich gewesen sein könnte«, sagte er schließlich. »Ich fürchte, es war dasselbe Wesen, das uns jetzt auf den Fersen ist. Ein Wesen von großer Macht, dem ich noch nie zuvor begegnet bin. Sein magisches Echo ist so stark, dass es alles andere überdeckt. Leider sind meine Fähigkeiten noch längst nicht wiederhergestellt. Ich vermag nicht zu sagen, um was es sich handelt.« Er machte eine kurze Handbewegung, und die Leuchtkugel über seinem Stab gluhte auf wie die Glut eines angefachten Feuers. »Aber sorge dich nicht. Es ist nicht nah genug, um uns zu gefährden, was immer es ist. Wir liegen passabel in der Zeit und werden unser Ziel rechtzeitig erreichen.«

Gerne hätte Fabian gefragt, wie der Zauberer sich dessen so sicher sein konnte. Stattdessen nickte er und kroch wortlos zwischen seine Decken zurück. Es dauerte eine weitere Stunde, bis er endlich schlief.

Noch während sich die Sonne über ihren Köpfen mühsam zwischen dichten Wolken hervorkämpfte, brachen sie auf und erklommen die steinige Anhöhe. Oben angekommen, stellte sich heraus, dass Fabians Nase ihn nicht getäuscht hatte: Sie hatten die Küste erreicht – und gleichzeitig die Grenze des Landes Megatherien.

»Bei Bossut«, hauchte Myrtel. Mit großen Augen starrte sie auf die endlose Wasserfläche, die sich vor ihnen ausbreitete. Nach dem tagelangen Grau-in-Grau schmerzte das plötzlich zurückgekehrte volle Rot des Himmels beinahe in den Augen. Es wurde noch verstärkt durch den Spiegel des Ozeans, der sich als glitzernde, dunkelviolette Fläche bis zum fernen Horizont dahinzog. Weiße Schaumkronen kräuselten sich auf der Wasseroberfläche, in der Ferne kreisten Möwen am Himmel. »Ich habe noch nie das Meer gesehen!«

»Und ich noch nie die Klippe von Mogonthûr«, rief Xolpph überdreht. »Aber glücklicherweise gibt es für alles ein erstes Mal.« Er wies mit einem seiner Auswüchse nach rechts, wo ein paar Meilen entfernt eine mächtige Klippe aus der felsigen Küste emporwuchs. Breit und massig an der Basis, nach oben spitz zulaufend, erinnerte sie an den Fangzahn eines gewaltigen Raubtiers. »Ist sie das?«, erkundigte er sich in Richtung des Magiers.

»Das ist sie«, flüsterte Vagdrusal. »Die Klippe von Mogonthûr! Wer hätte gedacht, dass ich sie je wiedersehen würde?« Sein Gesicht nahm einen verklärten Ausdruck an. »Ich habe uns gut geführt. Wenige Stunden Fußmarsch an der Küste entlang, und wir sind am Ziel.«

Rasch machten sie sich auf den Weg. Während sie liefen, fand Fabian Zeit, die riesige Felsnadel genauer zu betrachten: Sie musste mindestens hundert Meter hoch sein, und die Seeseite erhob sich fast senkrecht über den Wasserspiegel. Unten, wo sich die gischtenden Wogen des Ozeans brachen, ragte ein Gewirr aus messerscharfen Felsgraten aus dem Wasser.

Die Landseite wirkte ähnlich steil, schien aber uneben genug, um sie irgendwie zu erklettern.

»Oi, oi, das wird ein hartes Stück Arbeit«, unkte Xolpph, der Fabians Blick gefolgt war. »Ich hoffe, ihr habt Steigeisen und Bergstiefel dabei!«

Als sie am Fuß der Klippe ankamen, machte Myrtel eine erstaunliche Entdeckung.

»Jemand hat Kletterhilfen in den Fels geschlagen – kleine Stufen, wie bei einer Leiter!«, rief sie.

Vagdrusal legte versonnen seine Hände auf das steil aufragende, graue Gestein. »Auch das hatte ich beinahe vergessen«, murmelte er. »Diese Kerben stammen von mir. Ich habe sie damals mit magischer Energie in den Fels geschnitten, vor 777 Jahren.« Er drehte sich zu Fabian, Myrtel und Xolpph um, sein ausgemergeltes Gesicht entschlossen. »Seid ihr bereit für die letzte Etappe unseres Weges?«

Sie waren bereit, und schon kurze Zeit später befanden sie sich höher über dem Boden, als es Fabian lieb war. Kalt pfiff ihm der Wind um die Nase, und seine Finger, mit denen er sich an den gleichförmigen Vertiefungen festklammerte, wurden langsam aber sicher taub. Eine Region ganz hinten in seinem Kopf bewunderte die Macht, über die Vagdrusal einst verfügt haben musste, um Hunderte und Aberhunderte von Haltegriffen zu schaffen. Trotzdem wünschte er sich nichts sehnlicher, als endlich oben anzukommen und seine schmerzenden Glieder auszustrecken.

Es dämmerte, als sie die Spitze der Klippe erreichten. Sie bestand aus einer großen, von Wind und Wetter spiegelglatt polierten Fläche. Erschöpft und durchgefroren drängten sich Fabian, Myrtel und Xolpph in der Mitte aneinander. Nirgends gab es Deckung vor dem rauen Seewind, der in dieser Höhe so heftig blies, dass es fast wehtat. Wie mit Messern schnitt er durch ihre Kleidung, und zu allem Überfluss brachte er jetzt auch Regentropfen mit sich, die hart wie Hagelkörner in ihre Gesichter prasselten.

»Verspricht ein gemütlicher Abend zu werden«, krächzte Xolpph und verschwand kurzerhand in Fabians Rucksack. »Weckt mich, wenn die Vorstellung beginnt!«

»Was geschieht als Nächstes?«, erkundigte sich Fabian über die Schulter bei Vagdrusal. Er musste schreien, um den tosenden Wind zu übertönen.

Doch der Zauberer antwortete nicht. Er hatte sich im Schneidersitz am äußersten Rand der Klippenplattform niedergelassen. Seine Augen waren geschlossen, seine Hände seitlich ausgestreckt. Auf seiner Brust hing der Sternstein und sandte gleichmäßig wie ein Metronom Lichtimpulse in die fortschreitende Dämmerung.

»Er meditiert«, rief Myrtel zurück. »Ich nehme an, er sammelt seine Kräfte für später. Immerhin muss er 777 Zeilen lang durchhalten.«

Fabian runzelte skeptisch die Stirn. »Mal ehrlich – glaubst du, er schafft das? Ich meine, er ist nicht gerade im Vollbesitz seiner Kräfte. Und es ist Jahrhunderte her, dass er den Spruch zum letzten Mal aufgesagt hat. Wird er sich an alles erinnern?«

»Man sagt, Vagdrusal habe sich damals volle sechs Jahre auf das Ritual vorbereitet«, erwiderte Myrtel überzeugt. »Wenn du so viel Zeit in etwas steckst, vergisst du es nie wieder. Ich bin überzeugt, dass er es schafft!«

So zuversichtlich sie sich bemühte zu klingen, Fabian spürte, dass auch Myrtel voller Zweifel war. Aber sie *wollte* daran glauben, dass das Ritual gelang. Er nickte und schwieg.

Da es nichts mehr gab, was sie tun konnten, begannen sie, überzählige Kleidungsstücke aus den Rucksäcken zu kramen, um sich damit gegen den eisigen Wind und den immer stärker fallenden Regen zu wappnen. Und zu warten.

Stunden später, Fabian war vor Erschöpfung in einen bibbernden Halbschlaf gefallen, wurde er von einem sonderbaren, kehligen Laut geweckt. Alarmiert sah er sich um.

Es war stockfinster. Kein Stern war am Himmel zu sehen, ganz zu schweigen vom Mond, der sich in dieser Nacht ja nicht mehr zeigen würde. Die einzige Lichtquelle weit und breit war das auf- und abschwellende Licht des Sternsteins.

Eingehüllt in seinen violetten Schein stand Vagdrusal hoch aufgerichtet am Rand der Klippe. Sein Umhang flatterte wie eine Fahne im stürmischen Wind. In einer Hand hielt er seinen Stab, in der anderen das magische Amulett, das er über den tosenden Abgrund hinausstreckte. Aus seinem Mund drangen seltsame, urtümliche Laute, die kaum noch an menschliche Sprache erinnerten.

Fabian verstand keine einzige Silbe, und er wunderte sich, wie ein Mensch überhaupt solche Töne hervorbringen konnte. Trotzdem richteten sich unwillkürlich die Härchen in seinem Nacken auf.

Er spürte, dass diese Silben *alt* waren. Alt und mächtig.

Noch während er hinsah, wurde das pulsierende Licht stärker. Bei jeder Folge gutturaler Silben, die Vagdrusal dem Wind entgegenwarf, erstrahlte der Stein und wurde wieder dunkel. Man konnte meinen, ein Leuchtturm erhöbe sich von der Klippe in den Himmel, um seine Lichtzeichen in alle Richtungen auszusenden.

Das Licht verebbte etwas länger, als der Magier eine kurze Pause einlegte und Atem schöpfte. Fabian vermutete, dass er das Ende der ersten Zeile des Bannspruchs erreicht hatte.

Gespannt verfolgten Fabian und Myrtel, wie das Ritual voranschritt. Jedes Mal, wenn Vagdrusal nach einer beendeten Zeile von Neuem die Stimme hob, schien es ihn mehr Kraft zu kosten, die wütenden Elemente zu übertönen. Fabian wünschte, er könnte irgendetwas tun, doch er wusste, dass das nicht möglich war.

Die erste Stunde verging.

Dann eine zweite.

Längst hatte Fabian den Überblick verloren, wie viele Zeilen der Zauberer bereits gesprochen hatte. Die fremdartigen Laute schienen alle ähnlich zu klingen, und das monotone Auf- und Abschwellen des magischen Lichts hatte etwas Hypnotisches, das seinen Verstand zu lähmen schien.

Während der ganzen Zeit hatte Vagdrusal kein einziges Mal seine Stellung verändert, er stand aufrecht, ohne zu wanken. Doch Fabian fiel trotz des Windgetöses auf, dass seine Stimme jetzt viel rauer und heiserer klang.

Wie lange würde der Magier die Belastung noch durchhalten? Wie lang dauerte das Ritual von Mogonthûr eigentlich? Etwa bis zum Morgengrauen?

Bibbernd kroch Fabian tiefer zwischen die Falten der Decke, die er in seinem Rucksack gefunden und zum Schutz vor dem Regen über Myrtel und sich ausgebreitet hatte. Längst war sie nass und schwer, ebenso wie seine Kleider. Myrtel ging es nicht besser, auch sie war durchweicht bis auf die Haut. Doch sie beschwerte sich nicht, verfolgte gebannt das Geschehen an der Kante der Klippe.

»774«, flüsterte sie plötzlich, als Vagdrusal eine weitere Pause einlegte und das Licht des Sternsteins etwas länger verebbte.

Fabian sah sie erstaunt an. Offenbar hatte Myrtel vom Beginn des Rituals an mitgezählt. Und wenn Vagdrusal tatsächlich so weit gekommen war, bedeutetet dies, dass die letzte Zeile nahe war!

Bevor er sich darüber freuen konnte, rann Fabian plötzlich ein kalter Schauer über den Rücken. Er zog die Decke enger um seine Schultern, doch das unangenehme Gefühl schwand nicht. Während Vagdrusal einmal mehr die Stimme hob und der Sternstein wieder zu pulsieren begann, spähte er mit zusammengekniffenen Augen durch den peitschenden Regen, suchte die gesamte Felsplattform ab.

Nichts zu sehen.

Ungestört fuhr Vagdrusal fort, erreichte das Ende der Zeile. Der Sternstein pulsierte ein letztes Mal, dann senkte sich Dunkelheit über sie, dicht und schwer wie ein schwarzes Tuch.

»775«, flüsterte Myrtel neben ihm.

Fabian hörte, wie der Zauberer rasselnd Luft holte. Dann ertönte seine geschundene Stimme erneut. Helles, violettes Licht pulsierte über die Klippe hinweg.

Fabian zuckte zusammen – genau dort, wo die Klettersprossen auf die Plattform mündeten, lugte etwas Rundes über den Rand! Ein Kopf?

Das Leuchten verebbte.

Hektisch wickelte er sich aus der Decke und sprang auf. Sofort packten Windböen seine Kleidung, rissen an seinen Haaren, Regentropfen klatschten in sein Gesicht. Hinter ihm fuhr Vagdrusal fort, kehlige, unverständliche Worte zu artikulieren.

Bitte mach, dass ich mich getäuscht habe, schoss es Fabian durch den Kopf. *Mach, dass da nichts war – nicht jetzt, so dicht vor dem Ziel!*

Von Neuem sandte der Sternstein gleißendes Licht aus. Fabians Augen suchten den Rand der Klippe …

Nichts! Er atmete erleichtert auf und wandte sich wieder Vagdrusal zu, dessen Stimme zu einem grollenden Murmeln wurde und verstummte.

Dunkelheit.

»776«, vernahm er Myrtels Stimme ganz in der Nähe, atemlos vor Erwartung.

Nur noch eine Zeile – eine einzige Zeile –, und alles wäre ausgestanden. Ambigua wäre gerettet, ebenso die Erde, und Fabian würde endlich nach Hause zurückkehren können. Er musste an das Regenbogenhaus denken, an Orville Swelter, Hausmeister Bronstein, die alte Miss Waylandt – und an Conrad! Wie mochte es seinem besten Freund gehen?

Keuchend sammelte Vagdrusal Kraft für die eine, die letzte Zeile. Doch irgendetwas stimmte nicht – Fabian spürte deutlich, dass etwas nicht so war, wie es sein sollte. Es war die grässliche Steigerung jenes kribbelnden Unwohlseins, das er seinerzeit auf dem Hochplateau von Mnom-Ping verspürt hatte. Und das konnte nur eins bedeuten ...

Mit einem Seufzer, der aus den tiefsten Abgründen seiner Seele zu kommen schien, hob Vagdrusal ein allerletztes Mal die Stimme.

Das Leuchten des Sternsteins schwoll zu einem Strahlen von bisher ungekannter Intensität an.

Fabian drehte sich um, ließ den Blick quer über die Plattform schweifen.

Ein spitzer Schrei entfuhr ihm, als er die riesige, dunkle Gestalt erkannte, kaum drei Schritte entfernt. Es war ein fast zwei Meter großer Mann, um dessen Körper ein weiter, dunkelgrüner Umhang flatterte.

In seiner Hand blitzte ein nadelspitzer Degen!

Kapitel 29
Der Arm des dunklen Herrschers

Fabian taumelte zurück, tastete nach dem Dolch an seinem Gürtel. Selbst im Schlaf hätte er die Person wiedererkannt, die, umwirbelt von Tausenden violett glitzernder Regentropfen, vor ihm stand: Es war Graf Dumitru Vamskatt, der skrupellose Nekro, der in den Wülsten von Worsp die Gombats auf sie gehetzt, Fabian auf dem Plateau von Mnom-Ping verfolgt und in den Sümpfen von Ölü den hilfsbereiten Doktor DiNorbert ermordet hatte!

Panik stieg in Fabian auf. Doch ein Schwall heißer Wut spülte sie beiseite. So weit waren sie nun gekommen – es durfte nicht sein, dass Vamskatt in letzter Sekunde alles ruinierte!

Fabian schluckte seine Angst hinunter, zückte den Dolch und baute sich zwischen dem Graf und Vagdrusal auf, der nach wie vor an der Kante der Klippe stand, den Rücken ihnen zugewandt.

Doch der unheimliche Graf schien sich überhaupt nicht für den Magier oder den leuchtenden Stein in dessen Hand zu interessieren. Ohne Eile trat er auf Fabian zu, richtete die Spitze seines Degens mit tödlicher Präzision auf dessen Gesicht. Wind fuhr in seinen tropfnassen Umhang, bauschte ihn knallend wie eine Fahne und wehte Vamskatts Kapuze nach hinten.

Rote, vor Hass glühende Augen blitzten Fabian aus einem langgezogenen Gesicht entgegen. Auf Stirn und Wangen des Grafen prangten rätselhafte, runenartige Symbole, mit schwarzer Farbe aufgemalt, die jetzt im peitschenden Regen zu zerlaufen begann.

Ein böses, zufriedenes Grinsen lag auf den schmalen Lippen des Adligen.

»*Endlich!*« Vamskatts Stimme war kälter als Eis. »Diesmal wirst du nicht davonkommen, Volta, das schwöre ich!«

In diesem Augenblick ertönte dicht neben Fabian ein gellender Kampfschrei, und ein dunkler Schatten flog von der Seite heran. Kurz bevor das Pulsieren des Sternsteins wieder nachließ, erkannte er Myrtel, die, ihren Dolch in der Faust, versuchte, wie ein Karatekämpfer einen Tritt gegen die Brust des Fremden zu landen.

Es wurde dunkel, ein dumpfer Schlag ertönte.

Als der Stein von Neuem erstrahlte, lag Myrtel stöhnend mehrere Meter entfernt auf dem Boden. Der Graf fuhr seine grün behandschuhte Linke ein, mit der er ihren Angriff abgewehrt hatte, ohne auch nur für eine Sekunde den Blick von Fabian abzuwenden.

Hinter ihnen unterbrach Vagdrusal, irritiert von dem Tumult, die sonderbare Aneinanderreihung von Silben und drehte sich um. »Was bei allen Göttern ...?«, stieß er hervor. Er war so erschöpft, dass er nicht zu begreifen schien, was sich abspielte.

»So werden meine Bemühungen letztlich von Erfolg gekrönt«, grollte Vamskatt unbeeindruckt und hob mit furchtbarer Langsamkeit den Degen. Es war offensichtlich, wie sehr er sich an Fabians Furcht weidete. »Lange genug hat es gedauert, bis wir uns endlich gegenüberstehen, Volta ... Jetzt mach dich auf dein Ende gefasst!«

Fabian verspürte den Impuls wegzulaufen. Doch wohin? Hier, auf einer Plattform hundert Meter über dem tosenden Ozean, gab es nichts, wo er sich in Sicherheit bringen konnte! Bebend hob er den

Arm mit dem Dolch, in dem Wissen, dass er den bevorstehenden Todesstoß niemals würde abwehren können.

Das violette Licht schwand erneut. Das Letzte, was Fabian sah, war, wie Vamskatt ausholte ...

Er kniff die Augen zusammen.

Doch der erwartete Schmerz blieb aus. Stattdessen hörte Fabian plötzlich ein knöchernes, klapperndes Geräusch, das von irgendwo *unter* ihnen zu kommen schien. Es wurde rasch lauter. Was konnte das sein – hier, auf einer himmelhohen Felsnadel?

Das Klappern wurde noch lauter, schien jetzt direkt am Rand der Plattform ertönen, dann war ein lautes *Schnappen* zu hören, gefolgt von einem feuchten Blubbern und Platschen.

Vorsichtig öffnete Fabian ein Auge, nach wie vor überzeugt davon, jeden Moment die glänzende Spitze von Vamskatts Degen auf sich losfahren zu sehen.

Der Graf stand kaum einen Meter vor ihm, den Degen noch immer in der Rechten – aber er hatte sich nachhaltig verändert. Als das violette Leuchten wieder anschwoll, erhellte es einen absurden Anblick:

Dumitru Vamskatt hatte keinen Kopf mehr!

Unsicher, so als könnte er selbst nicht fassen, was mit ihm geschehen war, schwankte der Körper des Grafen hin und her. Dort, wo eben noch sein Schädel gesessen hatte, schoss eine Blutfontäne hoch in die Nacht.

Doch es war nicht dieser grässliche Anblick allein, der dafür sorgte, dass Fabian sein Entsetzensschrei in der Kehle stecken blieb.

Hinter dem geköpften Grafen, über der Kante des Plateaus, ragte ein riesiger schwarzer Umriss in den sternenübersäten Nachthimmel, breit und massig wie ein afrikanischer Elefant. Glitzernd brach sich das Licht des magischen Amuletts auf nassen, grellroten Panzerplatten, faustgroße Stielaugen blinzelten verwirrt in die Helligkeit. Fabian erkannte gewaltige Krebsscheren, eine davon besudelt mit dunklem Blut.

»Grundgütiger!« Er stolperte rückwärts, prallte gegen Vagdrusal, der sich aus seiner Starre gelöst hatte und taumelnd zu ihm herübergeeilt war.

Das urzeitliche Monstrum stieß ein Röhren aus und hievte seinen tonnenschweren Körper vollständig zu ihnen hinauf. Mit einem beiläufigen Zucken seiner Scheren beförderte es den zusammensackenden Leib des kopflosen Grafen über den Klippenrand, wo Sekunden früher bereits sein Kopf verschwunden war. Gepanzerte Beine krachten auf glitschigen Fels.

»Bei Bossut! Was *ist* das?«, kreischte Myrtel, die sich wieder vom Boden aufgerappelt hatte.

Mit schreckgeweiteten Augen umklammerte Vagdrusal seinen Stab. »Bei allen Göttern«, flüsterte er noch einmal. »So oft habe ich davon gehört, aber nie hätte ich gedacht ... Sempukkur, das Schoßtier Maledikts! Man nahm an, der dunkle Herrscher hätte seine Schöpfung ebenfalls in einen magischen Tiefschlaf versetzt – ein Trugschluss!« Mit dem Stab schob er Fabian und Myrtel hinter sich. Der Sternstein gleißte violett. »Dieses Monstrum war es, was uns seit Tagen verfolgt hat! Es soll seinem Herrn das Amulett bringen!«

Als hätte er Vagdrusals Worte verstanden, fuhr ein Ruck durch den tellerförmigen Körper des Riesenkrebses. Gierig schnappten seine Scheren auf und zu, während seine kugelförmigen Äuglein sich auf die Lichtquelle ausrichteten. Dann setzte sich die Bestie in Bewegung – auf Vagdrusal zu!

»Was jetzt?«, schrie Myrtel mit schwankender Stimme.

»Aus dem Weg«, befahl Vagdrusal und schob sie und Fabian

zum Rand der Felsplattform. »Ich muss versuchen, ihn mit einem Zauber …«

»Ihr könnt doch kaum aufrecht stehen!« Myrtel starrte den Magier ungläubig an. »Das Biest macht Hackfleisch aus Euch!«

Aber Vagdrusal stolperte bereits vorwärts. Wenige Schritte vor dem heranrasenden Giganten riss er seinen Stab in die Höhe und begann, knurrende Silben und Wörter hervorzustoßen.

Irritiert hielt das Monstrum inne.

Sekundenbruchteile später entzündete sich ein rötliches Leuchten an der Spitze von Vagdrusals Stab. Wie bei vorangegangenen Gelegenheiten war es kaum heller als eine Laterne und flackerte erbärmlich.

»Wir müssen ihm helfen!«, gellte Myrtels Stimme neben Fabians Ohr.

»Was sollen wir denn machen? Willst du Sempukkur mit deinem Dolch kitzeln?«

Das Leuchten über Vagdrusals Stab schwoll an. Mit jeder Silbe, die über seine Lippen kam, wuchs das Licht, bis es annähernd kopfgroß war. Er stieß einen verzweifelten Schrei aus, und ein Strahl gleißender Energie fuhr aus dem Gebilde und schlug zielstrebig in eines der beiden Stielaugen des Krebses ein. Es zerplatzte mit einem feuchten Ploppen, wie eine Melone, die man aus großer Höhe auf den Asphalt fallen lässt.

Ein ohrenbetäubendes Brüllen erschütterte die Nacht. In grenzenloser Wut droschen die riesigen Scheren des Krebses durch die Luft. Sie verfehlten Vagdrusal um Haaresbreite, allerdings nur, weil er nach dem Abfeuern des Blitzstrahls kraftlos auf dem Boden zusammengebrochen war. Das Licht seines Stabs war verloschen. Allein der Sternstein um seinen Hals pulsierte nach wie vor violett.

Das Monstrum orientierte sich neu, fixierte mit dem verbliebenen Auge das Amulett. Dann galoppierte es wie ein verwundeter Büffel vorwärts, die Scheren ausgestreckt.

Da huschte plötzlich eine Gestalt zwischen der Riesenkrabbe und dem zusammengesunkenen Magier hindurch – Myrtel! Im Rennen streckte sie einen Arm aus, packte zu. Etwas rutschte über Vagdrusals Kopf, die Fant hetzte weiter, und als sie ein gutes Stück entfernt zum Stehen kam, hielt sie das leuchtende Amulett in der Hand. Alles war so rasch gegangen, dass Fabian kaum Zeit zum Atmen gefunden hatte.

Was nun folgte, geschah allerdings noch schneller.

Denn Myrtel hatte die Behändigkeit des verwundeten Krebses unterschätzt. Wie ein Blitz zischte eine seiner Scheren herum, und bevor sie ausweichen konnte, schloss sich der Greifer um ihre Hüfte! Einen Wimpernschlag später hing sie drei Meter hoch in der Luft, schreiend vor Schmerzen. Das Monster brüllte triumphierend.

Fabian stand wie versteinert. Verzweifelt sah er auf den nutzlosen Dolch in seiner Hand hinunter. Was sollte er nur tun?

Bevor er einen klaren Gedanken fassen konnte, drang plötzlich ein gleichmäßiges Rauschen an seine Ohren. Es schien aus allen Richtungen zugleich zu kommen und schwoll rasch an. Schon übertönte es das Heulen des Windes, Myrtels gepeinigte Schreie und sogar Sempukkurs Gebrüll.

Es dauerte bange Augenblicke, bis Fabian begriff, das es gar kein Rauschen war, sondern das rasend schnelle Tappen Tausender kleiner Pfoten auf nassem Fels!

Im selben Moment schwappte eine graue Woge über den Rand der Klippe. Hunderte geschmeidiger, pelziger Körper ergossen sich auf das Plateau und über den riesigen Krebs. Fabian blinzelte ungläubig, als er die vierbeinigen Geschöpfe mit ihren langen, rosigen Schwänzen erkannte – es mussten Mäuslinge sein! Und an ihrer

Spitze huschte eine einzelne Gestalt mit einer schwarzen Augenklappe dahin. Fabian wischte sich Regentropfen aus den Augen und sah noch einmal hin.

Kein Zweifel: Es war Poch!

Da schlug die Woge aus Körpern über dem riesigen Schalentier zusammen, das in seiner Überraschung wild die Scheren aufriss. Kreischend stürzte Myrtel aus über drei Metern Höhe zu Boden – und landete auf einem dichten Teppich aus wuselnden Leibern, der ihren Fall abfederten wie ein Haufen Daunenkissen.

Immer mehr Mäuslinge strömten auf die Plattform, scheinbar ohne Mühe wetzten sie die senkrechten Wände der Felsklippe empor. Unter Pochs Leitung, der wie ein General Befehle fiepte, stürzten sie sich auf Sempukkur.

Der Riesenkrebs, übersät von Trauben zappelnder Körper, stieß ein wütendes Schnauben aus. Schwankend richtete er sich auf sein hinteres Beinpaar auf, um die wimmelnde Last abzuschütteln. Wie Sensen pflügten seine Scheren durch die Massen der Mäuslinge, zerteilten graue Leiber, als handele es sich um Strohpuppen. Doch der schieren Zahl ihrer Angreifer konnte die Krabbe nichts entgegensetzen. Mindestens die Hälfte von Pochs Stamm schien zur Klippe von Mogonthûr gekommen zu sein, Hunderte von Mäuslingen klebten am Panzer des Untiers fest wie Fliegen an einem Fliegenfänger.

Und plötzlich geschah es: Unter der zusätzlichen Last, die mindestens seinem Eigengewicht entsprach, knickte eines von Sempukkurs dünnen Beinchen ein. Die haushohe Silhouette taumelte, schwankte …

… und kippte mit einem grunzenden Laut rückwärts über die Kante der Klippe!

Wie ein Sprühregen stoben Mäuslinge nach allen Seiten davon, um nicht mit dem Monstrum in die Tiefe gerissen zu werden. Für Sekunden war nichts zu hören außer dem Wüten des Windes.

Dann ertönte weit, weit unter ihnen ein berstendes Krachen. Sempukkur war auf die spitzen Felszacken gestürzt, die am Fuß der Klippe die Gewalt der Ozeanwellen brachen.

Nun brachen sie den Panzer von Maledikts Schoßtier.

Nach dem urzeitlichen Getöse schmerzte die plötzliche Ruhe regelrecht in den Ohren. Der Regen hatte nachgelassen, und auch der Wind legte eine Pause ein. Leise piepsend scharten sich die Mäuslinge um ihren Anführer mit der Augenklappe, während andere sich um die Verletzten kümmerten. Längst nicht alle, die beim Angriff mitgewirkt hatten, fanden auf der kleinen Plattform Platz; der Großteil klammerte sich ringsherum an den steilen Flanken der Klippe fest.

So schnell er konnte, bahnte sich Fabian einen Weg durch das Gewimmel zu Myrtel hinüber. Ihre Kleidung schien schwer und nass am Körper zu kleben – getränkt von Blut?

Es dauerte bange Sekunden, bis er sich durch die Reihen der Nager zu ihr vorgearbeitet hatte. Dann erkannte er erleichtert, dass es nur die Regennässe war, die ihre Kleidung dunkel färbte. Die Fant arbeitete sich sogar schon wieder auf die Füße. Sie schien nicht ernstlich verletzt zu sein!

Noch ein wenig verwirrt humpelte sie zu Vagdrusal hinüber und gab ihm den Sternstein zurück. Gestützt auf die Schultern mehrerer hilfreicher Mäuslinge machte sich der Magier damit auf den Weg zum seewärts gelegenen Rand der Plattform.

Fabian erreichte Myrtel und sank kraftlos neben ihr zu Boden. Sie sah ihn an, dann tat sie etwas, womit er im Leben nicht gerechnet hätte: Sie ging auf die Knie und schloss ihn schluchzend in die Arme.

Eine weiche Pfote tippte Fabian von hinten auf die Schulter. Er drehte den Kopf und blickte in ein spitzes graues Nagergesicht mit einer schwarzen Augenklappe. Fabian war so froh, Poch wiederzusehen – lebendig und offenbar bester Dinge –, dass er nicht wusste, was er sagen sollte. Kurzerhand legte er einen Arm um den Mäusling, und sekundenlang hielten sich alle drei ganz fest umklammert.

Da drangen auf einmal kehlige Silben vom Rand des Plateaus zu ihnen herüber. Im fast verebbten Nieselregen stand Vagdrusal, wankend wie ein sturmgebeutelter Baum, und reckte mit zitternden Armen von Neuem Stab und Sternstein in die Höhe.

Fabian schüttelte ungläubig den Kopf. »Das klappt doch nie! Er kann das Ritual doch nicht einfach da fortsetzen, wo er vorhin …«

Er kam nie dazu, den Satz zu beenden.

Gleißendes, alles verzehrendes Licht schoss aus Vagdrusals Faust, die den Sternstein hielt. Für einen kurzen Moment war der Himmel über der Felsnadel so grell erleuchtet, als sei eine violette Sonne über dem Meer aufgegangen. Ein dumpfes Geräusch rollte aus allen Himmelsrichtungen heran, so tief, dass man es mehr spüren als hören konnte. Es steigerte sich zu einem dröhnenden Donnergrollen, wurde immer lauter, bis es schließlich in einem ohrenbetäubenden Kanonenschlag detonierte.

Ein Ruck schien durch das Firmament über ihren Köpfen zu gehen, das für Augenblicke taghell erstrahlte.

Und dann war es vorüber.

Der Sternstein verlosch, Finsternis senkte sich über die Klippe von Mogonthûr. Das Heer der Mäuslinge, welches das Schauspiel staunend verfolgt hatte, begann begeistert zu fiepen und mit feuchten Pfoten zu applaudieren. Vagdrusal sackte bewusstlos in sich zusammen, und sogleich huschten mehrere kleine Gestalten an seine

Seite und bewahrten ihn davor, über den Rand der Klippe in die Tiefe zu stürzen.

Unbeachtet von der jubelnden Menge, ein wenig abseits des Geschehens, wühlte sich etwas Grün-Graues zappelnd aus einem von zwei Rucksäcken, die vergessen auf dem nassen Fels lagen. Verdattert blinzelten drei blaue Augen in die Nacht.

»Ich saublöder Trottel«, fluchte Xolpph. »Sagt mir bitte, dass ich nicht das ganze Spektakel verpennt habe!«

Die einzige Antwort, die er erhielt, war erleichtertes Gelächter.

Kapitel 30
Zurück

Natürlich brannten Fabian und Myrtel darauf zu erfahren, woher Poch und seine Freunde in letzter Sekunde gekommen waren – und wieso er überhaupt noch lebte. Doch bevor der Mäusling Bericht erstatten konnte, mussten sie sich um eine andere ernste Angelegenheit kümmern: Vagdrusal war in eine todesähnliche Starre gefallen, aus der er sich nicht erwecken ließ. Es stand zu befürchten, dass er ohne rasche medizinische Hilfe nicht mehr lange leben würde! Sofort befahl Poch einem Großteil seiner Leute, sich mitsamt dem Magier und den anderen Verletzten im Eiltempo auf den Rückweg zum Märzgebirge zu begeben. Dort sollte Vagdrusal umgehend der Obhut von König Binns' Heilern übergeben werden.

Gemeinsam mit einem knappen Dutzend verbleibender Mäuslinge machten sich Poch, Fabian, Myrtel und Xolpph anschließend ebenfalls an den Abstieg von der Felsnadel. Auch wenn Wind und Sturm sich gelegt hatten, verspürte keiner von ihnen das Verlangen, auch nur eine Sekunde länger auf der Plattform zu verweilen als notwendig.

Am Fuß der Klippe wurde ein provisorisches Nachtlager errichtet. Die Mäuslinge entzündeten ein Lagerfeuer, und als alle um die züngelnden Flammen saßen und sich wärmten, kamen Fabian und

Myrtel endlich dazu, Poch die Fragen zu stellen, die ihnen seit dem unerwarteten Auftauchen der Mäuslinge im Kopf herumgingen.

»Nun erzähl schon«, begann Fabian ungeduldig. »Wo kommt ihr her?«

»Und vor allen Dingen: Wo kommst *du* her?«, fügte Myrtel hinzu. »Wir dachten, du wärst tot! Der Tunnel, in den du die Slogotten gelockt hattest, war eine Sackgasse, davon konnte ich mich selbst überzeugen! Wie hast du ...?«

Das fiepsige Kichern des Mäuslings unterbrach sie. »Slogotten eben doch nicht so klug, wie immer wird behauptet«, erklärte er und winkte lässig mit einer Pfote ab. »Tunnel tatsächlich Sackgasse war, sehr eng am Ende und dann aufhörte. Poch tief hineinkletterte, dann nach oben, dicht unter die Decke, und sich ganz klein machte.«

»Und dort sollen die Slogotten dich nicht gefunden haben?« Myrtels Stimme klang skeptisch. »Aber sie hatten doch gesehen, dass du in den Gang gelaufen warst. Sie *wussten*, dass du nirgendwohin geflohen sein konntest!«

»Vielleicht auch nicht ...« Poch grinste breit, und der Schein des Feuers brach sich auf seinen großen Nagezähnen. »Stück vor Ende des Tunnels verschütteter Abzweig auf rechter Seite lag. Du dich erinnerst?«

Myrtel runzelte die Stirn. »Kann sein ... Ja, jetzt, wo du's sagst: In der rechten Wand des Stollens gab es eine mit Schutt gefüllte Öffnung, als sei da mal eine Abzweigung gewesen.« Sie schüttelte den Kopf. »Aber die war völlig verstopft, kein Durchkommen möglich!«

Poch nickte bekräftigend. »Aber als Poch rannte vorbei, er Steine aus verstopftem Zugang in Mitte des Stollens kickte. Dann ans Ende, in Sackgasse eilte und sich versteckte.«

Fabian dämmerte, was weiter passiert war. »Die Slogotten sahen das lose Geröll und dachten, du hättest dir einen Fluchtweg in den verschütteten Seitentunnel gegraben?«

Poch kicherte erneut. »Versuchten, verschütteten Tunnel freizuwühlen, buddelten im Dreck, endlos, mindestens einen Tag und eine Nacht! Pfiffen wütend, trippelten, grunzten. Kein Einziger sich mehr für enges Ende von Sackgasse interessierte – oder für Decke von engem Ende von Sackgasse, wo Poch die ganze Zeit über hing!«

»Du hast abgewartet, bis sie aufgaben und abzogen?«, hakte Myrtel nach. »Dann bist du zurückgegangen und uns durch den linken der vier Tunnel nach oben gefolgt.«

»Poch leider nicht wusste, welcher Tunnel führte in Freiheit«, gab der Mäusling kleinlaut zu. »Zuerst falschen nahm und kam in Labyrinth aus dunklen Gängen. Tagelang herumirrte, immer in Angst, dass Slogotten seine Spur aufspüren könnten ... Schließlich Poch Tunnel fand, den ihr genommen. Gerade rechtzeitig oben ankam, bevor künstlicher Fels hart, mit der König Binns inzwischen hatte versiegeln lassen Riss im Gestein. Großes Hallo, als Poch zurückkehrte!«

»Das kann ich mir vorstellen.« Fabian gähnte ausgiebig und reckte seine Glieder, die nach dem beschwerlichen Abstieg von der Felsnadel schmerzten, als hätte er tagelang Gewichte gestemmt. »Aber wie kommst du hierher, zur Klippe von Mogonthür? Zusammen mit all den anderen?«

»Nur einen Tag nach Pochs Rückkehr«, hob der Mäusling von Neuem an, »Poch und seine Späherfreunde beobachteten riesiges Tier, das stapfte durch Märzgebirge. Gepanzertes Tier, groß wie Haus! Kaum aus Gebirge heraus, es nach Westen ging – gleiche Richtung, die auch ihr genommen!«

»Und das habt ihr König Binns berichtet?«, wollte Fabian wissen.

Poch nickte wild. »Königliche Priester sich sofort erinnerten an

Krebsdämon aus alten Schriften. König Binns an das dachte, was ihr ihm erzählt über Mission, Sternstein und bösen Maledikt. Er ahnte, dass Krebstier auf eurer Spur, und wusste, wie wichtig Erneuerung von Siegelzauber auch für Volk der Mäuslinge. Deshalb er sofort große Truppe aus kräftigen Mäuslingen zusammenrief. Tja ... und Poch sich meldete, sie nach Westen zu führen, um Seelenbruder zu helfen.« Er legte Fabian eine Pfote auf die Schulter und grinste stolz. »Rest Geschichte ist!«

Am folgenden Morgen, nach ein paar Stunden bitter benötigten Schlafs, brachen sie auf. Während des mehrtägigen Rückwegs nach Osten stellten die Freunde erstaunt fest, dass überall in Megatherien eine ausgelassene, volksfestartige Stimmung herrschte. In jedem noch so winzigen Dorf wurde getrunken, gesungen und gelacht, fast überall bekamen sie umsonst Nahrung und Unterkunft. Wie sich herausstellte, war der titanische Ruck, der die erfolgreiche Erneuerung des magischen Rituals markiert hatte, in ganz Ambigua zu spüren gewesen. Jedem war klar, dass das lang erwartete Datum erreicht, der Große Siegelzauber erfolgreich verlängert war. Seither wurde landauf, landab gefeiert.

Als sie das Märzgebirge erreichten, hatten die Heiler der Mäuslinge sich bereits mit ihrer ganzen Kunstfertigkeit an Vagdrusal zu schaffen gemacht. Der Magier war wieder ansprechbar und befand sich auf dem Wege der Genesung. Es sollte allerdings noch über eine Woche dauern, bis er reisefähig war.

Doch auch Myrtel, Fabian und Xolpph taten einige Tage Ruhe gut. Sie verbrachten den Großteil der Zeit damit, zu essen, zu schlafen und sich ganz langsam mit dem Gedanken anzufreunden, dass die unaussprechliche Gefahr, die so lange wie eine schwarze Wolke über ihnen geschwebt hatte, ausgestanden war.

Sobald Vagdrusal kräftig genug war, verabschiedeten sie sich von den Mäuslingen, nicht ohne König Binns im Namen von ganz Ambigua (sowie der Bevölkerung der Erde, vertreten durch Fabian) für seine Hilfe zu danken. Die Mäuslinge hatten die vergangenen Tage genutzt und von einigen Hirten, die am südlichen Ende des Gebirges wohnten, drei Holger ausgeborgt. Auf dem Rücken der Tiere ritten Fabian, Myrtel und Xolpph unter Vagdrusals Führung in nordöstliche Richtung los.

Nach wenigen Tagen stießen sie auf einen breiten, träge dahinfließenden Fluss, den Vagdrusal als den Moroni identifizierte. Sie folgten ihm, bis eines Nachmittags schließlich im roten Licht der tief stehenden Sonne ein vertrauter Anblick vor ihnen auftauchte: In einer von wogendem Gras bewachsenen Senke kauerte, groß und rund wie ein gigantisches Wagenrad, Pantrami.

Obwohl das große Datum nun schon über eine Woche zurücklag, herrschte in der Hauptstadt Salamiras nach wie vor pure Euphorie: Es schien, als habe man sich entschlossen, Weihnachten, Neujahr und sämtliche anderen Festtage gleichzeitig zu feiern. Die Straßen waren verstopft mit Menschen und Fanten, auf den Plätzen präsentierten Gaukler, Artisten und Musikanten ihre Kunst. Der Duft nach gegrilltem Fleisch, süßem Honigkonfekt und heißem Colco war allgegenwärtig.

Fabian merkte, wie die gute Laune der Menschen auf ihn abfärbte. Er fühlte sich so gut wie seit Wochen nicht mehr. Noch mehr freute es ihn allerdings zu sehen, wie glücklich Myrtel war, wieder nach Hause zu kommen: Alle paar Schritte wurde sie aus der Menge von jemandem gegrüßt, Freunde und Bekannte ohne Zahl hießen die verschollene Fant überschwänglich willkommen.

Xolpph, der sich nur zu gern als Held hätte feiern lassen, bedauerte zutiefst, dass niemand wusste, wer sie waren und welche Rolle sie bei der Erneuerung des Großen Siegelzaubers gespielt hatten. Fabian war dagegen eher froh darüber – er ahnte, dass sie andernfalls in den folgenden Tagen und Wochen kaum eine ruhige Minute gehabt hätten.

Es dauerte über eine Stunde, bis sie sich endlich zum MEAM durchgekämpft hatten. Meister Amoebius empfing sie fröhlich glucksend in einem großen Besprechungssaal im obersten Stockwerk, wo ein gewaltiges Buffet aufgebaut worden war. Der Qualler hatte auf Wegen, zu denen er sich nicht weiter äußern wollte, ihre Rückreise verfolgt und für den Zeitpunkt ihrer Ankunft eine kleine Festlichkeit anberaumt – wobei »klein« eine gelinde Untertreibung war: Eine meterlange Tafel bog sich unter der Last unzähliger erlesener Köstlichkeiten, es gab Geröstetes, Gebratenes, Gesottenes und Gekochtes, Gedünstetes und Rohes, alles in Mengen, dass man eine Kohorte damit hätte verpflegen können.

Außer Meister Amoebius waren diverse Mitglieder des Rats der Weisen anwesend, überwiegend Qualler sowie ältere Männer mit rauschenden Bärten und kunstvoll gewickelten Turbanen. Jeder Einzelne sprach Fabian, Myrtel und auch Xolpph – was dessen Laune beträchtlich hob – seinen ehrlichen, tief empfundenen Dank aus. (Wie Fabian später erfuhr, war auch Minister Pimf zur Feier geladen worden, hatte jedoch unter Verweis auf dringende Termine abgesagt. Niemand, der ihn kannte, war übermäßig traurig darüber.)

Und noch jemand war gekommen, mit dem weder Fabian noch Myrtel gerechnet hatten, über dessen Anwesenheit sie sich aber umso mehr freuten. Nachdem sämtliche Dankesworte gesprochen waren und jeder sich den Bauch bis zum Platzen vollgestopft hatte, trat aus dem Hintergrund eine kleine Gestalt in der dunklen Mönchskutte der Hippopathen auf sie zu, in einer Hand einen Teller mit leergepulten Brötchenrinden.

Es war Bruder Fritsje.

Der kleine Mönch berichtete, dass er nach seiner Rückkehr ins Kloster von Mnom-Ping von Pater Euseruphius nach Pantrami geschickt worden war, um Meister Amoebius persönlich von der Reise durch die Sümpfe zu berichten. In der Hoffnung auf das Gelingen der Mission hatte er anschließend die verbleibenden Tage bis zum Auslaufen des Großen Siegelzaubers in der Stadt verbracht.

Irgendwann, der Abend war bereits weit vorangeschritten, begann sich der Festsaal zu leeren. Die überwiegend steinalten Ratsmitglieder verabschiedeten sich nach und nach, bis endlich nur noch Fabian, Myrtel und Xolpph, Vagdrusal, Meister Amoebius und Bruder Fritsje in trauter Runde beisammensaßen.

Hut ab, meine lieben Freunde, hob Meister Amoebius seine Gedankenstimme und lüpfte zur Bekräftigung mit einem tropfenden Tentakel seinen Doktorhut. *Obwohl sich euch mehr Hindernisse und Gefahren entgegengestellt haben, als ich in meinen finstersten Albträumen befürchtete, habt ihr eure Mission zu einem glücklichen Ende geführt. Nicht nur habt ihr dafür gesorgt, dass die gefährlichen Verbindungswege zwischen Shurakk und der Erde für weitere 777 Jahre versiegelt bleiben, nein: Ganz nebenbei habt ihr auch noch einen unschuldigen Magier aus einer schrecklichen Zwangslage gerettet.* Er drehte das, was sein Gesicht zu sein schien, in Vagdrusals Richtung. Der Magier neigte dankbar vor Fabian und Myrtel sein Haupt.

Und zu guter Letzt konnte unsere Welt durch euch von einem fleischgewordenen Nachtmahr befreit werden – von Sempukkur, dem fürchterlichen Schoßtier Malcdikts des Finsteren!

Als die Rede auf den Riesenkrebs kam, runzelte Fabian die Stirn. »Seltsam ... ich glaube, ich habe schon im Kloster der Hippopathen von diesem Monstrum geträumt – lange, bevor wir ihm überhaupt begegneten.«

Das ist mit Verlaub seltsam, bestätigte Meister Amoebius und schien Fabian eine ganze Weile nachdenklich anzusehen.

Als der Qualler nichts mehr hinzufügte, sprach Fabian weiter: »Der dunkle Herrscher hatte seine Krabbe also auf uns angesetzt, um den Sternstein zu rauben und ins Land Shurakk zu bringen?«

Das scheint sicher. Maledikt muss in den Tiefen seines Schlafs zu weitaus mehr fähig sein, als wir dachten. Der Rat geht davon aus, dass die Krebskreatur euch bereits seit den Sümpfen von Ölü auf den Fersen war. Ab dem Forst von Rubyk dürfte sie nie mehr als eine Tagesreise hinter euch gewesen sein.

»Ekelhafte Vorstellung«, murmelte Myrtel.

»Es hatte auch unbestreitbare Vorteile für uns«, ließ sich Vagdrusal zum ersten Mal an diesem Abend vernehmen. Dank der Heilkräfte der Mäuslinge war seiner Stimme nichts mehr von den Entbehrungen des Rituals anzumerken. »Denn nun wissen wir, weshalb wir den Forst von Rubyk unbehelligt von seinen zahlreichen aggressiven Bewohnern durchqueren konnten.«

»Ihr meint, all die blutrünstigen Pflanzenwesen waren so damit beschäftigt, einen *viel größeren* Eindringling zu attackieren, dass sie uns nicht weiter beachtet haben?« Myrtel starrte den Nekro mit offenem Mund an.

»Der Lärm, den wir zwei Nächte lang aus der Ferne hören konnten, legt das nahe«, bestätigte Vagdrusal. »Ein Wald wie der Rubyk ist wie ein großer, denkender Organismus. Als wir in ihn eindrangen, nahmen seine Bewohner diese Störung auf verschiedene Weise wahr, und sicher hätte es nicht lange gedauert, bis sich uns der eine oder andere von ihnen gezeigt hätte. Dicht nach uns betrat jedoch ein weitaus größerer Eindringling den Forst – Sempukkur –, und er betrat ihn nicht auf der Straße, sondern walzte einfach querfeldein durch das Dickicht. Er muss unglaubliche Verwüstungen angerichtet haben, und selbstverständlich ließen die Kreaturen des Rubyk dies nicht einfach geschehen. Leider gelang es ihnen nicht, die Bestie zu töten. Sonst wäre es auf der Klippe von Mogonthûr vermutlich etwas glimpflicher abgegangen ...«

»Immerhin hat der Krebs Graf Vamskatt erledigt«, gab Myrtel zu bedenken. »Und das genau im richtigen Augenblick!«

»Aber was hatte der denn nun mit der ganzen Sache zu tun?«, sprach Fabian die Frage aus, die ihm seit ihrer Abreise aus Megatherien immer wieder durch den Kopf ging. »Warum hat er uns verfolgt? Oder besser: *mich?* Hinter dem Sternstein war er ganz sicher nicht her – nicht nach dem, was er auf der Klippe zu mir gesagt hat!«

Warum hätte Maledikt auch unabhängig voneinander zwei seiner Diener auf die Jagd nach dem Amulett schicken sollen? Und dann einen von beiden kurz vor dem Ziel durch den anderen abschlachten lassen? Meister Amoebius schüttelte seine obere Hälfte. *Nein. Der Rat ist der Ansicht, dass Dumitru Vamskatt nicht auf Befehl des dunklen Herrschers gehandelt hat. Auch war der Sternstein von Mogonthûr zu keinem Zeitpunkt sein Ziel.*

»Aber was wollte er dann von mir? Warum war er so versessen darauf, mich umzubringen?« Bei der Erinnerung an die hasserfüllten Augen des Grafen lief Fabian selbst hier, im Kreis seiner Freunde, eine Gänsehaut über den Rücken. »Er schien mich zu kennen und aus einem bestimmten Grund furchtbar wütend auf mich zu sein!«

Es ist mir etwas unangenehm, das zugeben zu müssen, entgegnete der Qualler gedämpft, *aber das wissen auch wir nicht. Zumindest im Augenblick.*

»Was immer seine Absicht war, Vamskatt ist auf der Klippe von Mogonthûr unbeabsichtigt zwischen die Fronten geraten«, warf Vagdrusal ein. »Genauer: zwischen eine rasende Krabbe und ihre

Beute. Das musste er mit dem Leben bezahlen.« Er griff unter sein Gewand und holte den Sternstein hervor, der seit seinem letzten Einsatz nur noch schwach vor sich hinglühte, so wie damals, als Fabian ihn im Tresor in der Sektorstraße gefunden hatte.

Der Magier zog die Kette über seinen Kopf und reichte das Amulett Meister Amoebius, der es in den Tiefen seines gallertartigen Körpers verschwinden ließ. *Bis der Große Siegelzauber in 777 Jahren erneut aufgefrischt werden muss, gilt es, ein sicheres Versteck für den Stein zu finden,* verkündete er. *Eine Aufgabe, der sich der Rat der Weisen gleich morgen annehmen wird …*

»Apropos ›gleich morgen‹«, hob Fabian an. »Ich, also … denkt Ihr, ich könnte jetzt bald heim? Ich meine, ich bin schon endlos lange von zu Hause fort. Bestimmt vermisst man mich, und …«

Mach dir keine Sorgen. Meister Amoebius hob einen grünschleimigen Arm zu einer beschwichtigenden Geste. *In deiner Heimat sind seit deiner Abreise nur wenige Tage vergangen. Man wird es dir vielleicht ein wenig übel nehmen, dass du einfach ausgebüxt bist. Aber ich bin sicher, niemand wird ernstlich böse sein.*

»Ich meinte auch weniger das Heim.« Bedrückt blickte Fabian zu Boden. »Ich mache mir Sorgen um Conrad. Es ging ihm so schlecht, als ich ihn verließ.« Voller Hoffnung sah er zu dem Qualler auf. »Wisst Ihr zufällig, wie es ihm geht? Ist … ist er noch am Leben?« Fabians Finger krampften sich bei dem Gedanken, sein bester Freund könnte in der Zwischenzeit gestorben sein, nervös zusammen. »Ich meine, er ist doch auch Euer Freund! Habt Ihr in der Zwischenzeit nicht etwas von ihm gehört?«

Hab keine Angst, erwiderte der Qualler schlicht. *Viele Dinge, die in Ambigua geschehen, finden eine Entsprechung auf der Erde.* Seine Gedankenstimme klang, als würde er schmunzeln. *Und große Lösungen sind oftmals im Kleinen zu suchen.*

»Du liebe Güte«, stöhnte Myrtel. »Jetzt redet Ihr fast so schwammig daher wie das Orakel von Mnom-Ping!«

Und wenn? Auch beim Spruch des Orakels ist euch an der rechten Stelle bewusst geworden, was seine Worte zu bedeuten hatten, nicht wahr?

»Ich möchte auf jeden Fall so schnell wie möglich zurück zur Erde«, verkündete Fabian fest. »Morgen früh! Nichts kann mich davon abhalten.«

»Das will auch niemand«, sagte Myrtel ruhig und hob ihren Becher, um ihm zuzuprosten. »Auf uns und den Großen Siegelzauber!« Das Lächeln unter ihrem aufgerollten Rüssel verbreiterte sich zu einem Grinsen, als sie hinzufügte: »Das war ordentliche Arbeit, Fabian von der Erde. Bei Bossut!«

Verwirrt hob Fabian seinen Becher. Er wusste nicht, was er sagen sollte. So oft hatte ihn die Fant im Verlauf ihres Abenteuers spüren lassen, dass sie ihn nicht für sonderlich helle hielt, dass er hierzulande von nichts eine Ahnung hatte – und nun das.

»Danke«, brachte er schließlich hervor. »Du, äh ... warst auch klasse.« Er brach verlegen ab und war dankbar, als sie ihren Becher laut gegen seinen krachen ließ. Als er sie ansah, kam es ihm vor, als hätte sich ihr rosa Gesicht einen Hauch dunkler verfärbt.

Da schoss ein dritter Becher von der Seite heran und stieß ebenfalls mit ihnen an. Der Henkel wurde umklammert von einem graugrünen, schlangenartigen Auswuchs.

»Prosit!«, krähte Xolpph, dessen Stimme nach dem Genuss von beachtlichen Mengen Kräuterbier merklich leierte. »Ihr wart ein s-starkes Team, Leute. Ohne euch hätte ich diese ganze saublöde S-Sternsteinsache nie zu einem glücklichen A-Abschluss bringen können!« Er hob seinen Becher, trank ihn in einem Zug aus und kippte rückwärts von der Tischkante. Laut schnarchend blieb er auf dem Boden liegen.

Vagdrusal legte Fabian lächelnd eine Hand auf die Schulter. »Unser Dank wird dich stets begleiten, Fabian von der Erde. Und vergiss nie: Du bist hier immer willkommen!«

Kapitel 31
… und ganz zurück

Früh am Morgen wurde Fabian von einem kleinen Abschiedskomitee, bestehend aus Meister Amoebius, Myrtel und Xolpph, über die Wiese zu der alten Steinkate vor den Toren der Stadt gebracht. Nahezu den ganzen Weg über beklagte sich Xolpph über die bestialischen Kopfschmerzen, die ihn rätselhafterweise seit dem Aufwachen plagten, und mehrfach hob er hervor, wie heroisch es sei, dass er sich trotzdem entschlossen hatte mitzukommen.

Als die steinerne Hütte vor ihm auftauchte, schlug Fabians Herz bis zum Hals. Mit zitternden Fingern öffnete er das Fenster. Auf der anderen Seite kam der vertraute Innenraum von Conrads Schreinerei zum Vorschein.

Wie lange hatte er sich nach diesen Anblick gesehnt, wie oft gefürchtet, ihn nie wiederzusehen?

Beim Abschied fielen nicht mehr viele Worte. Alles wichtige war bereits gesagt worden. Fabian schüttelte einen von Meister Amoebius' Tentakeln. Dann reichte ihm Xolpph stöhnend einen seiner Auswüchse, wobei er brabbelte, Fabian sei der angenehmste Gefangene gewesen, den er im Auftrag des MEAM je gefesselt habe.

Als Fabian vor Myrtel stand, zögerte er. Sollte er die Fant zum Abschied umarmen? Doch sie nahm ihm die Entscheidung ab, indem sie ihm rasch eine rosa Hand hinstreckte. Während er sie schüttelte und ihr Lebewohl sagte, hatte Fabian kurz den Eindruck, einen Anflug von Traurigkeit in ihren Augen zu sehen. Verwirrt wandte er sich ab und kletterte auf die Unterkante des Fensterrahmens. Ein letztes Mal drehte er sich um, winkte.

Dann ließ er sich nach hinten fallen.

Ein wohlvertrautes Kribbeln erfasste seinen Körper, Tausende von Ameisenbeinchen schienen über seine Haut zu krabbeln, und ein durchdringender Zimtgeruch stieg in seine Nase. *Wenn man sich erst mal dran gewöhnt hat, ist es gar nicht so unangenehm*, dachte Fabian. Dann wurde es dunkel um ihn herum.

Als das Licht zurückkehrte, fand er sich auf dem Boden der Schreinerei wieder, am Fuß der rückwärtigen Wand, die bis zur Decke mit Fensterrahmen geschmückt war. Seine Augen suchten die magische Pforte mit dem phantastischen Schnitzwerk, um einen letzten Blick zurück nach Ambigua zu werfen.

Doch natürlich war jenseits des Fensters nichts mehr zu sehen außer altmodisch geblümtem Tapetenmuster. Es würde Stunden dauern, bis man zwischen den verzierten Holzbalken wieder wogende Wiesen und einen blutroten Himmel erblicken würde. Behutsam schloss Fabian die Flügel des Rahmens, ließ den silbernen Riegel zuschnappen und drehte sich um.

Die Schreinerei sah genau so aus, wie er sie in Erinnerung hatte: die Werkbank, die unzähligen unfertigen Werkstücke an den Wänden, der Lehnstuhl mit den Vogelklauenlehnen, der Eisenofen ... Fabian atmete ein und roch Sägespäne und Früchtetee. Die Empfindung war so intensiv, dass ihm beinahe die Tränen kamen.

Er war zurück!

»Sieh an: Du bist zurück!«

Fabian fuhr zusammen. Diese Stimme, warm, tief und freundlich – und doch vollkommen unmöglich! Es *konnte* nicht Conrad sein, der musste nach wie vor im Krankenhaus liegen, schwerkrank, wie er gewesen war!

Fabian drehte suchend den Kopf.

In der Tür zum Flur stand eine gedrungene Gestalt mit silbergrauem Haarschopf. In einer Hand hielt sie eine dampfende Kanne, in der anderen eine Tasse.

»Du kommst genau richtig, mein Junge. Gerade hab ich frischen Tee gemacht.«

»Conrad!« Mit ungläubig aufgerissenen Augen stürzte Fabian auf den Schreiner zu und schloss ihn so stürmisch in die Arme, dass Conrad Mühe hatte, die Teekanne gerade zu halten.

»Vorsicht, Vorsicht! Auch wenn ich wieder aussehe wie das blühende Leben, bin ich doch immer noch ein gebrechlicher, alter Mann!«, lachte er.

Es dauerte fast eine ganze Minute, bis Fabian ihn wieder losließ. Verwundert starrte er seinen Freund an. Der Scherz mit dem blühenden Leben traf absolut zu: Conrads Gesicht war von einer gesunden Farbe, seine Wangen rund und fest wie früher. Die stahlgrauen Augen hinter den winzigen runden Brillengläsern blitzten amüsiert, nichts erinnerte an das durchscheinende, kraftlose Gespenst aus dem düsteren Krankenzimmer.

»Wieso bist du wieder zu Hause?«, sprudelte es aus Fabian hervor. »Als ich dich zum letzten Mal sah, schienst du dem Tod nahe! Wie ist das möglich?« Wieder umarmte er seinen Freund, diesmal allerdings mehr, um sich zu vergewissern, dass Conrad auch wirklich leibhaftig vor ihm stand.

»Nun, es war schon alles ein bisschen seltsam«, gab Conrad zu und befreite sich lächelnd. Er goss Tee in die Tasse und reichte sie Fabian, dann schlurfte er zum Ofen und platzierte die Kanne darauf.

Als er zurückkam, war sein Gesichtsausdruck ernst. »Nachdem du das Krankenhaus verlassen hattest, ging es mir tatsächlich sehr schlecht. Mein Kreislauf drohte zusammenzubrechen, und die Schmerzen in meiner Brust waren so grauenhaft, dass ich sie meinem schlimmsten Feind nicht wünschen würde. Die Ärzte versuchten mit Medikamenten, mir zu helfen, aber keines zeigte die erhoffte Wirkung. Als sich am Abend noch keine Besserung einstellte, teilte mir der Oberarzt mit, nur eine Operation könne dafür sorgen, dass ich den nächsten Tag noch erlebte – mit sehr viel Glück!«

Fabian, der einen Schluck Tee hatte nehmen wollen, ließ die Tasse unverrichteter Dinge wieder sinken. »Aber wie kannst du jetzt gesund und munter hier stehen, nach so einer gefährlichen ...«

»Das ist es ja«, entgegnete Conrad und grinste breit. »Sie *haben* mich nicht operiert! Kaum eine Stunde später, während ich mir noch verzweifelt einzureden versuchte, dass ich den Eingriff gewiss überstehen würde, schoss plötzlich ein Hitzeschwall durch meinen Körper.«

»Ein Hitzeschwall?«

Conrad nickte. »Ich weiß nicht, wie ich es anders beschreiben soll. Es begann in der Kehle, wie wenn man einen Schluck Tee trinkt, der noch sehr heiß ist und dessen Weg man bis hinunter in den Magen verfolgen kann. Nur, diese Welle fühlte sich viel, viel besser an! Sie rann tiefer und tiefer, bis sie mein wild pumpendes Herz erreichte und es einhüllte wie ein wärmender Schal.« Conrads Augen verklärten sich bei der Erinnerung an das sonderbare Phänomen. »Was soll ich sagen? Minuten später spürte ich, wie mein Kreislauf sich stabilisierte. Als die Schwestern kamen, um mich für die Operation vorzubereiten, glaubten sie den Anzeigen ihrer Maschinen nicht zu trauen. Sie riefen die Ärzte, die ebenfalls vor einem Rätsel standen. Es folgten unzählige Untersuchungen, bis man der Tatsache ins Gesicht sehen musste: Meine alte Pumpe hatte sich auf unerklärliche Weise erholt – ohne bleibende Schäden! Sie tickte regelmäßig wie ein Uhrwerk, und ich war völlig beschwerdefrei.« Conrad kicherte wie ein kleiner Junge. »Natürlich passte es den Ärzten überhaupt nicht, dass sie den Grund für meine Genesung nicht verstanden. Sie behielten mich noch zwei Tage zur Beobachtung dort, dann mussten sie mich nach Hause schicken. Und hier bin ich!«

»Zwei Tage?«, wiederholte Fabian ungläubig. »Soll das etwa heißen, ich war nur ...«

Conrad schmunzelte. »Ich habe dich vor drei Tagen zum letzten Mal gesehen, mein Junge.« Als er Fabians fassungslosen Blick bemerkte, zwinkerte er ihm zu. »Ich nehme an, *drüben*«, er deutete in Richtung des magischen Fensterrahmens, »ist seitdem etwas mehr Zeit verstrichen, wie?«

»Kann man so sagen«, murmelte Fabian und ließ sich auf den Lehnstuhl mit den Vogelklauenlehnen sinken, der glücklicherweise ganz in der Nähe stand.

Drei Tage! Das bedeutete, er war gerade mal ein verlängertes Wochenende fort gewesen. Wenn er Heimleiter Swelter erzählte, dass er die Zeit bei einem Schulfreund aus dem Basketballteam verbracht hatte, würde er nicht einmal Ärger kriegen, genau wie Meister Amoebius gesagt hatte! Und auch in Bezug auf Conrad hatte der Qualler die Wahrheit gesprochen: Es bestand kein Grund mehr zur Sorge.

Zu gerne hätte Fabian gewusst, was es mit der unerklärlichen Heilung seines Freundes auf sich hatte. *Viele Dinge, die in Ambigua geschehen, finden eine Entsprechung auf der Erde*, hatte Meister Amoebius am letzten Abend in Pantrami gesagt. Was mochte das bedeuten?

Conrad kehrte aus der Küche zurück, wo er sich eine zweite Tasse besorgt hatte. Fabian beobachtete ihn, wie er sich Tee einschenkte.

Irgendwie fühlte er sich durch den Anblick an etwas erinnert – an etwas oder an jemanden. Aber er kam nicht darauf, an wen.

»Wie schmeckt der Tee?«, erkundigte sich Conrad, während er sich einen Schemel von der Werkbank holte und sich neben Fabian niederließ.

Hastig probierte Fabian. »Prima, wie immer.«

»Jetzt, wo es keine Geheimnisse mehr zwischen uns gibt, kann ich es dir ja verraten.« Conrad deutete schmunzelnd auf die Tasse in Fabians Hand. »Diese Früchteteemischung kommt aus Ambigua, aus einem Land namens Samelsur. Mein alter Freund Amoebius besorgt mir regelmäßig Nachschub.« Er nahm einen schlürfenden Schluck, dann sah er Fabian auffordernd an. »Ich denke, mein Junge, heute wirst ausnahmsweise *du* es sein, der den Abend mit einer Geschichte aufwertet.« Er kniff ein Auge zusammen und drohte Fabian spielerisch mit dem Zeigefinger. »Ich will alles hören, klar? Jede noch so winzige Kleinigkeit!«

Fabian nickte und überlegte, wo er anfangen sollte. Ein bunter Reigen von Bildern begann, durch seinen Kopf zu wirbeln – all die Orte, die er gesehen hatte, Personen, denen er begegnet war, und Gefahren, die er ausgestanden hatte ...

Bei einem ganz bestimmten kam der Reigen zum Stillstand.

Vor seinem geistigen Auge sah er, was ihm sein letzter Blick über die Schulter gezeigt hatte: Meister Amoebius, Myrtel und Xolpph, die um die Steinkate standen und ihm nachblickten. Er sah fröhlich aufsteigende Blasenwirbel im Innern des Quallers, er sah Xolpph, der mit seinen schlangenähnlichen Auswüchsen seinen schmerzenden Kopf umklammert hielt.

Und er sah Myrtel, die ihm schüchtern nachwinkte.

Er lächelte, nahm einen Schluck Tee und begann zu erzählen.

Epilog

In seiner schäbigen Behausung im Bettlerachtel von Pantrami, nicht weit vom östlichen Stadttor, saß ein Mann namens Bort auf einer alten Obstkiste und starrte durch winzige, runde Brillengläser auf ein leeres Fläschchen in seiner Hand. Er schluchzte vor Glück, als er feststellte, dass er das Etikett klar und deutlich erkennen konnte.

Schweinekerbelessenz, *besagte es.*

Bis vor wenigen Tagen hätte er die krakelige Schrift nicht einmal zu entziffern vermocht, wenn er sie direkt vor seine Nasenspitze gehalten hätte. Zu stark hatte der Graue Tod seinen Augen bereits geschadet. Doch dann war der absonderliche Junge erschienen und hatte ihm zwei Kupferlinge geschenkt. Und Bort, der nach einem Leben voller Unglück und Fehlschlägen sein Glück kaum fassen konnte, war zum nächsten Arzneihändler geeilt und hatte das Medikament erworben.

Nie würde er den Moment vergessen, als er die Essenz geschluckt und ihre heilsamen Kräfte wie ein Hitzeschwall seinen geschwächten Körper durchflutet hatten, sein altes Herz einhüllten wie ein wärmender Schal. Minuten später beruhigte sich das Zittern seiner Hände, und wenige Tage später waren seine Augen geheilt. Er konnte wieder sehen!

Bort sandte ein stummes Dankgebet an Optomen, den ambiguanischen Gott der Gnade, und ein weiteres an den Heiligen Krotzian, den Schutzheiligen der Bettler und Obdachlosen. Seine schmutzige Hand umschloss das leere Fläschchen wie einen kostbaren Talisman.

Er würde sich niemals davon trennen.

MARGANTHUA
EWIGES EIS
YRK
H'LOEMER
KA-KA
HÊDELN
BINNENMEER VON H'LÔM
BÂD
ORT
WÜSTE VON RINDH
HÊD
MEGATHERIEN
MEGA
WERG
SALAMIRA
OXNO
MORONI
PANTRAMI
CROCANTH
WÜLSTE VON WORSP
KLIPPE VON MOGONTHÛR
FORST VON RUBYK
AMARATH
KLOSTER
MNOM-PING
WÜSTE SHMOOK
MÄRZGEBIRGE
RADIESIEN
OLAUSIA
UMBRULSK
RADIES
KORNETTAR
HAWWAK
DSCHUNGEL VON WUNST
NACH-MITTAGS-WALD
UMSK
SPACK
STAGNAT
UNVHOLL
BAKKARAKK-INSELN
GEBIRGE VON MORR-ORR
OTT
SHURAKK
CORBORION